T0270108

La lectura del verano

La lectura del verano

JENN McKINLAY

TITANIA

Argentina • Chile • Colombia • España
Estados Unidos • México • Perú • Uruguay

Título original: *Summer Reading*
Editor original: Berkley Romance
Traducción: María José Losada Rey

1.ª edición Mayo 2024

Copyright © 2023 *by* Jenn McKinlay
All Rights Reserved
This edition published by arrangement with Berkley, an imprint of Penguin Publishing Group, a division of Penguin Random House LLC.
© 2024 de la traducción *by* María José Losada Rey
© 2024 *by* Urano World Spain, S.A.U.
Plaza de los Reyes Magos, 8, piso 1.º C y D – 28007 Madrid
www.titania.org
atencion@titania.org

ISBN: 978-84-19131-64-5
E-ISBN: 978-84-10159-14-3
Depósito legal: M-5.601-2024

Fotocomposición: Urano World Spain, S.A.U.
Impreso por Romanyà Valls, S.A. – Verdaguer, 1 – 08786 Capellades (Barcelona)

Impreso en España – *Printed in Spain*

Para Natalia Fontes.

Mi hermano no podría haberme hecho un regalo mejor que tenerte a ti como cuñada. Eres mi inspiración con tu corazón bondado-
so y tu espíritu generoso, por no hablar de ese compromiso tuyo
de intentar ser siempre la mejor versión posible de ti misma. Siempre agradeceré poder llamarte hermana.

Te quiero, siempre.

Estimado lector:

Como he sido una ávida lectora toda mi vida, no puedo imaginarme lo que es no disponer de libros e historias en los que refugiarme cuando la vida se pone difícil. Pero he visto de cerca cómo algunos miembros de mi familia no disfrutan de la lectura tanto como yo porque les toca desenvolverse en ese mundo que es increíblemente hostil para las personas con dislexia. Los libros no eran para ellos el lugar seguro que eran para mí, y eso me hizo ser mucho más consciente de lo difícil que es para muchas personas descifrar la palabra escrita.

Cuando se me ocurrió la trama de **La lectura del verano**, intenté darle la vuelta al guion preestablecido. No he leído muchas historias en las que la protagonista femenina sea poco aficionada a los libros, y quería cambiar las tornas y disponer de un héroe amante de la lectura y una heroína que no disfrutaba de ella. De inmediato, se abrió un abismo entre ellos, y me resultó muy interesante ver cómo lo sortearon. Como la dislexia es una enfermedad individual que se manifiesta de forma diferente en cada persona, sabía que una heroína con un cerebro neurodivergente se convertiría en una increíble oportunidad de aprender para mí. Así que me puse manos a la obra.

He entrevistado a las personas neurodivergentes que forman parte de mi vida, y así me enteré de que para algunos las letras son un reto, para otros lo son los números y muchos padecen trastornos por déficit de atención además de dislexia. Gracias a mis dotes como bibliotecaria, pude profundizar aún más; leí libros y artículos sobre la dislexia, escuché charlas TED y estudié biografías de personas que han alcanzado el éxito a pesar de la dislexia y que explican cómo esta ha moldeado sus vidas. Dos de mis lectoras cero tienen dislexia, y me ayudaron a construir el personaje de Sam con sus propias historias personales. Han sido muy valiosas en la creación de su viaje.

He descubierto que lo más común en la mayoría de las personas neurodivergentes es el enorme número de habilidades que han desarrollado para superar los retos a los que se enfrentan en la vida cotidiana, como pedir un menú, leer instrucciones o rellenar formularios, labores que muchos de nosotros damos por sentadas. Por eso, estoy en posición de afirmar que hay un verdadero genio en el interior de estas personas; me siento maravillada por su perseverancia y fortaleza.

Estadísticamente, entre una de cada cinco y una de cada diez personas (nadie parece capaz de dar una cifra más concreta) tienen alguna variante de la dislexia.

Tenemos la suerte de vivir en una época en la que las historias nos llegan en una gran variedad de formatos: libros, audiolibros y películas, por nombrar solo algunos de ellos. Mi esperanza al escribir este libro es apreciar el valor de las historias en todos sus formatos y las conexiones que nos ayudan a establecer con los demás.

Feliz lectura, escucha o visionado,
Jenn

1

En el ferri de Woods Hole a Martha's Vineyard solo había gente de pie. Hombro con hombro, cadera con cadera, los pasajeros iban tan apretados como sardinas en lata. Tenía a mi espalda a un grupo de universitarios alborotadores, aunque me daba igual, pues me había hecho un hueco en la barandilla, cerca de la proa del barco, donde aspiraba grandes bocanadas de aire salado mientras contaba los segundos que quedaban de los cuarenta y cinco minutos de viaje.

Era la primera vez que volvía a la casa de mi familia paterna, los Gale, en Oak Bluffs, para una estancia prolongada, pues, durante los últimos diez años, solo había podido desplazarme allí algunos fines de semana sueltos debido a mi apretada agenda laboral. Eso me hacía sentir cierta ansiedad, junto con un destello de expectación. Preocupada por la idea de pasar todo el verano en la isla, no oí la conmoción que se produjo a mi espalda hasta que fue casi demasiado tarde.

—¡*Bro!* —aulló una voz grave.

Me di la vuelta y vi a la pandilla de chicos con camisetas a juego. Mi cerebro neurodivergente tardó un momento en descifrar las letras griegas de sus camisetas, que los identificaban como miembros de una fraternidad.

¿Era «pandilla» la palabra correcta? Estaba segura de que ellos habrían preferido que usara algo más relacionado con las hermandades universitarias, como «equipo», pero, sinceramente, con aquellos pantalones cortos y anchos, las gorras de béisbol ladeadas y los escasos cuatro pelos que les cubrían las barbillas, parecían más una manada de hienas o un parlamento de loros. En cualquier caso, uno de ellos estaba adquiriendo un tono verde bastante enfermizo y se le estaban empezando a hinchar las mejillas. Cuando se puso a convulsionar como si un demonio estuviera abriéndose paso desde el interior de su estómago, sus amigos se apresuraron a apartarse de él.

Me di cuenta con horror de que iba a vomitar, y lo único que lo separaba del mar abierto era yo, apoyada contra la barandilla. Presa del pánico, busqué una vía de escape. Para mi desgracia, estaba atrapada entre una mujer bastante robusta que llevaba los auriculares puestos y un tipo sexi que leía un libro. Apenas dispuse de una fracción de segundo para decidir quién sería más fácil de mover. Me decanté por el lector, aunque solo fue porque supuse que al menos podría oírme cuando le gritara.

—¡Muévete!

No podía estar más equivocada. Ni me oyó ni se movió. De hecho, se mostró tan indiferente que parecía estar en otro planeta. Así que, cuando el tipo que hacía aquellos movimientos espasmódicos se abalanzó sobre mí, le di un codazo. Siguió sin responder. Desesperada, puse la mano encima de las palabras del libro. Solo entonces movió la cabeza en mi dirección con expresión de fastidio. A continuación, miró detrás de mí y abrió los ojos de par en par. Con un solo movimiento, me sujetó y tiró de mí hacia abajo en diagonal, fuera de la línea de fuego.

El tipo que estaba a punto de vomitar casi llegó a la barandilla... Casi. Oí el chapoteo del vómito al caer en la cubierta justo detrás de mí y recé para que no me hubiera salpicado los zapatos. Por suerte, la rapidez del hombre que leía me había protegido de lo peor. El miembro de la fraternidad estaba colgado de la barandilla y, cuando empezó a vomitar en serio, la multitud se echó hacia atrás y pudimos escabullirnos de la zona de la explosión.

—¿Estás bien? —preguntó el hombre mientras me soltaba.

Cuando estaba abriendo la boca para responder, me llegó el olor. Ese olor característico, que revuelve el estómago, que hace que arruguemos la nariz y nos provoca arcadas, el olor que acompaña a la comida no digerida y a la bilis. Se me llenó la boca de saliva y sentí un nudo en la garganta. Se trataba de una emergencia de proporciones épicas, ya que soy una de esas personas que vomitan por simpatía. Tú vomitas, yo vomito, todos vomitamos… En serio, si alguien expulsa el contenido de su estómago cerca de mí, me convierto en un *gastrogeyser* de proporciones épicas. Así que me alejé del hombre del libro moviendo los brazos de tal manera que le arranqué el volumen de las manos y lo lancé sin querer al mar.

Él se abalanzó a por su lectura con un grito, pero no la alcanzó y acabó inclinado sobre la barandilla, como si estuviera pensando en lanzarse a por el libro.

Me sentí fatal y me habría disculpado, pero estaba demasiado ocupada llevándome el puño a la boca para intentar no derramar el desayuno. El sándwich de huevo y beicon que tanto había disfrutado, me parecieron, de repente, lo peor que me había pasado en la vida, y necesité de toda mi concentración para no deshacerme de ellos. Intenté respirar por la boca, pero las arcadas del chico de la fraternidad no me ayudaban a conseguir mi propósito.

—Vamos. —El hombre me tomó del brazo y me ayudó a alejarme. Giré la cabeza a un lado, por si no lograba contenerme. Sentí que se me agitaba el estómago, y de repente…

—¡Ay! ¡Me has pellizcado! —grité.

Mi héroe, aunque parezca exagerado el calificativo dado que acababa de infligirme dolor, me había pellizcado la piel de la parte interior del codo con la fuerza suficiente para que pegara un brinco y hacer que me frotara la zona.

—¿Sigues teniendo ganas de vomitar? —preguntó.

Hice una pausa para evaluarlo. El episodio se me había pasado. Parpadeé mientras lo miraba. Era bastante más alto que yo; esbelto, de hombros anchos, pelo castaño oscuro y ondulado que le llegaba hasta el cuello de la camisa. Poseía rasgos bonitos, cejas bien arqueadas, pómulos prominentes y mandíbula cincelada, cubierta por una fina capa de barba incipiente. Sus ojos eran de un azul grisáceo muy parecido al del océano que nos rodeaba. Llevaba una sudadera azul marino, pantalones cortos en tono caqui y botas de montaña negras con cordones; parecía pertenecer al lugar.

Me miró con intensidad, expectante, y me di cuenta de que me había hecho una pregunta y esperaba una respuesta. Me sentí idiota por estar mirándolo con tanto descaro, pero lo disimulé fingiendo que todavía luchaba contra las ganas de vomitar. Levanté la mano para indicarle que esperara y, un momento después, asentí poco a poco.

—No, creo que ya estoy bien —repuse—. Gracias.

—De nada —dijo. Luego sonrió, y fue una sonrisa tan deslumbrante que me hizo olvidar el horror vivido en los últimos minutos—. Pero has tirado mi libro al mar.

—Lo siento mucho —me disculpé. Los nervios y el alivio de no haber perdido el desayuno hicieron que intentara quitarle importancia a la situación, aunque fue una mala decisión—. Por suerte, solo era un libro y no un artículo de primera necesidad. Por supuesto, te compraré otro.

—No es necesario. —Me miró con el ceño fruncido y luego bajó la vista al mar, donde el libro flotaba sobre las aguas oscuras del océano. Una cosa más por la que sentirme mal. Y luego volvió a clavar los ojos en mí—. Supongo que no te gusta leer.

Y ahí estaba, ese tono crítico que había percibido toda mi vida cuando alguien se enteraba de que no sentía afición por la lectura. ¿Por qué la gente que disfruta leyendo se queda siempre tan perpleja cuando se enfrenta a alguien que no lo hace? No es como si yo quisiera tener dislexia. Y, por supuesto, al ponerme a la defensiva por algo relacionado con la neurodivergencia que padecía, solté lo más ofensivo que se me ocurrió.

—Los libros son aburridos —respondí. Sí, yo, Samantha Gale, dije eso. Sabía muy bien que supondría una herejía para ese hombre, y tenía razón. De hecho, su reacción no me decepcionó.

Se quedó con la boca abierta y abrió los ojos de par en par antes de empezar a parpadear.

—No te guardes nada dentro, ¿eh? Suelta todo lo que estás pensando —me animó.

—¿Por qué voy a leer un libro cuando puedo ver la versión cinematográfica en cualquier plataforma de *streaming*, algo que, además, me permite usar las dos manos para meterme palomitas en la boca? —pregunté.

—Porque el libro *siempre* es mejor que la película.

Negué con la cabeza.

—No estoy de acuerdo. Es imposible que la versión en libro de *Tiburón* sea mejor que la película.

—Pero ¡qué dices! —gritó. Si hubiera llevado un collar de perlas, estoy segura de que se estaría aferrando a ellas.

Cuando estaba a punto de ponerse a discutir, le corté con el *duuun-dun, duuun-dun, duuun-dun, dun-dun, dun-dun* de la icónica música de *Tiburón*.

El hombre se rio y levantó las manos en señal de derrota. Volvió a mirar hacia el agua.

—¿Has elegido esa película porque vamos de camino al lugar donde se rodó?

Me encogí de hombros.

—Podría ser. Sin embargo, ha sido la primera película que se me ha venido a la cabeza.

—¿Crees que los tiburones son buenos lectores? —Volvió a mirar al agua. Su libro se había empapado lo suficiente como para empezar a hundirse lentamente bajo la superficie, desapareciendo para siempre en el mundo del pirata Davy Jones. Volví a mirarlo a la cara. Parecía como si sufriera verdadero dolor físico.

—¿Estás bien? —pregunté.

—La verdad es que no —dijo. Se frotó el pecho con los nudillos como si le doliera el corazón—. Estaba llegando a la mejor parte.

Tuve que obligarme a no poner los ojos en blanco. Era solo un libro. Pensé en abandonar a aquel hombre a su suerte, pero me pareció descortés, ya que me había salvado de un chorro de vómito. Además, era simpático en plan «producto local» y le había tirado accidentalmente el libro al mar.

—Lo siento mucho —volví a disculparme—. ¿Era un incunable o muy valioso para ti por alguna razón? —Esperaba que no. Encontrarme en un *impasse* entre dos trabajos como cocinera no estaba siendo beneficioso para mi cuenta corriente.

—No, solo era la última novela de la serie Joe Pickett de C. J. Box. —Se encogió de hombros—. Pero me he quedado con la intriga.

—Ay, menudo fastidio. —Personalmente, no me gustaba nada que una serie me dejara en vilo (¡rematad la cuestión de una vez!), así que imaginé que la sensación era parecida en un libro. Miré el agua que se agitaba debajo como si eso pudiera hacerme llegar al libro y conseguir que saliera del océano para que volara de vuelta al barco en perfectas condiciones. ¿Lo veis? Que no lea no significa que no tenga imaginación.

—No pasa nada, de verdad —dijo.

Si algo había aprendido en mis veintiocho vueltas alrededor del sol, era que cuando una persona decía «No pasa nada», era señal inequívoca de que sí pasaba. Levanté la vista y me di cuenta de que estábamos acercándonos al muelle.

—Mira, te pago otro encantada, de verdad. —Alargué la mano para abrir el bolso bandolera mientras me preguntaba cuánto dinero en efectivo llevaría en la cartera. Las náuseas me amenazaron de nuevo al pensar en la poca liquidez que tenía.

Alargó la mano y la puso sobre la mía para detenerme. Sentí el calor de su piel a pesar de la brisa fresca que subía desde el agua. Me apretó los dedos antes de soltarme.

—En serio, no es nada grave —dijo—. Son cosas que pasan.

Habíamos subido el nivel a «Son cosas que pasan». Bueno, entonces todo iba bien. Por lo general, «Son cosas que pasan» significaba justo eso. Le sonreí, aliviada. Su mirada se cruzó con la mía y, por un segundo, me olvidé de todo, de la ansiedad que me envolvía al volver a Oak Bluffs después de tanto tiempo, de la naturaleza de las responsabilidades a las que me iba a enfrentar mientras estuviera en la isla ese verano, del bajo saldo de mi cuenta corriente, del aciago futuro de mi carrera culinaria, y, de repente, para mí fue muy importante que aquel hombre tuviera una buena impresión de mí. ¿Por qué? Ni idea, pero así era.

—¿Sabes?, no se trata de que no me guste leer, sino de que la vida me mantiene demasiado ocupada para encontrar un rato libre —confesé—. En mi mundo no hay demasiado tiempo para acurrucarse con una novela.

El viento me azotó la cara con mi larga melena negra como si quisiera castigarme por mentirosa. No importaba. Enganché la madeja de pelo alrededor del dedo y me la aparté de la boca.

El hombre apoyó el codo en la barandilla. Había captado su atención.

—Cuando tienes tiempo, ¿qué te gusta leer?

¡Oh, no…! No había pensado en la trayectoria natural que seguiría la conversación. ¡Mierda! Busqué en mi cerebro el título de algún libro, daba igual cuál fuera.

—Stephen King —anuncié. Uno no crece en Nueva Inglaterra sin conocer a King—. Soy muy fan. Una de sus mayores admiradoras. —No era mentira porque había visto todas sus películas en repetidas ocasiones.

—Entonces, ¿te gustan las novelas de terror? —insistió—. Tipo Stephen Graham Jones, Riley Sager, y Simone St. James…

El calor del sol me golpeaba la cabeza. ¿Por qué de repente hacía tanta temperatura? ¿A quién quería engañar? Ese tipo era un *friki* y yo una imbécil. ¿Por qué intentaba mantener una conversación con él?

—Sí, me gustan todos. Me va el terror —acepté. Le devolví la pregunta antes de que pudiera hundirme más en el lodo—. ¿Y a ti? ¿Quiénes son tus autores favoritos?

Se quedó pensativo.

—Oh, ya sabes, Kafka, Joyce, Proust… —enumeró.

Incluso yo, que no leía, sabía que se trataba de pesos pesados de la literatura.

—¿Los lees por diversión? —inquirí en un tono un poco más agudo de lo normal.

Sus ojos, entre grises y azulados, se cruzaron con los míos y percibí en ellos una chispa de picardía. Aliviada, solté una carcajada y le di un manotazo en el antebrazo.

—Gracioso, muy gracioso.

La sonrisa que me devolvió me afectó como si me golpeara un rayo de sol al final de un largo invierno.

—¿Qué me ha delatado?

—Joyce no es precisamente conocido por dejarte con la intriga.

—No había leído nada de él desde que lo intenté sin éxito en la clase de Lengua de secundaria, pero incluso yo recordaba que no encontrabas espeluznantes campos de maíz en las escenas de James Joyce. Una lástima.

Chasqueó los dedos.

—Debería haber probado con Shakespeare.

Un suave golpe me indicó que habíamos llegado y, cuando el barco se balanceó bajo nuestros pies, mi acompañante me tendió una mano para sostenerme. La conciencia hizo que me recorriera un escalofrío.

—¡Eh, señorita! —me gritaron cuando estaba a punto de preguntarle su nombre, haciendo que volviera a centrar la atención en dirección al chico que había vomitado—. ¿Esto es suyo?

¡Mi bolsa! Me había olvidado por completo. Di unos pasos hacia aquel chico hasta que me acordé del hombre del libro. Me volví de nuevo, pero la multitud ya llenaba el espacio entre nosotros.

—Lo siento, tengo que… —intenté decirle a mi nuevo amigo.

Una familia numerosa ocupó el hueco entre nosotros, cortando mis palabras mientras todos corrían hacia la salida, al tiempo que evitaban la zona contaminada por el vómito. Me empujaron hacia el joven que me tendía la bolsa y, cuando miré atrás de nuevo, lo único que pude ver de mi amistad más reciente fue la parte superior de su cabeza. Levantó la mano y me saludó por encima de la multitud. Le devolví el gesto, frustrada por aquella despedida. No me había dicho su nombre ni sabía ningún otro dato de él, lo que no me impidió que deseara volver a encontrármelo.

Martha's Vineyard tenía menos de doscientos cincuenta kiló-metros cuadrados. Había muchas probabilidades de que me lo cruzara en algún momento, ¿verdad?

2

—¡Sam, ya estás aquí! —me saludó Tony Gale, mi padre, que me esperaba en el muelle. Al menos, parecía mi padre. El hombre en cuestión tenía vello facial, concretamente perilla (¡hola, años 90!) y llevaba unos vaqueros ajustados. ¿Vaqueros ajustados? Intenté no mirarlo dos veces, aunque no lo conseguí.

Le devolví el saludo y rodeé a la multitud que estaba desembarcando para llegar hasta él. Antes de que pudiera saludarlo, mi padre me besó en ambas mejillas, una arraigada costumbre de su educación portuguesa, tan afianzada en él como su amor por la lingüística, y me abrazó con fuerza como si estuviera demostrándose a sí mismo que yo era real. Me envolvió el tenue aroma a *aftershave* Old Spice —menos mal que eso no había cambiado—, y al instante volví a ser una niña.

—Venga, vámonos de aquí —dijo. Agarró mi maleta, que había recuperado de la zona de equipajes del ferri, mientras yo me echaba el petate al hombro y lo seguí hasta el coche—. ¿Qué tal en el ferri?

Miré de reojo esa versión *hipster* de mi padre y pensé en el macizo al que había dejado sin libro. Escudriñé la zona en su busca, pero no tuve suerte.

—Vamos, sí —dije, pensando que me habría gustado tener más tiempo para hablar con el desconocido.

—Perfecto, está bien —convino, pero parecía distraído. Se detuvo junto a un pequeño descapotable de dos puertas que tenía más óxido que pintura.

—¿Qué es esto? —pregunté.

—Mi nuevo proyecto de coche —repuso—. ¿Te gusta?

Abrió el maletero y metió mi equipaje dentro.

—¿Proyecto de coche? —repetí mientras miraba aquel desecho.

—Sí, lo estoy arreglando los fines de semana —explicó—. Tuve uno igual en mi juventud, mucho antes de que tú nacieras. Es un clásico.

—¿Eso es un eufemismo para trasto oxidado? —pregunté.

—No. —Parecía algo ofendido, lo que me hizo sentir mal, pero en serio, el automóvil parecía sostenerse con cinta adhesiva e hilo dental—. Espera a conducirlo, entonces lo entenderás. Súbete.

Me senté en el asiento del copiloto, aliviada de que por el momento estuviéramos solo los dos, sobre todo porque allí dentro no cabría nadie más, pero también porque era lo que esperaba del verano, algo de tiempo con mi padre. Al fin y al cabo, ninguno de los dos iba a hacerse más joven.

Además, dadas mis empobrecidas circunstancias actuales, iba a tener que efectuar un saqueo inesperado en las cuentas bancarias de los Gale, lo que, a los veintiocho años, me hacía sentir una mierda.

—Steph y Tyler habrían venido a recogerte también, pero… —se le entrecortó la voz.

—¿… dónde se sentarían? —terminé por él.

Mi padre sonrió.

—No pasa nada —dije—. Cuando volváis del viaje, nos quedará el resto del verano.

—Me alegro de que lo veas así. —Asintió—. Estaremos fuera algo más de un mes, y espero que durante nuestra ausencia te tomes tiempo para conocer a tu hermano un poco mejor.

Tyler Gale, mi hermanastro, era catorce años más joven que yo, es decir, tenía más o menos la mitad de mi edad. Apareció en mi mundo cuando yo tenía su edad actual, justo después del divorcio de mis padres, así que, como podéis imaginar, su llegada supuso un gran drama por mi parte. Aunque veía a Tyler un par de veces al año, sobre todo en vacaciones, no teníamos una relación demasiado estrecha. De hecho, éramos más bien como primos lejanos sin nada en común, que se toleraban por el bien de la familia.

Mi padre me miraba con esperanza, así que forcé una sonrisa y asentí.

—Por supuesto.

—Genial, es fantástico —dijo.

Así que había pasado de un distraído «Está bien» a «Genial, es fantástico». Mmm. Si los vaqueros ajustados, el coche deportivo y la perilla eran un indicio, a mi viejo le pasaba algo. Y desde una perspectiva egoísta, esperaba que no repercutiera negativamente en mis vacaciones en la playa.

Tonta de mí. Si hubiera sabido los derroteros que iba a tomar el verano en las próximas semanas, probablemente habría saltado del coche y corrido de vuelta al ferri y a la seguridad que encontraría en tierra firme.

El tráfico era denso cuando nos incorporamos a la fila de vehículos que bajaban del ferri. Tomamos la carretera de la playa para salir de Vineyard Haven rumbo a Oak Bluffs. Por suerte, los puntos de referencia que siempre había utilizado para recorrer la isla no habían cambiado. Oak Bluffs, el pueblo más pintoresco de Martha's Vineyard, con sus coloridas casitas iguales a las de pan de jengibre y sus magníficas zonas verdes, siempre había sido mi favorito.

La casa de los Gale, que pertenecía a la familia desde hacía generaciones (la única manera en que podíamos permitírnosla), estaba en las afueras de Oak Bluffs, en una pequeña calle lateral. Era la clásica casa de tejas con fachada de madera en la que había dos dormitorios y un cuarto de baño, lo que iba a suponer todo un reto. Imaginaba que me relegarían al sofá del salón cuando Stephanie y mi padre regresaran del viaje, algo que no me importaba, ya que donde más tiempo pensaba pasar era en la playa.

Mientras recorríamos aquellas calles familiares, me di cuenta de que la isla y el pueblo parecían no haber cambiado nada. Me resultó extraño, como si la distancia más corta entre dos puntos no fuera una línea recta, sino como si alguien hubiera doblado la línea y juntado los dos puntos, haciendo desaparecer la distancia entre ellos. Todo me parecía familiar, como si no hubiera pasado el tiempo y nada hubiera cambiado entre mi última visita y la de ese día. Algo muy raro.

Tampoco resultaba demasiado tranquilizador, ya que el último verano que había pasado allí había sido un puro drama. Mi padre había insistido en que fuera a la universidad, pero yo quería mudarme a Boston para empezar a trabajar en la cocina de un restaurante y aprender de esa manera el oficio de forma práctica. La discusión que habíamos mantenido a continuación había sacudido los cimientos de la casa con lo que mi madre llamaba «los vientos huracanados de los Gale».

Moví la cabeza para deshacerme del recuerdo. Ya no era esa niña. Entonces habíamos llegado a un acuerdo y yo había estudiado un año en la universidad antes de empezar en una escuela de cocina. No habíamos vuelto a tener ningún drama de ese tipo en los últimos diez años, así que no había razón para pensar que podíamos sufrir algo parecido a lo ocurrido en mi último y desastroso verano en Martha's Vineyard, a pesar de que actualmente me encontraba en paro y sin trabajo a la vista. Por lo menos, eso esperaba.

Mi padre aparcó en el corto camino de entrada que había junto a la casa. Aunque la isla no había cambiado mucho, la edificación había sufrido un lavado de cara durante mi ausencia. Habían pintado de blanco las molduras que antes eran de color verde oscuro, y los muebles del porche parecían recién estrenados, con unos grandes cojines azul marino que destacaban sobre brillantes muebles de mimbre blanco. Que yo recordara, no había habido nunca nada así en la casa. Lo tomé como una advertencia, pero sentía curiosidad por ver cómo se había transformado el interior.

Mi padre salió del coche y lo rodeó para llegar al maletero. Lo imité para ayudarlo.

—Se ve todo bastante bien, ¿verdad?

—Tiene muy buen aspecto —acepté.

—Vas a pasar un verano estupendo, Sam —aseguró—. Ya lo verás —añadió luego, como si hubiéramos discutido al respecto.

Trasladamos la maleta por el camino de cemento y la subimos al porche. La puerta blanca, también nueva, se abrió de par en par y apareció ante nosotros la actual esposa de mi padre, mi madrastra, Stephanie. ¿Qué sentía por ella? Sinceramente, me caía bien. Me caía muy bien.

Stephanie Gale era inteligente, guapa, ecuánime y soportaba a mi padre, que podía ser muy pesado, así que no había mucho que no me gustara de ella. Siempre resultaba cálida y amable, y respetaba mis límites, así que definitivamente no era la típica madrastra de Disney.

Pero (siempre hay un pero) había empezado a salir con mi padre mientras él se separaba de mi madre, y a mi yo adolescente le había costado mucho no convertirla en el centro de mi ira. De hecho, le había dicho cosas horribles. Más tarde, por supuesto, una vez que me di cuenta de que me caía bien, me tuve que enfrentar a la culpa que sentía por haber sido desleal a mi madre, lo cual era ridículo pero, insisto, estamos hablando de una adolescente. Como seguía sintiéndome fatal por nuestro accidentado comienzo, y como era costumbre en mí, lo intenté compensar con un saludo excesivamente impetuoso.

—¡Stephanie! Hola. —Me deshice del bolso bandolera y la abracé con fuerza, hasta casi dejarla sin aliento. Cuando la solté, di un paso atrás—. ¿Cómo estás? Te veo fantástica. ¡Es increíble! No has envejecido nada.

Se pasó por encima del hombro la melena rubia y me miró con esa expresión afectuosa y tolerante que le había visto dirigir a mi padre un millón de veces. Cuando sonreía, le brillaban los ojos, muy azules, otra de las cosas que siempre había adorado de ella. Era exuberante en afecto, incluso conmigo, su hijastra problemática.

—¿De dónde ha sacado la perilla y esos vaqueros ajustados? —susurré en voz baja, señalando a mi padre con la cabeza.

—Te has dado cuenta. —Se rio.

—Es difícil no hacerlo —repliqué—. ¿Se encuentra bien?

Sonrió.

—Sí, está bien, pero es posible que sienta nostalgia de su juventud.

—Lo que explica lo del cacharro.

Hizo una mueca.

—Es mejor que no hablemos de ese tema.

Así que era un asunto delicado. Asentí.

—Entendido.

—Estoy contentísima de que estés aquí, Sam —dijo. Me abrazó con fuerza una vez más—. Ha pasado demasiado tiempo desde que visitaste Vineyard por última vez.

—Es cierto, pero los veranos siempre son una época muy atareada para los chefs.

—Bueno, me alegro de que te tomes algún tiempo libre, y este verano debería ser tranquilo, ya que todo lo que tienes que hacer es... —La ventana del porche se cerró de golpe, y ella frunció el ceño—. Discúlpame un momento.

Cuando desapareció en el interior, mi padre y yo intercambiamos una mirada.

—Le habéis dicho a Tyler que iba a venir, ¿verdad? —pregunté.

—Por supuesto. Y está encantado —dijo.

Me quedé mirándolo con las cejas arqueadas por la incredulidad.

Como ya he mencionado, mi hermanastro y yo no éramos muy amigos. No es que no nos lleváramos bien, sino más bien que nunca habíamos pasado juntos el tiempo suficiente como para corroborar ese punto.

—¿Encantado? —repetí—. ¿En serio?

—Bueno, tan encantado como cualquier chico de catorce años ante cualquier cosa —explicó.

Lo interpreté como que a Tyler no le hacía mucha gracia que yo estuviera allí y fuera a hacer de niñera mientras mi padre y Stephanie estaban de viaje.

Mi padre tomó mi maleta y me invitó a entrar con un gesto; fui detrás de él. Crucé el umbral y me detuve de golpe. Los paneles de madera habían desaparecido.

Sí, he dicho *paneles*. Lo sé, podéis estremeceros si queréis.

Al quitarlos, habían dejado lugar a unas paredes blancas y luminosas. Unos muebles de color gris pálido, todos a juego, llenaban el salón, y la vieja chimenea de ladrillo rojo se había transformado en otra de tonos grises, que variaban desde una suave ala de paloma hasta un intenso color carbón. Ya no se veían en las minimalistas estanterías las chucherías de varias generaciones de la familia, que habían sido sustituidas por cosas como un jarrón de cristal muy bonito o un grupo de libros. El lugar tenía un aspecto increíble pero, sin embargo, no se parecía en nada a la casa que conocía.

Se había eliminado la pared que separaba la cocina del salón, convirtiendo el lugar en un espacio diáfano que desembocaba directamente en la luminosa cocina con armarios nuevos, también blancos, encimeras de cuarzo y electrodomésticos de acero.

—¡Vaya! —Fue la única palabra que me vino a la mente—. Adiós a los electrodomésticos de color aguacate y a los armarios azules.

—Llevamos más de un año reformando la casa, hemos ido habitación por habitación —explicó mi padre mientras dejaba mi maleta y el bolso bandolera al pie de la escalera.

Se oían voces en el primer piso, aunque no sonaban acaloradas. A Stephanie no le gustaba gritar. De hecho, desde que la conocía, no la había oído levantar la voz nunca. Sin embargo, se respiraba una tensión allí arriba que me hacía pensar que no todo el mundo estaba contento con el arreglo al que habíamos llegado para esas semanas del verano.

—Creo que voy a necesitar un relato más detallado de cómo reaccionó Tyler cuando le contasteis que iba a ser su niñera... —pedí.

Mi padre cruzó los brazos sobre el pecho, luego los descruzó y se metió las manos en los bolsillos. Lo que no era fácil, dados los vaqueros ajustados que llevaba.

—No utilizamos la palabra «niñera» —dijo—. Hemos pensado que el término «carabina» es más apropiado dada su edad y todo eso.

—Entiendo —dije.

Mi padre me indicó con un gesto que tomara asiento y me hundí en uno de los sillones nuevos. No sabía qué decir. Cuando mi padre me había preguntado si podía tomarme tiempo libre en el restaurante para estar en la isla cuidando de Tyler, él no tenía ni idea de que me estaba lanzando un salvavidas que necesitaba de forma desesperada.

Lo cierto era que había perdido mi trabajo como chef y que estaba a punto de vender la mayoría de mis posesiones mundanas por internet, a no ser que encontrara trabajo inmediatamente, cuando mi padre me llamó y me pidió que hiciera de niñera... (er..., carabina) mientras Stephanie y él se iban a Europa (vamos, mientras hacían el viaje de su vida por el Viejo Continente). Por supuesto, dije que sí al instante; el momento no había podido ser más oportuno.

No había informado a mis padres de mi precaria situación laboral, y no porque pensara que no iban a apoyarme, sino porque me daba vergüenza. Es difícil mirar hacia arriba cuando te absorbe una espiral descendente, y estando en paro a los veintiocho años, me sentía como si estuviera dando vueltas en una taza en comparación con donde había planeado estar a esa edad.

—¿No crees, Sam?

Moví la cabeza al darme cuenta de que mi padre me estaba hablando.

—Mmm, lo siento, ¿qué has dicho?

—Me refería a que tu hermano nunca llegó a conocer a Vovó tan bien como tú, y podría ser un buen momento para que compartieras con él historias sobre ella —explicó.

Vovó era la madre de mi padre, Maria Gale, mi abuela, sin duda, la persona más influyente de mi vida. Fue ella quien me había enseñado a cocinar, la que me había animado a ser yo misma y la que me había querido como era, sin expectativas ni condiciones.

Puro amor de abuela portuguesa. Noté una fuerte punzada de dolor en el pecho. Aunque hacía siete años que había desaparecido de nuestras vidas, a veces me faltaba el aliento cuando la recordaba.

—Lo sé —dijo mi padre. Me dio una palmadita en la rodilla y levanté la vista para ver reflejada en su mirada la misma pena que yo sentía—. Yo también la echo de menos.

Nos quedamos sentados en silencio durante un rato en la casa que había sido de Vovó. Viuda muy joven, allí había criado a sus tres hijos: mi padre y sus dos hermanas pequeñas, tía Luisa y tía Elina. Las dos se habían casado y habían abandonado la isla. Seguían viniendo de visita cuando podían, pero sus vidas estaban centradas en sus propias familias y carreras, aunque yo sabía que mi padre lamentaba no ver a sus hermanas más a menudo.

Aun así, los tres estaban muy unidos y se llamaban a todas horas. Conocía cada una de las travesuras y fechorías de mis primos, igual que ellos estaban al tanto de las mías. Esa era otra de las razones por las que no quería compartir la noticia de mi situación laboral. Toda la familia Gale se enteraría en cuestión de minutos, y no estaba preparada para eso.

Me pregunté si ese vínculo fraternal que mi padre tenía con sus hermanas era la razón por la que quería que Tyler y yo tuviéramos una relación más estrecha. Tal vez sentía que necesitábamos estar tan cerca como él lo había estado de sus hermanas. Resistí el impulso de recordarle que tenía veintiocho años y que, probablemente, Tyler y yo ya habríamos perdido la oportunidad para estrechar lazos.

—Tony, no estoy segura de que sea una buena idea hacer este viaje —expuso Stephanie cuando volvió a bajar las escaleras y se reunió con nosotros—. No creo que pueda irme cuando Ty me necesita tanto —añadió mientras se sentaba junto a mi padre.

Mi padre puso los ojos en blanco, pero se lo pensó mejor (chico listo) y, en vez de eso, cerró los párpados.

—No te necesita.

—Pero... —Sthepanie pareció ofendida, y él empezó a explicarse al instante.

—Ty tiene catorce años. Se inscribió en este curso de robótica para poder ganar la beca de la Academia de Ciencias Severin. Es su sueño y está trabajando mucho para conseguirlo. Depende de él ganarla, no de ti.

—Lo sé, pero quiero estar aquí y ofrecerle mi apoyo —dijo Stephanie—. Soy profesora. Podría ayudarlo.

—Eres profesora de Historia. La beca es de robótica. Aunque eres una madre fabulosa por querer colaborar —medió mi padre—. Ha llegado nuestro momento. Llevamos años esperando poder hacer este viaje. Nunca has estado en Europa y siempre has querido ir. Desde un punto de vista puramente financiero, si no lo hacemos ahora, para cuando terminemos de pagarle la universidad, que, si entra en este instituto de élite, probablemente irá a una de primer nivel y será más cara, seremos viejos y pobres.

—No seremos tan viejos —protestó.

—Bueno, seguro que no seremos tan jóvenes como ahora —razonó él.

Me sentí incómoda al estar en medio de esa discusión, pero como no sabía cómo excusarme, me hundí en el sillón e intenté mimetizarme con la tapicería.

Stephanie echó un vistazo al salón, como si intentara imaginarse lejos de allí. Cuando habló, lo hizo en voz muy suave.

—¿Y si ocurre algo terrible? Estaremos muy lejos. Será como en la película *Solo en casa*, aunque en vez de ser Navidad, será en un barrio residencial, Tyler se encontrará asustado y solo en la isla mientras nosotros nos vamos a pasear por las ruinas griegas.

—Steph, Sam estará aquí —le recordó mi padre—. Ella se encargará de cualquier cosa que pueda pasar.

No me moví. Esperaba a medias que se hubieran olvidado de que estaba en la habitación, porque cuando mi padre me había pedido que vigilara a Tyler, me había parecido una obviedad, pero en ese momento estaba siendo testigo del pánico real de Stephanie; según ella podía ocurrir algo malo y yo sería la responsable. De repente, no estaba segura de estar preparada para eso, pero ¿qué otra opción tenía?

—¿Es justo que le pidamos esto? —dijo Stephanie.

Se volvieron para mirarme. Había llegado la hora, era mi momento. El hecho de no ser una persona de letras me había obligado a desarrollar otras habilidades, como abrirme camino con la palabra para acceder a oportunidades que, de otro modo, me habrían estado vedadas por mis problemas de aprendizaje.

—Aunque no me lo habéis preguntado, dejadme deciros que... —comencé— tengo veintiocho años y llevo diez viviendo sola. Cualquier problema que pueda surgir, ya sea que se atasque un inodoro, que haya un apagón o se pinche una rueda, podré manejarlo. Creedme, puedo ocuparme de él.

Mi padre y Stephanie intercambiaron una mirada. Parecían poco convencidos, lo que me hizo preguntarme si se estaban cuestionando mis habilidades como niñera. No voy a mentir, me sentí un poco ofendida. Así que, a pesar de que cuidar a un adolescente alborotado y descerebrado durante el verano no encabezaba mi lista de prioridades, me sentí obligada a justificarme a mí misma. -

—No queremos aprovecharnos de tu amabilidad, Sam... —empezó Stephanie, pero la interrumpí. Una grosería, lo sé.

—No es amabilidad por mi parte, te lo aseguro —insistí—. Ofrezco mis servicios como tutora de ese adolescente, aunque solo sea porque esta casa solo tiene dos habitaciones. Si no os vais de viaje, tendré que dormir en el sofá todo el verano, así que largaos. Fuera. Adiós. Pasadlo bien y traedme un regalo bonito.

Los dos se quedaron mirándose, claramente sin habla. Los estudié mientras reflexionaban sobre mi magnanimidad.

Mi padre era un hombre guapo. Le faltaban unos centímetros para llegar al metro ochenta, así que sobrepasaba un poco la estatura media y en su espesa cabellera, negra como el azabache, empezaban a aparecer hilos plateados. Tenía los ojos de color castaño oscuro, que se arrugaban en las esquinas cuando reía, cosa que hacía a menudo. Estaba muy moreno por las horas que pasaba en la pista de tenis con Stephanie y su constitución era fuerte y fibrosa debido a las largas carreras que acostumbraba a disfrutar por la playa.

Era un hombre que exudaba determinación, como si siempre tuviera que ir a algún lugar o cosas que hacer. Pero también era lo bastante consciente de los demás como para intentar tranquilizarlos con una sonrisa o una broma. Algo que había heredado de él, igual que su pelo negro y sus ojos oscuros; una facultad que me había servido de mucho en la vida.

Stephanie era la contrapartida perfecta para él. Era alta, ágil y rubia, lo bastante atlética para seguirle el ritmo, pero también se conformaba con pasar horas leyendo frente al fuego. Era feliz dejándole acaparar todo el protagonismo mientras permanecía en un segundo plano y disfrutaba de su entusiasmo por la vida, apoyándolo, pero sin participar. Siempre me habían parecido la pareja ideal, y no había duda de que se merecían ese viaje juntos.

—Los adolescentes pueden ser difíciles —me recordó mi padre. Parecía cauteloso, como si él también se estuviera replanteando la situación. Increíble.

Lo miré con una ceja arqueada.

—¿En serio? ¿Crees que he olvidado lo que hice sufrir a todo el mundo cuando tenía esa edad?

Stephanie se estremeció. Entonces, supe que se acordaba.

—Yo me encargaré de él —dije—. No hay nada, literalmente nada, que pueda hacer ese chico que yo no haya hecho antes.

—Esta charla cada vez es menos tranquilizadora —intervino mi padre.

—Cuando veníamos del ferri me has comentado que querías que aprovechara la oportunidad que me brinda este verano para conocer mejor a Tyler —dije—. Bueno, no vamos a tener nunca una ocasión mejor que esta.

—¿Le has dicho eso? —preguntó Stephanie. Sonaba sorprendida.

—He pensado que estaría bien —se defendió mi padre.

Stephanie le dedicó una tierna sonrisa que hizo que mi padre se sentara más erguido, como si su aprobación llenara su cubo de felicidad. Me pregunté cuánto tiempo hacía que no estaban a solas más de unos pocos días. Probablemente desde antes de que hubiera nacido Tyler, y eso era mucho tiempo. Además, la familia es la familia, y uno hace lo que debe por ella. Y, por supuesto, si al final tenía que pedirle dinero prestado a mi padre, habérmelo ganado de antemano haría que me lo cediera de mejor gana.

—Mirad, sé que los adolescentes son horribles. Son ruidosos, maleducados y egocéntricos. Básicamente, como yo, pero con menos modales —bromeé. Nadie se rio; un público difícil. Puse los ojos en blanco, me llevé la mano derecha al corazón y levanté la izquierda—. Os prometo que cuidaré muy bien de vuestro hijo. No dejaré que se meta en líos, me aseguraré de que coma tres veces al día y de que duerma ocho horas. Incluso lo arroparé y le leeré un cuento antes de dormir si quiere. Tyler estará sano y salvo conmigo, lo prometo.

—Para que conste, creo que está bastante claro que quieren que yo te vigile también.

Al oír una voz masculina, me di la vuelta para mirar hacia las escaleras de la esquina. Había un jovencito muy alto y delgado, que tenía las manos metidas en los bolsillos y el ceño fruncido. Parpadeé. ¿Tyler? ¿Qué le había pasado al niño bobalicón con los dientes separados y la camiseta manchada que recordaba? Me di cuenta de que en mi mente se había quedado en algún lugar cuando él tenía ocho años a pesar de que lo había visto por última vez en Navidad. Me fijé en su aspecto, mucho más adulto, y me pregunté cuánto habría oído sobre mi opinión de los adolescentes.

—Y para que lo sepas, no soy un bebé y ya te digo yo que soy lo suficientemente mayor como para cuidar de mí mismo. No te necesito. —Se encogió de hombros y transmitió el desdén que solo puede proyectar un adolescente con ese movimiento de hombros.

Bueno, eso lo decía todo. Había oído incluso las partes menos agradables. Así que ese verano estaba teniendo un comienzo fabuloso.

3

—¡Sam, vamos a llegar tarde! —gritó Tyler. Se paseaba por delante de la isla de la cocina mientras yo sacaba las ollas y las tapas para organizarlo todo de forma más eficiente y aprovechar el poco espacio del armario. Mi padre y Stephanie se habían ido en el vuelo nocturno de Boston la noche anterior, y yo no había perdido el tiempo en hacer mía la cocina.

No tenía ni idea de por qué sentía la necesidad de hacerlo. ¿Para poner mi sello en la habitación que tantos recuerdos me traía de cuando cocinaba al lado de Vovó? Tal vez.

Sabía que teníamos que irnos. Era consciente de que no tenía tiempo para terminar en ese momento, así que ¿por qué había empezado? Formaba parte de mi forma de ser. Siempre había tenido problemas con la multitarea porque la dislexia me desorganizaba y me desviaba de mis planes, y antes de terminar un proyecto ya estaba participando en otro y luego en el siguiente, olvidándome de la tarea original. Eso, por supuesto, disparaba mi ansiedad. Sinceramente, algunos días era agotador estar en mi propia cabeza.

—Ya casi he terminado —alegué, impulsada por la necesidad de defenderme—. Además, es solo un curso —añadí—. No es como en el colegio, donde pasan lista.

—¿Estás de broma? —gritó. Se llevó la mano a su espeso pelo negro como si quisiera arrancárselo de raíz—. Se trata de un curso de robótica patrocinado por Severin Robotics. Si quiero tener plaza en su academia de ciencias este otoño, tengo que causar una buena impresión. Tengo que ser el mejor cada día, ¡y eso empieza por llegar el primero!

—Tranquilo, no llegaremos tarde —dije. Mi hermano estaba bastante protegido por sus padres, y lo noté porque era una persona que jugaba al *Mortal Kombat* con su propia ansiedad a diario—. Y termínate la tostada francesa.

—Ya lo he hecho —informó. Las palabras le salieron entre dientes, como si solo así pudiera evitar gritarme. Miré al fregadero. En efecto, el plato vacío estaba en el fondo. ¡Qué raro!

Las ollas y sartenes apiladas me llamaban. Tenía ganas de terminar de ordenarlas antes de irnos, pero Tyler no me lo permitía.

—Sam, ahora…, por favor. —Adoptó una postura suplicante con ojos tristes y las manos apretadas contra el pecho, haciendo más suave la demanda.

—Te pareces mucho a papá cuando te pones mandón. —Tomé las llaves del todoterreno de Stephanie y el bolso, y salí por la puerta.

—Lo siento. Es que esto es muy importante para mí —se disculpó.

Una vez en el coche, arranqué y giré hacia la calle. Señalé el cartel que había a un lado.

—No puedo ir muy rápido. El límite de velocidad es de diez kilómetros por hora.

—¡Uf! —Tyler gimió y se llevó la palma a la frente.

—¿Es así como quieres pasar todo el verano? —le pregunté. Un ciclista se cruzó delante de mí y tuve que reducir aún más la velocidad. Vi a Tyler contonearse en el asiento de al lado. Casi esperé que abriera la puerta y corriera a la biblioteca—. Hay mucho que hacer en la isla. Podrías navegar, montar en bici, jugar al tenis o limitarte a holgazanear en la playa. ¿Por qué quieres pasarte todo el día encerrado?

—No lo entenderías —repuso. La forma en que lo dijo, despectivamente, como si yo no fuera lo bastante inteligente como para apreciar su genialidad, me dolió, y como la mujer madura de veintiocho años que soy, le devolví el golpe.

—Tienes razón —repliqué—. No lo entiendo. A tu edad, estaba demasiado ocupada divirtiéndome.

No hice bien en decirlo. Ty apretó los labios y giró la cabeza hacia otro lado. Me sentí como una auténtica imbécil.

—Escucha, lo siento —empecé a decir—. No quería...

—Sí, querías —me interrumpió—. Olvídalo.

Solté un suspiro. Percibí el mensaje subyacente en sus palabras, que era más bien «Olvídate de mí», y, en realidad, no podía culparlo. Se suponía que yo era la hermana mayor, la madura. Y ya era hora de que empezara a comportarme como tal.

—No voy a olvidarlo —repliqué. Tomé el camino a la biblioteca. Era largo y pasaba por delante de varias casas antiguas. Giré a la izquierda en la cima de la pequeña colina, pasé por delante de una estructura en construcción y aparqué enfrente del edificio gris de dos plantas con aleros de brillante color blanco. Tyler salió del coche antes de que yo hubiera terminado de estacionar y tuve que trotar para alcanzarlo.

Un cornejo enorme florecía a la derecha de la entrada. Había un camión de libros aparcado a la izquierda de la puerta principal, ofreciendo bolsas de actividades para los niños de la zona. ¡Genial! Las puertas correderas se estaban cerrando detrás de Tyler cuando me apresuré a seguirlo. Subió las escaleras de dos en dos, aprovechando el alcance de sus largas piernas. Apreté el paso para no perderlo de vista.

Ya en la planta superior, pasé por delante del mostrador de información y, cuando me estaba acercando a Tyler, se detuvo en seco. La mochila que llevaba colgada del hombro amortiguó el impacto cuando choqué con él.

Dio un traspié y se sujetó a una estantería. Tenía los ojos castaños abiertos como platos al volverse para mirarme.

—¿Qué haces? —siseó.

—Acompañarte al curso —bromeé.

Antes de que pudiera explicarle que en realidad había entrado para saludar a mi mejor amiga, nos llegó una risita desde el otro lado de la estantería, y miré a través de los libros para ver a dos guapas adolescentes que nos miraban con intensidad. Tyler se puso más rojo que los pimientos que uso para hacer *pimenta moída*, una salsa típica portuguesa. Sonreí y saludé a las chicas, que volvieron a reírse antes de correr hacia una habitación en el otro extremo del edificio.

—Eres un peligro —dijo Tyler—. Quédate aquí. No me acompañes a la puerta. —La mirada de furia que me lanzó casi me arrancó las cejas. Luego se dio la vuelta y salió furioso detrás de las chicas.

—Te recojo a las cinco —le grité.

Me hizo un gesto con la mano sin mirar atrás. Bueno, con eso me ponía en mi lugar, ¿no?

Di una vuelta rápida por la biblioteca, pero no vi a mi amiga Emily, que trabajaba allí. Debería haberle enviado un mensaje para saber su horario, pero el proyecto de ordenar la cocina me había distraído. Salí de la biblioteca desanimada. Esperaba que Tyler y yo estrecháramos lazos este verano, sobre todo porque mi padre y Stephanie no iban a estar mediando entre nosotros, pero no estábamos teniendo un buen comienzo.

Después de parar en el supermercado Stop & Shop para abastecer la despensa, volví a casa y, antes de sumergirme en mi proyecto, puse tres alarmas diferentes para asegurarme de que no me distraía a la hora de recoger a Tyler. Me llevó el resto del día tener la cocina a mi gusto.

Los chefs y sus espacios de trabajo... somos algo especiales. En mi caso, necesitaba tener los frascos con las especias cerca del puesto de trabajo principal, ordenados alfabéticamente y con las fechas de caducidad bien a la vista. El revoltijo desorganizado de ollas y sartenes que había encontrado debajo de la encimera quedó ordenado por tamaño y forma, y cada pieza emparejada con la tapa adecuada. Los cuchillos pasaron por el bloque de afilar (algo que necesitaban desesperadamente) y los guardé listos para usar. También encontré una vieja batería de cocina de hierro fundido que había pertenecido a mi abuela en el fondo del armario, saqué cada pieza y las limpié. Recordaba haberlas usado con Vovó y, por un momento, sentí como si ella estuviera allí conmigo.

Justo a tiempo, mi móvil, el temporizador del horno y el despertador en mi habitación sonaron media hora antes de que terminara el curso. Decidí salir en ese momento para asegurarme de estar esperando cuando Tyler saliera. Estaba casi segura de que después de un largo día estaría contento de verme, ¿verdad?

La biblioteca estaba llena cuando entré. Pasaron a mi lado padres con niños, así que supuse que acababa de terminar otro curso, ya que se trataba de niños pequeños y, desde luego, no eran miembros del de robótica.

Ya en la segunda planta, observé que las puertas de la sala del curso de Tyler seguían cerradas. Así que miré el móvil; disponía todavía de unos quince minutos. Eché un vistazo a las estanterías repletas de libros y pasé los dedos por los lomos. A pesar de nuestra complicada relación, me encantaban los libros. Me gustaba sentir su peso en las manos y su olor a papel y tinta, y sobre todo me encantaba que tuvieran ilustraciones: tendía a pensar en imágenes, sobre todo de comida.

La vocación por la cocina me definía desde edad temprana. Vovó me cuidaba por las mañanas y más tarde después del colegio mientras mis padres trabajaban. Entonces vivíamos en New Bedford. La casita en Vineyard se había convertido en residencia de verano después de que yo naciera. Entonces no lo sabía, pero yo había sido una sorpresa. Como mis padres estaban iniciando sus carreras (mi madre como agente inmobiliaria y mi padre en los seguros, donde aún seguía), se decidió que Vovó abandonara la isla y viniera a vivir con nosotros para cuidarme, consiguiendo de esa manera que mis padres no tuvieran que aparcar sus incipientes carreras o pagar una guardería.

Durante mi infancia aprendí todas las recetas familiares a su lado. Vovó se expresaba en su propia mezcla de portugués e inglés, pero nunca llegó a escribir ninguno de los platos que hacía, así que los aprendí observándola y repitiendo lo que ella hacía. Ya desde muy pequeña descubrí que aprender me resultaba más fácil si me dejaban usar las manos y hacer el trabajo por mí misma. Ahora se llama «aprendizaje kinestésico».

Desde mi primer *queijo de figo*, supe exactamente lo que quería hacer en la vida: cocinar. Para los amantes de la cocina, *queijo de figo* se podría traducir «queso de higo», solo que no es un queso, es un pastel (un delicioso pastel de higos y anís), pero parece un queso redondo, de ahí el nombre.

Miré el reloj. Quedaban diez minutos para que terminara el curso, así que me acerqué a la estantería de al lado y vi que estaban expuestas las últimas revistas. Estudié las portadas hasta que encontré una con recetas. La coloqué encima de la estantería y empecé a hojear las páginas. Las fotografías eran excelentes. Los tipos de letra, sin embargo, una pesadilla. La dislexia no tiene cura. No hay pastilla ni cirugía cerebral que puedan evitar que las palabras y las letras se desplacen o salten por la página.

Sin embargo, hay unos tipos de letra más favorables para el cerebro disléxico que otros. Los tipos de letra sin serifa o con negrita que diferencien bien la P, la B y la D resultan muy útiles. En esa revista no habían tenido en cuenta nada de eso. Dado que una de cada diez personas padece algún tipo de dislexia, era lógico pensar que las publicaciones de gran tirada se pondrían al día con las tipografías, pero no.

En algún momento, cuando publicara mi propio libro de cocina… Sí, ese era mi sueño secreto. Nunca se lo había contado a nadie, por miedo a que se rieran de la chica con dislexia que quería publicar un libro. De todos modos, no quería pensar en condicional, *cuando* publicara el libro de cocina, las fuentes serían aptas para disléxicos.

Pasé alegremente las páginas hasta que vi el salmón atlántico a la plancha sobre el lecho de arroz de jazmín más bonito que había visto nunca. Mis ojos se desviaron hacia la receta. ¿Usarían un aliño o un adobo? ¿Cómo lo habían tostado tan uniformemente, con un toque extra en los bordes? Estudié las palabras con un suspiro.

Además de ser aprendiza kinestésica, también me resultaba más fácil aprender a través de la vista, y pasaba la mayor parte del tiempo viendo vídeos de cocina *online* para conocer el intríngulis de las recetas. Internet había sido mi salvadora literalmente en la escuela de cocina. Aun así, quería saber más sobre ese salmón. Me obligué a concentrarme en las palabras, tan escurridizas como un pez recién sacado del agua. Era muy difícil.

—¿Sam? ¿Eres tú?

Aparté la mirada de la página. Parpadeé, intentando orientarme. Miré a la mujer que tenía delante. Era de mediana estatura, como yo, pero más delgada, con una melena pelirroja brillante, gafas demasiado grandes, nariz respingona y labios carnosos.

—No hace tanto que no nos vemos, ¿verdad? —añadió sonriente—. ¿De verdad no me reconoces?

—¡Emily! ¡Em! ¡Em! —grité—. Por supuesto que te reconozco. Es solo que no te ubicaba, estás fuera de contexto. Normalmente nos vemos borrachas en un bar de Boston.

Me apresuré a rodear la estantería y la apreté en un exuberante abrazo. Al no estar preparada para mi entusiasta saludo, Em se vio sorprendida y tropezamos antes de que se sujetara a la estantería para mantener el equilibrio.

—¡Lo siento! Me alegro mucho de verte —dije—. Tenía intención de llamarte al llegar, pero tuvimos un pequeño problema familiar y aún estoy intentando asentarme aquí y todo eso.

—No pasa nada —acotó Em. Me hizo un gesto con la mano—. Sé lo ocupada que estás.

—Pufff… —Me encogí de hombros. No estaba tan ocupada desde que perdí el trabajo, pero no necesitaba decirlo todavía.

Aunque consideraba a Em una de mis mejores amigas, no le había contado mi situación. Que no me ascendieran a jefa de chefs del Comstock, cuando llevaba siete años allí, me había sentado tan mal que había dimitido. Y ahora estaba en la ruina, sin trabajo y me refugiaba en mi vieja y conocida amiga, la vergüenza. No le había contado a nadie el varapalo en mi carrera. En lugar de eso, había permitido que todo el mundo pensara que me estaba tomando el verano libre. ¡Ja! Como si eso pudiera ocurrir en la vida de un chef.

Era consciente de que la decisión del dueño del restaurante de contratar a otra persona no había sido debida a mis habilidades culinarias. Me había dicho sin rodeos que creía que un hombre encajaría mejor en la jerarquía de la cocina. ¡Menudo idiota misógino! Aun así, había una parte de mí que sentía que las creaciones culinarias en las que me había dejado la piel deberían haberme garantizado el puesto de jefa de chefs, y había sido difícil dejarlo pasar, sobre todo cuando en el fondo sospechaba que había sido la dislexia la verdadera causa de que me hubiera ninguneado.

Como jefa de chefs tendría que haber organizado muchas tareas, como el menú, el inventario, los horarios y el presupuesto. El dueño sabía que yo tenía dislexia y sospechaba que no había querido arriesgarse conmigo. En fin. Decidí que compartir las actualizaciones de mi vida podía esperar hasta que tuviéramos unas copas delante.

Em me miraba expectante. De las dos, yo era la extrovertida, la que hablaba por los codos, mientras ella era la tímida. Me había tocado a mí llevar la voz cantante y, por lo general, no suponía un problema, pero en aquel momento me resultaba demasiado difícil abrirme.

Recorrí la sala en busca de algo que decir. Me di cuenta de que la biblioteca aún estaba llena de gente para ser lunes por la tarde y las puertas de la sala de robótica seguían cerradas.

—Te estuve buscando aquí por la mañana cuando dejé a Tyler en el curso de robótica.

—Hoy trabajo de tarde —explicó.

—¿Sí? Debe ser agradable tener la mañana libre —comenté. ¿Por qué estaba resultando tan difícil la conversación? ¿Dónde había ido nuestra camaradería habitual?

—Lo es —afirmó sin darme más detalles.

Nos quedamos mirando a los clientes que se movían por el edificio, presas de una creciente incomodidad. Intenté recordar la última vez que nos habíamos visto. Tuvo que ser durante unas vacaciones, cuando vino a Boston de compras. Nos lo habíamos pasado bomba atiborrándonos de comida en los puestos del Quincy

Market y más tarde tomando una copa en el pub Durty Nelly's. ¿Por qué estábamos tan raras?

¿Había pasado algo desde la última vez que nos habíamos visto? ¿Estaba enfadada conmigo? Comprobé mentalmente que había mantenido el contacto. Las dos estábamos muy ocupadas, pero nos las arreglábamos para vernos por videoconferencia al menos una vez al mes. ¿No habíamos hablado el mes pasado? No me acordaba. Había estado muy liada con el trabajo.

¿Suena egocéntrico? Sí, pero eso no era nuevo, ya que seguía sin entender por qué esa conversación era el equivalente verbal a ponerse unos vaqueros dos tallas más pequeños.

Miré a mi amiga, pero Em no me rehuía. En lugar de eso, tenía los ojos muy abiertos y clavados en un lugar más allá de mí. Me giré para ver por qué su expresión era de alerta máxima.

Se me cayó la mandíbula al suelo, algo que conste, nunca es buena señal. Apoyado en la estantería detrás de mí, con un intenso brillo en sus ojos azul grisáceo, estaba el hombre del ferri. Y ahí estaba yo, sin maquillaje, con el pelo recogido de cualquier manera sobre la cabeza, vestida con los *shorts* de tela vaquera más cutres que poseía y una camiseta holgada con un unicornio descolorido. Estaba claro que el universo no estaba de mi parte, probablemente porque un libro estaba contaminando el océano o por algún otro delito que yo desconocía. Tampoco podía echárselo en cara.

A una persona normal le habría dado vergüenza ver a un hombre cuya propiedad había destruido, pero a mí no. El hecho de que me hubieran incluido en la clase de necesidades especiales en el instituto cuando ya no pude engañar a nadie por mis problemas de lectura y las burlas residuales que eso conllevaba me habían hecho más dura ante la humillación. En serio, tenía la piel de un rinoceronte.

—No me lo digas, déjame adivinar —dije—. Estás aquí para reemplazar el libro que accidentalmente lancé a dormir con los peces.

Oí que Em jadeaba a mi espalda, pero no le di explicaciones. Era una historia demasiado larga.

El hombre se rio y levantó un libro de bolsillo.

—He conseguido el último que quedaba.

—Pero te dejé sin el tuyo. Todavía me siento fatal por eso. ¿Seguro que no puedo comprarte otro? —pregunté. Afortunadamente, mi padre me había dejado una buena cantidad de dinero para pagar los gastos básicos del verano, y pensaba que reponer un libro sería sin duda un gasto básico.

—No es necesario —insistió—. Pero agradezco la oferta. —Llevaba una camisa de color azul claro con una corbata azul oscuro y unos pantalones claros, que le sentaban de maravilla a su musculosa figura, así que supuse que debía de haber venido a la biblioteca desde el trabajo. Intenté adivinar a qué se dedicaba. ¿Banquero? No. ¿Vendedor? No. ¿Abogado? No, nada de eso me parecía que encajara con él. Mmm...

—Así que ¿solo has venido para poder acabar el libro? —pregunté. Sí, estaba poniendo el cebo con la misma sutileza que si cazara moscas a cañonazos, pero cazando al fin y al cabo.

—Entre otras cosas —repuso. Intercambió una sonrisa cómplice con Emily, y me entró el pánico al pensar que podía ser su novio. ¡Oh, por el amor de Dios! ¿Estaba haciéndole ojitos al novio de mi amiga? ¡Qué horror!

—En realidad, Ben es mi nuevo jefe —intervino Em. Dio un paso adelante y nos miró—. Samantha Gale, te presento a Bennett Reynolds, director interino de la biblioteca.

—¿Director de la biblioteca? —Casi me ahogo con mi propia saliva.

—No hace falta ser tan formal. Llámame Ben —bromeó tendiéndome la mano.

Solté una risita forzada. Así que el lector sexi era en realidad un bibliotecario sexi. Había lanzado al mar el libro de un bibliotecario. Al universo le encantaba la ironía, ¿verdad?

Le estreché la mano. Su apretón era firme, pero no agresivo. En mi caso, la conmoción que sufría hacía que me sudara la mano y la tuviera flácida. ¡Aggg! Reafirmé el apretón y noté que se estremecía.

—Lo siento —dije. Le solté. Me pregunté si se había fijado en los callos, cicatrices y quemaduras que habían estropeado mis manos en la cocina. Si lo hizo, no lo mencionó.

—No pasa nada. —Sonrió como si entendiera que yo era un bicho raro. Por supuesto que lo entendía. Después de nuestro primer encuentro regado de vómitos, ¿qué otra cosa podía pensar de mí?

—¿De qué os conocéis? —preguntó Ben.

Aliviada por haber cambiado de tema para poder procesar el hecho de que el tipo sexi del barco era aún más agradable de lo que recordaba, me volví hacia Em.

—Dejaré que se lo expliques tú.

Em pareció momentáneamente desconcertada. Sí, le había tendido una emboscada al invitarla a hablar. Sin embargo, aceptó la tarea.

—Sam y yo nos conocemos desde hace mucho —dijo sonriente.

—Desde que usábamos pañales —confirmé. Em me miró de forma extraña—. ¿Es inapropiado decirlo? —pregunté.

—Es mi jefe —me recordó.

—Ah, claro. —Miré a Ben—. Olvida que he dicho eso. En realidad, nos conocimos en la cárcel.

Em se echó a reír y Ben pareció alarmado.

—No era una cárcel literal —intervino Em—. Éramos pequeñas y unos chicos que jugaban a policías y ladrones en el patio nos encerraron en su cárcel de mentira. Planeamos la fuga y a Jimmy Basinski le dio una rabieta total.

—Es verdad, nos convertimos en material de leyenda del patio de recreo —dije—. Después de eso, los chicos no nos permitieron jugar con ellos.

—Parece que tenéis una larga historia en la isla —señaló Ben.

—Sam más que yo —aclaró Em—. Yo me vine a vivir aquí a tiempo completo cuando era bebé, pero su familia ha vivido aquí desde hace generaciones.

Asentí con la cabeza.

—Pero solo a tiempo parcial desde que nací. Mi bisabuelo ayudó a fundar la Asociación del Espíritu Santo.

Ben inclinó la cabeza a un lado de modo inquisitivo.

—Así se llama el club luso-americano de Vineyard Avenue —expliqué—. Mi padre todavía pertenece a él.

—Tus raíces isleñas son profundas —afirmó.

—En efecto. Nuestra casa fue de mi abuela y de su abuela antes que de ella. Mi primo Dominick dice que en aquellos tiempos no podías tirar una piedra en Oak Bluffs sin darle a un Gale —dije—. Ahora somos menos, ya que muchos se han ido fuera de la isla, sobre todo a Cape.

—Entonces, puede que seas justo la persona que necesito, Samantha —afirmó. La intensidad de su mirada hizo que se me detuviera el corazón. Ser la receptora de esa mirada azul grisácea era algo embriagador.

—Dime —dije. Y, sí, soy una persona horrible porque me olvidé por completo que Em estaba a mi lado. De hecho, me habría costado recordar mi propio nombre en ese momento.

—He aceptado el trabajo de director interino, ya que tengo el verano libre en mi puesto en la biblioteca de investigación académica del MIT, principalmente para hacer algunas investigaciones familiares durante el verano —explicó—. Estoy intentando localizar a una persona que vivió aquí en los años ochenta.

—Me pescas un poco joven —dije. Miré a Em y ella asintió.

—Lo mismo digo —intervino ella—. Nacimos en los noventa.

—¿A quién buscas? —pregunté.

—A algunos parientes —dijo—. Mi madre vivió en Oak Bluffs en el 89, pero luego se trasladó a Maine. Ha vuelto a la isla hace poco y yo detrás, con la esperanza de que pudiéramos volver a conectar, pero también para bucear en la historia familiar. Por desgracia, ella no está tan interesada como yo.

Asentí, pensando en mi hermano.

—Yo también voy a hacer algo así este verano. Quizá pueda ayudarte.

Las cejas de Ben se levantaron como si estuviera sorprendido por la oferta.

—Te lo agradecería mucho.

—En absoluto —dije—. Es lo menos que puedo hacer después del «incidente». —Tracé unas comillas en el aire al pronunciar la palabra.

Me sonrió, y yo sentí que le devolvía la sonrisa. Em nos estudió, deteniéndose finalmente en mí con cara de «Me tienes que explicar todo esto».

—Excelente. ¿Me puedes dar tu número de teléfono para que hablemos más tarde? —preguntó. Sacó el móvil del bolsillo y estaba a punto de decirle mi número cuando algo me interrumpió.

—Tienes que estar de broma —dijo una voz a mi espalda.

Me di la vuelta y allí estaba Tyler. Miró a Ben y luego a mí. Parecía furioso.

—¿En serio? —preguntó—. ¿Realmente estás coqueteando con el director de la biblioteca?

—¿Qué? Yo no… —protesté. Podía haber ahorrado el aliento.

Tyler no esperó a escuchar una palabra de lo que dije. Giró sobre sus talones, se echó la mochila al hombro y fue furioso hacia la puerta.

—Bueno, maldición —dije. Miré a Em, cuya expresión era de sorpresa y simpatía a la vez, y a Ben, que parecía más bien sorprendido. Levanté las manos y sentí que la vergüenza me calentaba la cara—. Qué situación más incómoda. Lo siento. Será mejor que vaya a buscarlo. —Miré a Em—. Te llamo luego.

—Más te vale —dijo ella.

Corrí hacia las escaleras, deseando que se abriera el suelo y me tragara entera. No hubo suerte.

4

—¡Tyler, espera! —grité y fui sonoramente ignorada.

Ya había cruzado el aparcamiento y se dirigía a la calle. Una parte de mí estaba dispuesta a dejarlo ir andando a casa, pero entonces pensé en mi padre y en Stephanie y me imaginé intentando explicarles que a Tyler lo había atropellado un coche el primer día del curso de robótica porque estaba enfadado conmigo. Pues de eso nada.

Corrí al todoterreno y me senté detrás del volante. Tras atravesar el aparcamiento, me detuve junto a Tyler. Bajé la ventanilla del acompañante para poder hablar con él. Llevaba los auriculares puestos y me ignoraba de forma pasivo-agresiva. Pues se iba a enterar…

Toqué el claxon, y dio un respingo. Estuve a punto de reírme, pero me las arreglé para no hacerlo; estaba segura de que era algo que no le iba a gustar al irritable adolescente. Me lanzó una mirada sombría. Volví a tocar el claxon.

Miró a su alrededor como para asegurarse de que nadie presenciaba el bochorno que suponía su hermanastra tocándole el claxon. Volví a hacerlo.

—¡Basta ya! —gritó.

—Entonces, sube —dije—. Si no, te seguiré y tocaré la bocina todo el camino a casa.

—¡Qué inmadura! —Lanzó un suspiro de resignación y abrió la puerta del pasajero. Tuve que hacer todo lo posible para no tomarle el pelo y pisar el acelerador. Metió la mochila en el hueco para los pies y luego acomodó su cuerpo en el asiento. Se abrochó el cinturón con un clic.

—Con respecto a lo que escuchaste en la biblioteca…

—No voy a hablar de eso.

—¿Perdón?

Se señaló los auriculares y vi cómo subía el volumen del teléfono para no oír nada de lo que yo dijera. Volví a concentrarme en la carretera y conduje hasta casa, furiosa.

Siempre había pensado que cuidar a un bebé era un excelente método para el control de la natalidad. Me refiero a cambiar pañales y a los constantes berridos. No, gracias. Pero en ese momento me di cuenta de que los adolescentes son un método disuasorio mucho más eficaz. Sinceramente, ¿cómo es que los padres no los dejaban a un lado de la carretera con un cartel de «Se regala» pegado a la espalda?

Me detuve en el camino de entrada y Tyler salió del coche antes de que me detuviera por completo. Vi cómo subía corriendo las escaleras del porche, abría la puerta y daba un portazo.

Miré el reloj del salpicadero. Eran las cinco y veinte de la tarde o, como a mí me gustaba pensar, la hora de beber. Cerré el coche y entré en casa. No había ni rastro de Tyler, así que supuse que se había encerrado en su habitación. Perfecto. Me vendría bien tener un rato a solas.

Examiné el contenido del armario de licores en la cocina. Estaba poco surtido, pero no me importó. Decidí que necesitaba un poco de sol y me preparé una especie de limonada con especias. Luego me senté en el sofá del porche y apoyé los pies en la mesita. Aquel pequeño callejón sin salida no era muy frecuentado, pero algunos turistas llegaban hasta allí para ver nuestras pintorescas casas y la abundancia de hortensias azules que decoraban casi todos los jardines.

Dejé que la brisa fresca me acariciara mientras planeaba lo que pondría en la cena. Era evidente que Tyler estaba creciendo, y apostaría algo a que el hambre lo sacaría de su habitación con más eficacia que cualquier petición que yo le hiciera, así que el truco sería cocinar algo que lo atrajera como una sirena a un marinero.

Por la mañana se había negado de forma obstinada a que le preparara el almuerzo y se había conformado con un sándwich de mantequilla de cacahuete y mermelada y una manzana. Si no supiera que éramos hermanos, lo habría puesto en duda.

Le di un sorbo a mi bebida; tenía sabor a limón con un toque de vainilla, y saludé con la mano al señor Dutton, que estaba al otro lado de la calle cortando el césped de su pequeña parcela con la precisión de un piloto militar.

Las casas de Oak Bluffs no disponían a su alrededor de mucho jardín que cuidar, por esa razón muchos de los residentes veraniegos habituales se metían en los asuntos de los demás. El señor Dutton me devolvió el saludo y apagó el motor.

No lo había visto a menudo en los últimos diez años (ni a él ni a ninguno de los demás vecinos), y aunque tenía el pelo más canoso, seguía vistiendo holgados pantalones cortos y festivas camisas hawaianas. Me hacía sentir como si pudiera volver a retomar la vida en Vineyard sin demasiado alboroto. Parecía a punto de cruzar la estrecha calle para venir a charlar, cuando una motocicleta se detuvo delante de mi casa.

Interesante. No conocía a nadie en Vineyard que condujera una motocicleta. Observé cómo el motorista apagaba el motor y bajaba el caballete. Llevaba una camiseta blanca, que marcaba unos anchos hombros, y unos vaqueros desgastados que se ceñían a unas caderas delgadas como si fuera un anuncio andante de un hombre de lo más apetitoso. Las botas negras de cordones me resultaban familiares, pero no lograba recordar por qué.

Vi cómo el motorista se desabrochaba el casco y se lo quitaba. Lo dejó sobre el asiento y se sacudió el pelo oscuro y ondulado. Entonces lo reconocí; supe quién era antes de que se diera la vuelta, y estuve a punto de desmayarme en el asiento. Ben, el bibliotecario sexi, iba en moto. ¡Ay, Dios!

Resistí el impulso de abanicarme la cara con la mano, pero la sensación de agitación en mi interior se negaba a apaciguarse. Así que traté de parecer despreocupada y bebí un sorbo de limonada mientras Ben subía por el sendero. El señor Dutton, que seguía al

otro lado de la calle, vio que tenía visita y se volvió hacia el cortacésped; bien por él. Teníamos todo el verano para ponernos al día.

—Hola, Ben. —Le hice señas para que subiera al porche. ¿Lo
había dicho demasiado alto? Me aclaré la garganta, tratando de
no fijarme en sus hombros, en sus caderas o en su pelo ondulado.
¡Caramba! No sabía dónde mirar. ¿Había alguna parte en él poco
atractiva? ¿Quizá un orificio nasal o el lóbulo de la oreja?

—Hola, Samantha. —Sus pasos sonaron pesados en las escaleras—. Espero no interrumpir nada.

—En absoluto. Llegas justo a tiempo. La hora feliz empezó hace unos diez minutos —balbuceé—. Estoy trabajando mis habilidades en mixología. El jurado todavía está deliberando sobre esta
mezcla, ¿quieres tomarte una y me das tu opinión?

Miró con aprecio el cóctel que tenía en la mano.

—¿Te dedicas a la mixología de forma profesional?

—No, soy cocinera, pero me gusta probar recetas de bebidas y
ampliar mis conocimientos.

Sonrió y mi cerebro se volvió un poco confuso.

—Bueno, si es por el bien de la investigación, probaré un vaso.

—Siéntate. —Señalé una silla—. Vuelvo enseguida.

Me apresuré a entrar en la casa y le preparé con rapidez un
cóctel igual al mío. Puede que fuera un poco más cuidadosa con el
suyo, pero no porque intentara impresionarlo ni nada por el estilo.
Vale, sí, lo intentaba, lo que era ridículo porque, por lo que yo sabía, estaba casado o tenía novia. No importaba que obviamente
fuera una persona a la que le gustaban los libros y yo no. Bloqueé
todos esos pensamientos y volví al porche.

—Aquí tienes… —Le di la bebida.

Vi cómo fruncía ligeramente los labios al llevar el vaso a la
boca. Desvié la mirada. Mirar con intensidad es de mala educación, ya sabéis, e imaginé que mirar fijamente a un bibliotecario
era algo aun peor. Algo así como mirar a una monja. Tomé mi
propio vaso y le di otro sorbo. El toque a vainilla era sutil, pero
suavizaba perfectamente la acidez del limón. Pensé que realmente
lo había bordado.

—Está muy bueno —comentó Ben. Lo miré y asentí—. Realmente bueno.

—¿No lo ves muy para chicas? —pregunté—. No quiero reinventar el *appletini*.

Se rio.

—No es tan masculino como el *whisky* solo, pero el limón le da un toque viril. Diría que no es más femenino que un mojito. Es el nombre lo que lo definirá. Necesita un nombre neutro.

—Estaba pensando en llamarlo Atardecer Líquido —dije. Fruncí el ceño—. No, eso no atraerá a los poseedores de conjuntos cromosómicos XY.

—No, creo que no —convino—. Necesitas algo más varonil, como Tierra Quemada.

—Suena delicioso —repuse—. Estoy imaginando sutiles notas a ceniza.

—Y a tierra —añadió riendo. Soltó una buena carcajada.

Degustamos las bebidas y observamos el mundo pasar durante un momento. El señor Dutton había terminado de cortar el césped y había guardado el cortacésped. El silencio debería haber sido incómodo, ya que no conocía de nada al bibliotecario sexi, pero, para mi sorpresa, me sentía cómoda allí sentada con él. Lo miré de reojo, y me pareció perfectamente relajado en su silla, con el vaso en la mano. Un poco más tarde me di cuenta de que, a pesar de su actitud despreocupada, no se trataba de una visita social y probablemente tenía un motivo para estar allí.

—Supongo que no has venido solo para ser degustador de cócteles —dije.

Hizo una mueca.

—Lamentablemente, no. Estoy aquí para ver cómo está Tyler.

—¿Cómo está? —repetí. Tuve un repentino presentimiento. ¿Había metido ya la pata al tratar con cierto adolescente? Solo llevábamos un día solos—. Por lo que sé, está bien. Quiero decir que lo voy a cuidar las próximas seis semanas porque nuestros padres, bueno, nuestro padre y su madre, yo tengo otra madre, están de viaje por Europa. En realidad, somos medio hermanos.

Ben parpadeó. Sabía que estaba hablando demasiado deprisa y que la información se le escapaba de las manos (probablemente oyó el pitido de un camión dando marcha atrás por encima de mis palabras), pero no conseguí detener aquella charla acelerada.

—Sinceramente, no sé nada de adolescentes —confesé—. Creo que Tyler está bien, pero de momento no me habla y se ha limitado a gruñirme desde que ha salido de la biblioteca, ya sabes, después del... er... malentendido.

—Sí, creo que sé qué lo ha impulsado —me aclaró.

Me senté más erguida.

—Soy toda oídos.

—Al parecer, mientras yo hablaba contigo, ha habido un altercado en la sala de robótica.

—¿Un altercado?

—Según me ha contado Ryan Fielding, el instructor jefe del curso, ha habido un desacuerdo y alguien ha empujado a Tyler —dijo Ben.

—¿Qué? —Me puse en pie de un salto—. ¿Me estás diciendo que un matón le ha puesto las manos encima a mi hermano? ¿Quién ha sido? Porque iré a su casa y exigiré hablar con los padres de ese chico...

—De esa chica —me corrigió.

—De... ¿qué?

—La compañera con la que Tyler ha tenido el altercado se llama Amber Davis —explicó.

Me quedé mirando a Ben. Mi hermano había sido derrotado por una chica. Eso era malo a muchos niveles. Me pregunté en qué punto del viaje estarían mi padre y Stephanie, porque esa situación podía desbordarme y tal vez ellos podrían regresar para ocuparse de él.

—¿Una chica? —pregunté solo para asegurarme de que lo estaba entendiendo bien antes de tener un completo ataque de pánico—. ¿Tyler ha tenido un altercado con una chica?

—Sí.

Di un buen trago a mi bebida.

—Solo para que quede claro —añadió Ben—. Tyler lo ha manejado a la perfección.

—De acuerdo.

—Le señaló a Amber las posibles dificultades del diseño que estaba presentando, y ella respondió empujándolo delante de todo el equipo.

Apreté sin querer el vaso entre los dedos.

—Pero no se opuso ni se enfrentó a ella de ninguna otra forma que no fuera decirle que parara —dijo Ben—. Lo cual, sinceramente, es encomiable.

—Cierto —acepté. Me hundí de nuevo en mi asiento. Pobre Tyler. Sentí un pellizco en el corazón. Estaba en una situación imposible. Devolverle el golpe a la chica lo hubiera convertido en un imbécil, pero no hacer nada, lo tildaría de ser el enclenque al que le pega una chica. Con razón había tenido ese arrebato conmigo cuando me había visto hablando con Ben. Necesitaba arremeter contra alguien y ahí estaba yo—. Bueno, ¿qué pasará ahora?

—Por eso estoy aquí. —Parecía dolido—. Como director de la biblioteca, que en última instancia está a cargo del curso de robótica, tengo que determinar las consecuencias de lo que ha pasado hoy, y quería conocer la opinión de Tyler sobre la situación.

Asentí con la cabeza. Su incomodidad era palpable. En la mayoría de los lugares se aplicaba una política de tolerancia cero frente al acoso, así que probablemente estaba pensando que tenía que expulsar a la tal Amber del curso, pero, según tenía entendido, este estaba vinculado al dinero de la beca y era algo que no podía hacerse a la ligera.

—Lo llamaré…

No tuve que decir nada más, porque la puerta se abrió de golpe y Tyler salió al porche a grandes zancadas. Ya estaba defendiendo su caso, así que Ben y yo terminamos nuestras bebidas mientras él hablaba.

—Señor Reynolds, sé por qué está aquí, pero sea lo que sea lo que ha oído, no es cierto —alegó Tyler. Comenzó a pasear por el pequeño porche—. Me he tropezado, eso es todo. No hay razón para castigar a nadie por mi torpeza. Quiero decir, mire el tamaño de mis pies. Calzo un cuarenta y cinco. Es como tratar de andar con un par de canoas.

Ben apretó los labios como si intentara no reírse, y yo tuve que apartar la mirada por el mismo motivo. Mi hermanito estaba en racha, y no iba a detenerlo.

—Y no lo digo por decir, Sam es testigo, soy tan torpe que apenas puedo cruzar la habitación sin tropezar —añadió al tiempo que levantaba un pie y señalaba su zapato—. Debería ponerles topes de goma a las suelas para evitar hacerme daño, no hago más que trastabillar todo el tiempo. De hecho, quizá me plantee ponerme un casco para cuando vuelva a caerme como hoy.

—Entonces, ¿lo que estás diciendo es que te caíste sin ayuda de nadie? —preguntó Ben.

—Exacto. —Tyler no pudo sostener la mirada de Ben y en su lugar bajó la vista a sus zapatos. Ben y yo intercambiamos una expresión perpleja. No me gustaba que Ty estuviera encubriendo a Amber Davis, pero me impresionaba que no la delatara, aunque se lo mereciera.

—¿Cómo crees que se debe manejar la situación? —preguntó Ben.

Tyler levantó la vista.

—Yo no echaría a nadie del equipo. Lo dejaría estar como el malentendido que ha sido y lo olvidaría. —Sus ojos adquirieron una intensidad fascinante—. Si queremos ganar la competición de robótica Severin al final del verano, necesitamos a todos los miembros del equipo. Cada uno aporta algo único, y tenemos que aprovechar todo ese potencial si queremos ganar, y eso es lo que yo quiero.

Ben asintió.

—Sin duda has captado el espíritu.

Tyler le dedicó una sonrisa tentativa, como si esperara haberse ganado a Ben.

—El curso de robótica pretende ser un espacio inclusivo, constructivo y compartido, con tolerancia cero para el acoso —advirtió Ben. Su tono era firme y no admitía discusión.

—Sí, señor.

—Si acepto tu palabra sobre lo que ha pasado hoy y dejo pasar este episodio, ten claro que esperaré que, si sufres algún tipo de acoso u observas que le ocurre a otro miembro del equipo, vengas a hablar conmigo.

—Por supuesto, puede estar seguro —asintió Tyler. Me miró, y yo le dediqué un gesto poniendo los dos pulgares hacia arriba y sonreí.

Tyler puso los ojos en blanco como si yo fuera la persona más molesta que jamás hubiera respirado, cosa que, para que conste, no era. Tampoco tenía ni idea de lo irritante que podía ser ver cómo alguien ponía los ojos en blanco. Era irritante en plan superlativo, como agravante supersónico. Antes de que pudiera compartir esa opinión, Tyler volvió a mirar a Ben.

—Gracias, no lo defraudaré —aseguró. Se dio la vuelta y entró en tromba en la casa, dejando la puerta mosquitera vibrando sobre sus goznes.

Miré a Ben.

—Es que tiene los pies muy grandes.

—Como canoas —aceptó.

Los dos nos reímos y enseguida intentamos reprimir la risa por si el adolescente estaba escuchándonos.

—Entre tú y yo, voy a hablar con Amber Davis para asegurarme de que todos estamos de acuerdo —indicó Ben.

—Oh, bien, si pudieras hacer que sudara un poco, sería genial —sugerí.

Ben se rio.

—Le pondré claras las consecuencias.

—¿Puedo hacerte una pregunta?

—Claro.

—¿Cuál es el funcionamiento de este curso de robótica? Mis padres mencionaron que suponía la oportunidad para obtener una beca para la Academia de Ciencias Severin, pero... —Me encogí de hombros.

Asintió con la cabeza.

—Lo entiendo. Cuando acepté el cargo de director interino de la biblioteca, yo también tenía mis dudas. Ryan Fielding, que trabaja en el área de divulgación para Severin Robotics, es el instructor principal del grupo de Vineyard. Hay diez más por todo el país, con diez estudiantes cada uno. Todos compiten por el primer premio, que consiste en una beca y la entrada automática en la academia para todo el equipo.

—¿Por eso Tyler no quiere que echen a Amber?

—Sospecho que sí —dijo. Se levantó de su asiento—. Será mejor que vaya a hablar con ella antes de que se haga tarde. Gracias por el cóctel.

—Un placer. —Oh no, ¿habría sonado demasiado desesperada o demasiado amistosa? Llevaba tanto tiempo trabajando de noche en el Comstock que no tenía ni idea de cómo se relacionaba la gente normal.

Ben se dio la vuelta y fue hacia las escaleras. Dejé el vaso y lo seguí, pues me resultaba raro quedarme en el porche y despedirme desde la distancia.

Anduvimos por el corto sendero hasta la calle. Se detuvo junto a la motocicleta. Era una gran máquina.

—¿Es esta la casa que era de tu abuela? —preguntó.

Volví la vista a la casita con tejas de cedro donde había sido tan feliz todos los veranos.

—Así es.

—¿Cómo es que tu familia acabó viviendo en Vineyard?

—Eran pescadores portugueses —expliqué—. Reclutados en las Azores para trabajar en barcos balleneros, que acabaron estableciéndose en Vineyard. Mi familia posee esta casa y un par más desde hace tiempo, cuando la zona se llamaba Cottage City.

Ben contempló la modesta edificación, que tenía más de cien años. Asintió lentamente con la cabeza, como si pudiera ver a los fantasmas de mis antepasados paseando por el patio. A veces, yo también podía.

—Es increíble tener tanta historia familiar —se admiró. Su voz era melancólica mientras recogía el casco y pasaba la pierna por encima del asiento. Tenía la sensación de que Bennett Reynolds buscaba algo más que unos parientes, y mi curiosidad exigía saber qué era.

—Nos vemos mañana cuando deje a Tyler. —Parecía desesperada de nuevo, así que cambié mi tono a casual—. Ya sabes, si estás por allí.

—Allí estaré. —Su mirada se encontró con la mía, y ahí estaba. Esa chispa de conciencia que hacía que mi pulso se acelerara y mi oído se volviera borroso. ¿Cómo demonios me las había arreglado para convertirme en un abrasador caso de «Sí, por favor» para aquel guapo bibliotecario? Ni idea.

Ben Reynolds era mucho más de lo que esperaba ese verano. Menos mal que me adaptaba a todo. Lo vi ponerse el casco y encender la moto. Tras despedirse con un gesto de la mano, salió disparado calle abajo. Descubrí que tenía ganas de ir a la biblioteca al día siguiente. ¿Quién lo habría supuesto?

5

Volví a casa y encontré a Tyler rebuscando en la despensa como un oso en un contenedor. Sacaba alimentos al azar, los olía y los devolvía a su sitio como si temiera que fueran portadores de una enfermedad contagiosa.

Me crucé de brazos y apoyé la cadera en la encimera.

—¿Puedo ayudarte a encontrar lo que buscas?

—Quiero comida —refunfuñó—. Ni siquiera sé qué son la mayoría de estas cosas.

—¿Qué te desconcierta? —pregunté—. ¿La mantequilla de almendras? ¿La barra de pan que no está precortada? ¿O es la plétora de frutas y verduras?

Se volvió hacia mí con el ceño fruncido.

—No puedo comer eso.

—¿No puedes o no quieres?

—Solo como pasta con mantequilla, arroz normal o mantequilla de cacahuete y mermelada, y de vez en cuando *nuggets* de pollo, pero tienen que estar recién salidos de McDonald's.

—¿Cuántos años tienes, cinco? —pregunté. Estaba horrorizada. ¿Qué chico de catorce años comía la dieta de un viejo estreñido?—. Venga, vamos a salir.

—No quiero comer fuera —dijo—. Nunca hay nada que me guste.

—Estoy segura de que podemos encontrar algo lo suficientemente sencillo como para satisfacerte incluso a ti —alegué—. Además, soy la encargada de las comidas, y si quieres comer, te vienes conmigo.

Cerró de un portazo la puerta de la despensa y frunció aún más el ceño.

—¿Por qué quieres salir a cenar conmigo si odias tanto a los adolescentes?

Respiré hondo. Así que me había oído hablar con mi padre la primera noche. Qué bien… Me quedé de pie junto a él, pensando qué podría decirle para que dejara de utilizar como garrote lo que había dicho sobre los adolescentes y no me aporreara con él cada vez que abría la boca; de lo contrario, aquel iba a ser un verano insoportablemente largo.

Mientras pensaba y desechaba respuestas ingeniosas, me di cuenta de que lo estaba mirando. Con la cabeza levantada. A mi hermano pequeño.

«¿Cuándo demonios ha crecido tanto?».

—Esta primavera —dijo.

—¿Lo he dicho en voz alta?

—Sí —alegó—. Desde Navidad, he crecido diez centímetros y tres números de zapatos.

Le miré los pies.

—Pensaba que habíamos establecido que no son zapatos, son canoas.

—Gracias por recordármelo —dijo. Parecía molesto.

¿Cómo había olvidado lo mal que se pasa en la adolescencia? La incómoda sensación de que tu piel, tus huesos y tu pelo ya no encajan bien. La certeza absoluta de que todo el mundo te está observando todo el tiempo, juzgando tu actitud y esperando a que cometas un desliz para reírse de ti y hacer que te mueras de vergüenza. La brutal etapa de tener pensamientos contaminados sobre…, bueno…, casi todo el mundo, combinada con la aparición de vello en lugares donde no tenía por qué haberlo y un repentino y problemático olor corporal. Sí, es un milagro que alguien sobreviva.

Sabía que no debía mirar a mi hermano con simpatía o me devolvería la mirada con alguna pulla cortante que me molestaría o heriría mis sentimientos.

—Solo porque seas más alto que yo —dije, plantando las manos en las caderas como hacía Stephanie cuando nos sermoneaba—, no creas que eres mi jefe.

Me miró y se le dibujó una sonrisa en una comisura de sus labios que se deslizó lentamente hacia el otro lado. Luego me dio una palmadita en la cabeza.

—Lo que tú digas, enana.

—¿Enana? —espeté con fingida indignación—. ¡¿Enana?! —Y me eché a reír. Agachó la cabeza, pero no antes de que viera su sonrisa.

—¿Dónde vamos a cenar? —Pasó junto a mí para ir a la puerta—. Me muero de hambre.

—Ah, ahora sí quieres ir a cenar —dije.

Se señaló.

—Soy un niño en etapa de crecimiento. Tengo que comer cada quince minutos o moriré, literalmente, de hambre.

—Exagerado. —Salí al porche con él y cerré la puerta.

Nos miramos durante un momento y me di cuenta por primera vez de que los dos teníamos el pelo negro, idénticos ojos marrones y la misma cara en forma de corazón. No sé por qué no me había dado cuenta antes, pero era evidente que los dos nos parecíamos a mi padre y a su ADN Gale, y ver mis propios rasgos reflejados en él me hizo sentir una conexión con Tyler que nunca había sentido.

—¿Qué? —preguntó. Se miró la camiseta—. ¿Tengo una mancha o algo?

—No, estás bien —aseguré. No estaba en absoluto preparada para lidiar con todos esos sentimientos. Llevaba sola demasiado tiempo. No tenía ni idea de lo que significaba tener un vínculo fraterno—. Vámonos.

Anduvimos por el barrio hasta la parte más turística de la ciudad. Allí tuvimos que esquivar y zigzaguear entre la multitud, pero finalmente llegamos al carrusel de los caballitos voladores.

—¿En serio? —preguntó Tyler—. ¿No crees que soy un poco mayor para esto?

—Nunca se es demasiado mayor para ir en tiovivo —dije—. Pero no estamos aquí para eso.

Pasamos junto al viejo carrusel (que presumía de ser el más antiguo del país, ya que había sido traído a Vineyard desde Coney Island, Nueva York, en 1884), y cruzamos la calle, donde una pequeña tienda familiar elaboraba la mejor pizza de los alrededores de New Haven, Connecticut.

—¿Te gustará la pizza, supongo? —pregunté.

—Solo de queso —dijo.

—Por supuesto.

Entré en el local y pedimos cada uno un par de porciones y refrescos. Supuse que después del día que había tenido Tyler, Stephanie y mi padre no desaprobarían demasiado que le diera pizza para cenar. Ya encontraría la manera de que empezara a ampliar su paladar otro día. Era chef, después de todo. No podía permitir que mi hermano solo ingiriera comida basura. ¡Qué horror!

Encontramos un banco vacío en Lake Avenue que daba al puerto deportivo. Observamos a la gente mientras comíamos y decidí que era un momento tan bueno como cualquier otro para hacer una inmersión informativa.

—Dime una cosa, ¿tú sabes por qué le ha dado a papá por llevar esa perilla? —pregunté.

Justo Tyler le estaba dando un sorbo al refresco, algo que interrumpió para ponerse a reír.

—Lo siento. ¿Necesitas una palmadita en la espalda?

Puede que sonara un poco ansiosa, ya que negó con la cabeza.

—No, estoy bien —dijo.

Mi porción de pizza tenía la corteza fina y crujiente, una ligera capa de salsa y mucho queso. En otras palabras, era perfecta. La mordisqueé mientras esperaba la respuesta de Tyler. Seguro que él también se había fijado en la perilla.

—No tengo ni idea de lo que le pasa —dijo—. Y tampoco entiendo lo de los vaqueros ajustados ni lo de poner a punto ese coche deportivo —añadió antes de que pudiera hacerle una pregunta más.

—¿Eres una persona sensible? —pregunté.

Me miró confuso.

—¿Qué significa eso?

—Significa que quiero ahondar en el matrimonio de tus padres, pero si te hace sentir vulnerable, no entraré en esos berenjenales —expliqué.

Pareció sorprendido.

Me encogí de hombros.

—Sé que no hay una relación demasiado estrecha entre nosotros y que no hemos pasado demasiado tiempo juntos a lo largo de los años, pero me gusta ver a mi padre y a Steph juntos, y siento que...

—Está teniendo una monstruosa crisis de la mediana edad —dijo Tyler.

—¿Tú también lo crees? —pregunté. Era lo que había estado pensando, pero me pareció raro que me lo confirmara.

—Eso le gritó mamá cuando apareció con ese coche de payaso —apuntó Tyler.

Resoplé y se me fue el refresco por la nariz. Eso hizo reír a Tyler, naturalmente.

—¿Necesitas que te dé una palmadita en la espalda? —se ofreció. Me reí más y su sonrisa se hizo más profunda.

Nos sonreímos un instante y me di cuenta de que me gustaba tener un hermano pequeño. Por suerte, no lo dije en voz alta, ya que lo asustaría.

Estaba royendo lo último de mi corteza cuando apareció un hombre que venía desde un barco atracado al otro lado del paseo. Me resultaba familiar, y debió sentir lo mismo hacia mí, porque me miró dos veces.

—Samantha Gale, ¿eres tú? —preguntó.

Tragué saliva. La corteza se me atragantó y tuve que tomar un sorbo rápido de refresco para que bajara del todo. Forcé una sonrisa.

—La misma —dije.

—Lo siento, es que te pareces muchísimo a tu padre, pero, por supuesto, también veo a tu madre, Lisa, en ti —comentó. Me tendió la mano, que estreché más por reflejo que por amistad.

—Es probable que no me recuerdes, pero tus padres solían salir a navegar con mi mujer y conmigo. Tú venías con nosotros, pero solo eras así. —Separó las manos un palmo como si yo hubiera sido un pez que hubiera pescado.

—Ah, bueno, me alegro de verlo de nuevo, señor...

—Stuart Mayhew. Llámame Stuart —pidió.

—Lo recuerdo vagamente. —Era mentira. No tenía ni idea de quién era ese tipo, pero parecía querer que lo reconociera y no deseaba decepcionarlo.

—¿Estás siendo amable? —preguntó.

Me encogí de hombros.

—Tal vez.

Se rio.

—Eres tan diplomática como tu padre.

Sonreí.

—No soy la única. Le presento a mi hermano pequeño, Tyler, el cerebro de la familia.

Tyler parecía sorprendido de que hubiera hecho referencia a él, pero estrechó la mano extendida de Stuart.

—Encantado de conocerlo, señor.

Stuart nos miró con detenimiento.

—Sí, sin duda y definitivamente sois hermanos Gale.

No tuve ni idea de por qué eso me hizo sentir bien, pero así fue. Miré a Tyler y me lo encontré observándome como si se preguntara qué pensaba yo al respecto. Le guiñé un ojo para hacerle saber que me parecía bien, y curvó los labios un poco.

—¿Dónde están tus padres? Me encantaría ponerme al día —dijo Stuart.

—Mi padre y Stephanie están de viaje por Europa en este momento —expliqué.

—¿Stephanie? —Stuart parecía confuso. Entonces me di cuenta de que había sido amigo de mis padres cuando aún estaban casados.

—Stephanie es la segunda esposa de mi padre y la madre de Tyler —dije—. También es mi madrastra, y la adoro. —¿Por qué me sentí obligada a añadir eso? Como si la situación tuviera que ser todavía más incómoda.

—¿Y Lisa, quiero decir tu madre, lo siento, ella ha...? —Stuart parecía afligido, y tardé un momento en darme cuenta de que me estaba preguntando si mi madre estaba muerta.

—Mi madre está bien —aseguré—. Vive a lo grande en Boston, tan feliz como puede.

—¿Así que tus padres terminaron divorciándose? —preguntó. Parecía sorprendido.

—Sí. —Ni siquiera podía mirar a Tyler. Decidí dirigir la conversación en otra dirección, la que fuera—. Supongo que lleva fuera de Vineyard bastante tiempo.

Asintió.

—Me alejé de Vineyard después de que falleciera mi mujer, Jeanie. —Su voz era melancólica y miró al barco—. No soportaba estar aquí sin ella, así que me trasladé a Florida, y he vivido allí los últimos veintitrés años.

—Lamento mucho su pérdida —dije.

—Yo también —añadió Tyler.

Sentí un destello de orgullo al pensar que era capaz de dejar a un lado nuestras propias rarezas familiares para reconocer el dolor de Stuart. Mi hermano tenía un buen fondo.

—Gracias a los dos —agradeció Stuart.

Se quitó la gorra de béisbol de la cabeza, dejando ver un mechón de pelo gris en una cabeza que, por lo demás, era calva. Era alto y delgado, de piel morena y brazos musculosos. Llevaba una camiseta, pantalones cortos y náuticos de la vieja escuela sin calcetines. Parecía un hombre que se sentía más a gusto en el agua o cerca de ella.

—¿Qué le ha traído de vuelta aquí? —pregunté.

—Negocios —expuso llanamente—. Y que lo echaba de menos. No hay otro lugar en el mundo como Vineyard. Además, he pensado que venir aquí me devolvería un poco a Jeanie, por lo que he comprado la posada Tangled Vine.

—Me encanta ese sitio —comenté—. Mi abuela solía llevarme allí a tomar el té por la tarde todos los sábados. Algunos de mis mejores recuerdos son de ese patio. No sabía que seguía abierta.

—Llevaba mucho tiempo cerrada. Estoy intentando rehabilitarla y ponerla en marcha de nuevo. ¿Por casualidad no conocerás a nadie especializado en aperitivos? —preguntó—. Estoy tratando de infundir algo de vida a las noches de los viernes con una hora feliz, pero el chef que he contratado no puede ocuparse de ello al tiempo que de las cenas.

—¿En serio? —pregunté. Sentí que se me aceleraba el corazón. Si conseguía un trabajo, podría ahorrar algo de dinero y evitar pedirle un préstamo a mi padre, lo que me haría sentir menos mal conmigo misma—. En realidad soy cocinera.

Parpadeó como si pensara que estaba bromeando. Me di cuenta de que tenía delante una venta difícil.

—Paso el verano aquí para echarle un ojo a Tyler mientras sus padres están fuera, pero hasta hace poco era una de las chefs del Comstock de Brookline.

—¿Ya no trabajas ahí? —preguntó.

—No. —No me explayé. No hacía falta que supiera que no me habían ascendido. Sentí la mirada láser de Tyler clavada en un lado de mi cara. Lo ignoré—. La familia es lo primero.

Stuart asintió. Tenía la sensación de que no le convencía del todo contratar a una perfecta desconocida sin credenciales. Figúrate…

—No es por presumir ni nada de eso, pero me han incluido en varias revistas de Boston como una de las treinta cocineras menores de treinta años a tener en cuenta.

Me estudió, pensativo. Iba a tener que ir a por todas.

—Le propongo algo —dije—. Me encargaré del catering de su hora feliz por anticipado, y si no le gusta, no tendrá que pagarme.

Arqueó las cejas y empezó a protestar.

—No, lo digo en serio —insistí. Una vocecita dentro de mí que gritaba: «¡Cállate, cállate, cállate!». Pero no la estaba escuchando—. Si queda satisfecho con la hora feliz, me reembolsará la comida y el tiempo, y si no lo está, cada uno por su lado, sin resentimientos.

Stuart guardó silencio. El corazón me latía con fuerza en el pecho. Estuve a punto de retirar la oferta. ¿En qué estaba pensando? Solo podría pagar la comida si usaba el dinero que mi padre me había dado para que Tyler y yo nos alimentáramos. Si la fastidiaba, comeríamos fideos con mantequilla y palomitas hasta que volvieran sus padres. Debía estar loca.

Pero si lo conseguía, tenía posibilidades de tener trabajo. Y, ay, tenía muchas ganas de trabajar.

—No veo cómo puedo negarme —claudicó Stuart. Parecía emocionado—. Es fantástico. Dame tu número de teléfono para concretar los detalles. ¿Podrías empezar este viernes?

—Por supuesto. —Intercambiamos los números y volvimos a estrecharnos la mano.

—Estoy deseando trabajar contigo, Sam. Encantado de conocerte, Tyler —se despidió Stuart. Le tendió la mano y Tyler se la estrechó—. Espero que nos volvamos a ver pronto.

—Oh, por supuesto —dije. No tenía ni idea de dónde provenía esa afirmación, pero doblé la apuesta—. Tyler es mi pinche.

—Fantástico —se alegró Stuart—. ¡Los hermanos Gale unidos! —Alzó las manos en el aire como si estuviera levantando el techo, y yo me reí. Stuart me caía bien.

Se marchó tras hacer un gesto con la mano y yo me desplomé en el banco. En mi mente daban vueltas los posibles menús. Me negaba a considerar las consecuencias de un fracaso en ese momento. De repente, Tyler se levantó de golpe, me fulminó con la mirada y gruñó.

—No soy tu pinche y no voy a cocinar contigo.

Tiró el plato y el vaso de papel a la papelera cercana con más fuerza de la necesaria y empezó a andar hacia casa. ¿Y ahora qué le había hecho?

Suspiré y lo seguí.

—¡Tyler, espera! —llamé.

Apuró el paso.

Pensé en dejarle llevar la iniciativa y seguirle como un perro callejero hasta casa, pero ese tipo de pasividad no iba con mi naturaleza.

Cuando se vio obligado a esperar en un paso de peatones entre la multitud de turistas, me acerqué sigilosamente por detrás.

—¿Por qué no quieres ser mi pinche? —pregunté—. Te pagaría.

—No se trata de dinero.

El semáforo se puso en verde, y la multitud cruzó la calle como una gran masa gelatinosa. Me colé detrás de él.

—Entonces, ¿de qué se trata? —pregunté—. Pensaba que estábamos creando lazos fraternos.

—Bueno, pues no.

—Qué decepción...

—Bienvenida a mi vida.

No podía verme, así que arrugué la cara y le saqué la lengua por la espalda. Un trío de chicas que venía hacia nosotros se echó a reír y Tyler giró la cabeza para mirarme. Por suerte, logré cambiar la expresión a una de preocupación contrita antes de que su mirada se posara en mí. Sus ojos se entrecerraron en señal de sospecha, así que abrí mucho los míos con toda la inocencia que pude reunir. No sé si se lo creyó.

—Vamos, Tyler —insistí—. Ayuda a tu hermana.

Frunció el ceño.

Salimos de Lake Avenue por una calle lateral más tranquila, lo que nos llevaría a casa a través de Oak Bluffs. Cuando pasamos junto a las famosas casitas de jengibre, enlacé mi brazo con el suyo.

—¿Por qué estás tan enfadado? —pregunté.

—No tenías derecho a decir que soy tu pinche sin preguntarme antes —explicó. Se encogió de hombros—. Quizá tenga otros planes.

—No los tienes.

—Puede que sí. Tú no lo sabes.

Consideré lo que había dicho. Tenía razón. No era que tuviera planes. Eso lo dudaba, pero debería haberle preguntado antes.

—Tienes razón —dije—. Debería haberte preguntado antes. Te pido disculpas. Estaba tan emocionada de poder cocinar que me he dejado llevar.

—Sí, un trabajo porque te han echado del sitio donde trabajabas. —Me miró de reojo—. Papá me dijo que te has tomado el verano libre para pasar tiempo con nosotros, pero eso no es cierto, ¿verdad? Has mentido.

Estaba especulando, lanzándome sus conjeturas y viendo mi reacción. Aun así, me sentí atrapada. Me invadió la vergüenza. Por un segundo pensé en explicarle la verdad, que no me habían ascendido y que había renunciado por eso. Tyler sería la primera persona a la que se lo contaría. No, no, no. De ninguna manera iba a desgranar mi dolorosa historia a un adolescente. Era demasiado humillante. Ya era bastante malo que yo misma me considerara una perdedora, no quería que mi hermano pequeño también tuviera esa imagen de mí. Y menos ahora, cuando estábamos empezando a conocernos.

—¿No te encanta la robótica? —pregunté. Asintió—. Pues lo mismo me pasa a mí con la cocina. Aunque haya hecho un paréntesis en mi carrera, por la razón que sea, me sigue encantando. La cocina es mi lugar. Aunque no estuvieras intentando conseguir una beca para la Academia de Ciencias Severin, seguirías trabajando en algo de robótica este verano, ¿verdad?

—Probablemente —reconoció de mala gana.

Lo miré, lo cual seguía siendo muy raro.

—Tienes catorce años. Aún no puedes trabajar, pero con este trabajo podrías ganar mucho dinero. ¿No quieres disponer de tus propios ingresos?

Lo consideró.

—¿De cuánto dinero estamos hablando?

—¿Cinco dólares la hora? —tanteé.

—¿Por quién me tomas, por un crío?

—Muy bien, diez —subí.

—Quince, más una parte de las propinas —propuso.

Me eché hacia atrás y le lancé mi mirada más ofendida. Luego me palpé los bolsillos.

—¿Qué? ¿Has perdido la llave de casa? —preguntó.

—No, pero estoy casi segura de que me acaban de atracar.

Se rio.

—¿Trato hecho? —dijo extendiendo la mano.

Lancé un suspiro de resignación.

—Trato hecho. —Le di la mano—. Pero será mejor que estés en forma, porque te voy a exprimir al máximo.

—Por quince pavos la hora, te dejo hacerlo. —Me hizo un gesto con las cejas. Intenté no reírme.

No lo conseguí.

6

A la mañana siguiente me levanté temprano. No quería llegar tarde otra vez y arriesgarme a quebrar la frágil conexión que Tyler y yo habíamos establecido distrayéndome con algo antes de llevarlo a la biblioteca. Al llegar a casa la noche anterior, había estado segura de que Tyler subiría disparado a su habitación a jugar con los videojuegos, pero se había quedado abajo conmigo y habíamos acabado viendo una maratón de *El gran pastelero británico*.

Mi hermano no tenía ni idea de lo que le esperaba. Traté de advertirle que no se encariñara con ningún concursante, pero no me hizo caso. Cuando su participante favorito no pasó a la siguiente ronda, nos fuimos a la cama para que pudiera recuperarse del trauma emocional. Resistí el impulso de decir: «Te lo dije», y me sentí muy orgullosa de mí misma por ello.

Estaba sacando los gofres de la plancha cuando Tyler apareció en la puerta. Pareció sorprendido de verme.

—¿Ya estás levantada?

—Y lista para salir por la puerta en cuanto desayunes —repliqué—. Te lo prometo.

Dejé los platos en el fregadero, desenchufé la gofrera y me senté a la mesa del comedor con las manos curvadas alrededor de la taza de café.

Tyler se comió los gofres, que solo llevaban azúcar glasé. Sé engatusar con elegancia.

—Están buenísimos. Gracias.

—De nada. —Le di un sorbo al café, muy satisfecha conmigo misma. Tal vez vigilar a un adolescente no fuera tan difícil después de todo.

—¿Te vas a quedar ahí sentada, mirándome? —preguntó.

—No. —Desvié la mirada, pero entonces captaron mi atención los platos. Debería lavarlos. Seguro que me daba tiempo. Empecé a levantarme de la silla, pero volví a sentarme enseguida. No, no iba a distraerme. No iba a distraerme.

—Puede que sí tenga que mirarte —comenté.

Tyler frunció el ceño.

—¿De verdad?

—No quiero perder de vista mi objetivo, que es alimentarte y llevarte cuanto antes a la biblioteca para que llegues el primero.

—Ah. —Tragó un enorme bocado de gofre—. ¿Te desconcentras mucho?

—Sí, porque soy un caso patológico de TDAH. Es parte de los regalos que acompañan a la dislexia —expliqué—. No lo tienen todos los que padecen dislexia, pero sí muchos.

—¿Y cómo lo solventas en la cocina? —preguntó—. Es decir, si hay un montón de imprevistos, ¿cómo eres capaz de seguir el orden de todo?

Me encogí de hombros.

—He desarrollado mecanismos de supervivencia. Empecé de niña para intentar seguir el ritmo, y trasladé muchos de ellos a mi vida profesional.

—¿Como por ejemplo? —preguntó.

Estuve a punto de darle la respuesta escueta que solía utilizar cuando la gente me preguntaba por mi cerebro neurodivergente, pero Tyler parecía interesado de verdad. Y se suponía que íbamos a conocernos mejor durante el verano. Así que respiré hondo y decidí ir a por todas. Me puse nerviosa. No quería que mi superinteligente hermano me despreciara, por lo que estuve casi a punto de cambiar de tema en el último segundo…, casi. Pero en vez de eso, eché mano de una reserva de coraje que no sabía que tenía y decidí compartir mi experiencia.

Me quedé mirando mi taza de café, pensando en mi vida en el restaurante.

—Para empezar, tengo el truco de agrupar las tareas, así que, si tengo que picar cebollas para un plato y pimientos para otro, lo hago todo a la vez. Mido los tiempos de cada plato para que no surjan sorpresas, e incluso así, me aseguro de tener tiempo extra por si acaso. Me resulta útil aislarme del ruido exterior, aunque sea muy difícil en una cocina a pleno rendimiento, por eso preparo todo lo que puedo con antelación para no asustarme con el caos absoluto de la hora punta de la cena.

Tyler se me quedó mirando como si intentara procesar lo que le estaba contando.

—Entonces, lo que estás diciendo es que tienes que pensar la forma de compensar que la función ejecutiva de tu cerebro se duerma en el trabajo.

Entrecerré los ojos.

—¿Cómo lo sabes? Acabas de describir exactamente lo que es el TDAH.

—Es posible que haya leído algo sobre la dislexia y el TDAH —confesó. Bajó la mirada al plato.

—¿En serio? —Me sentía rara y conmovida.

—Sí, ¿no estás enfadada?

—No. —Y era cierto—. Aprecio que quieras entenderlo.

Puede que no fuera lo correcto. Me sentía emotiva o demasiado vulnerable. No estaba segura de cuál de las dos cosas, pero me sentía rara, y la incomodidad que surgió entre nosotros confirmó que no era solo cosa mía.

—Quizá puedas diseñar un robot para que me ayude —sugerí. Quise reírme para aligerar el momento, pero Tyler estaba demasiado pensativo.

—¿Sabes?, no es mala idea.

—Sí. —Miré el reloj—. Pongámonos en marcha para que puedas ser el rey de la asistencia al curso.

—Me haces parecer un maniático —protestó.

—Se necesita uno para reconocer a otro.

—Cierto —aceptó. Y no parecía ofendido.

Entramos en el aparcamiento de la biblioteca con tiempo de sobra. Tyler me miró cuando salí del coche con él.

—¿Me vas a acompañar? —Parecía consternado.

—Relájate —me reí—. Ayer te estaba tomando el pelo; lo siento. Debería haber respetado tus sentimientos. Solo voy a entrar a ver a mi amiga Em.

—Vale, pero ni se te ocurra acercarte a la sala de robótica —advirtió. Me miró fijamente como si tuviera el poder de dejarme paralizada en el sitio—. Y no hablarás con ninguno de mis compañeros.

Puse los ojos en blanco.

—De acuerdo.

—Prométemelo —exigió sin parpadear ni una sola vez.

—Te lo prometo, bicho raro —dije—. Fusss...

Le hice un gesto con la mano para que se alejara, y fingí que necesitaba recoger el bolso del maletero del coche para que él pudiera adelantarse y entrar solo en el edificio. No quería que lo vieran conmigo, y lo entendía. Tampoco yo había querido que me vieran con él cuando tenía su edad y él era un bebé. Supuse que lo más legal era seguirle el juego.

Esperé a que entrara en el edificio, cerré el coche y lo seguí. Quería ponerme al día con Emily y ver cómo estaba, y quizá podría echar un vistazo a Ben, antes conocido como el sexi que leía en el ferri. Este pensamiento me afectó mucho más de lo que debería.

Me pregunté si sería ridículo que quisiera volver a verlo. Es decir, ¿qué teníamos realmente en común? A él le gustaba leer y a mí... no. Pero no era solo que le gustara leer, era *bibliotecario*. Ese hombre había elegido una profesión en la que la razón de ser, literalmente, era poner los libros en las manos de los lectores. El lector sexi era todo libros, lo que significaba que su idea de la mujer perfecta era, sin duda, alguien con quien pudiera compartir esa pasión. Y esa descripción no encajaba conmigo.

Que conste que la lengua no es amable con las personas disléxicas, con sus «por qué», «porque» y «porqué», y menos la lengua inglesa, donde hay palabras que no se parecen en nada cómo se escriben a cómo se pronuncian, como «subtle» y «yacht». ¿Por qué pasa eso?

Y prefería que Ben me viera con espinacas entre los dientes a que fuera testigo de mi ortografía. Así que nada de notitas de amor. Decidí no pensar más en ello. Ben me atraía y quería volver a verlo; no tenía por qué complicarlo más. Y por lo que yo sabía, él tenía novia, y solo podíamos ser amigos. Sentí un atisbo de decepción, pero lo bloqueé. Ser amigos estaba bien. Debía vigilar a un joven de catorce años y no necesitaba más complicaciones. De verdad.

Vi a Emily sentada detrás del mostrador de la segunda planta. El grupo de robótica se reunía en la zona de adolescentes, al fondo de la sala, así que no creí que a Tyler le molestara demasiado que yo hablara con Emily. Si me hubiera puesto una orden de alejamiento, estaba lo bastante lejos como para no incumplirla.

Em sonrió cuando me vio acercarme, pero tenía una expresión de preocupación, como si no estuviera segura de cómo me encontraba hoy. La tarde anterior me había marchado tras una situación bastante incómoda, corriendo detrás de mi hermano, así que entendía su inquietud.

—Hola —la saludé.

—Hola —respondió—. Me alegra ver que Tyler no murió en su ataque de indignación adolescente —continuó en tono seco.

—Habría sido difícil explicárselo a sus padres —repuse.

—Cierto —convino—. Mucho más fácil echarle la culpa a las arenas movedizas o a la combustión humana espontánea.

Me reí. La buena de Em siempre sabía cómo hacerme sentir mejor.

—Ryan me puso al tanto de lo que pasó ayer en el curso de robótica. ¿Tyler está bien?

—Sí, prácticamente —dije. De forma muy dramática, fingí que me secaba la frente con el dorso de la mano—. Menos mal. No quería tener que llamar a mi padre y a Stephanie para decirles que lo había echado todo a perder el primer día, porque a Tyler le habían dado una paliza y ya lo habían echado del curso. ¿Te imaginas?

—Tendrías que huir de la isla —bromeó.

—Posiblemente del país —asentí.

—Lo cual sería muy injusto, ya que hacerse cargo de un adolescente no es tarea fácil —concluyó—. Stephanie mencionó a las chicas con las que juega al bunco, ya sabes que coincide allí con mi madre, que ibas a cuidar a Tyler la mitad del verano. Incluso Stephanie dijo que esperaba que Tyler no te agotara.

Y de repente, se me llenó la cabeza de dudas y, por un segundo, me pregunté si habría puesto un anuncio en la *Vineyard Gazette* pidiéndole a todo el mundo que vigilara a Tyler, ya que yo estaba al mando y no tenía ni idea de lo que estaba haciendo. Soy un poco paranoica, ¿verdad?

—¿En qué estás trabajando? —pregunté, desesperada por cambiar de tema.

Tenía un montón de libros junto al codo. Eché un vistazo a los títulos e, incluso con mis problemas de lectura, percibí que había una palabra común en el lomo de cada libro: cáncer. Volví a mirarla y ella se apresuró a colocar la pila de libros en el carrito que tenía detrás.

—Investigo para un usuario —dijo.

Me fijé en el arcoíris de notas adhesivas que asomaban en cada libro.

—Eres una bibliotecaria muy buena —comenté—. Marcas las páginas y todo. Ojalá alguien hubiera hecho eso por mí cuando estaba en el instituto.

Llevaba un bonito vestido de color verde salvia sin mangas con una ligera chaqueta de punto blanca encima. Se había recogido el pelo rojo y rizado en la nuca y parecía toda una profesional. Las gafas estaban apoyadas en la punta de su nariz mientras me miraba por encima del monitor del ordenador que tenía delante. Jugueteó con el botón de su chaqueta.

—Es mi trabajo.

No parecía muy ilusionada, pero al menos tenía una carrera. Miré hacia abajo. Yo llevaba una descolorida camiseta de Dead & Company, unos pantalones cortos muy flojos y unas Vans de cuadros. De las dos, quedaba claro que yo era la que estaba en el paro y no había llegado a nada. Intenté bloquear esa voz crítica en mi cabeza, pero gritaba con ferocidad.

—Hace unas semanas me dijiste que querías optar al puesto de jefa de chefs en el Comstock —dijo—. ¿Te lo dieron?

Si hubiera sido cualquier otra persona, habría evitado el tema, pero Em era mi mejor amiga. Y una de las pocas personas a las que le había hablado de mi trabajo. Sabía que podía confiar en que no me haría sentir peor con el resultado, lo cual, francamente, era difícil.

—Bueno, es que no me dieron el ascenso y presenté la renuncia —confesé.

—¿Presentaste la renuncia? —gritó—. ¿Por qué? ¿Por qué lo hiciste? Eso es una tontería... —Se contuvo al recordar dónde estaba. Bajó la voz—. Le has dado a Comstock los mejores años de tu vida. ¿Cómo es posible que no te dieran el trabajo?

Y por eso consideraba a Em una de mis mejores amigas desde que éramos bebés. De esas amigas a las que, cuando las llamas en mitad de la noche y les pides apoyo, acuden sin rechistar, tanto si se trata de enterrar un cadáver como de vendimiar uvas de chardonnay.

—El dueño me dijo que no me creía preparada —expliqué—. Además, admitió que prefería que la cocina estuviera dirigida por un hombre.

—¡Oh, qué sexista! —se enfadó—. Deberías demandarlo.

—Eso cuesta dinero —dije—. Me largó un sermón sobre la inigualable reputación del chef que ha contratado, pero yo he tenido más reseñas de prensa que ese tipo, y además llevo más tiempo cocinando.

—«Tipo» es sin duda la palabra clave —afirmó.

Asentí con la cabeza. No añadí que era mucho más fácil aceptar que no me tuvieran en cuenta por tener tetas que por padecer dislexia, algo que el propietario sabía porque cuando empecé a trabajar en el Comstock, mi curva de aprendizaje había sido más pronunciada que la de otros chefs. El hecho de que siguiera allí cuando los demás se habían marchado me había hecho pensar que el propietario confiaba en mí y en mis habilidades, pero al parecer no era así. Algo que todavía me escocía.

—No tiene sentido. Te describieron en el *Boston Globe* como una chef prometedora a la que debían seguir la pista —recordó Em—. Eres una estrella en ascenso en el mundo culinario. Espero que el Comstock coseche un millón de reseñas de una estrella.

¿Lo veis? Lealtad. Puede que no la obtuviera de mi antiguo jefe, pero la estaba recibiendo de mi amiga.

—Es lo que hay. —Me encogí de hombros.

—Es una mierda, eso es lo que es —dijo Em. Me estudió durante un momento—. Debe ser raro para ti estar aquí durante el verano. Tu vida era tan glamurosa en Boston, como la de una estrella, pero en vez del *rock* de la comida. —Su voz contenía una nota de añoranza que nunca había oído antes en ella. Sentí la necesidad de devolverla a la realidad.

—¿Qué parte era glamurosa? —pregunté—. ¿Los horarios de mala muerte, el bajo sueldo, las frecuentes quemaduras de tercer grado, los pinches perezosos, los gerentes estirados o el dueño misógino?

—Bueno, si lo pones así...

—No me malinterpretes —insistí—. Me encanta cocinar. Pero la carga laboral de los restaurantes es brutal. Te mastica, te traga y luego te escupe.

—Ay... —Se encogió de hombros.

—Exactamente.

—Bueno, ya está bien de hablar de ti. —El tono de Em era ligero y burlón, pero había una pesadez subyacente en él, como si la verdad pesara en sus palabras como las judías secas en una masa de hojaldre. Negó con la cabeza como si yo acabara de disipar cualquier idea fantasiosa que tuviera sobre mí o sobre mi vida. Si no me equivocaba, parecía decepcionada porque yo no había tenido el inmenso éxito que ella creía.

Siempre había pensado que Em y yo teníamos una amistad que iba más allá de lo superficial. En mi mente, éramos la encarnación humana de un juramento de sangre con una hermandad forjada en el fuego infernal de las hormonas desbocadas, y sin el control de los impulsos, sobre todo yo. Nunca se me había ocurrido que ella pudiera ver mi vida en Boston como algo a lo que aspirar, y me pregunté si Em sería feliz.

Ella había residido en Vineyard la mayor parte de su vida, se había ido a la universidad pero luego había vuelto a la isla donde se puso a trabajar como bibliotecaria. De pequeña siempre había dicho que quería ver mundo, pero cuando no hizo la maleta y se marchó a lugares desconocidos, supuse que había cambiado de opinión. Sin embargo, empecé a preguntarme si era cierto. ¿Habría abandonado sus sueños? Y, de ser así, ¿por qué? No sabía cómo preguntárselo, así que opté por cambiar de tema.

—Tendremos que hacer alguna travesura mientras esté aquí, por los viejos tiempos —propuse.

Ella sonrió.

—Estaría bien.

Cuando nuestras miradas se encontraron, pareció como si aún fuéramos adolescentes montando en bicicleta por Beach Road, tomando cervezas a escondidas y saltándonos el toque de queda, para gran decepción de nuestros padres.

No hace falta añadir que yo fui la mala influencia. Durante mi adolescencia, a ratos me invadía la ira, y Em era mi compinche. Por suerte, me hizo desistir de algunas de mis ideas más alocadas y yo me aseguré de que saliera y viviera un poco. Habíamos sido buenas la una para la otra en ese sentido.

—Sabes que todo saldrá bien, que será lo mejor, ¿verdad? —preguntó.

La miré. Me estudiaba con una seguridad que no había sentido desde que recogí los cuchillos y abandoné el Comstock.

—Tal vez.

—¿Tal vez? —exclamó—. Eres una de las mejores chefs de Boston, no, de Massachusetts, no, de Estados Unidos.

Abrí mucho los ojos.

—Eso es un gran elogio.

—Lo digo en serio —aseguró ella—. Recuerda que te visité en el restaurante cuando fui a Boston. Estuve sentada en una esquina y te vi trabajar. Encontrarás tu camino de nuevo. Sé que lo harás.

—Gracias, Em. —Me sentí un poco presionada. Siempre que Em venía a Boston, no más de un par de veces al año, se quedaba conmigo y solía pasar el rato en el restaurante mientras yo trabajaba. Esa era el tipo de charla de ánimo que solo una buena amiga que me había visto en mi elemento podía dar—. Te lo agradezco mucho.

Se quedó pensativa un segundo.

—¿Qué te parecería hacer una demostración de cocina en el curso de lectura de verano para jóvenes?

—¿Te refieres a hacer un curso de cocina? ¿A enseñar a cocinar a adolescentes? —pregunté.

—Sí —dijo—. Me encargo de la programación para ese grupo de edad y no se me ha ocurrido nada que pueda gustarles, pero un curso de cocina…

—Es probable que les aburra mortalmente, a menos que les enseñe a preparar comida rápida en casa —elucubré.

Arqueó las cejas.

—Eso es. Es una buena idea. ¿Podrías hacerlo?

—¿Lo dices en serio?

—Sí —afirmó. Se subió a la silla y aplaudió como si acabara de ganar un concurso—. Sería muy divertido. Dime que lo harás.

—Vale, lo haré —acepté.

—Excelente. —Cambió de expresión—. Pero es probable que no pueda pagarte.

Me encogí de hombros.

—Paga la comida y estamos en paz.

—¿En serio? —insistió.

—No tengo mucho más que hacer —dije—. Salvo una propuesta de *catering*, tengo la agenda abierta.

¿Parecía amargada? Temía que fuera así. Forcé una sonrisa, pero me dolió la cara.

—Podemos concretar los detalles cuando aprueben la idea —comentó.

Llegó un ruido desde el final de la sala, donde se reunía el grupo de alumnos del curso de robótica. Las dos nos giramos en esa dirección; yo medio esperaba ver a Tyler mirándome con el ceño fruncido por estar cerca de lo que había designado como su zona. Por fortuna, no era así. De hecho, todo parecía tranquilo.

Metí la mano en el bolso y saqué una enorme chocolatina Chunky.

—La vi ayer en la tienda.

Examinó el cuadrado de chocolate envuelto en plata y una lenta sonrisa se dibujó en su rostro.

—¿Te acuerdas de...?

—Claro que sí —le dije—. Por eso la he comprado. Me devolvió a uno de los momentos más humillantes de nuestra adolescencia. ¿Cómo no iba a comprarla?

Em se rio a carcajadas.

—Ese día llegué a pensar que me moría de vergüenza.

Sonreí.

—Lo sé. ¿Quién iba a imaginar que unas chocolatinas en los bolsillos traseros un caluroso día de verano acabarían derretidas?

—Sí, y que cuando fuéramos a sacarlas para compartirlas con Timmy Montowese, el niño más guapo de la isla, parecería que nos habíamos hecho caca encima porque los envoltorios se habían abierto y teníamos chocolate derretido por los dedos y el culo —concluyó.

Nos sonreímos, y a Emily se le escapó una risita, que yo respondí con una carcajada.

—Tardé *años* en superarlo —dijo—. Tienes suerte de haberte ido fuera de la isla.

—Sin duda —asentí.

Abrí el paquete, partí la chocolatina en dos y le di la mitad a Em. Ella volvió a partirla por la mitad y se metió un trozo en la boca.

—Sigue siendo mi chocolate favorito.

—Lo mismo digo. —Yo también me llevé un cuarto de trozo en la boca.

—¿Es algo típico de Vineyard? —preguntó una voz detrás de mí.

Sentí una punzada de conciencia en la nuca, y supe sin darme la vuelta que era Ben.

—No... —Em empezó a hablar, pero la interrumpí.

—Sí, lo es —dije—. Al final de cada hora, los isleños tenemos que dar un mordisco a nuestro chocolate favorito. Es totalmente típico en Vineyard.

Como para darme la razón, Em asintió con la cabeza mientras yo le ofrecía a Ben el trozo de chocolate que me quedaba.

Para mi sorpresa y deleite, lo aceptó y se lo comió. Su espesa melena oscura se movió un poco, alejándose del cuello de la camisa. Masticó pensativo, lo que me dio la oportunidad de estudiar sus labios. Eran de un cálido tono rosado, carnosos y con una hendidura en el labio superior que resultaba muy atractiva. Desvié la vista e intenté concentrarla en otra cosa.

«Contrólate, Gale».

Compuse una expresión neutra y volví a demostrarle atención.

—No está mal —dijo—. Pero me gusta más el Milky Way.

—Tiene pasas y cacahuetes —alegué—. Se puede considerar una mezcla de frutos secos.

Emily resopló y los dos nos volvimos para mirarla, lo que hizo que se sonrojara un poco.

—Sam se ha ofrecido voluntaria para dar una clase de cocina para adolescentes —dijo con sus ojos en Ben—. ¿No es genial?

La miré con asombro. Su definición de «voluntaria» y la mía eran sin duda dos cosas muy distintas.

—En efecto. Eres chef —dijo Ben.

—Actualmente en paro —confirmé.

Me estudió como si intentara averiguar cuál era el mensaje oculto. ¿Me habrían despedido? ¿Sería una pésima cocinera? Quería defenderme y explicarme, pero no lo hice.

—No es una chef cualquiera —dijo Em—. Es una de las mejores de Boston. La han mencionado en periódicos y revistas de toda Nueva Inglaterra.

Sentí que se me calentaba la cara. Me encantaba el entusiasmo de Em, en serio, pero también me parecía un poco embarazoso y exagerado. No era para tanto. Vale, potencialmente podía llegar a ser un genio, pero aun así, no quería establecer unas expectativas demasiado altas.

—Creo que sería algo excelente para los jóvenes —afirmó Ben—. Pero, por supuesto, creo que debería probar lo que cocinas antes de darte el visto bueno.

Estudié su rostro, observé el brillo de sus ojos azul grisáceo y la pequeña sonrisa en sus labios. Estaba tomándome el pelo, y vaya si lo conseguía.

—Pretendes hacer un control de calidad para un curso gratuito, ¿en serio? —pregunté—. ¿O solo buscas una cena gratis?

Se encogió de hombros.

—No se puede culpar a un hombre por intentarlo.

—No —acepté—. Pero tengo una idea mejor. Voy a organizar un *catering* para la hora feliz en la posada Tangled Vine. ¿Por qué no me ayudas y así me ves en acción?

—¿Así que piensas hacerme trabajar para conseguir la cena? —preguntó.

—No se puede culpar a una chica por intentarlo.

Eso le arrancó una carcajada. Luego asintió, me tendió la mano y se la estreché.

—De acuerdo. Dime día y hora, y allí estaré.

—Este viernes, a las cinco —dije—. Puedes seguirnos a casa después del curso, ya que Tyler es mi otro pinche y el aparcamiento en la posada es limitado.

Ben se volvió hacia Emily.

—¿Por qué me siento como si me hubieran tendido una trampa?

Sonrió.

—Una vez que pruebes la cocina de Sam, solo lamentarás no haberlo hecho antes.

—Ahora no me queda otra que ir —dijo Ben—. Nos vemos el viernes.

Se despidió con un gesto de la mano para ir a la sala donde se habían reunido los chicos del curso de robótica. Posé mis ojos en Emily que, como yo, lo miraba alejarse. ¿En qué estaría pensando? ¿Estaría enamorada de él? Me había dicho que solo era su jefe, pero era un hombre atractivo. Eso tenía que ser raro en el mundo de las bibliotecas, dominado por las mujeres, incluso sería algo mítico, como los unicornios. ¿Cómo podía no gustarle al menos un poco? Decidí ver si podía averiguar qué sentía mi amiga por Ben, de forma sutil, por supuesto.

—Ese hombre está buenísimo —afirmé. ¿Lo veis? Sutil.

—¿Ben? —preguntó. Me miró con el ceño fruncido, como si hubiera hecho una sugerencia lasciva sobre Papá Noel.

—No puedes decirlo en serio —dije—. Míralo. Ese cabello espeso y ondulado, hombros anchos, labios hechos para besar, y va en moto. Es la definición precisa de macizo.

Em se tapó las orejas con las manos.

—La, la, la, la. No estoy escuchando nada. No puedo pensar en mi jefe de esa manera. Es como ver a tus abuelos cuando están... ya sabes... ocupados.

—¿En serio? ¿Un jefe sexi te hace pensar en *eso*?

—Deja de decir eso de él —protestó—. Es el que firma para que me paguen. Sería de mal gusto pensar en él de esa manera. —Parecía horrorizada, pero sus ojos brillaban de risa. Así que no estaba enamorada del jefe. Genial. Le sonreí y me di cuenta de que había echado mucho de menos a mi mejor amiga.

—Oye, Em —dije—. No quiero que te sientas obligada, pero no tengo ni idea de cómo irá lo del catering para la hora feliz. ¿Hay alguna posibilidad de que puedas echarme también una mano?

—Claro —aceptó sin dudarlo—. Es mejor plan que pasarme otro viernes por la noche sentada en casa sola, leyendo..., espera..., ¿o no?

—¡Es mejor! —Me reí—. Sin duda.

Ella asintió.

—De acuerdo. Lo haré, pero iré directamente a la posada, tengo que darle de comer a Mr. Bingley.

—¿El gato de tu madre sigue vivo? —pregunté—. Debe tener casi treinta años.

—Dieciocho —me corrigió—. Es oficialmente un viejo gruñón, y tiene el carácter necesario para demostrarlo.

—Tenía esa disposición cuando era un gatito —le recordé.

—Es cierto —aceptó—. De cualquier manera, tengo que alimentarlo antes.

—Muy bien, nos vemos en la posada —acepté. Una usuaria de la biblioteca se acercaba al mostrador, así que empecé a retroceder para que pudiera volver al trabajo—. Pantalones negros, camisa blanca. Díselo a Ben.

—Iré elegante —dijo Em. Se llevó la mano a la garganta, posando como una modelo de los años cuarenta—. Ya lo sabes.

Miré el reloj y me di cuenta de que tenía que regresar a casa y empezar a planear lo que iba a servir. Iba a necesitar cada uno de los minutos que quedaban hasta el viernes para asegurarme de que todo saliera bien. Ahora tenía dos importantes compromisos culinarios en mi agenda. Sentí un hormigueo en el pecho. No estaba segura de si era miedo o emoción. Decidí llamarlo emoción hasta que se convirtiera en entusiasmo. Esperaba que funcionara.

7

Una cosa que sabía, gracias a toda una vida trabajando en torno a mi forma única de ver las cosas, era que la clave estaba en la preparación, así que me pasé toda la semana trabajando en el menú. Stuart me había dicho que quería que me centrara en platos pequeños y aperitivos, pero ¿de qué quería que fueran?

Decidí que mi *catering* tenía que ser diferente. No podría presentar el típico aperitivo de patatas fritas y canapés. Quería que fuera tan especial y delicioso que la gente hablara de él toda la semana. Deseaba que los amantes de la buena cocina que vivían en la isla oyeran el rumor, se dieran cuenta de lo que se habían perdido y pidieran que volviera la semana siguiente. Eran unas aspiraciones muy altas para un *catering*, lo sé. Pero lo bueno de mi cerebro neurodivergente es que a veces puedo ver el bosque mejor que los árboles, y esa visión me guía hacia mis objetivos.

No sabía por dónde empezar a elaborar el menú, así que me acerqué al West Tisbury Farmer's Market en busca de inspiración. Ese mercado se celebra en el Martha's Vineyard Agricultural Hall, llueva o haga sol, de primavera a otoño. Había sido fundado en 1934 en respuesta a la Gran Depresión. Mi abuela aún no había nacido entonces, pero a menudo me contaba historias sobre cómo mis parientes, agricultores y pescadores, habían sobrevivido a aquellos años de vacas flacas.

El mercado de los agricultores había resurgido en los años setenta, y veinte años después, cuando yo era niña, Vovó me llevaba todos los sábados. Deambular con ella por los puestos y casetas, viéndola regatear por el precio del pescado o de un melón más grande de lo normal eran algunos de mis mejores recuerdos.

Se me hizo un nudo en la garganta y me detuve junto a una caseta llena de frascos de miel y flores silvestres. Echaba de menos a Vovó con una intensidad que casi me dejaba inconsciente. Había sido una constante en mi vida de niña. Sabía que habría pensado que me había vuelto loca por dejar un trabajo remunerado cuando no tenía otro a la vista, pero también sabía que habría sido mi mayor defensora y que me habría dicho que podía conseguir cualquier cosa que me propusiera. Cada vez que me costaba dominar una receta que me estaba enseñando, me decía que confiara en mí misma y siguiera intentándolo. Me vendría muy bien su confianza en mí ahora mismo.

Entonces fue cuando me llegó la inspiración. Estaba intentando cocinar platos exóticos para la hora feliz de la posada Tangled Vine, pensando que tenía que ofrecer alguna nota gastronómica inusitada para que se fijaran en mí, pero no tenía por qué ser así. Solo tenía que ser algo diferente y que además estuviera delicioso. Me vino a la cabeza un recuerdo de Vovó junto a los fogones de la casa haciendo sopa de col rizada. La probó, hizo una mueca y dijo: «Mais sal». Recuerdo que me reí en aquel momento porque ella nunca medía nada, siempre cocinaba al gusto, a su gusto.

Y eso era lo que iba a hacer yo. Lo decidí en ese mismo momento, en medio del mercado, que me iba a dedicar por completo a la cocina portuguesa. Junté en mi cerebro los recuerdos de todos los platos que Vovó me había enseñado a lo largo de los años. Mi menú consistiría en *peixinhos da horta*, o judías verdes rebozadas y fritas (sí, es un clásico y, hecho poco conocido, se cree que los portugueses inventaron la tempura). También prepararía *bolinhos de bacalhau*, pequeños buñuelos redondos de bacalao y puré de patata, y *torresmos*, una receta de cerdo adobado que hacía llorar a hombres adultos de lo rica que estaba.

Compré costillas de cerdo en el puesto de Grey Barn y patatas y judías verdes en el puesto de Milkweed Farm, y luego me acerqué al mercado de pescado de Menemsha para comprar bacalao fresco. Pasé los dos días siguientes practicando en casa, lo que hizo que Tyler se quejara del olor a pescado. Lo di por bien empleado. Me sentía condenadamente bien al estar cocinando de nuevo. De hecho, casi me mareaba de placer.

La posada Tangled Vine estaba situada a las afueras de la ciudad. Ocupaba un lugar prominente junto al paseo marítimo East Chop, rodeada de parterres de hortensias de colores que iban del blanco al azul empolvado, pasando por el vibrante magenta, que parecían dispuestos artísticamente, como si hubieran brotado de forma natural alrededor de los muros de piedra, pero, por supuesto, el exuberante césped que se extendía desde el lateral de la posada dejaba claro que los terrenos estaban escrupulosamente cuidados.

La hora feliz iba a celebrarse en la enorme terraza de piedra de la parte trasera de la posada. Allí había mesas altas, un DJ pinchando *yacht rock* en un rincón junto a una pequeña pista de baile y farolillos de papel colgados por todo el perímetro que se encenderían en cuanto se pusiera el sol. Me sorprendió descubrir que estaba nerviosa. Había cocinado para cientos de eventos durante mi trayectoria como chef, pero ese me parecía más personal, ya que me ayudaba mi hermano pequeño. Podía admitir, al menos para mí misma, que quería que se quedara impresionado con mi quehacer. Además, me había gastado todo el dinero de la compra en esa comida, así que había llegado el momento de la verdad.

Stuart y yo habíamos hablado sobre mis ideas para el *catering* de la hora feliz, y nos decidimos por tres puestos de comida que asigné a Tyler, Ben y Em. Mientras tanto, yo iba y venía a la cocina, que compartía con el chef habitual, Mark Chambers, que no era nada territorial, gracias a Dios, y estaba encantado de que me encargara de la hora feliz para no tener que cocinar él.

Mientras instalaba las estaciones, me llegó el olor a sal de la marea entrante, y eso me hizo recordar toda una vida de veranos en la isla. Por primera vez desde que había llegado, me sentí como en casa. Entonces me di cuenta de que echaba de menos los veranos en Vineyard. Los había añorado mucho y me sentía bien por haber vuelto. Ojalá mi padre estuviera allí para ver cómo me entregaba a lo mío, porque eso estaba haciendo. Sentía muchas inseguridades sobre mí misma, pero nunca sobre mis habilidades culinarias.

Stuart vino a saludarme mientras yo trabajaba en la cocina de la posada por la tarde, preparando la velada. Se mostró convenientemente deslumbrado por los aperitivos que estaba elaborando. No sabía si su entusiasmo se debía a que era amigo de mis padres, así que insistí en que probara un poco de todo. Limpió su plato absorbiendo las sobras con un *bolo lêvedo*, parecido a un panecillo inglés, pero con mejor sabor; había metido en el horno docenas de ellos esa mañana y planeaba colocarlos, recién calentados, dentro de grandes cestas, en cada puesto de comida. Suspiró (suspiró de verdad) cuando terminó, y luego me dio un beso de chef.

—Sam, eres un genio culinario —dijo—. Y no lo digo solo porque mi madre sea portuguesa.

Incliné la cabeza a un lado.

—Gracias.

Y en ese momento, pude sentir que la devastación por haber sido ninguneada en Comstock se aligeraba un poco. Tal vez todo iba a ir bien.

Me escabullí y recogí a Tyler en la biblioteca. Ben nos siguió hasta casa, donde aparcó la moto. Luego fuimos en el coche a la posada, y Em se reunió con nosotros allí. Mis tres ayudantes llevaban pantalones negros y camisas blancas porque yo se los había pedido así. A pesar del tiempo que había dedicado a la preparación, corrimos de un lado a otro como enloquecidos concursantes de *Master Chef* justo antes de que empezara la hora feliz, abasteciendo por completo cada puesto de comida.

Dada la rapidez con la que se llenó el patio, me sentí aliviada de que Em y Ben también estuvieran allí. Si hubiéramos estado solo Tyler y yo, nos habríamos visto superados.

—¿Cómo lo llevas, chef? —preguntó Ben desde detrás de su puesto.

—Bien. ¿Por qué? ¿Parezco nerviosa?

—En absoluto.

—No seas mentiroso —protesté—. Estoy paralizada. Se nota, ¿no?

Me estudió durante un segundo y sentí como si estuviera mirando más allá del sombrero plisado y la bata blanca, a la mujer que había encontrado su identidad en las artes culinarias, cuando parecía que no servía para nada.

—Ni por asomo. —Sus ojos se posaron en los míos, cálidos y llenos de admiración—. Parece como si hubieras nacido para esto.

Sonreí. Era la respuesta perfecta.

—Así es —afirmé—. Todo lo que aprendí sobre cocina, me lo enseñó Vovó, mi abuela. Soy medio portuguesa, después de todo, y sabemos cocinar.

Ben levantó la tapa de la bandeja de calentamiento que tenía delante. Inhaló profundamente el aroma de los *torresmos*.

—Huele muy bien.

—Te haré un plato en la cocina en el descanso —dije—. No puedo dejar que mis pinches se mueran de hambre, además eso te ayudará a decidir si tengo madera para hacer un curso para adolescentes.

Frunció el ceño fingiendo severidad.

—Me reservo el juicio hasta que pruebe la mercancía. —Su mirada se posó en mi boca y sentí que se me aceleraba el pulso. ¿Yo era *la mercancía*? Vaya, vaya.

Dos jovencitas con vestidos cortos y sandalias de cuña, con un ligero olor a crema solar de coco, el pelo con la raya en medio, largo hasta la mitad de la espalda, se acercaron a su puesto. Le ofrecieron a Ben una oleada sincronizada de sus melenas y lo admiraron como si estuviera en el menú. De repente, me sentí tan desaliñada como un saco de lavandería con la chaquetilla de chef, y retrocedí, dejando que les sirviera él.

Giré sobre mis talones.

—No me olvides, Samantha —gritó Ben con la voz grave cuando empecé a alejarme.

—Como si eso fuera siquiera una posibilidad —repliqué, y supe que era una mala respuesta. Vi que las mujeres nos lanzaban miradas especulativas, pero desaparecieron de mi vista cuando Ben me sonrió a mí.

—Me alegro de oírlo —dijo.

—Er..., me refería a lo de tu comida, a prepararte la comida —dije. Me separé la chaquetilla del pecho. ¿Por qué hacía tanto calor allí fuera? Estaba nerviosa y sudorosa, y decidí que había llegado la hora de salir corriendo. Pero no pude resistirme a echar un vistazo más por encima del hombro.

Estudié a Ben y él me guiñó un ojo. Vale, había recibido algunos guiños bastante buenos en mi vida, pero ese me dejó sin respiración y me aceleró el corazón, y deseé desesperadamente disponer de los medios para devolvérselo. Pero no lo hice. En lugar de eso, parpadeé como si fuera tonta y levanté el pulgar.

Presa del pánico, fui a ver cómo estaba Emily. Necesitaba un baño de normalidad. Genial. Había una larga cola de gente, ya que los buñuelos de bacalao estaban siendo un gran éxito. Me desplacé detrás del mostrador del puesto y la ayudé durante varios minutos hasta que tuve claro que iba a necesitar hacer más. Por suerte, había preparado más en casa. Lo único que tenía que hacer era freírlos y llevarlos al patio.

Casi había llegado a la cocina cuando Tyler me hizo señas para que me acercara. Giré y me dirigí en su dirección.

—¿Cómo va todo? —pregunté.

—Se me están acabando las judías verdes —dijo. Lo miré a la cara y vi que tenía un poco de comida en la comisura de los labios.

—¿Podría ser porque te las estás comiendo? —Me tapé el corazón con una mano—. No me digas que estás tomando *peixinhos da horta* voluntariamente.

—Solo los he probado para poder responder con veracidad a las preguntas —dijo—. Lo juro.

—¿Por qué me parece que la idea que tienes tú de probar y la mía son muy diferentes?

Parpadeó como si fuera la viva imagen de la inocencia.

—Tengo más —anuncié—. Vuelvo enseguida. —Di dos pasos, pero luego me di la vuelta y le advertí—: No las pruebes más.

—Pero están muy buenas —protestó.

—¿Estás seguro? —inquerí—. No creo que las judías verdes rebozadas encajen con tu menú habitual de «algo sencillo con una guarnición aburrida».

Se encogió de hombros.

—Están fritas. Cualquier cosa está buena si la rebozas. Deberías freír los Twinkies. Si quisieras hacer feliz a la gente, lo harías.

—¿Twinkies? —repetí horrorizada—. Prefiero cortarme el hígado y servirlo encebollado.

Le empezaron a temblar los hombros, y fue entonces cuando noté el brillo en sus ojos.

—¿Me estás tomando el pelo? —pregunté.

Levantó dos dedos y los separó unos dos centímetros.

—Un poquito.

—Hay una cosa sobre la que los Gale no bromean —le recordé—. Y es la comida.

Su sonrisa se hizo más grande y me brindó un saludo marcial.

—Sí, señora.

—Y por eso, tienes que probar todo lo que he cocinado esta noche y no solo las judías verdes fritas —dije.

Parecía consternado.

—¿Incluso esas cositas de pescado?

—Eso especialmente —añadí.

—Bueno, será mejor que tengas una ambulancia a mano —explicó—. No he comido pescado desde hace años, eso si lo he comido alguna vez.

—Tu cuerpo te lo agradecerá mañana —le expliqué—. Por los omega-3 y demás.

—Puede, pero mis papilas gustativas no —replicó.

Puse los ojos en blanco y me dirigí a la cocina. El resto de la noche pasó como un borrón. Tuvimos que reponer las preparaciones de forma incesante, lo cual fue fabuloso. Le di a mi equipo descansos con platos llenos de viandas. No es por nada, pero hasta Tyler devoró cada bocado, sí, incluso los buñuelos de bacalao.

Cuando terminó la hora feliz y el patio empezó a despejarse, casi no quedaba nada. Eso fue perfecto porque Vovó me había educado en la creencia de que si la comida era buena, la devorarían, pero si no había sobras, alguien se podía habér quedado con hambre. ¡Uf! De modo que siempre querías que quedara un poco de comida, pero no mucha.

Así que algo había en las fuentes, menos mal, y vi cómo empaquetaban los restos. Era lo justo para que Em se lo llevara al trabajo y comiera al día siguiente. Mientras observaba a mi equipo, me dije que solo estaba evaluando cómo había ido la noche, aunque en realidad me estaba dando el gusto de estudiar a Ben. Me había dado cuenta de que, por mucha gente que hubiera en la cola de su puesto, no se había puesto nervioso. Al igual que en el ferri, cuando ocurrió la catástrofe y le tiré el libro al agua, no se enfadó. Se limitó a aceptarlo.

Tenía una docilidad que me tranquilizaba. Siendo sincera, yo no disfrutaba de mucha calma en mi vida. Ben era el equivalente humano a ponerse un paño frío en la frente o sentir una manta con peso. Me sentaba bien.

Charlaba con todos los que pasaban por su puesto, pero observé que se detenía con frecuencia a mirar a hombres de cierta edad. Los estudiaba, y me pregunté si tal vez ese sería su tipo. No voy a mentir, puede que estuviera un poco decepcionada.

El DJ tocó la última canción y los clientes abandonaron el patio. No estaba segura de si quería descansar o saltar de alegría. No cabía duda de que la noche había sido un gran éxito.

—Sam —me llamó Stuart Mayhew desde el lugar donde se encontraba, junto a la barra del patio.

Me preparé para el momento de la verdad. No importaba que yo pensara que la noche había sido un éxito, solo lo que opinara él. Una pequeña parte de mí quiso huir. Ben se acercó a mí y me dio un suave empujón.

—Te has coronado. No te preocupes. Todo irá bien —dijo.

¿Qué sabía él? Podría ser horrible. Stuart podría sentirse decepcionado. Incluso podría negarse a pagarme. Ya me había pasado antes con una mujer que me había pedido que hiciera el *catering* de la fiesta del bautizo de su hija. Decidió que le había cobrado de más por la tarta, sin tener en cuenta que el precio figuraba en la factura que había firmado, e intentó demandarme. Mis cicatrices en la cocina eran muchas, y no solo por haberme quemado en los fogones.

—El *catering* ha sido fantástico. Has superado mis expectativas con creces —empezó Stuart. Fue como si hubiera reventado mi globo de preocupación con un alfiler, toda la ansiedad se esfumó.

—Gracias —dije—. Parece que ha salido bien.

—Mejor que bien —me corrigió Stuart—. La gente se ha vuelto loca con lo que has preparado. Dime, ¿tienes algo que hacer el resto de los viernes por la noche del verano?

Abrí los ojos de par en par. Casi me caí de rodillas por el alivio. No me había gastado todo el dinero de mi padre para nada. Todo estaba bien, más que bien. Aun así, contuve la respiración.

—¿En serio? —En serio.

Asintió.

—Creo que voy a estar cocinando en la posada para ti —le dije. Miré a Tyler, Ben y Em, que estaban paliando la sed de la larga noche con botellas de agua helada—. Sin embargo, no sé si podré traer a mi equipo cada noche.

—No te preocupes —dijo Stuart—. Destinaré a algunos de los camareros habituales para atender los puestos de comida. Han visto las propinas que se ha llevado tu equipo y quieren participar.

Sonreí.

—Ha estado bien.

—Pásate mañana por mi despacho y hablaremos de tu sueldo y del presupuesto para las provisiones, y asegúrate de pasarme una factura con el dinero que ya te has gastado. A partir de ahora solo tienes que decirle a Mark lo que necesitas y nosotros lo compraremos —añadió—. Buen trabajo, Sam. Esto es para ti y tu equipo por esta noche. —Me dio un buen fajo de billetes y apenas pude reprimirme para bailar allí mismo.

No me moví hasta que volvió a entrar en la posada, porque intentaba contener los gritos, los saltos y los aplausos hasta que lo perdiera de vista. Ya sabéis, intentaba ser genial.

—No nos dejes en suspenso, Sam, ¿qué te ha dicho? —preguntó Em desde el otro lado del patio.

No encontraba las palabras. Me sentía demasiado aliviada y feliz. Al oír la música que salía del altavoz portátil que uno de los camareros había sacado al patio para escuchar mientras limpiaban, hice uno de mis movimientos favoritos de baile aleatorio, el *running man*.

—Oh, no —suspiró Tyler. Parecía mortificado.

—¿Puedo suponer que eso es el baile de la victoria? —le preguntó Ben a Em.

Ella sonrió.

—Ay, sí.

La camarera que recogía los platos dejó de hacer lo que estaba haciendo y me observó durante un segundo. Para mi sorpresa, se adelantó e igualó mis pasos.

Nos sonreímos, y entonces se giró para marcar un movimiento de charlestón, que yo copié. Parecía impresionada. Decidí ir más allá y giré hacia el paso en «T». Ella me imitó. Intercambiamos más movimientos hasta que terminó la canción. Hubo algunos aplausos y vi que mi equipo nos estaba mirando, y que también habíamos atraído a alguna gente de la posada.

—Me llamo Sonu —se presentó mi pareja de baile. Parecía tan agotada, como yo. Llevaba el pelo negro y espeso recogido en una gruesa trenza que le llegaba hasta la mitad de la espalda. Vestía el uniforme de camarera: camisa blanca y pantalones oscuros. En sus intensos ojos marrones había un brillo que comprendí perfectamente. Bailar *shuffle* me había ayudado a resolver muchos problemas de ansiedad a lo largo de mi vida.

—Sam. —Le tendí la mano y me la estrechó—. Te mueves bien.

—Tú también —dijo—. ¿Conoces este paso?

Ejecutó un *moonwalk* lateral tan suave que pareció que se deslizaba sobre hielo.

—A ver… —Estudié sus pies y luego seguí el ritmo a su lado. Tuve que intentarlo varias veces, pero lo conseguí y empezamos a movernos en sincronía.

—Genial —dijo Sonu cuando nos detuvimos. Chocamos los cinco e hicimos una pausa para recuperar el aliento.

—¿Es tu hermana? —le preguntó alguien.

Miré a Tyler y vi a su lado a una chica más o menos de su edad.

—Sí —respondió algo resignado

—¡Es estupenda! —exclamó la chica. Era casi tan alta como Tyler, con el pelo largo hasta los hombros y lucía un ligero matiz rosado—. Ojalá pudiera bailar así.

Tyler la contempló como si estuviera de broma, pero la chica me miró como si yo fuera la persona más genial del universo. En ese momento, con el éxito que estaba teniendo, tanto en la cocina como en la pista de baile, sentí que no se equivocaba.

—¡Sonu, vamos! —gritó un camarero desde la puerta de la cocina.

—Tengo que irme —se despidió—. A ver si volvemos a vernos.

—Estaré por aquí todos los viernes —dije.

—Excelente. Nos vemos —añadió Sonu antes de desaparecer en la cocina.

Cuando me reincorporé a mi grupo, la chica que había estado hablando con Tyler se alejaba con su familia.

—¿Qué ha sido eso? —preguntó volviéndose hacia mí.

—¿Quién era? —solté a la vez.

—Tú primero —dijo.

—*Shuffle dance.*

—No es nadie especial —repuso.

Parpadeé. No sabía mentir. Estaba sudando y tenía la cara tan roja que parecía que le hubiera salido un sarpullido.

—¿Nadie especial? —repitió Ben—. Sophie es una de sus compañeras en el curso de robótica.

Tyler se encogió de hombros.

—¿Sophie? —le pregunté a Ben, sabiendo que no conseguiría nada de Tyler.

—Sophie Porter —confirmó.

Miré a Em.

—¿Conoces a su familia?

—¿Qué? —preguntó Tyler—. No, no vas a hacer preguntas sobre la gente del curso de robótica.

—¿Por qué no? —pregunté—. Quizá conozcamos a su familia.

—No, no la conocemos —dijo.

Miré a Em en busca de confirmación.

Ella negó la cabeza.

—No son habituales de la isla. De hecho, creo que es el primer verano que vienen. Se quedan en Chilmark.

—¿Conocéis a todos los residentes en la isla? —preguntó Ben. Miró a Em y luego a mí.

—Solía hacerlo —dije—. Pero llevo años fuera de onda.

—Yo conozco a casi todos los que trabajan aquí durante el año —añadió Em—. Sobre todo, si son usuarios de la biblioteca.

Ben asintió. Supuse que intentaba captar la atmósfera que reinaba en Vineyard. No había otro lugar igual, quizá Nantucket, pero cada isla tenía sus peculiaridades. En Vineyard había seis pueblos por cada uno de Nantucket, así que Vineyard era mucho más grande y, con tantos turistas yendo y viniendo, el ambiente era un poco más relajado, menos recargado que en Nantucket.

—Odio dejarte sola con la limpieza de la cocina —mencionó Em—. Pero tengo que irme porque mañana me toca abrir la biblioteca. —Me tendió un fajo de billetes—. Son las propinas de mi puesto.

—Quédatelas. Son tuyas —dije. Saqué del bolsillo el fajo de billetes que Stuart me había entregado—. De hecho, te debo algo más.

Em me hizo un gesto.

—No, ni lo pienses. Te lo has currado durante toda la semana. Me alegro de haber sacado propinas.

Me volví hacia Ben con el dinero en la mano. Sacudió la cabeza.

—Lo mismo digo. Me alcanza con las propinas y puedes invitarme a una cerveza.

—Yo no —intervino Tyler. Extendió la mano y movió los dedos.

—De acuerdo, pero tienes que acabar de ganártelo —le advertí. Moví en el aire un par de billetes de los grandes—. Si recoges, son tuyos.

Claro que quería ayudar a mi hermano a ganar dinero extra, pero sinceramente la adrenalina de la noche…, diablos…, de toda la semana, se estaba agotando, y me sentía realmente exhausta. Solo de pensar en recoger todo el equipo me daban ganas de tumbarme en el patio y echarme una siesta.

—¡Trato hecho! —dijo Tyler. Tomó los billetes y empezó a contar el fajo de propinas.

—Bien jugado. —Em se rio y se despidió con la mano mientras se alejaba—. ¿Hablamos mañana? —preguntó por encima del hombro.

—Por supuesto —repuse.

Me fijé en Ben, preguntándome si realmente quería una cerveza o si solo estaba siendo amable. Miraba cómo Tyler contaba sus ganancias con una sonrisa ante el evidente regocijo de mi hermano.

—Deberías guardar el dinero antes de perderlo —advertí. Parecía la típica hermana mayor que siempre andaba refunfuñando. Por suerte, Tyler no me lo reprochó.

—De acuerdo —repuso. Se metió el dinero en el bolsillo. Cuando me miró, tenía el ceño fruncido—. ¿Dónde aprendiste a bailar *shuffle dance*? Me refiero a que nunca he visto a papá hacer algo así.

Me reí intentando imaginar a nuestro padre haciendo algo más que un balanceo básico de lado a lado.

—Mmm, no de papá, eso seguro.

Pensé que eso sería todo, pero Tyler me estudiaba expectante. Estaba claro que quería que le contara la historia. Ben también me observaba, haciéndome sentir cohibida.

—Lo que más me gustaba en el instituto era la EMD —dije.

—¿Música de baile electrónica? —Ben hizo una mueca como si algo oliera mal.

—Oye, no me juzgues —dije—. Estaban pasando muchas cosas en mi vida en ese momento.

No miré a Tyler, pues no quería que supiera que él había sido una de esas cosas.

—Como mi llegada —explicó Tyler como si nada.

Eso por querer proteger sus sentimientos.

—Sí. —Asentí—. Estaba en un baile del instituto, me habían obligado, claro, porque yo no quería ir, y un chico empezó a hacer unos movimientos que me dejaron alucinada. Me dijo que se llamaba *shuffle dance* y que había empezado en Melbourne, Australia, a principios de los ochenta, pero que desde entonces se había fusionado con el *hip-hop* para convertirse en algo nuevo. No podía ser más estupendo.

—EMD, ¿eh? ¿Quiénes eran tus favoritos? —preguntó Ben. Su ceño fruncido por la preocupación se parecía al de Tyler, y no sabía si era mi gusto musical o mi afición al baile lo que los dos encontraban tan preocupante.

—¿Para bailar? Avicii, Skrillex o Alesso —dije—. Creo que *Levels* se convirtió en un himno para mí durante mi adolescencia.

Ben parecía tener sus dudas, mientras que Tyler me miraba como si yo hubiera empezado a hablar en lenguas sánscritas. No tenía ni idea de qué estaba enumerando. Eso es lo que pasa cuando te llevas catorce años con tu hermano.

—¿A quién escuchabas tú cuando tenías esa edad? —le pregunté a Ben.

Se quedó pensativo un momento.

—*Rock* clásico —dijo—, porque me gustaba *Guitar Hero*, y debo añadir que se me daba muy bien. Pero si solo quería oír música, prefería Linkin Park, The Killers, OutKast, ya sabes, los típicos de la primera década del siglo XXI.

—¡Oye, genial! Eso sirve para bailar —aseguré. Luego le sonreí—. Puedo demostrártelo.

Abrí la aplicación de música del teléfono y subí el volumen. En cuanto empezó a sonar una canción, moví la cabeza al ritmo.

—Seguro que eres capaz —intervino Ben. Levantó las manos y me hizo señas para que parara, pero señalé a Tyler con la cabeza. Me estaba estudiando con la intensidad de un científico. Le lancé a Ben una mirada mordaz, y él se echó hacia atrás de forma ostensible.

—De acuerdo, enséñame —dijo.

Tyler se volvió hacia Ben con los ojos muy abiertos. Parecía sorprendido.

—¿Vas a aprender?

Ben asintió.

—Claro. Parece divertido, ¿no?

—Sí, supongo, si te gusta… —alegó. Intentaba parecer despreocupado, pero no podía ocultar la chispa de interés que brillaba en sus ojos. Estaba claro que Sophie le había impactado.

—¡Muy bien! —Di una palmada y giré para que Ben y Tyler quedaran a mi espalda. Podía verlos reflejados en la ventana de la cocina.

Tyler se miraba los pies como si no supiera si lo iba a dejar en ridículo o no. Pero Ben, con su barba desaliñada y sus ojos penetrantes, buscó mis ojos como diciéndome «Me lo debes».

Me recorrió un escalofrío y aparté rápidamente la vista para que no notara mi reacción.

«Concéntrate, Gale, concéntrate».

8

—Muy bien, *running man* es el paso básico para todo —dije por encima del hombro—. Domínalo y el resto es pan comido. Observa.

Hice los movimientos lentamente para que pudieran verlos bien. Luego aceleré el ritmo hasta que mis pies se convirtieron en un borrón. Los miré y vi que tenían la misma cara de confusión. Me eché a reír. No pude evitarlo. Había enseñado a bailar a algunos amigos y jamás dejaba de sorprenderme.

—Considéralo de esta manera. Flamenco. —Hice una pausa para levantar el pie derecho como esa ave rosada—. Pirámide. —Posé el pie derecho delante, formando una pirámide con las piernas—. Flamenco. —Levanté el pie izquierdo mientras deslizaba el derecho hacia atrás al mismo tiempo—. Pirámide. —Puse el pie izquierdo delante—. ¿Entendido?

Me di la vuelta para estudiar cómo lo intentaban. Parecía que trataban de apagar un incendio. Apreté los labios para no reírme. Tan monos… Tan serios… Tan terribles…

Tyler tropezó y se confundió de pie. Intentaba saltar de izquierda a derecha sin deslizar hacia atrás el pie que tenía delante, al tiempo que levantaba la otra pierna. Menudo desastre. Ben lo hacía un poco mejor, pero también era como si estuviera hecho de hojalata y sus articulaciones se hubieran oxidado.

—¡Qué difícil! —dijo Tyler. Se detuvo y se dobló sobre sí mismo, jadeando.

—Sí, pero una vez que lo consigues, te ayuda la memoria muscular. —Me di la vuelta y empecé a bailar despacio para que pudieran verme. Cuando parecía que se estaban dando cuenta, introduje un paso en «T» para que tuvieran la oportunidad de recuperar el aliento con un movimiento de menor impacto.

—Creo que intenta matarnos —le murmuró Ben a Tyler, que se rio.

—Oye, que habéis sido vosotros los que me habéis pedido que os enseñe —protesté. Capté los ojos de Tyler reflejados en la ventana y me sonrió. Era una sonrisa de completa alegría, que me hizo fallar un paso. Ni una sola vez, en sus catorce años de vida, mi hermano me había mirado así, ni siquiera cuando era pequeño y le caía bien de verdad.

Mi interés se deslizó hacia Ben, que nos observaba. Me contempló fijamente y me guiñó un ojo, y supe que lo había entendido. Comprendía lo importante que era eso para mí. Sonreí y él me correspondió. En ese momento me sentí totalmente conectada con él, como si nos entendiéramos a un nivel único, que existía solo para nosotros, lo que era una locura porque apenas lo conocía; me parecía increíble.

—¡*Freestyle*! —gritó Ben cuando la canción terminó y saltó otra de mi lista de reproducción.

Tyler y él se inventaron unos pasos de baile en los que parecían estar arrancando un cortacésped y luego pasando el aparato por la hierba. Me reí tanto que perdí el paso.

—¡Vamos, Sam, mantén el ritmo! —Tyler me interrumpió.

—Señorita, siento interrumpir su… mmm… pero vamos a necesitar el patio. —Me di la vuelta y me encontré con una camarera a mi lado. Solté un aullido y dejé de bailar.

—Por supuesto —dije—. ¡Lo siento! —Detuve la música en el teléfono y empujé a Tyler y Ben hacia la cocina.

Tyler se empezaba a ahogar con la risa.

—Ni siquiera sabía cómo llamar a lo que estábamos haciendo.

—Creo que me siento ofendido —intervino Ben. Me estudió con intensidad—. También creo que todavía me debes una cerveza —dijo.

—Me parece bien.

Recogí los recipientes de plástico de mis utensilios de cocina y se los acerqué a Tyler.

—Empieza a guardarlo todo, chico. —Señalé mis utensilios de cocina, que estaban apilados en una rejilla de secado, pues los había lavado sobre la marcha durante la hora feliz—. Pronto estaremos de vuelta.

—Sí, jefe —dijo Tyler con una sonrisa pícara.

Entramos en la posada y nos acomodamos en dos taburetes al final de la anticuada barra, cerca de la pared.

—Me alegro de volver a verte, Sam —dijo el camarero. Era alto y ancho, con el pelo rubio rojizo y unos ojos de color azul muy claros. La barba poblada le cubría el cuello de la camisa, y el bigote a juego estaba recortado y rizado en los extremos. No tenía ni idea de quién era aquel tipo.

—Lo siento —dije—, pero no...

—¿No me reconoces? —preguntó—. No me sorprende. Hace más de diez años que no nos vemos. Entré en la Guardia Costera y, por lo que he oído, he estado fuera casi tanto tiempo como tú.

Lo miré con la boca abierta. Solo conocía a una persona que se hubiera alistado en la Guardia Costera.

—Finn Malone, ¿eres tú?

—En carne y hueso —dijo. Abrió los brazos, yo di un salto y me incliné sobre la barra para darle un abrazo.

—Esa barba me ha despistado por completo —expliqué—. Cuando te conocí, no tenías vello facial ni para tapar un grano.

Se rio.

—Eso no me impidió meterme en problemas. ¿Recuerdas la noche que le robamos el coche a ese imbécil?

—Shh... —Me llevé el dedo a los labios. Hice un gesto con la cabeza en dirección a Ben—. Tengo una reputación que proteger. Estoy intentando convencer al director de la biblioteca, aquí presente, de que soy capaz de dar un curso de cocina a adolescentes.

—Buena suerte —dijo Finn—. Después de todos los problemas en los que te viste envuelta a esa edad, creo que tu reputación no puede ser salvada.

—Bueno, así será si sigues compartiendo más chismes —insistí. Señalé a Ben—. Ben Reynolds, te presento a Finn Malone, y cualquier cosa mala que haya hecho de adolescente fue totalmente por su culpa.

—¿Qué? Eso es lo que yo digo siempre, pero de ti —protestó Finn. Se dieron la mano.

—Es una pena que no podamos culpar a Em. Nadie se lo creería —dije.

—Cierto. —Finn estuvo de acuerdo—. ¿Qué os pongo?

—¿Algo típico de aquí? —pregunté a Ben, que asintió con la cabeza.

—Dos Bad Marthas marchando —anunció Finn. Se alejó hacia los grifos.

—Puedo explicar lo del coche robado —me defendí.

Ben apoyó la barbilla en la mano. Era un buen mentón, cuadrado y fuerte, quizá un poco testarudo.

—Soy todo oídos.

—Finn, Em y yo volvíamos a casa una noche desde los recreativos, y nos cruzamos con un hombre que hacía eses con un Camaro —empecé—. Y de pronto, simplemente lo aparcó en medio de la calle, con las puertas abiertas y el motor en marcha para acercarse tambaleándose a unos arbustos y…, ¿cómo decirlo delicadamente?

—¿Salpicar las botas, colar el fideo, sacudir el rocío del lirio? —elucubró Ben.

—La única palabra delicada que he oído es «lirio» —dije riendo—. Pero sí, todas esas. De todos modos, mi padre me había enseñado hacía poco a conducir con marchas, así que me subí al coche y Finn me imitó en el lado del copiloto.

—¿Em, no? —preguntó.

—Su vena rebelde no era tan grande como la mía —expliqué.

—¿Ya habéis llegado a la parte buena? —Finn volvió y nos puso dos jarras delante.

—Estoy en la parte en la que subimos al coche —dije.

Finn le hizo una mueca a Ben y se tiró de la barba.

—Sí, esa es la parte buena. Tendrías que haber visto a Sam —hizo una pausa para señalarme—, era como ir con Mario Andretti.

—Tenía quince años y apenas llegaba a los pedales, además, tenía miedo de arrancar en segunda —me defendí.

Finn aulló.

—Pero tenías que hacerlo, ¿no?

—Es que el hombre se dio cuenta de que nos habíamos subido a su coche... —expliqué.

—Ay, Dios... —dijo Ben. Me sonreía como si pensara que yo era la persona más genial de la clase. Sentía la cabeza confusa, pero ni siquiera había bebido un sorbo de cerveza. ¿Quién iba a decir que la sonrisa de un hombre podía resultar tan embriagadora?

—Sí, empezó a perseguirnos mientras se sujetaba los calzoncillos con una mano y vomitaba al mismo tiempo. —Finn se rio.

—¿Qué hiciste?

—Llevé el Camaro hasta la comisaría —dije—, donde lo puse a disposición policial junto con las llaves. Trabajaba allí un amigo de mi padre; le dije que alguien lo había dejado en marcha y con las puertas abiertas. Lo único que no mencioné fue dónde lo habían hecho ni que yo lo había conducido hasta la comisaría.

—Probablemente le salvaste la vida a ese borracho —concluyó Finn—. Y quizá la de alguien más.

Miré a Ben.

—Esa fue nuestra línea de defensa ante nuestros padres.

—¿Funcionó? —preguntó.

Finn y yo intercambiamos una mirada con dolor al recordar el castigo.

—No —respondí—. En vez de eso, pasamos el fin de semana cortando el césped del jardín de mi casa.

—No es un castigo tan malo —añadió Ben.

—Con tijeras, tijeras de niños —aclaró Finn—. Nos llevó los dos días enteros, hasta me salieron ampollas en el pulgar.

Ben soltó una carcajada. Ni siquiera intentó contenerla.

—Aunque Em nos trajo limonada y galletas —dije.

—Unas galletas de chocolate caseras para morirse —añadió Finn.

—Mereció la pena —asentí.

—Luego estuvo esa vez en que Em, tú y yo pusimos plástico de burbujas debajo de todos los felpudos de la calle —recordó Finn. Se rio y yo también lo hice—. Ojalá hubiéramos grabado un vídeo de los vecinos dando un salto en cuanto salían por la puerta de casa. Nos habríamos hecho virales antes de que eso existiera.

Me encogí de hombros mirando a Ben.

—Eso es lo que pasa cuando tus padres no te dejan jugar a videojuegos todo el día.

—Y también recuerdo... —empezó Finn.

—No, no más —le interrumpí. Señalé al final de la barra, donde lo esperaba un cliente—. Estaré en la isla todo el verano y voy a trabajar aquí los viernes. Tenemos tiempo de sobra para hablar de los viejos tiempos.

—Excelente —repuso Finn. Saludó a Ben con la cabeza—. Encantado de conocerte. Nos vemos, Sam.

—Por supuesto.

—Ahora tengo una pregunta para ti —dije después de dar un largo sorbo a mi cerveza, lo que también se conoce como valor líquido.

—Dispara. —Ben envolvió la jarra de cerveza con la mano.

—No quiero entrometerme... No, no es verdad, me voy a entrometer mucho en tu vida privada. Lo siento, pero... pero he notado que parecías estar mirando mucho a algunos clientes esta noche en la hora feliz.

Ben se quedó quieto, con la cerveza a medio camino de la boca, y abrió los ojos de par en par por la sorpresa.

—¿En serio?

—Sí —le aseguré—. No quiero pasarme, pero eres nuevo aquí, y si lo tuyo son los tipos mayores, estaré encantada de presentarte a algunos solteros que conozco.

Ben parpadeó y se echó a reír. Sentí un gran alivio al saber que tal vez me había equivocado al interpretar la situación.

—¿Es porque soy bibliotecario? —preguntó—. Porque mucha gente asume que si eres hombre y te gustan los libros debes ser gay.

—No, en absoluto —protesté—. Solo lo he supuesto porque te he visto mirando a unos cuantos tipos de unos cincuenta años, así que he pensado que podrías querer conocer a un hombre maduro.

Se echó hacia atrás y me estudió.

—No tienes filtro, ¿verdad?

No sabía exactamente si podía definirse así, pero no podía explicarle que no se trataba de que fuera entrometida sino de otro mecanismo de supervivencia. Intentaba controlar lo que ocurría a mi alrededor en todo momento para no llevarme sorpresas imprevistas. En resumen, era como ir por la vida anticipando siempre un examen sorpresa y tratando de estar preparada para él. Agotador, pero sobre todo eficaz.

Me había ayudado mucho el hecho de que mi aprendizaje fuera visual y que ya en el colegio hubiera descubierto que si me concentraba todo lo que podía, escuchaba con atención a mis profesores y memorizaba las lecciones, normalmente podía resolver con éxito los deberes, los exámenes y demás.

—Me limito a observar a las personas. —Parecía la respuesta más segura.

—Tienes razón a medias en lo que has notado. —Dio un largo sorbo a su cerveza—. La verdad es que estoy…

—¡Eh, Sam, mira quién está aquí! —gritó Finn desde detrás de la barra. ·

¡Maldición! Quería oír lo que Ben estaba a punto de contarme. ¿Qué quería decir con que tenía razón a medias? ¿Por qué se fijaba en hombres mayores? Estuve a punto de ignorar a Finn, pero entonces oí que me llamaban por mi nombre y giré sobre mi taburete en la dirección que me indicaba.

Allí estaba la señora Braga, una de nuestras vecinas y la mejor amiga de mi abuela cuando vivía en Vineyard. Y parecía muy contenta de verme.

—Disculpa —le dije a Ben.

Asintió, bajé del taburete y me apresuré a abrazar a la anciana. Debía tener más de ochenta años, pero olía exactamente igual que cuando era niña, a agua de rosas y talco para bebés, y de repente volví a tener diez años.

¿Cuántas tardes de verano había pasado en su cocina con Vovó, escuchando a las dos cotillear en portugués mientras cocinaban juntas? Había aprendido casi tanto de la señora Braga como de mi abuela. Cuando Vovó falleció, yo estaba en la escuela de cocina, y había sido la señora Braga quien me convenció para que me quedara en mi puesto, diciéndome que Vovó se habría sentido orgullosa de mí. Le debía mucho.

Acordamos vernos pronto para tomar el té por la tarde; luego, ella volvió con sus compañeros de mesa y yo me reuní con Ben. Estaba a punto de preguntarle lo que había estado a punto de decir, cuando Tyler apareció en la puerta de la cocina.

—Sam, el coche está cargado —dijo—. ¡Vamos!

Bang, se había esfumado la oportunidad. Miré a Ben con una sonrisa como si no me sintiera totalmente frustrada, y terminamos las cervezas. Pagué la cuenta y dejé una buena propina, a continuación me despedí de Finn mientras me iba.

—Mírame —dijo Tyler. Se puso a bailar mucho más despacio que antes, así que supuse que había estado practicando mientras recogía. Ben se unió a él. Seguían haciéndolo fatal.

—¡Nada de bailes en mi cocina! —gritó Mark. Que al blandir un cucharón como si fuera un garrote, siendo tan alto y ancho, había que tomárselo en serio. No se le podía reprochar nada, las cocinas profesionales ya eran muy peligrosas sin que la gente se pusiera a bailar.

—¡Eh, vosotros, tranquilos! —les dije.

Salimos por la puerta lateral hacia el aparcamiento de grava donde estacionaba el personal. Un camarero y un friegaplatos estaban compartiendo un vapeador, y nos cruzamos con ellos de camino al coche.

—Bien hecho, chef —me felicitó el lavaplatos.

Lo miré para ver si se burlaba de mí, pero parecía sincero, así que le dediqué una sonrisa y seguí adelante. Subimos al todoterreno, donde Tyler ocupó el asiento trasero como había hecho de camino a la posada.

—Esta noche habéis hecho un buen trabajo —dije. Conduje por la estrecha y oscura carretera sin perder de vista a los peatones—. Gracias a los dos por vuestra ayuda. No podría haberlo hecho sin vosotros.

—Ya lo creo —repuso Tyler—. He estado muy ocupado. —Sacó el móvil del bolsillo y comenzó a teclear—. ¿Va a ayudarnos también la semana próxima, señor Reynolds?

—Si me necesitáis... Ya que somos compañeros de trabajo, deberías llamarme Ben.

—¿En serio? —preguntó Tyler.

—Sí.

—Muy bien. —Tyler se desplomó contra el respaldo, con cara de satisfacción.

Miré a Ben. El coche no era pequeño, pero él llenaba el asiento del copiloto, y casi rozaba el techo con la cabeza.

—Gracias por todo lo de esta noche.

Asintió, entendiendo lo que quería decir.

—Ha sido... inesperado.

Miré por el retrovisor al asiento trasero. Tyler estaba absorto con su teléfono, viendo un vídeo con los auriculares puestos.

—¿Inesperado? —pregunté—. ¿Lo dices en el buen sentido o en el malo?

—Aparte de fastidiarme la espalda durante la improvisada sesión de baile, diría que estuvo bien.

Me reí.

—Gracias por colaborar. Estaba claro que *alguien* quería saber cómo hacer esos movimientos pero no quería preguntar y necesitaba a *alguien* que le apoyara.

—Encantado de ayudar. —Se giró en su asiento y me observó mientras conducía. Intenté no sentirme cohibida, aunque no lo conseguí.

—¿Qué? —pregunté.

—Eres muy extrovertida, ¿verdad? —se interesó.

—Lo dices como si fuera algo malo —repliqué. Lo cierto es que era extrovertida. Se trataba de otro mecanismo de supervivencia.

Había descubierto que la gente aceptaba mucho mejor mi neurodivergencia si me conocían y les caía bien antes de saberlo. Me pregunté si Ben respondería de la misma manera. Era difícil adivinarlo, dado que le gustaba tanto leer.

—No está mal —añadió—. Eres algo… diferente.

—¿A ti, quieres decir? —inquirí—. ¿Eres introvertido? —Había vacilación en mi voz porque no me había parecido alguien que rehuyera las multitudes.

—Prefiero pensar que soy muy selectivo sobre con quién paso el tiempo —repuso. Lo miré y una pequeña sonrisa curvó sus labios. Me pareció delicioso recibir aquella sonrisa. Volví a mirar a la carretera.

—Supongo que tu idea de una noche perfecta es quedarte en casa, leyendo cualquier libro que te apetezca en ese momento —dije—. Suena emocionante.

—Y la tuya es buscar la discoteca más ruidosa de la zona e ir a bailar *shuffle* —contraatacó—. No es ninguna tortura.

Me reí de su tono de voz apenado. No se equivocaba. En las escasas noches libres que había tenido en Boston, eso era exactamente lo que había hecho para relajarme. Al parecer, el atractivo bibliotecario y yo no teníamos nada en común, incluso menos de lo que él creía, dado que no sabía lo poco que me gustaba leer.

Era una pena, ya que la atracción que sentía por ese hombre era innegable. ¿Importaba realmente que él fuera introvertido y yo extrovertida si solo íbamos a estar en la isla durante el verano? ¿Hasta qué punto podríamos involucrarnos en tan solo unas semanas? Eso suponiendo, por supuesto, que estuviera interesado en mí. Aún me quedaba oír su explicación de por qué se fijaba en hombres de mediana edad. ¿Intentaba localizar a un delincuente de biblioteca? ¿Un tipo que había acumulado multas y se negaba a pagar? Mi curiosidad estaba a flor de piel, pero no quería terminar la conversación en el coche. Esperaría hasta llegar a casa.

Ben me preguntó por algunos eventos veraniegos, así que le hablé a fondo sobre La Gran Iluminación, el evento que se repetía cada verano en el que las casitas de jengibre de Oak Bluffs se iluminaban con farolillos de papel y que siempre me había parecido la noche más mágica del verano.

Escuchaba sin interrumpir, algo que, a mi entender, era un talento poco común que no poseía mucha gente, incluyéndome a mí. Cuando aparqué delante de casa, salimos y abrí la puerta del maletero para que pudiéramos llevar los cubos con los utensilios culinarios a la cocina.

Ben hizo el gesto de apropiarse de uno, pero sentí que ya me había aprovechado bastante de él.

—Oh, no tienes que ayudar con eso. Ya nos encargamos nosotros.

—No me importa —dijo. Tomó un recipiente de plástico y siguió a Tyler al interior de la casa. Yo me encargué del último y los seguí.

Volcamos los cubos sobre la encimera.

—¡Buenas noches! —gritó Tyler girándose.

Ni siquiera pudimos responderle antes de que subiera corriendo las escaleras hacia su habitación.

—Bueno... —Fue todo lo que conseguí decir antes de que el estruendoso ritmo de una música muy bailable llegara desde arriba—. Te acompaño fuera —dije levantando la voz.

Ben asintió y me guio. El ruido se atenuó en su mayor parte, cuando salimos al porche, lo que me hizo dar las gracias mentalmente al buen aislamiento de la casa, algo que no recordaba haber reconocido nunca.

Nos quedamos un momento en el porche y me di cuenta de que me resistía a verlo marchar. Ben me caía bien. Independientemente de si estaba soltero o interesado en otra persona, me gustaba de verdad. Era muy calmado y eso tranquilizaba mi ocupado cerebro.

—Supongo que tendré que ir a decirle que baje el volumen antes de que los vecinos empiecen a encender antorchas y afilar las guadañas —dije.

—Supongo que te arrepentirás de haberle enseñado esos pasos de baile —reflexionó.

Miré al segundo piso y suspiré.

—Creo que tienes razón. Esperemos que le pase pronto esta fase, o mi padre me va a matar cuando vuelva.

Le sonreí para hacerle saber que estaba bromeando, pero no me devolvió la sonrisa.

—Eso sería trágico —dijo como si nada—. Dado que acabo de encontrarte.

«¿Me acababa de encontrar?».

Tragué saliva.

Hubo un cambio en el aire. No estaba segura de si era el espacio entre nosotros el que vibraba lleno de tensión o si solo era yo, pero de repente el canto de los grillos y el sonido de la música de Tyler se desvanecieron bajo el zumbido constante que me recorrió todo el cuerpo. El aire nocturno pareció espesarse y me costaba respirar.

¿Lo decía en el sentido que yo imaginaba? ¿Le estaba dando demasiadas vueltas a todo? Seguramente. Su mirada se cruzó con la mía y, bajo su calor abrasador, todos los pensamientos coherentes salieron volando de mi cabeza. El instinto se apoderó de mí y me acerqué a él.

Sus ojos se oscurecieron con una intensidad que hizo que me diera un vuelco el corazón por la anticipación. Extendió la mano como una invitación. No sabía a qué, pero no lo dudé. Puse mi mano en la suya y me acercó. No me resistí al tirón y me encontré con la frente apretada contra su pecho, igual que había estado en el ferri cuando nos conocimos.

—Me fascinas, Samantha Gale —susurró.

Habría dicho lo mismo de él, pero estaba demasiado distraída con el frescor de su camisa, la sensación de sus manos en mis caderas, la forma en que la luz amarilla del porche reflejaba los mechones cobrizos de su pelo. Sufría una sobrecarga sensorial, pero por una vez me resultaba embriagadora, como beber demasiado champán.

Inclinó la cabeza y posó los labios sobre los míos. Su beso fue firme pero suave, y pude sentir el áspero roce de su barba bien afeitada contra la barbilla. Fue un beso tentativo, para conocernos, con pequeños sorbos y susurros, jadeos y suspiros. Fue encantador... hasta que se volvió ardiente.

Me apoyó una mano en la parte baja de la espalda y tiró de mí con fuerza. La otra mano la deslizó por mi espalda hasta mi nuca, manteniéndome inmóvil mientras me recorría el borde de los labios con la lengua, animándome a abrir la boca. Le di la bienvenida, y el calor me recorrió como la oleada de aire caliente que se libera al abrir la puerta de un horno. Deslicé las manos por la parte delantera de su camisa hasta aferrarme a sus hombros mientras el beso se hacía más profundo y me derretía en un charco de ardiente y dolorosa necesidad. ¡Piedad, por favor!

Cuando instintivamente me habría apretado contra él y le habría exigido más, aflojó el acelerador, suavizó el beso y me soltó, apoyando su frente en la mía mientras ambos intentábamos ubicarnos. Estaba perdida. Era como saborear algo que deslumbraba los sentidos solo para que me lo arrebataran.

Mi cuerpo se inclinó hacia el suyo, invitándolo a más, pero no tiró de mí. Sus manos bajaron hasta mis caderas para mantenerme a una distancia segura, lo cual era extraño, porque en el momento en que su boca se había encontrado con la mía, no me había sentido segura en absoluto. Por el contrario, apostaría algo a que ese hombre podía derribar todos los muros que había construido, todos los escudos que había empleado y todas las redes de seguridad que había tendido. Me estremecí al darme cuenta.

Se me debió de notar en la cara, porque retiro sus manos de mis caderas.

—Lo siento. ¿Ha sido demasiado pronto? —dijo—. Debería haberte avisado de que iba a lanzarme.

Negué con la cabeza.

—No, tus señales han sido muy claras. Podría haberte detenido.

—¿Estás segura? —preguntó—. Puedo ser muy decidido.

Eso me arrancó una carcajada.

—Yo también.

Nos miramos perplejos. Disfrutaba con este hombre, pero la situación era complicada. En primer lugar, mi responsabilidad ese verano era Tyler, y no podía distraerme de mi propósito: ocuparme de él. En segundo lugar, no tenía ni idea de cómo iba a decirle a Ben, cuya pasión eran los libros, que no me gustaba leer. Cuando le soltara esa bomba, el bibliotecario sexi iba a dejar marcas de derrape. Ya me había pasado antes y no me cabía duda de que volvería a ocurrir. Y lo entendía. Sería como si él me dijera a mí, una chef profesional, que no le gustaba comer. ¿Cómo iba a funcionar?

Tal vez debería haber estado más en guardia y haber detenido aquel beso, pero hacía demasiado tiempo que no salía con nadie y él era ridículamente atractivo. Y más ahora, con el pelo revuelto y la boca hinchada, sentía cómo mi cuerpo se inclinaba hacia delante para estar más cerca de él. Enderecé la espalda.

—¿Por qué me has besado? —pregunté. Fui más directa de lo que pretendía, pero no pareció importarle.

—¿Quieres decir aparte del hecho de que he estado pensando en ello desde que te conocí en el ferri? —Su sonrisa era de pura picardía—. Después de la conversación en el bar, he sentido la necesidad de dejar claro quién me interesa.

El corazón me latía con fuerza en el pecho y tuve que reprimirme para no preguntar: «¿Yo?», y dejarlo claro. En lugar de eso, me limité a asentir, tratando de mostrarme fría cuando me sentía cualquier cosa menos eso.

—Nos vemos el lunes, Samantha. Tenemos que hablar de tu curso de cocina para adolescentes, entre otras cosas.

Respiré hondo. ¿Cómo hacía aquel hombre para que unas simples palabras, entre otras cosas, sonaran tan provocativas? Espera, espera. ¿Qué había dicho? Sacudí la cabeza para despejarla.

—¿Estás dando el visto bueno a ese curso? —pregunté.

—Por supuesto —dijo—. Está claro que eres una cocinera muy brillante.

—¡Estupendo! —Hice un gesto con el puño. Estaba de vuelta. Además, así tendría la oportunidad de ver a Ben, lo que era aun más emocionante para mí que cocinar. Sorprendente, lo sé.

Se dio la vuelta hacia las escaleras.

—Ben, yo… —Sí, le estaba dando largas, pero me veía dispuesta a dejarlo marchar. Aunque en ese momento se abrió de golpe la puerta y apareció Tyler. Lo que fue bueno para que no le confesara a Ben todo sobre mí y este saliera huyendo.

—Sam, tienes que enseñarme de nuevo el paso «T» —dijo Tyler. Respiraba con dificultad y estaba empapado en sudor.

Lo miré y luego a Ben.

—No importa, podemos hablar el lunes.

Ben asintió.

—Lo estoy deseando. Buenas noches.

Me habría quedado a ver cómo encendía la moto y se alejaba, pero Tyler empezó a bailar, golpeando el suelo del viejo porche con tanta fuerza con los pies que pensé que se caería a pedazos. Estaba claro que había creado un monstruo.

9

Pantalones cortos, una camiseta y un sombrero destartalado...
No. Un vestido de verano con estampado de girasoles y zapatillas
Converse... No. Vaqueros y una camisa de botones con un nudo
en la cintura sobre una camiseta rosa de tirantes... No. No. No.

Era lunes por la mañana y sufría una crisis de proporciones
épicas con respecto a mi atuendo. ¿Qué iba a ponerme para ver a
Ben esa mañana? Tenía que dar con el *outfit* adecuado. No podía
resultar demasiado coqueta, pero tampoco tan informal que pareciera que había sacado las prendas del cesto de la ropa sucia. Más-
cara de pestañas, brillo de labios y un moño despeinado eran
cosas seguras, pero ¿qué ropa ponerme? Miré la montaña de ropa
desechada sobre la cama. Nada me convencía.

—¡Sam, vamos! —gritó Tyler desde abajo—. Vamos a llegar
tarde.

—Quieres decir que vamos a llegar menos temprano que los
demás —respondí.

—Lo que tú quieras —dijo—. ¿Podemos irnos ya, por favor?

Estaba en ropa interior. Al menos esa ropa era un no definitivo.

—¡Muy bien, muy bien, ya voy! —Tomé lo que estaba arriba
de todo en la cama: un coqueto vestido con estampado de colores
apagados, espirales de rosa empolvado y verde salvia. Bonito pero informal. Tendría que servir. Me calcé las sandalias Tory Burch
beige, tomé el bolso y bajé las escaleras a toda prisa.

Tyler esperaba junto a la puerta, con cara de impaciencia.

—¿Qué ha pasado con los pantalones cortos que llevabas en el
desayuno?

—Me he cambiado de ropa —murmuré.

—¿Por qué? —me preguntó. Sí, el de los pantalones cortos holgados y la camiseta de Minecraft estaba cuestionando mis elecciones de moda.

«Porque voy a ver al bibliotecario y a besarlo otra vez», no me pareció una buena respuesta.

—Me apetecía —anuncié en tono resuelto.

—De acuerdo. —Se puso los auriculares y me ignoró durante el resto del viaje.

Conduje a baja velocidad por el barrio, esquivando a un grupo de niños en bicicleta, a dos madres con cochecitos para correr y a un turista que caminaba por el medio de la calzada, chateando por el móvil. Pensé en pitarle. En Boston, ya lo habría hecho, pero respiré hondo, me recordé que no estaba en la gran ciudad e intenté aprovechar el estado zen que me invadía en Vineyard.

Por suerte, el camino a la biblioteca estaba despejado y llegamos a tiempo. Había tenido dos días para pensar en el beso que Ben me había dado y necesitaba encontrar a Em para pedirle consejo. Esperaba ponerla al tanto el fin de semana, pero ella tenía compromisos familiares, y a Tyler y a mí nos habían tocado tareas como la colada, la limpieza y la compra. Ser adulto es un rollo, por si no lo sabías. Tyler también me había dado la lata para que le ayudara con los pasos de baile y, a pesar del tirón en el tendón de la corva que había sufrido mientras le enseñaba, tengo que admitir que estaba mejorando bastante.

Fue positivo que estuviera dos días sin ver a Ben. Me ayudó a aclararme las ideas. Sabía que me gustaba mucho. Pero fuera cual fuera la atracción que hubiera entre nosotros, definitivamente no iba a ser una relación duradera. Éramos barcos que se cruzaban en la noche, lo que no dejaba de ser una ironía, dado que nos habíamos conocido en un ferri.

Ben era el director interino de la biblioteca, así que estaba en la isla de forma temporal, y yo lo haría solo hasta que resolviera mi vida, lo que esperaba que no se alargara más que la temporada de verano. No podía cambiar de rumbo por una relación y desviar mi carrera de su camino, pero eso no significaba que no pudiera disfrutar de una aventura de verano sin ataduras, o eso me decía a mí misma cada vez que pensaba en aquel beso que me había derretido el cerebro.

Me detuve en el aparcamiento y Tyler salió disparado del coche. Para mi sorpresa, ese día me había dejado prepararle el almuerzo. Era de pavo con queso suizo en pan blanco, pero me había permitido que experimentara y le añadiera mostaza. También le había metido en la bolsa una ensalada de frutas y galletas caseras con trocitos de chocolate. Todo un comienzo.

—Hasta luego, Sam —dijo, y corrió hacia el edificio. No supe si fue por su necesidad de llegar el primero o su deseo de dejarme atrás. Probablemente un poco de ambas cosas.

Encontré a Em en la segunda planta. Estaba sentada detrás del mostrador de información. Hoy llevaba un vestido azul marino con la falda ajustada y la misma chaqueta blanca que otros días. Estaba leyendo un libro y no me vio acercarme a ella. La vi apropiarse de una nota adhesiva y marcar la página. Tenía el rostro pálido y una expresión tensa. Mientras la observaba, levantó la mano y se frotó un lado del cuello como si tratara de comprobar los ganglios. Me pregunté si se encontraría bien.

—Hola, Em —saludé.

Levantó la vista y dejó caer la mano. Cerró el libro de golpe y lo puso en el carrito con libros que había detrás de ella.

—¿Cómo ha sido el fin de semana con la familia? —pregunté.

Se subió las gafas por el puente de la nariz.

—Bien. Estupendo. Bien. ¿Qué tal el tuyo?

—Fructífero. He estado buscando recetas para la próxima hora feliz, le he enseñado a Tyler algunos movimientos de baile nuevos y hemos practicado *paddle surf* en Inkwell, aunque he tenido que amenazar a Tyler con tirarle el ordenador al mar para conseguir que viniera conmigo.

—Suena divertido —dijo—. No las amenazas, el *paddle surf*.

Parecía distraída, y me pregunté si se habría enterado de que me había besado con Ben. Al haber sucedido en el porche, cualquiera podría habernos visto. Maldición, quería ser yo quien le dijera que me había liado con el bibliotecario más sexi del mundo. Así que lo hice de todos modos.

—Ben me besó —solté.

—¿Qué? —gritó. Abrió los ojos de par en par detrás de los lentes de las gafas y sonrió—. ¿Cómo fue? —Levantó las manos en señal de «Stop»—. No, no me lo cuentes. No, no me lo digas. O no podré mirarlo en la reunión de personal.

Me reí.

—Nunca te contaría cómo fue un beso.

—¿En serio? —Me miró fijamente.

—Bueno, tal vez solo la versión «Para todos los públicos» —rectifiqué—. Para que conste, fue... estupendo.

Sonrió.

—¿Ahora sois pareja?

—No. —Sacudí la cabeza—. Los dos estamos aquí de forma temporal, además, a él le gusta leer y a mí...

— ... no —terminó por mí. Aprecié su sencilla aceptación sin juicios.

—Exactamente —convine—. Si llegamos a tener algo, será estrictamente una aventura de verano.

—¿Estás segura? —insistió ella—. La forma en la que te miraba en la hora feliz no era la típica mirada de rollo de una noche. Era mucho más.

—Pero no puedo ofrecerle más —me justifiqué—. Quiero decir, no tengo ni idea de dónde estaré dentro de unos meses.

—Entonces, ¿no crees que te quedarás después del verano? —preguntó. Sonaba desolada.

—No puedo —dije—. Tengo que volver al trabajo..., sea donde sea.

—Ah... —Se miró las manos.

No sabía qué decir, así que estudié el carrito con libros que había a su espalda. Los reconocí por los colores de sus lomos. Eran los mismos volúmenes sobre el cáncer que había estado mirando el otro día.

Me di cuenta de pronto, como si me dieran un puñetazo en la cara, de que me había mentido. No estaba buscando información sobre el cáncer para un cliente. Era para ella misma. ¡Oh, no, Em! No podía creer que no me lo hubiera dicho. Yo era su amiga. Y tenía un millón de preguntas. ¿Qué tipo de cáncer padecía? ¿Había ido al médico? ¿Qué le habían dicho? ¿Era grave? ¿Se iba a morir? No podía respirar.

Em levantó la vista de las manos, siguió mi mirada y volvió a clavar los ojos en mí. Sus mejillas se tiñeron de un tenue tono rosado. Se sentía avergonzada. ¿Avergonzada? ¿Por el cáncer?

Por supuesto, me quedé allí como una idiota, en silencio. ¿Qué podía decir? Todavía no me lo había confesado. Sabía que no debería considerarlo una traición, después de todo la salud es algo personal, pero así era.

—Em, ¿está todo...?

—Ben me ha dicho que ha aprobado el curso de cocina para adolescentes —me interrumpió. No supe si lo hizo a propósito o no—. Deberíamos hablar de eso, ya sabes, trazar un plan.

—De acuerdo —convine. Si no quería hablar, no podía obligarla, pero podía estar cerca. Podía intentar distraerla al menos durante un momento. ¿Por qué no se había sincerado conmigo? Se me ocurrió que era porque en los últimos tiempos había estado tan ensimismada con mi propio drama profesional que no le había dado ninguna oportunidad. Uff...

Em tomó un bloc y un bolígrafo.

—Vamos. Podemos trabajar en esa mesa, y yo puedo seguir controlando el escritorio.

La seguí y tomé asiento frente a ella en la mesa de madera. La silla era dura, y me moví intentando encontrar una postura cómoda; no pude. La culpa por haber sido una mala amiga era como una chincheta en el asiento que me hacía moverme, incapaz de quedarme quieta.

—Necesitamos un nombre llamativo para el curso —sugirió—. Como «Adolescentes sabrosos».

—Eso suena como el eslogan de apoyo a un grupo caníbal —comenté.

Soltó una carcajada.

—Tienes razón. ¿Qué se te ocurre a ti?

—Tengo una pregunta —murmuré.

Miró su cuaderno, al otro lado de la habitación, al techo, a cualquier sitio menos a mí.

—Creo que sabes lo que voy a preguntar —insistí.

—Lo sé —dijo—. Y no tengo una respuesta.

—Bien, entonces empecemos con preguntas que puedas responder. ¿Has ido al médico?

—Todavía no —repuso.

—Em, si te preocupa, si crees que tienes cáncer, tienes que ir.

Echó un vistazo a la habitación para asegurarse de que no nos oyeran.

—Pero ¿y si encuentran algo? —preguntó.

—Razón de más para ir cuanto antes —alegué.

—Es solo un pequeño bulto —confesó. Se puso la mano en el cuello—. Probablemente no sea nada.

—Probablemente —acepté—. Pero sería mejor averiguarlo y no tener que preocuparse más.

—Supongo —repuso ella.

—Concierta una cita e iré contigo —propuse.

—Ya tengo una. Es para mañana a las diez.

—De acuerdo —dije—. Nos vemos allí.

—No tienes que… —empezó, pero la interrumpí.

—No se lo has dicho a tu madre, ¿verdad? —pregunté.

—No, no quiero preocuparla —confesó.

—Entonces estaré allí —afirmé—. Todo paciente necesita un acompañante. Y yo seré la tuya.

Hundió los hombros; parecía a punto de llorar.

—Gracias, Sam.

—Oye, para eso están los amigos —protesté.

Pasamos la siguiente media hora planeando el curso de cocina para adolescentes, al que llamamos *Teen Chef*, algo así como *Top*

Chef pero con *Teen*, que significa adolescente en inglés. Ingenioso, lo sé. Decidimos hacerlo en mitad del programa de lectura de verano para mantener a los adolescentes interesados hasta el final. El menú aún estaba en estudio. Sabía que podía enseñar a los chicos algunas técnicas de comida rápida, pero también quería que aprendieran algo que elevara su nivel en la cocina.

A pesar de mí misma, me fijé en segundo plano en el movimiento de la biblioteca a nuestro alrededor, buscando a Ben. Cuando había dicho que hablaríamos, no sabía si sería por la mañana o por la tarde, si debía buscarlo o él me buscaría a mí o qué. No tener una planificación iba en contra de toda mi forma de ser. Me sentía inquieta y decidí que lo mejor sería marcharme. Siempre podía hablar con Ben más tarde, si él quería. Tal vez había cambiado de opinión. Tal vez el beso no había significado nada para él. Tal vez ya lo había olvidado. Sí, estaba entrando en pánico.

—Está bien, me voy a ir, pero nos vemos mañana en el médico a las diez, ¿de acuerdo? —pregunté.

—Sí —aceptó. Me tomó la mano y me la apretó con rapidez—. Y gracias, Sam. Te lo agradezco mucho.

—¿Qué te agradece? —preguntó una voz masculina a mi espalda. La sentí retumbar en mi interior, desde el cuero cabelludo hasta los pies, pasando por la columna vertebral. Cerré los ojos. Ben.

Em parecía nerviosa como si la hubieran atrapado planeando el atraco a un banco. Se lamió los labios.

—Su a-ayuda con la pr-programación para a-adolescentes —tartamudeó.

No importaba que la sorprendieran planificando un robo, en realidad era como si la hubieran pescado en la cámara acorazada del banco con las manos en el dinero. Me lancé.

—Va a ser una tarde increíble de *walking* tacos —me lancé—, *muffin* en taza, lo que prefieras.

—Prefiero los tacos.

Ben se sentó a mi lado y dejó un montón de libros sobre la mesa. Eché un vistazo a los títulos. Uno estaba escrito con una horrible fuente pixelada que hacía que todo pareciera cuadriculado y, para mí, completamente ilegible. El resto eran más fáciles de descifrar, pero seguían siendo demasiado difíciles para mí.

—¿Te gusta? —me preguntó mientras sostenía uno de los libros.

—No lo he leído —dije. Intenté parecer desinteresada.

Se mostró sorprendido.

—¿En serio? Pero Lauren Beukes es una autora muy conocida de terror. Incluso tu icono Stephen King alabó su libro *Las luminosas*.

—Bah... —Me encogí de hombros.

Em frunció el ceño y nos miró a ambos. Supe que se había dado cuenta de que me había metido en un lío y trataba de averiguar cómo ayudarme.

—¿Y has leído este? —me preguntó. Era otro libro de un autor que no reconocí.

Sinceramente, los buenos lectores pueden ser muy malas personas.

—No —dije. Al menos eso era cierto.

—¿Y si te lo presto? —preguntó—. Puedes darle una oportunidad. Te garantizo que no es un «bah».

Le eché un vistazo. Parecía muy ansioso por compartir sus libros favoritos conmigo. De hecho, era ridículamente adorable y no quería decepcionarlo, pero tampoco quería torturarme intentando leer el libro. Me empezaba a doler la cabeza solo de pensarlo.

—Gracias, pero veré la película —expliqué.

—No puedes. No hay versión cinematográfica —aclaró.

«¡Maldición!».

Por suerte, no lo dije en voz alta. En lugar de eso, tomé el libro y miré la letra del lomo. Saltaba ante mis ojos. Daba volteretas. Era como intentar leer la pantalla de un ordenador mientras pasaban códigos hexadecimales. ¡Un asco!

—Claro, puedo intentarlo. —No tengo ni idea de por qué salieron esas palabras de mi boca.

Em me miró con las cejas arqueadas por encima de las gafas, como diciendo que sería un buen momento para mencionarle que tengo dislexia, pero la ignoré. ¿Por qué tenía que mencionarlo? Lo mío con Ben no iba a durar más allá de unas semanas. Diablos, incluso podrían no ser más que unas cuantas citas. Que un chico fuera guapo no significaba que fuera una buena cita, aunque, después de aquel beso, me costaba imaginar que salir con Ben resultara un desastre.

—Señor Reynolds, lo he estado buscando por todo el edificio. —Una mujer de mediana edad con un vestido de flores azul marino y rosa se acercó a nosotros. Llevaba el pelo castaño, rizado y despeinado. Su estilo me recordaba mucho a las fotos de mis padres de los años ochenta. Era como si se hubiera quedado congelada en el tiempo.

—Y me ha encontrado, señora Bascomb —convino Ben. Sonaba amistoso, pero ella ni siquiera esbozó una sonrisa. Se limitó a mirarlo por encima de las gafas de lectura. Luego nos estudió a Em y a mí, y nos quedó claro que no aprobaba que Ben charlara con nosotras mientras trabajaba.

—Este es el contrato para el curso de cocina para adolescentes —anunció.

—Excelente —dijo Ben—. Le presento a Samantha Gale, que impartirá el curso. El contrato es para ella.

La señora Bascomb me estudió, observando mi vestido con una expresión de desaprobación difícil de ignorar.

—Esto me parece muy irregular y apresurado —dijo la señora Bascomb—. Se supone que los contratos deben estar firmados y entregados antes del comienzo del programa de lectura de verano. —Su desaprobación incluyó a Em, que estudiaba el cuaderno que tenía delante como si no hubiera oído la censura que rezumaba la voz de la señora Bascomb.

»Tendrá que firmarlos ahora mismo —me indicó la señora Bascomb. Tomó un bolígrafo y me lo entregó.

—Ah…, mmm… —Em buscó mi mirada y debió notar el pánico en mis ojos—. Sam debería echarle un vistazo antes de firmar para asegurarse de que todo está correcto.

—No tenemos tiempo para eso —dijo la señora Bascomb—. Estos papeles tienen que llegar a recursos humanos de inmediato.

—Señora Bascomb, estoy seguro de que la señora Gale puede tomarse unos minutos para revisar el contrato sin que se acabe el mundo —intervino Ben. Su voz era tranquila, pero también muy firme. La señora Bascomb soltó un resoplido y cruzó los brazos sobre el pecho.

Me quedé mirando los papeles que tenía delante. Sentía que todos me observaban.

—Hablad entre vosotros —bromeé—. Solo me llevará un minuto.

Em recibió el mensaje e inmediatamente le preguntó a Ben por su último viaje en moto. Le contó que hacía poco había ido a Nueva Escocia y que esperaba volver a hacerlo pronto. Mientras conversaban, estudié los papeles que tenía delante. No podía leer nada. El pánico empeoraba aún más los efectos de la dislexia. Sentía los latidos del corazón en la garganta y chasqueaba nerviosamente el bolígrafo con el pulgar. La señora Bascomb se movió de un lado a otro y soltó un suspiro audible mientras se cernía sobre mí.

Esperando no estar regalando un riñón, garabateé la firma en el primer espacio en blanco que encontré. Le entregué el contrato a la señora Bascomb con una sonrisa.

—Aquí tiene. Gracias —le dije.

Me miró a mí y luego el papel. Frunció el ceño.

—¿Qué es esto? ¿Es una broma? —dijo en tono airado.

Sentí que toda la sangre se me escurría de la cara. Em y Ben dejaron de hablar y se volvieron para ver qué tenía a la señora Bascomb en vilo.

Dejó caer el papel delante de mí y lo golpeó con una uña pintada de rosa.

—Has firmado donde se supone que tiene que firmar el encargado de recursos humanos. Tienes que rellenar toda la información pertinente aquí arriba, empezando por tu nombre, luego firmarlo y poner la fecha.

—¡Ay, perdón! —Sentía la cara caliente. Me quedé mirando la mesa. La vieja y familiar sensación de vergüenza me inundó por dentro, ahogándome. Me dieron ganas de correr, de llorar, de esconderme, de estar en cualquier sitio menos aquí.

—Señora Bascomb... —empezó Ben, pero mi atormentadora habló por encima de él.

—¿Perdón? —me imitó—. ¿Se da cuenta de que ahora tengo que bajar a imprimir otro? ¿En qué estaba pensando?

—¡Eh! —protestó Em. La miré y vi cómo le brillaban los ojos. Estaba entrando en calor. A la señora Bascomb no le importaba. Estaba en racha.

—Es básico, ¿no sabe leer unas instrucciones sencillas? —me preguntó.

Y ahí estaba. La verdad había salido a la luz. Pensé que iba a vomitar. Tragué saliva para ver si se me deshacía el nudo de la garganta. Me levanté de mi asiento, manteniendo la mirada en el suelo.

—No, en realidad, no puedo. Tengo dislexia —dije—. Discúlpeme, tengo que irme.

Me alejé a trompicones de la mesa y salí corriendo hacia la puerta. No podía mirar a Ben. No quería saber lo que pensaba de mí: disgusto, decepción o, peor aún, lástima. No de él.

—¡Samantha! —lo oí llamarme, pero seguí corriendo.

Ya en casa, me paseé por los alrededores. Stephanie había decorado el pasillo de arriba con grandes fotografías enmarcadas mías y de mi hermano cuando éramos pequeños. Varias me las habían hecho antes de conocerla.

En una tenía cuatro años. Llevaba un bañador amarillo con flores de un rosa intenso, un sombrero para protegerme del sol torcido en la cabeza y tenía en las manos un cubo y una pala. Delante de mí había un castillo de arena, y me concentraba en llevar el cubo de agua hasta el foso. Había sido antes de empezar en el colegio, antes de convertirme en la niña que no sabía leer, antes de sentirme defectuosa… o tonta.

Sentí que se me formaba un nudo en la garganta y se me llenaban los ojos de lágrimas. Recordé aquel horrible día, en el segundo curso en el instituto. Estábamos estudiando teatro y a cada uno nos habían asignado un papel de *Un espíritu burlón*, de Noël Coward. El día que teníamos que actuar, una de las chicas de mi grupo sufrió un pequeño ataque de nervios y se vomitó encima. La profesora me dijo que tenía que leer su papel, Elvira, en lugar del de Ruth, que era el que me había pasado semanas memorizando a pesar de que se nos permitía leer los guiones.

Fue la única vez en mi vida que pensé en lesionarme para librarme de algo. Si hubiera podido golpearme discretamente en la cara, lo habría hecho.

En lugar de eso, pasé al frente de la clase y leí mal la mayoría de mis líneas. Tartamudeando sin parar, intenté hilvanar las palabras en mi cabeza antes de expresarlas. Al principio, las risas fueron discretas.

Los niños juntaban las cabezas y susurraban detrás de las manos. Oí a más de uno decir: «No sabe leer. ¿Es tonta?».

Empecé a sentir pánico. El corazón se me había acelerado, me sudaban las manos y la señora Ward me miraba con desprecio. Visto en retrospectiva, podría haber sido un horror, pero era una mujer mezquina que disfrutaba de su poder y repartía castigos como si fueran piruletas, así que sospecho que estaba realmente disgustada. Después de todo, estábamos a finales del primer semestre y yo estaba aprobando su asignatura, a duras penas, pero estaba aprobando, así que la había engañado durante al menos cuatro meses.

Por fin, al final de la escena, con el pobre Danny Rubens tratando de llevar todo el asunto mientras me miraba como si hubiera empezado a hablar griego antiguo, pronuncié la palabra «perla» con un sonido «b» en vez de «p» porque me entró pánico y tanto la «b» como la «p» son bilabiales, así que en mi cerebro enloquecido me aferré a lo que recordaba y destrocé el diálogo. Después de eso, los niños me apodaron «Sam la Simple», me consideraron idiota y mi trayectoria en el instituto tomó otro rumbo.

Por si el acoso no fuera suficiente, mis padres se habían separado el año anterior, mi padre había empezado a salir con Stephanie y estaba embarazada de Tyler. Como era de esperar, mis padres no se hablaban y dejaron mis estudios a cargo del orientador. Me hicieron pruebas y descubrieron que era disléxica, pero con un coeficiente intelectual muy alto. Naturalmente, como nadie sabía qué hacer con esa información, me apuntaron a clases de recuperación. Vamos, increíble.

Me senté en el último peldaño de la escalera y dejé que la humillación me invadiera. Las lágrimas aparecieron con rapidez, y me sorprendió la fuerza con la que me seguía doliendo el recuerdo. Estaba claro que el hecho de que la señora Bascomb me dejara en evidencia delante de Ben había abierto una puerta que yo creía haber cerrado y bloqueado con alambre de espino y perros guardianes.

Tardé la mayor parte de la mañana en recomponerme. ¿Y qué más daba si Ben pensaba que era idiota? Me las había visto peores. Al menos, ya sabía la verdad y podía dejar de ocultarla. Me había pasado toda la infancia inventando mecanismos para disimular el hecho de que leer suponía un gran problema para mí. Era agotador y me negaba a pasar así el resto de mi vida.

Saqué el móvil y le envié a Tyler un mensaje, utilizando la opción para pasar la voz a texto, diciéndole que me reuniría con él en el extremo más alejado del aparcamiento de la biblioteca para recogerlo. No le expliqué el motivo.

Volví a mirar esa foto mía en la playa, y de repente quise ser otra vez así, libre de todos los prejuicios que la vida me iba a lanzar, disfrutando del día sin más. Me levanté y corrí a mi habitación para ponerme el bañador. Sabía exactamente dónde quería pasar el tiempo que quedaba hasta que tuviera que recoger a Tyler: en Inkwell, mi lugar feliz.

10

La arena quemaba, así que no me quité las sandalias. Era mejor que me molestara entrando en sandalias que quemarme las plantas de los pies. Busqué sitio junto a una pequeña duna con un matojo de hierbas marinas y extendí mi silla de playa. A mi alrededor todo estaba tranquilo.

Las familias se agolpaban en la orilla y los bañistas ocupaban el centro de la playa. Había más sombrillas que antes, ya que la gente se había animado con el sol. Yo llevaba un sombrero de paja de ala ancha que pertenecía a Stephanie y también me había puesto crema solar. Aunque me bronceaba con facilidad y nunca me quemaba, era muy consciente de que el sol podía dañar la piel. No quería tener un melanoma, gracias.

Saqué de la bolsa una botella de agua, así como el móvil y los auriculares, con idea de escuchar algo de música mientras me relajaba, pensaba en las recetas que improvisaría para la hora feliz y organizaba la logística. Miré el romper de las olas; nada podría dañarme allí, o eso me decía.

Había oído ya cinco canciones cuando una sombra me cubrió las piernas. Genial. Como si la playa no fuera lo bastante grande, algún idiota había decidido ponerse demasiado cerca. Levanté el ala del sombrero y me asomé por debajo.

Allí estaba Ben, de pie, con los habituales pantalones color caqui y la camisa, y el carné de la biblioteca colgado del cuello. Parpadeé, preguntándome si no estaría alucinando bajo el sol del mediodía. Sonrió, se bajó las gafas de sol a la punta de la nariz y me miró por encima de ellas. No, no estaba alucinando, a menos que estuviera soñando. Me pellizqué justo en la curva del codo. ¡Ay! No, no estaba soñando.

—Llevas demasiada ropa para estar en la playa —señalé.

—No he venido a la playa. —Dejó caer su mochila al suelo y abrió la silla plegable que llevaba colgada del brazo. La colocó junto a la mía y se sentó. No parecía que yo le diera asco ni nada así. Supuse que eso ya era algo positivo—. He tenido una idea —comentó.

—¿Qué idea? —pregunté. Luego fruncí el ceño. ¿Sería Ben una de esas personas que siempre intentaban arreglar los problemas de los demás? No iba a funcionar conmigo. Decidí que lo mejor para los dos sería que su «idea» saliera disparada por los aires—. Si se trata de mí y la lectura, permíteme que te ahorre el esfuerzo. Lo he intentado todo, pero mi cerebro no tiene arreglo. Leer es duro y difícil, e incluso cuando la fuente tipográfica es amigable para un disléxico y las palabras mantienen un buen espaciado, me lleva mucho tiempo leer y, francamente, acabo agotada.

—Samantha... —dijo. Se me ocurrió entonces que siempre decía mi nombre completo, como si saboreara cada sílaba, y no la versión abreviada de Sam que utilizaban todos los demás. ¿Verdad? Me gustaba cómo lo decía. Me hizo sentir un tirón en lo más profundo de mi ser, pero no estaba dispuesta a analizarlo demasiado por el momento.

—No asumiría nunca que existe una solución rápida para un cerebro neurodivergente —empezó—. Mi idea solo implica que pueda estar contigo en mi pausa para comer.

—Mmm... —Vacilaba—. ¿Cómo sabías que estaba aquí?

—Tyler mencionó que te gusta venir a Inkwell Beach en bicicleta ya que es la más cercana a tu casa. También dijo que le has obligado a practicar *paddle surf* contigo este fin de semana, así que cuando no te he encontrado en casa, me he imaginado que...

—¿Estaría aquí?

—Sí.

No sabía qué decir. Miré hacia el océano. Las inmensas olas de color azul grisáceo hacían juego con sus ojos. Le agradecí que hubiera venido a ver cómo estaba. Era un buen tipo, y probablemente quería asegurarse de que la increíble descortesía de la señora Bascomb no había herido mis sentimientos.

—Estoy bien. —Empujé un poco de arena con los pies—. De verdad.

—He tenido una conversación con la señora Bascomb. —Se quitó con cuidado un mocasín de cuero marrón y vació la arena que le había entrado. Luego se deshizo del calcetín, lo sacudió y lo metió en el zapato. Hizo lo mismo con el otro. Había una cantidad ridícula de arena en sus zapatos, pero intenté no reírme.

Se subió los bajos del pantalón y se acomodó en la silla. Quise acercarme para aflojarle la corbata o remangarle las mangas, pero no lo hice.

—Una conversación, ¿eh? —pregunté. Intenté imaginármelo, pero no pude, y me volví para estudiar su rostro. El viento le despeinaba el espeso y ondulado pelo a la altura de los hombros. No podía verle los ojos porque llevaba gafas de sol, pero noté que había tensado la mandíbula y un músculo le palpitaba en la mejilla—. ¿Por qué tengo la sensación de que te quedas corto?

—La palabra «conversación» implica que hubo concesiones mutuas —admitió—. No las hubo. Le advertí que o controlaba su comportamiento o añadiría una nota en su expediente haciendo referencia a su conducta agresiva y hostil. Y para que lo sepas, no eres la primera persona con la que ha sido grosera y poco empática. Es algo que se ha estado gestando durante un tiempo. Siento que hayas sido el punto de inflexión.

—Ha venido como una forma de traumatismo por objeto contundente —bromeé.

Se echó a reír. Abrió los labios y echó la cabeza hacia atrás. Me sentí bien al hacerle reír así. Como si sintiera que lo observaba, se giró y se bajó las gafas de sol, dejando que su mirada se cruzara con la mía. Su expresión se volvió seria de repente.

—Siento mucho que te haya hecho daño, Samantha —dijo—. Una parte de mí quiere llevar a cabo mi advertencia y poner la nota en su expediente sin darle la oportunidad de mejorar.

Mis sentimientos heridos estaban a favor, pero me parecía injusto. Todo el mundo debía tener la oportunidad de volver a intentarlo. Dicho eso, ya había conocido a gente como la señora Bascomb, así que dudaba que sirviera de algo. Llevaba años recibiendo consejos bienintencionados, que no eran más que variaciones de «concéntrate» o «esfuérzate más». Un asco... Aun así, yo era parte de ese lío.

—Para ser justos, debería haberte contado lo de mi dislexia cuando nos conocimos, pero es un dato que me resulta muy incómodo y no me apetecía meterlo en una conversación con un buen lector muy sexi.

Levantó una de sus cejas mientras seguía mirándome por encima de sus gafas de sol. Santo Dios, esa mirada hacía que el calor se volviera abrasador. Me pregunté si me iba a dejar marcas de quemaduras en los labios, la garganta, la línea de piel justo por encima de la parte superior del bikini. Recogí la botella de agua.

—¿Acabas de decir que soy sexi? —preguntó.

—Tal vez. —Me encogí de hombros. Di un largo sorbo, tratando de mantener la calma.

—¿Estás coqueteando conmigo, Samantha? —insistió. Su voz era un gruñido grave y profundo que hizo que se elevara en mi interior una nube de vapor.

—No, solo señalo lo obvio. —Me aclaré la garganta y mantuve el rostro inexpresivo.

—Bueno, eso decepciona... un poco. —Su sonrisa era provocativa y resultaba imposible no responder a ella. Curvé un poco las comisuras de los labios.

—Hablemos en serio —pidió—. Si el terror no es tu género, ¿cuál es?

Así sin más. Un aguafiestas total.

—No me gusta leer, ¿recuerdas? —Mi voz reflejaba mi tensión, y quise que se fuera. No quería hablar de lectura ni de libros ni de ninguna de esas cosas que me hacían sentir mal conmigo misma.

—Perdona —dijo—. Quería decir en el cine. ¿Cuál es tu género cinematográfico favorito?

—¿Por qué?

—Sígueme la corriente.

—Vas a juzgarme —le dije.

—La gente que trabaja en las bibliotecas nunca juzga a los demás —contraatacó.

Lo miré con interés.

—Vale, los buenos no juzgan.

Nos sostuvimos la mirada. Supe que no iba a dejarme en paz.

—De acuerdo, pero esto no es información pública. —Se llevó la mano a la boca e hizo ademán de cerrar los labios. Asentí con la cabeza una vez—. Me gustan las comedias románticas. ¿Satisfecho?

—Creo que debería haberlo adivinado —comentó—. Desprendes una energía tan positiva que tiene sentido.

¿Era un cumplido? Lo sentí como un cumplido, y encogí los dedos de los pies entre la arena llena de placer.

—Entonces, ¿qué planeas hacer con esa información secreta? —pregunté.

—Ya lo verás. —Se dio la vuelta y rebuscó en la bolsa de lona que había traído. Sacó un libro de bolsillo muy gordo que tenía la cubierta de color rosa y azul agua con la imagen de un hombre, una mujer y un avión. Daba igual...

—¿Qué parte de «tengo dislexia» no entiendes? —suspiré. La frustración me ponía a la defensiva. ¿De verdad creía que con regalarme una comedia romántica me iba a curar o algo así? ¿Que lo único que necesitaba era el género adecuado? ¿Tenía idea de lo mucho que me cabreaba eso?

—Cállate. —Volvió a mirarme, como si memorizara mi imagen, desde las puntas de mis uñas rojas hasta el ala de mi sombrero de sol... ¡Oh, cielos! Su mirada era atrevida, como si estuviera memorizando mi visión en bañador en la tumbona de la playa—. Así es como coqueteo yo.

«¿Coquetear?».

Eso me hizo callar. Intenté ignorar la emoción que me recorría. Metió la mano en la mochila y me entregó un sándwich envuelto en papel.

—Tyler también me dijo que tu sándwich favorito es uno de crema de queso brie doble y mermelada de higos sobre pan de miel de girasol ligeramente tostado.

¿Me había traído un sándwich? Espera... ¿Tyler sabía cuál era mi sándwich favorito? No estaba segura de cuál de esas cosas me sorprendía y agradaba más.

Si no hubiera estado tan hambrienta, habría dejado caer el brie y el higo y lo habría besado en los labios. Por suerte, se impuso el hambre y eso evitó que me pusiera en ridículo. Arranqué el papel y le di un mordisco. Estaba delicioso.

Ben se reclinó en la silla y puso el agua en el portavasos integrado en el reposabrazos. Se echó hacia atrás.

—Escucha —advirtió.

—De acuerdo, pero solo porque me has traído un sándwich. —No quería parecer una completa pusilánime. Le di otro mordisco y me recosté en la silla plegable como una adolescente reacia.

—*Capítulo uno* —leyó. Le eché un vistazo. Abrí la boca para decir... no tengo ni idea de qué, pero él levantó la mano para detenerme y siguió leyendo—. *Me voy a casar.*

Me acomodé en mi asiento, disfrutando del sándwich perfectamente tostado. Supuse que podría escucharlo leer un par de páginas.

Una gaviota se paseaba por el borde de una manta cercana, obviamente esperando que compartiera mi comida, pero no le hice caso. Una familia de cuatro miembros jugaba al *frisbee* en las olas. Apenas me fijé en ellos. El sol se movía lentamente por el cielo, pero mientras Ben leía no tenía la sensación de que pasara el tiempo.

Su voz me cautivó, tejiendo la historia a mi alrededor de tal manera que yo estaba dentro de la página, mirando al mundo a través de los ojos del personaje, viendo lo que veía y sintiendo lo que sentía. No cambiaba de voz cuando leía, no había falsete para las mujeres, pero cambiaba un poco el tono, lo justo para indicar que hablaba otra persona. Me reí. Suspiré. Una mujer adicta al trabajo iba rumbo a Europa para encontrar a los tres hombres que una vez amó y ver si podía recordar cómo volver a ser feliz y estar enamorada. Estaba completamente involucrada en su viaje.

Sonó una campanada justo en medio de una frase. Apagó la alarma de su teléfono y cerró el libro.

—¡Espera! —grité—. ¡No puedes dejarme colgada! Está en Irlanda y a punto de encontrar al exnovio número uno.

—Eh, al menos no he lanzado el libro al mar —se burló.

—Fue un accidente —protesté. Luego jadeé—. ¿Es tu venganza?

Se rio y se puso la mano sobre el corazón.

—No, nunca haría algo así.

Observé consternada cómo volvía a guardar el libro en su mochila.

—¿Qué intentas conseguir entonces? —pregunté. No podía creer lo enfadada que estaba porque se había acabado la hora del cuento ¡en mitad de un capítulo! ¡Qué grosería!

—Nada. Siempre leo a la hora de comer, y he pensado que a ti también te gustaría.

—Así que estás intentando arreglarme —lo acusé.

—Eso hace que suene como si pensara que estás rota —dijo. Su mirada era tan verdadera como la marea—. Pero no pienso eso. En absoluto.

La sinceridad de su voz me obligó a corregirlo. No quería que pensara de mí más de lo que merecía.

—Oh, estoy bastante rota —rebatí. No discutió, solo inclinó la cabeza hacia un lado de esa forma que hacía cuando estaba escuchando—. No descubrí que tenía dislexia hasta que estaba en el instituto, y para entonces, había desarrollado tantos mecanismos para lidiar con ello que en realidad pensaba que lo estaba haciendo bien.

—Tienes un fuerte instinto de supervivencia —dijo.

Sonreí.

—Supongo que sí. Lo raro es que, mirando hacia atrás, sabía que algo iba mal, pero para cuando supe lo suficiente como para decirles a mis padres que tenía problemas, su matrimonio se estaba deshaciendo y no quería causarles más dolor, así que me limité a descifrar el mundo como pude para sobrevivir.

—Apuesto algo a que eres muy inteligente —dijo—. Casi un genio.

Lo miré sorprendida y respiré de forma entrecortada. Era la primera vez que alguien descubría que tenía dislexia y asumía que era lista en lugar de tonta. Me sorprendió. Se me llenaron los ojos de lágrimas y se me hizo un nudo en la garganta. Sí, significaba mucho para mí. Después de años de ser tachada de estúpida por mis dificultades de aprendizaje, Ben le había dado la vuelta al asunto. No sabía qué decir, y me estaba costando mucho no llorar.

Me tomé un tiempo para recomponerme. Estaba siendo amable, y se lo agradecí más de lo que podría decir con palabras, pero por mucho que me hubiera gustado, no podía fingir que lo que decía era cierto.

—Las voces críticas de mi cabeza no lo ven así, pero gracias. —Estaba tratando de mantener un tono ligero, pero él no me lo permitió.

—Dile a esas voces que se callen de una puta vez —ordenó. Se subió las gafas de sol a la cabeza y se inclinó hacia mí, con la clara intención de enfatizar su argumento—. Quiero decir que tienes que ser increíblemente brillante. Es imposible que un niño pueda seguir el ritmo académico a menos que piense tres pasos por delante de los demás. Eso denota una inteligencia sin igual.

Lo miré con intensidad. Su mirada se clavó en la mía y en sus ojos no había ni una sombra de duda. Realmente creía que yo era brillante. No tenía ni idea de qué hacer con esta información. Quería reír…, llorar…, darle un abrazo. No hice nada de eso.

—Nunca lo había pensado así —dije—. Mmm…

—¿Cómo te enteraste? —preguntó.

Pensé en la señora Ward y en la obra. No quería arriesgarme a que se rompiera el dique de lágrimas que estaba conteniendo, así que fui breve.

—En el último minuto, un profesor reasignó los papeles para una obra que estábamos leyendo en clase. Tuve que adoptar un nuevo papel y no pude memorizar las líneas con antelación. —Lo miré con pesar—. Fue tan malo como estrellarse en un avión y que no hubiera supervivientes.

—Lo siento. —Su mirada era amable y rebosaba empatía.

Sentí que las lágrimas volvían a brotar, pero las aparté con un parpadeo.

—Entonces, si no crees que esté rota y no intentas arreglarme, ¿a qué viene todo esto?

—Cocinar es lo tuyo, ¿verdad? —preguntó.

—Al cien por cien.

—Pues ha llegado la hora de la confesión final —dijo—. Odio cocinar. No, «odiar» es una palabra demasiado débil. Detesto, desprecio y aborrezco la cocina.

—No te contengas —dije, repitiendo las palabras que me había dicho en el ferri cuando nos conocimos—. Suelta todo lo que sientes.

—Oh, créeme, lo haré —aseguró—. Si por mí fuera, nunca comería en casa, nunca jamás cocinaría. De hecho, mi casa ni siquiera tendría cocina.

Me llevé la mano a la garganta.

—¡Qué blasfemia!

—Lo sé —dijo. Levantó las manos—. Soy un patán, un filisteo de las artes culinarias. Pero la verdad es que detesto todo lo relacionado con la cocina. Me aburre hasta las lágrimas. Así que esta es mi pregunta para ti, ¿por qué te encanta?

Asombrada por su revelación (¿quién odia cocinar cuando hay que comer para vivir?), me aparté de él y me quedé mirando el agua. Las olas crecían en la orilla a medida que subía la marea. ¿Cómo podía responder a su pregunta de forma que tuviera sentido para él? Cocinar junto a Vovó había formado parte de mi vida desde que pude subirme a un taburete junto a ella. Me calmaba. Me permitía ser creativa. Bajo su suave dirección, era el único lugar en el que me sentía excepcional.

—Para mí tiene sentido —expuse—. Juntar ingredientes y hacer un plato nuevo con ellos, algo que no existía antes, que tiene un sabor increíble y que alimenta el cuerpo. Es algo muy especial y mágico.

—Magia. Así es como me siento cuando leo un libro —confesó—. Es como abrir un portal a otro mundo, que me permite escapar de este en el que estoy atrapado.

—Entiendo —dije—. Mientras te escuchaba, me sentía como si estuviera en un pub de Irlanda buscando a un exnovio y preguntándome qué le diría si lo encontrara.

—A eso me refiero. Igual que cuando probé la comida que creaste en la deliciosa hora feliz, me sorprendió lo que eras capaz de conjurar. Ya que compartiste conmigo tu amor por la cocina, me pareció razonable, cuando supe por qué no te gusta leer, compartir contigo lo que yo amo, que son las historias.

—¿De verdad no estás tratando de «arreglarme»? —pregunté.

—No —me dijo—. Mientras no me pidas que cocine, no te pediré que leas.

Me reí. Ahora su plan cobraba sentido.

—Pero tú comerás lo que yo cocine y yo escucharé tus historias, así que en realidad estamos compartiendo lo que nos gusta el uno con el otro.

—Sí —concluyó. Su mirada era tierna—. ¿Crees que es posible? —preguntó, y sentí que se me hacía un nudo en la garganta.

No tenía ni idea. Nadie había leído para mí desde que era niña, cosa que me había encantado. Todavía recuerdo cuando me inclinaba sobre el brazo de mi madre para ver las ilustraciones de los libros ilustrados. Mi favorito era *Donde viven los monstruos*, de Maurice Sendak, y la había obligado a leérmelo una y otra vez hasta que lo había memorizado entero y podía recitarlo con ella. Naturalmente, esta se convirtió en una de mis primeras habilidades de defensa.

Y por muchas razones, no solo sentimentales, *Stargirl*, de Jerry Spinelli, el último libro que me leyó mi padre cuando yo tenía once años, antes de que mis padres decidieran que ya era mayor para leer sola, también era uno de mis favoritos. ¿Cómo no me iba a gustar un libro sobre una niña que no era como las demás y que estaba totalmente de acuerdo con ello? Los recuerdos eran tan densos como la niebla que a menudo envolvía la isla. Fue una revelación darme cuenta de cuánto me habían gustado esas historias, de cuánto había echado de menos escuchar a alguien que me las leyera.

Estudié la cara de Ben. ¿Había en ella lástima o burla? Me pareció que no. Aun así, me sentía cautelosa.

—¿Significa esto que vas a seguir leyendo para mí?

—Eso depende —dijo.

—¿De qué?

—¿Qué vamos a cenar mañana por la noche?

Me reí. Me gustaba este hombre. Me gustaba mucho.

—¿Mañana por la noche? —pregunté.

—Sí, tengo que ir a Chilmark a ver a mi madre esta noche, pero estoy libre mañana si quieres salir a cenar conmigo. Para que quede claro, no es obligatorio que cocines para que te lea las historias. Me interesas por algo más que tu habilidad en la cocina.

«Tranquilo, corazón mío».

—Luego podemos leer un poco —continuó. ¿Cómo había conseguido que leer me pareciera tan sexi? Sentí que una gota de sudor se deslizaba entre mis pechos—. Y descubrir qué pasa cuando nuestra heroína llega a París.

—Podría estar interesada en eso —confesé. Me atraía muchísimo.

—Genial —resumió—. Entonces tenemos una cita.

Me miró de reojo para ver si protestaba por su elección de palabras. No lo hice. Vi la intención en su mirada y no lo rechacé. En lugar de eso, esperé, totalmente inmóvil, mientras él se inclinaba y me besaba como si así sellara el trato. Su boca era suave y se quedó un momento más sobre mis labios, como si no pudiera evitarlo.

Cuando se echó hacia atrás, tuve que obligarme a no seguirlo como una polilla a la luz del porche, porque me habría dado un ataque de nervios. Él tenía que volver a la biblioteca, así que recogimos las sillas y abandonamos juntos la playa. Acordamos que nos veríamos al día siguiente en cuanto saliera del trabajo. Le recordé que trajera el libro, lo que le hizo sonreír.

Volví a casa en bicicleta, pedaleando por el pintoresco barrio de Oak Bluffs, preguntándome qué significaba ese intercambio entre Ben y yo. ¿Estábamos saliendo? Bueno, íbamos a tener una cita, así que…, ¿sí? ¿O solo nos estábamos conociendo? ¿Eso nos convertía en amigos? ¿Amigos con derechos? ¿O éramos todo lo anterior? No tenía ni idea, pero estaba deseando averiguarlo.

11

Tyler estaba fuera esperándome cuando llegué a la biblioteca. Miré el reloj del salpicadero. Había llegado cinco minutos antes. Me detuve junto a la acera, preguntándome si habría ido algo mal. Tyler se subió al asiento del copiloto y se abrochó el cinturón.

—¿Todo bien? —pregunté. Intenté que pareciera que no esperaba una respuesta, porque me había dado cuenta en los últimos días de que cuanto más me volcaba en la vida de Tyler, más se cerraba y me dejaba fuera. Sinceramente, era como tener un erizo espinoso en vez de un hermano.

—Sí —dijo.

Respuestas monosilábicas. Mis favoritas. Pero sabía que no debía seguir preguntando. Si seguía insistiendo, haría un voto de silencio.

Navegué por el barrio sin perder de vista a los turistas, avanzando a paso de tortuga. Era la tarde de verano perfecta, cuando el calor del sol empezaba a menguar y se levantaba una brisa fresca. Nos llegó el olor de alguien asando algo delicioso, y me pregunté lo difícil que se pondría Tyler si yo quisiera aventurarme y hacer algo distinto para la cena como pan ácimo con carne picante, yogur y pepinos. Mmm...

—¿Por qué quería saber Ben cuál es tu sándwich favorito? —preguntó sin venir a cuento.

Estaba entrando en casa y fingí que estaba concentrándome en no chocar con el bordillo para ganar tiempo, ya que no sabía qué contestar. ¿Se horrorizaría Tyler si supiera que Ben y yo estábamos interesados el uno en el otro? ¿Creería que me estaba entrometiendo en su terreno por la relación de Ben con la biblioteca?

—Me trajo un sándwich en la hora de almuerzo —expliqué.

—¿Por qué?

—Porque es simpático —dije. Todo esto era verdad.

—Sí, lo es —concedió Tyler—. Pero llevarte un sándwich parece estar fuera de lugar, así que ¿qué pasa? ¿Y por qué está tu amiga Emily sentada en el porche?

Moví la cabeza en dirección a la casa. Em estaba sentada en el borde de una de las sillas. Tenía los hombros encorvados y parecía preparada para recibir malas noticias.

Apagué el motor.

—Te lo explicaré más tarde —le tranquilicé—. Ahora mismo, tengo que hablar con Em.

Tyler me miró a mí, luego a ella, y volvió a mí.

—De acuerdo.

Saltó del coche y subió los escalones. Saludó a Em al pasar, abrió la puerta y desapareció en la casa.

Subí los escalones.

—Hola.

Em se puso de pie.

—Sam, lo siento mucho. Tendría que haberle dado un empujón a la señora Bascomb para que acabara en el suelo y después meterle ese estúpido formulario en la boca antes de que pudiera decir ninguna de esas cosas. Odio a los abusones. Soy una pésima amiga y lo siento muchísimo.

Parpadeé. Em no decía palabrotas, pero no le hacía falta. Después de haber trabajado en cocinas de alta presión con un montón de cocineros rudos y revoltosos que necesitaban de vez en cuando instrucciones malsonantes, maldecir era mi fuerte. Le dediqué una sonrisa, tratando de hacerle saber que estaba bien, aunque con respecto a la señora Bascomb, mis sentimientos aún estaban un poco a flor de piel.

Le hice un gesto para que volviera a sentarse y luego hice lo mismo.

—No es culpa tuya. Y, por supuesto, no eres responsable de la desconsideración de esa vieja arpía.

Em se llevó la mano a la frente y se reclinó hacia atrás.

—Puede que no, pero debería haber sido más rápida y hacerla callar. Me siento fatal. Ben estaba furioso.

Mis oídos se agudizaron.

—¿Furioso?

—¡Oh, sí! —dijo—. El anterior director, Louis Drexel, era más bien una figura decorativa. Entre tú y yo, la señora Bascomb ha sido la que realmente ha dirigido la biblioteca durante los últimos cinco años, mientras él estuvo al frente. Ella fijaba los horarios, elaboraba las nóminas, iba a las reuniones, básicamente se encargaba de todos los asuntos administrativos mientras él jugaba al *Solitario* en su ordenador.

—Oh. —No quería compadecer a aquella mujer tan mala, pero sentí una punzada de algo. No estaba bien que hubiera estado haciendo el trabajo pesado sin compensación alguna.

—No te solidarices con ella —dijo Em—. No es el tipo de persona que pueda ostentar autoridad alguna. Está ávida de poder, e incluso cuando se trata de cuestiones banales, como hacerte firmar un contrato, se le sube a la cabeza. Estoy segura de que buscaba una razón para montar en cólera porque Ben aprobó el curso de cocina fuera de plazo y, ya sabes, de las normas.

—¿Esto te causará algún problema? —pregunté. Me alarmaba que el curso de cocina fuera a ser un problema.

—No, esas cosas pasan todo el tiempo. La señora Bascomb está enfadada porque cuando llegó Ben, él se hizo cargo de la biblioteca como un director de verdad, y ella perdió toda su autoridad y está…, bueno…, cabreada.

—De acuerdo —añadí—. No quiero meteros en problemas.

—No lo harás —dijo Em—. Ben le dejó claro que iba a ir a buscarte para asegurarse de que no presentaras una queja en recursos humanos por su insensibilidad.

—Eso es algo que yo no haría —dije. Me recosté en el asiento sintiendo como si todo se hubiera estropeado por mi culpa. Agg…

—Tú lo sabes, y yo lo sé, y Ben probablemente también lo sepa, pero la señora Bascomb no y, sinceramente, necesita hacer un poco de autorreflexión sobre su forma de tratar a la gente —aseguró Em—. Créeme, nos has hecho un favor, aunque sigo lamentando que haya sido tan zorra.

—Espero que tengas razón —dije.

Nos quedamos sentadas en silencio durante un rato. Eché un vistazo al jardín del vecino. Su valla blanca estaba cubierta por un grupo de rosas de verano de color rosa brillante y hortensias azules. Había un zumbido en el aire, como si las abejas estuvieran haciendo horas extras para recoger todo el polen.

—Ben ha tardado muchísimo tiempo en almorzar —comentó Em. Se alisó la falda del vestido, que ya no tenía arrugas.

—¿En serio? —pregunté.

—Vamos —dijo—. Soy tu mejor amiga y no tengo vida, necesito vivir a través de ti. Dame detalles. Vi a Ben hablando con Tyler, así que sé que le estaba preguntando dónde podía encontrarte.

Me evoqué en la playa, sentada con Ben, disfrutando de mi sándwich mientras él me leía. Había sido una tarde perfecta. Sin embargo, aún no estaba preparada para compartirla. Quería saborear los detalles y guardármelos para mí durante un tiempo.

—Me encontró —expliqué—. Me trajo un sándwich y hablamos.

—¿Solo hablasteis? —preguntó. Sonreía y se subió las gafas a la nariz.

—Sí, solo hablamos —dije—. Estábamos en una playa pública, ya sabes, con familias y esas cosas. No era lo suficientemente privada para nada más.

—Me decepcionas —dijo—. Esperaba que me contaras cómo llegó la arena hasta allí. —Puso cara de alarma y me reí. Inclinó la cabeza hacia un lado—. Me alegro de que estés bien —añadió.

Hice un gesto con la mano para quitarle importancia.

—Estoy bien. He lidiado con cosas muchísimo peores. —«Como ser rechazada para un trabajo que merecía», pensé, pero no lo dije en voz alta.

—¿Sigue en pie lo de mañana? —preguntó—. No tienes por qué acompañarme.

—Allí estaré.

—De acuerdo entonces. —Se levantó de su asiento y se inclinó sobre mí para darme un fuerte abrazo—. Pero si cambias de opinión...

—No cambiaré de opinión.

Sonrió y pude ver el alivio en sus ojos. Me saludó con la mano y bajó las escaleras.

—Todo va a salir bien —grité, devolviéndole el saludo.

Levantó el brazo con el pulgar hacia arriba. Mientras la veía alejarse, deseé de todo corazón tener razón.

—Así que Ben y tú..., ¿eh? —Tyler salió al porche con dos vasos de té helado. Se sentó en la silla que Em había dejado libre.

—¿Vas a gritarme? —pregunté.

Se inclinó hacia delante y me entregó el té helado. El vaso goteaba por la condensación, así que sospeché que se había servido el té y había estado esperando, probablemente mientras escuchaba nuestra conversación, hasta que llegó el momento oportuno de salir a hablarme.

—No. —Se reclinó en su asiento y bebió un largo sorbo.

Lo observé, preguntándome qué estaría pasando por su cerebro adolescente. Yo también bebí un sorbo. Estaba frío y era refrescante, y me di cuenta de que incluso se había tomado la molestia de cortar un trozo de limón y echarlo en el vaso. Puede que aún me quedaran esperanzas culinarias con él.

—En respuesta a tu pregunta, no sé qué decirte sobre Ben y yo —expliqué—. Ahora mismo, solo somos amigos que se llevan bien, pero somos muy diferentes.

—¿Porque él es bibliotecario y tú eres disléxica?

—No es el más obvio de los emparejamientos.

—¿Estaba Emily enfadada porque estás coqueteando con su hombre? —preguntó.

—¿Qué? ¡No! —grité—. No estoy coqueteando con su hombre. Lo conocí en el ferri antes de saber que era su jefe, y además, ella no está interesada en él.

—Entonces, ¿por qué estaba aquí, tan asustada? —preguntó.

—Pasó algo antes, en la biblioteca —dije. No quería hablar de ello—. Fue una tontería, pero Em se sintió responsable, lo cual es ridículo. Ya estamos bien.

Arqueó las cejas y se me quedó mirando, esperando. Se parecía tanto a nuestro padre que me encontré resumiéndole lo que había pasado con pocas palabras. Que había fingido ante Ben que me gustaba leer, que la señora Bascomb había puesto en evidencia mi dislexia y la vergüenza que sentí al verme descubierta. No incluí la cita que había planeado con Ben ni la de Em con el médico. Tenía algunos límites.

—Vaya mierda —dijo.

—Suele pasar —comenté.

—¿A menudo?

Me encogí de hombros.

—Más de lo que me gustaría, pero no tanto como antes.

Asintió con la cabeza. Parecía que lo estaba procesando.

—¿Estás resentida conmigo? —preguntó cuando volvió a mirarme.

Se me encogió el corazón. ¿De verdad se suponía que tenía que responder con sinceridad? Tenía catorce años cuando él apareció, acabando con cualquier fantasía que hubiera tenido de que mis padres pudieran volver a estar juntos. Claro que estaba resentida con él.

—¿A qué te refieres? —pregunté. Tal vez, como cuando era pequeño y se obsesionaba con un juguete concreto, podría distraerlo.

—A que los estudios son fáciles para mí, porque no soy disléxico —expuso. Parecía avergonzado.

—¡No! —dije. Me sentí tan aliviada de que me preguntara por el colegio y no por su existencia real que reposé la espalda contra el respaldo de la silla—. Nunca. Me alivia que no tengas que luchar como yo.

—Solo me lo preguntaba porque... —Se llevó una mano a la nuca y se puso algo rojo, como si se sintiera avergonzado.

—¿Por qué? —presioné.

—No viniste mucho por aquí después de graduarte en el instituto —comenzó. Las palabras estallaron en una descarga de dolor y confusión. Apartó la mirada con rapidez, pero acababa de mostrarme una herida que no podía ignorar, porque yo se la había hecho. ¿Por eso se había mostrado tan frío cuando había llegado ese verano?

—Oh, Tyler, lo siento. Eso no tuvo nada que ver contigo —protesté—. Papá y yo teníamos una idea muy diferente sobre el camino que debía seguir al dejar el instituto y estaba tan furiosa con él que no quería ni verlo. Stephanie y tú fuisteis daños colaterales.

Se volvió para mirarme.

—Sabes que tenía cuatro años cuando te fuiste a la universidad.

—Me acuerdo —dije—. Solías llevar contigo un perro de peluche realmente asqueroso llamado Skip. Si fuera de verdad, habría pensado que tenía sarna.

—¿Recuerdas a Skip? —Tyler sonrió—. Todavía lo tengo.

—Espero que su estado haya mejorado —dije.

Se rio y luego se puso serio.

—Supongo que fue porque era un crío y no lo entendí bien, pero siempre he pensado que dejaste de venir porque no me querías.

Sentí que el corazón se me encogía en el pecho. Esto era lo mismo que había pensado cuando mis padres se separaron: que de alguna manera era por mi culpa, y por eso me había esforzado tanto en ocultar mis dificultades académicas. Pensaba que podría arreglar las cosas si mejoraba en el colegio.

—Te habrás dado cuenta ya de que no fue por ti, ¿verdad? —pregunté. Me sentía la peor hermana mayor del mundo. La verdad era que de adolescente había tenido tantas cosas que hacer que Tyler no había formado parte de mis intereses salvo como miembro de la nueva familia de mi padre.

Me miró con disgusto.

—La verdad es que no, puede que me esté dando cuenta ahora. Las cosas cambian cuando se llega a esta edad.

—Sí, es cierto —convine—. Lo siento. Ojalá hubiera tenido más corazón cuando era jovencita, pero cuando descubrieron que tenía dislexia, mi vida entera implosionó. Todos los mecanismos que había desarrollado por mi cuenta y de los que había dependido durante años quedaron al descubierto, lo que los volvió inútiles. Me sentí como si me hubiera despertado un día y estuviera ciega. Aun así, no es excusa; debería haber sido más consciente de ti y de tus sentimientos.

—Ahora estás aquí —constató.

Sonreí.

—No me amnisties con tanta facilidad. Definitivamente deberías aprovecharte.

—¿Ves? Ese es el tipo de consejo de hermana mayor que ha faltado en mi vida —apuntó—. Así que, desde que lo mencionaste, quiero aprender a conducir...

—Guau, guau, guau, chico... —Silbé, y levanté las manos en un gesto para que parara—. Estaba pensando más bien en que podrías pedirme que te hiciera un sándwich.

—Podemos empezar por ahí —aceptó. Movió las cejas y yo me reí, pero me temía que se avecinaba una batalla de voluntades, y no estaba segura de poder ganar.

Aparqué delante de la consulta del médico en Edgartown. El aparcamiento era pequeño, y el edificio de tejados grises con adornos blancos era el típico de esa localidad. Vi que el coche de Em, un viejo Honda familiar, ya estaba en el aparcamiento. Me encaminé hasta la puerta principal, que se abrió al pisar el felpudo y entré rápido en la pequeña sala de espera, como si tuviera un asunto urgente. Y así era. Em era mi amiga, y fuera lo que fuese lo que la aquejaba, íbamos a resolverlo, porque sencillamente no podía imaginar mi vida sin ella.

Em estaba sentada en un rincón con un portapapeles. Levantó la vista al oír el ruido de la puerta y me hizo un gesto con la mano cuando me vio. Parecía asustada.

Me senté a su lado.

—Hola.

—Hola —me dijo—. ¿Te puedes creer la cantidad de papeleo que hay que cubrir? Y siempre en papel. Creía que estábamos en la era digital.

—Probablemente solo quieren mantenerte ocupada para que no pienses en nada.

—No estoy preocupada —dijo.

Arqueé una ceja.

—No lo estoy. Vale, quizá un poco sí. —Dejó caer la cabeza, por lo que el pelo pelirrojo le tapó la cara. Le pasé el brazo por los hombros y le di un rápido apretón.

—Ahorrémonos la angustia hasta que tengamos algo de lo que preocuparnos —le aconsejé.

—De acuerdo. —Sorbió por la nariz—. ¿Qué le pasará a mi pelo?

—¿Eh?

Bajó la voz.

—¿Y si es cáncer y me tienen que dar quimio y pierdo el pelo?

No estaba preparada para discutir sobre eso tan temprano.

—Podríamos tatuarte la cabeza.

Hizo una mueca.

—Eso duele…

—Vale, entonces podríamos comprar unos gorros muy bonitos. Estarías adorable con un gorrito.

—¿Sin cejas?

—Podemos dibujártelas, con pose enfadada si quieres. Si no son sombreros, puedes comprar unas pelucas de esas tan geniales —sugerí. Parecía angustiada—. Ahora escúchame. Dolly Parton tiene como trescientas sesenta y cinco pelucas, una para cada día del año.

—No soy Dolly Parton —protestó y agitó la mano delante de su diminuto pecho.

—Bueno, no, pero es una gran promotora de la alfabetización, así que tenéis eso en común —le recordé.

Em se rio.

—Sí, Dolly Parton y yo, ya veo que la gente podría confundirnos.

Le sonreí, aliviada al ver que parecía que su pánico había remitido.

—¿Emily Allen? —llamó una mujer con bata desde la puerta.

Las dos levantamos la vista y Em se apresuró a recoger sus cosas.

—¿Quieres que vaya contigo? —me ofrecí.

—¿Te importaría? —preguntó.

—En absoluto —repuse. Me pareció muy altruista por mi parte, porque la verdad era que odiaba las consultas médicas. En mi mundo, había que evitarlas a toda costa. Mi idea de medicina era frotar la herida y como nuevo.

La mujer con bata tomó el portapapeles. Sujeté el bolso y el libro de Em mientras la pesaban y le tomaban la tensión. Nos llevaron a una pequeña sala de exploración, donde esperamos lo que iba a ocurrir a continuación.

Em se sentó en la camilla cubierta de papel mientras yo ocupaba una de las dos sillas de plástico. Intenté pensar en algo que pudiera calmarla, pero me quedé en blanco.

—¿Has leído algún libro bueno últimamente? —pregunté.

Em apartó la vista del póster de anatomía humana que estaba estudiando y me miró. Se le escapó una pequeña carcajada. Tal vez fueran los nervios, pero su risa fue creciendo hasta que yo me reí de su risa, y no porque hubiera dicho algo especialmente gracioso.

—Estoy tan contenta de que estés aquí —jadeó mientras su risa se apagaba.

—Yo también —convine.

Llamaron a la puerta y nos enderezamos. Entró en la estancia una mujer menuda. Era de mediana edad, a juzgar por las canas que empezaban a aparecer en su pelo negro. Llevaba gafas y parecía que no toleraba las tonterías.

—Buenos días, Emily —saludó.

—Hola, doctora Ernst —repuso Em.

La doctora Ernst me miró con la ceja arqueada en señal de interrogación.

—Hola, soy Samantha Gale, una amiga de Emily —me presenté.

—Le agradezco que esté aquí. —Me sonrió; fue una sonrisa cálida y amable—. No eres aprensiva, ¿verdad? —dijo a continuación.

—No, soy chef —informé—. Una vez descuarticé una vaca.

Parpadeó.

—Bueno, entonces bien. —Se volvió hacia Emily—. Ya sabe lo que pienso de este procedimiento. Una biopsia es algo serio y siempre hay riesgo de complicaciones.

—Lo entiendo —dijo Em.

—Cuando tengamos los resultados, vamos a mantener una conversación sobre su situación real —continuó la doctora Ernst.

—Sí, señora —dijo Em.

«¡¿Biopsia?! ¡¿Situación?!».

Esto no podía ser bueno. Sentí que se me enfriaban las entrañas ante el temor de que mi amiga pudiera estar realmente enferma.

Intenté imaginarme Martha's Vineyard sin Em. No pude. Ella formaba parte de mis recuerdos igual que las rosas rugosas que florecían en verano, que el sonido de la bocina del ferri cuando estaba a punto de partir y que el sonido de las olas al golpear la orilla. No podía perderla.

12

Por suerte, la biopsia no duró demasiado. Al salir, Em lucía un enorme vendaje en el cuello con el que parecía que intentaba ocultar el chupetón más grande del mundo o una mordedura de vampiro.

—¿Estás segura de que puedes conducir hasta casa? —pregunté—. Debería haberte traído yo hasta aquí. ¿Por qué no lo pensamos?

—Porque tenías que llevar a Tyler a robótica.

—Podría haber ido andando. —Le hice un gesto con la mano—. ¿Qué te parece si te sigo a casa? Así me aseguro de que llegas bien.

—No creo que sea necesario —protestó—. Es cierto que todavía estoy entumecida, pero si te hace sentir mejor…

—Así es —la interrumpí.

—De acuerdo.

Seguí su viejo vehículo por la isla desde Edgartown hasta Oak Bluffs. Eran solo veinte minutos por la carretera de la playa y, como siempre, cuando pasé por el puente de *Tiburón*, convertido en icono por la película, aminoré la marcha para mirar a los turistas que se lanzaban desde él. Recordaba haberlo hecho, y me pregunté si Tyler también habría pasado por ese ritual alguna vez. En mi época era como un hito de iniciación, pero dudaba de que los de su edad sintieran lo mismo. De repente, me sentí casi una anciana. Qué rollo…

Em aparcó delante de su casa, que era muy parecida a la nuestra, con un gran porche delantero y hortensias en flor. Me detuve detrás de ella y me bajé por si necesitaba ayuda para acomodarse, tomar analgésicos o cualquier otra cosa.

También tenía que hablar con ella sobre la biopsia. Aunque no era asunto mío, iba a interrogarla a fondo. Sí, iba a hacerlo. La privacidad del paciente no se extendía a los mejores amigos.

—No tienes por qué acompañarme a la puerta —alegó—. No es como si fuera nuestra primera cita.

Su sonrisa fue débil y me di cuenta de que estaba cansada.

—Venga, te acompaño —decidí—, y luego te haré una taza de té.

—De acuerdo —dijo ella.

—¿Dónde está tu madre? —pregunté. Em había vuelto a casa de su madre al terminar la universidad y, aunque hablaba con frecuencia de tener su propio espacio, nunca se había decidido. Al preguntarme al respecto, me di cuenta de que era una de las muchas conversaciones que deberíamos haber tenido a lo largo de los años. Me prometí que sería una mejor amiga.

—Está comprando en los *outlets* de Maine con mi tía —explicó—. No volverán hasta dentro de una semana.

—Ah, por eso te has hecho la biopsia hoy —deduje—. Para que no se preocupe.

—Sí. —Desbloqueó la puerta y la abrió de un empujón. Miré a mi alrededor. La casa de los Allen estaba exactamente como la recordaba. La misma colcha hecha por su abuela en el respaldo del sofá, la misma estufa de leña en la esquina. Incluso olía igual, a cera de limón para muebles y popurrí de lavanda. En muchos sentidos, me sentía más como en casa que en mi propia casa.

Em se hundió en el sofá mientras yo iba a la cocina y ponía la tetera. Rebusqué en la despensa hasta encontrar las infusiones. Elegí una manzanilla suave.

Mientras se calentaba la tetera, volví a ver cómo estaba Em.

—¿Necesitas algo?

Negó con la cabeza.

—Estaba tan nerviosa que anoche no dormí nada, por eso me he tomado el día libre. Voy a tumbarme aquí y a escuchar algunos audiolibros.

Recordé el momento en el que Ben me leyó, y sentí que se me calentaba la cara al recordar su voz grave pintando imágenes en mi mente y atrayéndome más profundamente a la historia con cada página.

—¿Estás bien? —preguntó—. Te has puesto roja.

—Sí, estoy bien. —Pero había llegado la hora de la verdad—. Tengo que contarte algo.

—Vale —dijo. Sonaba aturdida y vacilé.

La tetera pitó justo en ese momento, y sería una mentirosa si dijera que no me sentí aliviada. Me ponía nerviosa contarle que iba a tener una cita con Ben. No era que fuera un tema que incumbiera a Em, pero hablar de ello lo convertía en algo más importante. Y si era más importante, tenía potencial para convertirse en un desastre. No estaba segura, dados los duros meses que acababa de pasar, de estar preparada para eso.

Preparé dos tazas de té con miel y un chorrito de leche y las llevé al salón. Puse la de Em en un posavasos sobre la mesita, lo cual supuso todo un reto, ya que estaba repleta de libros, y me senté en el sillón frente a ella.

Sorbí el té. Caliente y dulce como la miel. Perfecto.

—Suéltalo —me animó Em. Estaba tumbada con la cabeza apoyada en el reposabrazos y los ojos cerrados.

—¿Que suelte qué, el té? —pregunté.

—No me refiero al té y lo sabes, sino al cotilleo, vete al meollo, al salseo.

—Yo no lo llamaría cotilleo exactamente —reculé. Maniobra dilatoria número trescientos cinco.

—Ya. Sam, te conozco. No tienes sentido de los límites personales, y si quieres decir algo, normalmente lo sueltas.

—Eso me hace parecer muy grosera.

Em abrió un ojo y giró la cabeza en mi dirección.

—Estaba allí contigo cuando le preguntaste a la mujer que tenía una pitón como mascota sobre su relación con la serpiente.

Resoplé.

—En mi defensa, estaban entrelazados de una forma bastante apasionada. No es culpa mía que ella lo viera más como un niño que como un amante.

—Y también está esa vez que paseábamos por Boston Common y le preguntaste al hombre disfrazado de superhéroe cuál era su historia.

—Y nos contó una muy buena —le recordé—. Una narración convincente: era un ser nacido de un calamar gigante y forzado a vivir con mortales.

Em se rio, luego hizo una mueca de dolor y se llevó la mano al cuello.

—Ay...

—Lo siento. —Tomé otro sorbo de té—. Está bien. Tengo dos cosas en la cabeza. Empezaré por la menos importante. Para retomar la conversación de ayer, cuando Ben me trajo el sándwich, también me invitó a salir.

Abrió los ojos.

—¿Te llevó comida y luego te invitó a salir? Ay, definitivamente le gustas.

Quise ponerme en pie de un salto y levantar el puño en el aire. No lo hice. «Despacio, Gale». Técnicamente, Ben y yo íbamos a tener nuestra primera cita esa noche. Podría convertirse en una pesadilla, así que sería mejor que controlara mis expectativas.

Em se incorporó y bebió un sorbo de té. Volvió a ponerlo en el posavasos y se hundió en el sofá.

—Creo que estoy a punto de quedarme dormida, así que será mejor que sigas hablándome.

—De acuerdo, necesito que me prometas que realmente no tienes ningún interés en él. Sé que ya me dijiste que no, pero para que quede claro, cancelaría esa cita con él si sintieras aunque sea un poco de atracción por él en ese sentido, porque me imagino que tienes derecho, y además eres mi mejor amiga, y hermanas antes que mujeres y todo eso.

—¿Si me lo pido? —preguntó Em—. ¿Como si fuera el último sándwich de helado del congelador o algo así?

—¿Acabas de comparar a un hombre con un helado? —pregunté.

—Sí, tienes razón —rectificó—. Es injusto para el sándwich de helado.

—Qué dura… —Me reí.

Se encogió de hombros.

—Para que conste, y para ser perfectamente transparente y que no te preocupes por mis sentimientos hacia mi jefe, ¡Dios mío, qué horror!, no, no estoy ni me he sentido nunca interesada o atraída por Ben.

—Pero está muy bueno —le recordé.

—Bah… —replicó ella.

—¿Cuántas pastillas para el dolor has tomado? —pregunté—. Después de evaluar de esa manera lo bueno que está Ben, me siento realmente preocupada.

Se rio y me hizo un gesto con la mano.

—Solo estoy bromeando. Es bastante bonito, pero no sé… Creo que quiero algo más.

Pensé en el tipo que me había llevado un sándwich y luego me había leído las páginas de un libro, cuyos ojos de color azul grisáceo reflejaban perfectamente el del mar y cuyos besos me mareaban de la mejor manera posible. Si ese hombre fuera más, acabaría derritiéndome hasta convertirme en un inútil charco de algo pringoso.

Me sonrió.

—Sal con él, Sam. Está bastante claro que te has colgado por él.

—No… —Interrumpí mi propia protesta—. De acuerdo, estoy colgada por él.

—¿Y cuándo será esa cita?

—Esta tarde.

—¿Hoy? —Se incorporó—. ¿Qué haces aquí? Tienes que prepararte. ¿A dónde vais a ir? ¿Qué piensas ponerte? —Me miró de arriba abajo—. No pensarás ir con eso, ¿verdad?

—No, claro que no. —Miré mis vaqueros deshilachados y mi camiseta de Guns N' Roses—. Me pondré encima la cazadora de cuero y las botas militares… Por supuesto.

Parecía horrorizada y yo me reí.

—Solo estoy bromeando —le aclaré—. Aunque como no pensaba que fuera a tener ninguna cita mientras estaba aquí, creo que solo he traído algunos vestidos de verano, y son más apropiados, sin duda, para un paseo por la playa que para una cena de lujo. Como siempre he trabajado en horario de cocinas, la mayoría de mis citas han sido para desayunar, así que no estoy al tanto de las tendencias.

—Ven conmigo. —Se levantó del sofá y avanzó hacia las escaleras.

—Espera. ¿No se supone que estás reposando?

—Esto es una emergencia —alegó—. Y podré descansar cuando tengamos claro tu atuendo para esa cita.

Recogí su té y el mío y la seguí escaleras arriba. Su dormitorio estaba en la primera planta a la derecha, pero salvo por la ubicación, no lo habría reconocido. Ya no había montones de ropa por el suelo, ni envoltorios de caramelos en la mesita de noche o los pósteres de grupos musicales masculinos en las paredes.

Ahora estaba pintada en un tono mate de verde salvia con molduras en color crema como contraste, y todo estaba limpio y ordenado, excepto una chaqueta de punto blanca, que siempre había sido su favorita, que colgaba del brazo de una silla. El cojín del asiento estaba hundido y, a juzgar por la librería que había junto a él, imaginé que era allí donde Em pasaba la mayor parte del tiempo.

Me hizo reflexionar. ¿Por qué no le gustaba Ben? A los dos les gustaba leer. Tenía sentido, lo semejante atrae a lo semejante, ¿no?

—No..., no..., no... —murmuró mientras deslizaba la ropa por la barra del armario—. Demasiado soso, demasiado provocativo, demasiado desesperado, no lo suficiente desesperado...

—Oh, no sé —rebatí—. Estoy bastante desesperada.

—No, no lo estás —dijo sin siquiera mirarme—. Es solo que no has tenido la oportunidad de salir.

—Em, no tengo novio desde que acepté el trabajo como chef en Comstock. Eso significa que no salgo con nadie desde hace años, y no es porque estuviera demasiado ocupada.

Se volvió hacia mí y aceptó la infusión que le tendía.

—Eres una de las personas más agradables que conozco —comentó tras ponerse las gafas—. Además eres inteligente, divertida…, un encanto total. Y para rematar, eres una cocinera increíble. Si no tienes novio, es porque no quieres tenerlo.

—Ay, Em, ojalá todo el mundo me viera como tú —le agradecí el cumplido—. Pero el hecho es que, una vez que un chico se entera de que tengo dislexia, suele hacerme *ghosting*.

—Pero ¿por qué? —gritó—. ¡Mírate! Esa espesa melena de pelo negro, esa cara en forma de corazón y esas piernas largas. —Me empujó delante de un espejo de cuerpo entero—. Y eso es solo el envoltorio. Tienes tanto que ofrecer. ¿Cómo puede un hombre alejarse de ti?

—Bueno, si recuerdo bien lo que dijo mi último novio, Bruce, que me dejó al saber la verdad, cuando llevábamos saliendo unos meses, fue algo así… —Hice una pausa para aclararme la garganta y bajar la voz—. «Lo siento, Sam, pero ya no puedo salir más contigo. No me estoy haciendo más joven y el hecho es que estoy buscando una mujer para que sea mi esposa y la madre de mis hijos. No puedo arriesgarme a que tu desafortunada discapacidad se transmita a mis descendientes. Se trata de genética, no es nada personal».

—No, no es posible… —Em apretó los dedos contra su taza hasta que se pusieron blancos.

—Oh, así mismo fue —corroboré—. Alerta *spoiler*, para mí era bastante personal.

—¿Cuál era su apellido? —preguntó—. ¿Boro o algo así?

—Brenowicz —repuse.

—Eso es. —Apretó los dientes—. ¿Todavía trabaja en el Pru?

—¿Por qué? —pregunté.

—Porque la próxima vez que vaya a Boston, lo buscaré y le daré un puñetazo en la cara —aseguró.

De repente noté un nudo en la garganta. Tomé un sorbo de té.

—Te quiero —dije.

—Yo también te quiero. —Luego chasqueó los dedos y me señaló—. Rojo.

—¿Rover rojo? ¿Rosas rojas? ¿Anochecer rojo? Lo siento, me he perdido.

—Un vestido rojo —me aclaró. Se giró de nuevo hacia el armario, hurgó hasta que su cabeza y sus hombros desaparecieron en el interior—. Lo compré el año pasado con la idea de que el rojo me haría ser más atrevida.

—¿Funcionó?

—No, ese color hace que parezca que tengo ictericia. —Sacó algo envuelto en plástico de las profundidades y lo colocó sobre la cama—. Pero es tu color, te verás increíble.

Dejé el té a un lado y aparté el plástico. El vestido era rojo cereza y parecía diseñado para abrazar todas las curvas de una mujer. La miré.

—Menudo vestido, Em —afirmé—. Pero te equivocas. Si te pones este vestido, dejaras ciegos a los hombres. Estarías espectacular.

Se sonrojó de placer y se rio.

—Gracias, pero no creo que encaje con mi personalidad. Pruébatelo.

—Si estás segura. —Vi que aún tenía las etiquetas—. Siempre puedes venderlo.

—No. —Negó con la cabeza—. No me apetece. Creo que el vestido te estaba esperando.

—De acuerdo. —Me quité la ropa mientras Em sacaba el vestido de la percha y bajaba la cremallera. Me lo dio y me lo pasé por la cabeza, dejándolo caer en su sitio. Em me subió despacio la cremallera de la espalda.

—¡Oh, Sam! —dijo.

Sin siquiera mirarlo, me di cuenta de que el vestido me quedaba perfecto. Me puse delante del espejo y estudié mi reflejo. El suave tejido rojo se ajustaba a mis curvas, pero no parecía que estuviera enfundada como una salchicha. Sin mangas y con el escote redondo, era sencillo, pero se acampanaba desde medio muslo, lo que lo hacía parecer coqueto en lugar de severo. Teniendo en cuenta mi atuendo habitual como cocinera, me sentí como una cebolla a la que hubieran apartado sus capas.

—Vaya —comenté—. Me había olvidado incluso de que tengo pechos.

Em se rio.

—Y algo más.

Me giré para mirarla.

—¿Estás segura?

—Al cien por cien. —Suspiró—. Esto me recuerda a todas las noches de verano en las que nos vestíamos con esos vaqueros ajustados y las camisetas de tirantes y pasábamos el rato en los recreativos. ¿Recuerdas lo mucho que nos gustaba *Crepúsculo* y cómo imitábamos su estilo?

—Pero solo por la película —aclaré. Luego hice un signo de paz—. *Team* Edward.

—Para siempre. —Se llevó la mano al corazón.

La miré allí de pie, sorbiendo su infusión y sonriéndome, y no pude menos que centrar mi atención en el vendaje blanco que destacaba en su cuello.

—Oye, Em —dije—. Mi otra pregunta era: ¿qué quiso decir la doctora Ernst sobre la realidad de la biopsia y tu situación?

Se llevó la mano al cuello, y se cubrió cohibida el vendaje.

—Perdona, sé que no es asunto mío, pero era la segunda pregunta que quería hacerte. Bueno, en realidad es la primera, pero estaba tratando de que fuera más fácil hacértela —confesé—. ¿Qué es lo que te pasa? ¿Qué probabilidades hay de que sea cáncer? ¿Hasta qué punto debería preocuparme?

—No te inquietes —repuso—. Agradezco tu interés, de verdad, pero solo tenía un bulto raro en el cuello del tamaño de una haba, y le pedí a la doctora Ernst que me hiciera una biopsia para estar segura de que no es nada importante de lo que deba preocuparme, y en unos días se confirmará.

No parecía segura de sus palabras. Más bien se la veía aterrorizada.

—Oh, Em, ¿cómo puedo ser tan egoísta hablándote de una estúpida cita cuando tienes cosas más graves en las que pensar? —me lamenté.

—¿Estás de broma? —preguntó—. Esto es estupendo. Me has sacado de mi realidad por un rato, y lo necesitaba.

Me acerqué y la abracé.

—¿Si fuera algo serio me lo dirás? —insistí. Apoyé la barbilla en su hombro, el del lado no tenía la venda—. ¿Me lo prometes?

—Te lo prometo —dijo.

Permanecimos juntas un momento, apreciando en silencio esa amistad de toda una vida que compartíamos.

—De acuerdo. —Rompió el abrazo dando un paso atrás—. Ya está bien. Ahora tenemos que hablar de tu pelo.

—¿De mi pelo? —me sorprendí—. ¿Qué le pasa a mi pelo?

—Nada que un peine y un buen producto no puedan arreglar —repuso.

Estaba tratando de dejar a un lado los temores sobre su biopsia. Las dos éramos conscientes de ello. Y sabía que yo habría hecho exactamente lo mismo.

—Entonces, ¿no puedo ponerme una coleta?

—¡Ja! Y ten cuidado o sacaré los *clips* en forma de plátano de mi madre.

—Bienvenidos, años 80. —Me reí.

—Sí..., no, mejor los dejaremos descansar en paz. —Se persignó y yo me reí.

Sin embargo, tenía un nudo en la garganta y estaba preocupada por lo que no me contaba y arrepentida por no haberme puesto en contacto con ella con más frecuencia en los últimos años. Iba a arreglarlo. Lo haría. Pero aún no sabía cómo.

13

—¿Estás seguro de que no te importa quedarte solo? —le pregunté a Tyler por decimoquinta vez—. Puedo anular la cita y quedarme.

—¡No! —bramó. Me lanzó una mirada airada desde la pantalla del televisor, donde estaba enfrascado en un videojuego—. Lo siento, era para el idiota con el que estoy jugando. ¡Para!

Fruncí el ceño, pero al instante me di cuenta de que volvía a gritarle a alguien por los auriculares. De repente, salir de casa parecía más un plan de huida que una cita. Sonó un golpe en la puerta y me moví de inmediato. Estaba nerviosa, nerviosa de verdad. Tyler debió de darse cuenta, porque dejó caer el mando sobre la mesita y se quitó los auriculares. Me miró y se levantó.

—Voy yo —dijo con una sonrisa pícara.

«¡Ay, no!».

—Tyler, no te atrevas a dejarme en evidencia —siseé mientras lo seguía hasta la puerta—. Te lo advierto...

—Ben, adelante —le invitó Tyler.

Los anchos hombros de Ben llenaron el hueco de la puerta cuando entró. Llevaba una camisa de un tono gris pálido, abierta en la garganta, que se ceñía a su musculoso cuerpo, y pantalones negros. Iba bien afeitado, lo que hacía que me pareciera incluso más guapo (como si eso fuera posible), y me preguntara qué sentiría al besarlo sin la barba. Con la mandíbula cuadrada al descubierto, me parecía más delicioso todavía, y habría apostado mi batidora favorita a que no había tardado dos horas en prepararse.

Ben abrió los ojos de par en par al verme y su mirada me recorrió como una lengua de fuego. Me estremecí, en el buen sentido, sintiéndome tan expuesta como un peatón en medio del paso de cebra en el momento en que cambia de color el semáforo.

Llevaba unas sandalias negras con tachuelas y el vestido rojo, y había dejado que Em me despeinara hasta convertir mi pelo en una masa de rizos del tamaño de Texas a la que solo le faltaba una corona de reina de la belleza. En otras palabras, no parecía yo, lo que seguramente era positivo. ¿No?

—Vale, chicos, hay un par de reglas básicas —enunció Tyler. Se frotó las manos en una clara señal de que estaba disfrutando—. Sam tiene que estar en casa a las diez, y solo podéis ir al restaurante y volver directamente a casa. ¿Está claro?

—Clarísimo. —La mirada de Ben se detuvo en mi cuerpo, apreciando mis uñas recién pintadas, mis piernas depiladas, las curvas de mis caderas y mis pechos, antes de buscar y sostener mi mirada con una expresión de deseo que hizo que me estremeciera. Sentí un zumbido, como la vibración de una nota grave, en lo más profundo de mi vientre que parecía resonar en mi piel.

—Genial, pasadlo bien y nos vemos a las diez —añadió Tyler. Regresó al sofá para seguir con el videojuego y volvió a ponerse los auriculares.

—Claro. Espera. ¿Qué? —preguntó Ben. Frunció el ceño mientras miraba a Tyler como si acabara de asimilar sus palabras.

Me reí. Me acerqué al sofá y abracé a Tyler por los hombros desde atrás.

—Buen intento —le susurré al oído—. Estaré en casa cuando llegue, pero volveré. Nada de travesuras, y llámame si me necesitas.

Apoyé mi brazo contra su pecho y sonrió.

—Estás muy guapa, hermanita —susurró—. Intenta no romperle el corazón.

—Gracias —dije, tan sorprendida por que me hubiera llamado «hermanita» y por el cumplido que no supe qué más añadir—. Hasta luego.

—Hasta luego. —Nos hizo un gesto con el pulgar y se concentró en el juego.

—Toque de queda a las diez, ¿eh? —preguntó Ben mientras me abría la puerta.

—Tyler se lo pasa bien dejándome en evidencia —le expliqué.

—Como cualquier buen hermano pequeño. —Se detuvo en el porche—. Estás devastadoramente preciosa, aunque esas palabras me parecen inadecuadas ahora mismo. En serio, creo que he perdido la capacidad de razonar por un segundo cuando te he visto.

Sonreí. Parecía tan perplejo por su reacción ante mí que no pude evitarlo. No hay nada más encantador que un hombre que se queda mudo al ver a la mujer que le interesa.

—¿Te haría sentir mejor si te dijera que lo primero que pensé al verte fue que parecías delicioso?

—¿Delicioso? —rio.

—Cosas de chefs. —Me señalé a mí mismo—. Es el mayor cumplido que puedo hacerte.

—En ese caso, encantado de ser tu plato principal. —Movió las cejas de forma sugerente y yo volví a reír.

Me tomó de la mano y me guio hasta el coche deportivo que vi aparcado delante de la casa.

—¿Y la moto? —pregunté.

—Eso es para la tercera cita —repuso.

—Ah...

El aire nocturno era cálido, pero nos envolvió una brisa fresca procedente del mar que perfumaba el ambiente con su aroma salobre. Mientras pasábamos por Beach Road, eché un vistazo al océano y observé que la luna se reflejaba en sus oscuras profundidades hasta el horizonte.

Cuando era niña, estaba absolutamente obsesionada con *La Sirenita*, y siempre me pregunté cómo sería vivir bajo el mar. Probablemente, no habría langostas jamaicanas ni bebés de lenguado, pero aun así, mi imaginación se había mantenido firme. Miré a Ben. Me pregunté qué habría soñado de niño. ¿Habría sido un buen deportista? ¿Un sabelotodo? ¿Popular?

—¿De adolescente te gustaban los videojuegos como a Tyler? —pregunté.

Ben apartó la vista de la carretera para mirarme.

—Sí. ¿Por qué? ¿Estás preocupada por él?

—Dedica a ellos todo el tiempo dentro de casa, o está en el curso de robótica o jugando a la videoconsola —expliqué—. He intentado llevarlo a la playa, pero es como si fuera alérgico al sol. No lo habrás visto rechazar el ajo y beber sangre a escondidas, ¿verdad?

Ben se rio.

—No, pero sospecho que está en una edad en la que ir a la playa es muy arriesgado. Demasiada gente que puede verte en bañador, en especial si eres un adolescente flaco y lleno de acné. Además, no puedes controlar totalmente tu reacción ante las mujeres en bikini.

—¡Qué horror! —convine.

—Quizá solo necesite hacer algo al aire libre —propuso—. ¿Navega?

—No.

—¿Juega al tenis?

—No.

—¿Juega al golf?

—No. Y no le conozco ninguna afición, aparte de ser un friki de la electrónica.

—Mmm. —Ben pareció pensar mi respuesta—. Puede que se me haya ocurrido una idea. Déjame hablar con Ryan para evaluar la logística, pero creo que para los miembros del curso de robótica sería beneficioso programar una excursión bajo el sol para hacer senderismo y observar bichos. Sería estupendo.

Su entusiasmo me hizo sonreír.

—Pero no le digas que he tenido algo que ver. Nunca me perdonaría que te hubiera hablado de él.

Ben asintió.

—Entendido.

Condujo por las estrechas calles de Edgartown. No le pregunté a dónde íbamos porque sospechaba que el hecho de que me llevara a cenar a mí, que soy chef, sería tan estresante para él como que yo intentara comprarle un libro. ¿Cómo iba a saber lo que no había leído ya o lo que le gustaba? Una auténtica pesadilla.

—¿Cómo has decidido a qué restaurante llevarme? —pregunté.

—He investigado para asegurarme de que nuestra primera cita no se haya convertido en un fracaso ya en los aperitivos. Muy de bibliotecario moderno, lo sé.

—En efecto —dije—. Has elegido Bailey's, ¿verdad?

—¿Bailey's? ¿Es eso lo que crees? Qué vergüenza... —dijo—. Mi idea era que fuéramos al muelle a pescar la cena.

—No he traído la caja de aparejos —me lamenté.

—Menuda tragedia —dijo—. Supongo que tendremos que rezar para que tengan sitio para nosotros en el restaurante.

Aparcó y rodeó el coche para abrirme la puerta. Normalmente, me abriría la puerta yo misma y me reuniría con él a mitad de camino, pero me resultaba difícil moverme con el vestido, los tacones y el bolso. Me faltaba mucha práctica para ser femenina.

Ben me ofreció su mano y la acepté, permitiendo que me ayudara a ponerme de pie. Su piel era sólida y cálida contra la mía, y no me soltó cuando estuve sobre los pies, sino que entrelazó nuestros dedos mientras íbamos hacia el restaurante.

Bailey's tenía un pequeño cartel colgado en la esquina. El edificio de tejas grises con adornos blancos se parecía a cualquier otro edificio de Martha's Vineyard, pero había un largo porche con mecedoras blancas, y, ya dentro, las mesas tenían manteles blancos y sillas cómodas que invitaban a los comensales a quedarse.

No había comido allí desde que los antiguos propietarios vendieron el local hacía ya varios años. Mi padre me había comunicado la noticia con la solemnidad de un hombre que informa de una muerte en la familia. Sin embargo, una vez que el nuevo propietario se hizo cargo del negocio, mi padre acudió a probarlo con Stephanie y declaró que seguiría siendo el lugar de referencia para las celebraciones familiares. Estaba segura de que mi padre aprobaría que mi primera cita fuera allí. Me pregunté si debía decírselo cuando hablara con él. No, podía esperar hasta que llegara a casa. Aun así, sabía que lo aprobaría y, de algún modo, eso hacía que la cita cobrara aún más sentido.

La *maître* nos sentó en una encantadora mesa para dos junto a la ventana y nos entregó los menús. Eché un vistazo al mío. El tipo de letra no era apto para disléxicos y no había fotos. Por suerte, me sabía el menú de memoria.

Llegó la camarera para tomar nota de las bebidas. Sabiendo que iba a pedir marisco, elegí el vino blanco de la casa, y Ben me imitó. Sentí que me miraba por encima del menú. Supe que quería decirme algo, pero no sabía cómo empezar. Decidí ser magnánima.

—Debo advertirte que, cuando como fuera, acierto con todos los platos, aperitivos, entrantes y postres —anuncié—. Pero también soy muy buena compartiendo.

Asintió y vi que relajaba los hombros de forma ostensible.

—Eso suena genial.

—¿Quieres compartir las vieiras? —pregunté.

—Excelente elección. —Siguió mirándome.

—Y de plato principal, dudo entre el pez espada y el bacalao al horno.

—Ambos platos tienen muy buena pinta —aceptó—. Si cada uno pide uno, podemos probar los dos.

—Perfecto. —Dejé el menú. El postre se podía pedir más tarde. Él seguía estudiándome—. ¿Y ahora estás preguntándote cómo he podido leer el menú con tanta facilidad?

—No. —Negó con la cabeza y luego asintió—. Bueno, un poco.

Sonreí. Me gustaba su sinceridad, así que había llegado el momento de confesar mi parte.

—La verdad es que Em me dijo que le habías preguntado por mis restaurantes favoritos. Así que me metí en internet y estudié todos los menús para estar preparada. Perdona. ¿No piensas que soy un fraude?

Sacudió la cabeza.

—No eres un fraude, eres increíble. No puedo ni imaginarme cómo te las arreglas para llevar la cocina y pensar con tanta antelación. Debe ser como estar en un país extranjero donde puedes hablar el idioma, pero no puedes leerlo.

—Es una analogía muy buena, pero yo no soy increíble —aclaré—. La dislexia es algo más que una discapacidad lectora. Hace que mi cerebro esté ocupado todo el tiempo. Te lo juro, algunos días es como tener una colmena de abejas aquí arriba, y no destaco por mi buena organización porque me distraigo con facilidad. Sinceramente, llevar la cocina de un restaurante es duro, y solo lo consigo porque tengo un gran equipo.

—Sigo estando impresionado —insistió—. ¿Volverás a Boston cuando ya no tengas que cuidar a Tyler?

—No lo sé —dije—. Presenté la dimisión del puesto que tenía en el restaurante, así que tengo que buscar trabajo, pero no sé si será en Boston o si me iré a otro sitio. ¿Y tú? Eres el director interino, ¿regresarás al mundo académico al final del verano?

—Al igual que tú, no lo sé. —Su mirada se clavó en la mía—. Supongo que dependerá de cómo se desarrolle el verano.

Sentí que mi temperatura corporal aumentaba bajo su cálida mirada. ¿Se refería a lo que podía pasar entre nosotros? ¿Estaba preparada para eso? No, no lo estaba. En el mejor de los casos, todo lo que podía ofrecerle era una aventura de verano. Estaba a punto de decirlo cuando llegó la camarera con el vino.

Pedí la comida, y ella se alejó. Mientras la miraba marcharse, me di cuenta de que Ben estaba estudiando a un hombre de unos cincuenta años que había en la mesa de la esquina, sentado con su mujer. Se me encogió el corazón. Otra vez lo mismo.

Bebí un sorbo de vino, y él se volvió hacia mí.

—Lo siento. Solo estaba… —se disculpó.

—¿Mirando a un hombre de mediana edad que está en otra mesa? —pregunté.

—Cuando lo dices así, suena muy guarro —reconoció. Pero sonreía.

—Ibas a explicarme el otro día este… interés tuyo —dije.

—Pero nos interrumpieron —recordó—. Una y otra vez.

—Exacto. —Tomé otro sorbo de vino. Esperaba que no fuera ese el momento en el que me dijera que tenía algún fetiche para el que yo no estaba preparada. Ya me había pasado antes.

—La verdad es que estoy buscando a alguien —comentó.

—¿A alguien? —le animé.

Vaciló y bebió un sorbo de vino. Dejó escapar un suspiro y miró por la ventana. Sospeché que se trataba de un asunto muy personal para él.

—No es por presionarte —reconocí—. Pero ya conoces mi oscuro secreto. Te prometo que puedes confiarme el tuyo.

Ben me miró. Curvó la comisura de la boca en una media sonrisa algo lastimosa; un reconocimiento de lo desigual que era nuestra relación.

—Tienes razón —dijo. Respiró hondo—. ¿Has oído hablar de Moira Reynolds?

—¿La artista? —pregunté—. ¿Quién no? Me refiero a que es, probablemente, la escultora contemporánea más famosa de Nueva Inglaterra en este momento.

—Es mi madre —confesó.

Sentí que mi boca formaba una pequeña O y que las cejas me llegaban hasta la línea del pelo sin poder reprimirme.

Parecía contrariado.

—Sí, esa es la reacción habitual de cualquiera que la conozca, que es cualquiera que viva en Nueva Inglaterra.

—Es que..., ella es..., ¿en serio?

Se rio. Fue una carcajada totalmente espontánea.

—Una locura, ¿verdad?

—Es, bueno, es una leyenda —alegué—. Sobre todo porque tiene mucho talento, es muy excéntrica y todo eso. No te ofendas...

—No te preocupes —replicó—. Me parece que eres lo suficientemente inteligente como para imaginar cómo fue mi infancia.

Negué con la cabeza.

—No, en realidad no puedo. Estoy alucinando, recuerdo que una vez se encadenó a un faro. —Hice una pausa para bajar la voz hasta convertirla en un susurro—. Estaba desnuda.

—Sí, ir al colegio al día siguiente fue brutal —reconoció—. Ser educado por ella fue como recibir una novatada tras otra en una fraternidad. Nunca sabía qué esperar, y normalmente se traducía en algo desagradable. De hecho, creo que habría preferido pertenecer a una fraternidad.

—Oh, y yo que pensaba que tenía muchas anécdotas traumáticas de mi infancia —suspiré.

—Lo más justo es decir que los dos las tenemos —dijo—. Pero yo tenía a mis abuelos, los padres de mi madre, que fueron comprensivos y cariñosos conmigo, por suerte para mí, mi adolescencia fue muy normal.

—Tu madre es conocida por sus esculturas, ¿no? —pregunté. Asintió.

—Y si no recuerdo mal, algunas eran muy…

—¿Pornográficas? —sugirió.

—Iba a decir «sensuales».

—Pornográficas es más exacto. Sí, fue una fase divertida de su trayectoria artística —reconoció—. No me malinterpretes, estoy orgulloso de ella, pero no es como las demás madres. No me hacía galletas para después del colegio, ni fue acompañante en las excursiones ni se sentaba en las gradas cuando yo bateaba en un partido. De hecho, desde el momento en que pude andar y formar frases completas, me dio total autonomía. No sé cuántas veces cené golosinas.

—¿En serio? —pregunté—. Porque como friki de los dulces, tengo que decir que es bastante genial.

—Yo también lo creía, hasta que empecé a darme cuenta de que otros padres se preocupaban más por la salud y el bienestar de sus hijos que mi madre —explicó—. No es que no me quisiera, sabía que me quería y me quiere a su manera. Pero era como si estuviera sintonizada en otra frecuencia, en otra longitud de onda que solo ella podía oír. Mis abuelos se hicieron cargo de mi custodia cuando tenía diez años porque el orientador del colegio se puso en contacto con ellos. Llevaba un mes sin ir al colegio. Viví con ellos en Cape hasta que terminé el instituto.

—¿Viste a tu madre durante esos años? —pregunté. Me parecía una situación muy triste, incluso más que el divorcio de mis padres.

—Venía a quedarse con nosotros unas cuantas veces al año, una semana aquí o allá, las vacaciones y mis cumpleaños —explicó—. Me encantaba verla, y al estar presentes mis abuelos, me quedaba muy a gusto con ellos cuando se iba. Es de esas personas que se apropian de todo el oxígeno de la habitación, ¿me entiendes?

—Sé de lo que hablas —dije. Había conocido a algunos chefs a lo largo de mi carrera que no dejaban suficiente aire en la cocina para hacer un flambeado—. Comentaste ayer que ibas a verla. ¿Cómo te fue?

—No muy bien —reconoció.

La camarera nos sirvió el aperitivo y nos reclinamos en las sillas para dejarle sitio. Cuando se marchó, tomamos los tenedores y cada uno de nosotros ensartó una de las vieiras perfectamente doradas.

—¿Qué pasó? —pregunté. Sentía como si la relación de Ben con su madre pudiera ser la clave para conocerlo, y no quería desviarme de mi objetivo, ni siquiera por la comida, en ese momento.

—Le pregunté por enésima vez quién es mi padre y ella, también por enésima vez, se negó a decírmelo —confesó.

14

—¿No sabes quién es tu padre? —pregunté. Detuve el tenedor a medio camino de la boca, como si me hubiera quedado paralizada. No podía ni imaginarlo.

—No, ni siquiera sé su nombre. —Sonaba resignado, y yo quise levantarme y abrazarlo con todas mis fuerzas. Pero no lo hice.

—¿Por qué no te lo dice? —Me sentía desconcertada. No era que Ben fuera un niño que pudiera sufrir daños psicológicos si descubría que su padre era un asesino, un convicto o algo así, sino un adulto que deseaba saber quién lo había engendrado. Me enfadé en simpatía por él.

—Es muy cautelosa —dijo—. No me da un no rotundo, porque entonces yo le montaría un escándalo o me pondría a discutir. Así que cambia de tema.

—¿Cómo? —insistí. De acuerdo, la dislexia me convertía en una especie de hurón a la hora de hacer preguntas para poder entender las cosas con satisfacción, pero ¿cómo se las arreglaba esa mujer para bloquear una conversación de este tipo cambiando de tema?

—Es difícil de explicar. —Se metió la vieira en la boca y cerró los ojos mientras la saboreaba.

Era una imagen bastante sensual, y me pregunté si tendría ese aspecto cuando... Sacudí la cabeza. «¡Concéntrate, Gale!». Aun así, el mero hecho de verlo con los ojos cerrados y una expresión de placer en la cara hizo que me subiera la temperatura como si tuviera fiebre. Me centré en mi propia vieira, pero apenas pude saborear el ajo en su punto y los bordes perfectamente chamuscados, lo que resultaba una tragedia.

—Vale, pregúntame como si fueras yo —propuso—, y yo te responderé como si fuera ella y así te harás una mejor idea de con lo que tengo que lidiar.

—Vale. —Me tragué la vieira—. Oye, mamá...

—No. —Negó con la cabeza—. Nunca la he llamado mamá. Siente que disminuye su individualidad como persona ser definida por el papel de madre. La llamo Moira.

Lo miré con estupefacción.

—Vaya, es mucho que asimilar —comenté.

—Dímelo a mí.

—De acuerdo. Oye, Moira... —Lo miré para ver si estaba bien y asintió—. El otro día estaba rellenando unos formularios y en el lugar donde ponía «padre» me quedé en blanco. ¿Alguna pista de lo que debería escribir ahí?

—¿Por qué rellenas formularios sobre tu filiación? ¿Eres esclavo del patriarcado? —preguntó. Su voz era más alta, y definitivamente estridente.

—Ay...

—Mmm...

Los dos pinchamos otra vieira y pensamos sobre la situación.

—Moira, tengo una enfermedad hereditaria en mis partes masculinas que requiere un donante compatible —me inventé. Me miró por encima de la mesa, y sus ojos brillaron con diversión al tiempo que curvaba los labios—. ¿Alguna idea de dónde podría encontrar un donante compatible?

—Pregúntale a James —repuso Ben—. Así llama a su padre —añadió a modo de inciso—. Mi abuelo, que es un tipo cojonudo, por cierto.

—Se supone que es por genética paterna —insistí, bajando la voz para intentar parecer más seria.

—Partenogénesis —dijo.

—¿Qué? —Lo miré confusa mientras intentaba asimilar esa palabra cargada de ciencia.

—¿Sabías que hay especies de animales que procrean sin la participación del macho? —preguntó.

—¿Es eso posible, más allá de la división de una célula? —me interesé.

—Sí, los reptiles, los peces y todo tipo de animales tienen crías sin aparearse —afirmó.

—Moira —intenté sonar autoritaria—. No me tuviste por generación espontánea, y me gustaría una respuesta a mi pregunta.

Me miró o, mejor dicho, pasó de mí.

—¿Te he enseñado mi última obra? Se centra en el momento de la eyaculación desde una perspectiva femenina.

Me atraganté con la mantequilla derretida.

—No es posible... —dije. No había modo de continuar la conversación.

—Y punto final —concluyó.

Nos comimos las dos últimas vieiras en silencio.

Tomé un sorbo de vino. La camarera llegó con el entrante y nos quitó la fuente del aperitivo. Empujé mi plato hacia el centro de la mesa y Ben me imitó, para que pudiéramos compartirlo más fácilmente.

El pez espada estaba increíble, y también el bacalao. Intenté decidir cuál prefería, pero mi cerebro no paraba de pensar en su madre y en la búsqueda de su padre.

—Supongo que no hay ninguna pista en tu partida de nacimiento —deduje.

—Correcto. La pedí al Estado cuando estaba en la universidad pensando que así lo resolvería todo. Pero no, la dejó en blanco.

—¿Y tus abuelos no tienen ni idea de quién es tu padre?

—No, también los tiene en la ignorancia —dijo—. Según cuenta mi abuela, Moira se presentó en su casa muy embarazada en el invierno de 1990. Cuando le preguntaron quién era el padre, se negó a decirlo, y como su relación ya era tensa, no quisieron insistir. Así que eso fue todo. Nunca ha hablado de mi padre con nadie, que yo sepa.

—No quiero poner en entredicho a tu madre —vacilé. Adopté una expresión de circunstancias porque realmente me dolía tener que decirlo, pero era necesario—. ¿Has considerado que ella no sabe quién es tu padre?

—Agradecería igualmente una lista de nombres —repuso—. Aunque fuera tan larga como mi brazo. Al menos así tendría un punto de partida.

Comimos en silencio, contemplando el dilema al que se enfrentaba. No se me ocurrieron más ideas, por desgracia.

—Entonces, cuando, ese día en la biblioteca, nos dijiste a Em y a mí que estabas buscando a alguien, te referías a tu padre.

Asintió. Había una profunda tristeza en sus ojos que me llegó al alma.

—De acuerdo, cuenta conmigo —me ofrecí.

—¿Para qué? —Me miró de reojo.

—Te ayudaré. Hagámoslo. Averigüemos quién es tu padre —dije.

—Aunque me encanta tu entusiasmo, no he tenido mucha suerte —explicó—. No tengo mucho con lo que seguir y no quiero que pierdas el tiempo o te lleves una decepción.

—Solo me decepcionaré si no lo intentamos. —Me estiré hasta el otro lado de la mesa, le puse la mano en el brazo y se lo apreté con suavidad—. Mereces saberlo.

Me miró. Le brillaban los ojos un poco, como si sintiera demasiado y las emociones trataran de escapar por cualquier vía disponible. Eso me hizo sentir ternura. Ver su dolor me hizo querer aliviarlo de la misma forma que su presencia ayudaba a calmar mi ajetreado cerebro.

—En este momento, me está matando no poder estrecharte entre mis brazos y besarte —dijo con la voz ronca.

«¡Ay, Dios!».

La intensidad de su mirada me dejó muda.

—Vaya, vaya… —comentó la camarera. Se había detenido junto a nuestra mesa y se había quedado embelesada, como si estuviera atrapada por el campo de fuerza de la tensión sexual que parecía arremolinarse a nuestro alrededor—. ¿Les traigo la cuenta?

—Sí, por favor, y un trozo de tarta de queso para llevar —pedí.

Ben soltó una carcajada que alivió un poco mi calentura. Me solté de su brazo con mucha desgana y me acabé el vino de un trago. La cuenta y la tarta de queso llegaron unos minutos después. Ben pagó y me guio a toda velocidad fuera del restaurante para adentrarnos en la noche veraniega. Al doblar el lateral del edificio, se detuvo y se volvió hacia mí. Yo tenía la bolsa de papel con la tarta de queso colgando en los dedos, pero no le importó.

Encerró mi cara entre sus manos y clavó sus ojos en los míos con intenciones lascivas. Tenía una expresión deliciosamente provocativa. No podía moverme, no podía respirar, la expectación era tan intensa como ante el primer bocado de un postre de aspecto increíble. ¿Sabría igual de dulce o estaba condenada a la decepción?

Se me tensaron las entrañas como si me preparara para el impacto y luego, cuando por fin su boca se posó en la mía, sentí un dulce alivio. Jadeé. Profundizó el beso y mi atareado cerebro se hiperconcentró en él. En la exuberante presión de su boca contra la mía. En su lengua recorriendo mi labio inferior, seduciéndome con su tierno ataque. En su aroma, no en el *aftershave* o en la colonia, sino en esa esencia especialmente suya, cálida y almizclada como el bosque después de una lluvia fresca.

Instintivamente, me incliné hacia él hasta que mi frente quedó pegada a la suya. Solté la bolsa con la tarta para rodearle el cuello con los brazos y acercarme aun más a él. Ronroneó en señal de aprobación y deslizó la mano por mi pelo mientras movía la otra hacia la parte baja de mi espalda. Me sostuvo mientras aflojaba el beso y movió los labios a lo largo de mi mandíbula hasta que los posó justo debajo de mi oreja.

Arqueé la espalda e incliné la cabeza, dándole pleno acceso. Me olvidé de que estábamos en público, en la calle, y podría haber empezado a desnudarlo si no me hubiera abrazado con fuerza y me hubiera detenido mientras soltaba el aliento en mi oreja. Sus manos subían y bajaban por mi espalda como si tratara de apagar el fuego que ardía entre nosotros.

—Bueno, esto se ha intensificado de repente —comentó. Dio un paso atrás, dejando que el aire corriera entre nuestros cuerpos. Aunque solo quería volver a cerrar la brecha, me reí.

—Has hecho que se me cayera la tarta de queso —dije—. Esto podría establecer un nuevo listón para futuros besos.

Levantó la bolsa de papel y miró en su interior.

—Parece que ha sobrevivido a la caída. ¿Significa eso que cuando te bese, solo será un éxito si se te caen las cosas?

—Mmm —consideré—. Para tener éxito de verdad, tendrás que besarme cuando lo único que se me caiga sea la ropa.

—Por favor, ten piedad... —Soltó un suspiro y me lanzó una mirada adorable. Me tomó de la mano y caminamos hasta su coche, donde guardó la tarta—. ¿Quieres dar un paseo? Creo que necesito refrescarme un poco.

—Lo mismo digo.

Paseamos por calles estrechas, atestadas de turistas veraniegos. Había risas y conversaciones, y sorteamos a una familia, a una pareja de ancianos y a un grupo de adolescentes. El aire de la noche era fresco, pero vibraba con esa embriagadora sensación a verano que para mí siempre había significado la libertad de la escuela, los libros, las lecciones y la constante ansiedad de tratar de ocultar mis problemas de aprendizaje. El verano en Vineyard siempre había sido una especie de respiro mágico para mí. Volví a darme cuenta de lo mucho que lo había echado de menos.

Deambulamos por Cooke Street hasta llegar a una pequeña ensenada. Ben me miró de reojo.

—¿A la playa? —preguntó.

—Siempre. —Me quité las sandalias mientras él hacía lo mismo con los zapatos y los dejamos tan felices en una maraña de correas y cordones para cuando volviéramos.

Había algunos barquitos amarrados, esparcidos por el agua, pero todo estaba tranquilo porque la gente estaba cenando. La playa estaba desierta. La brisa me hizo estremecer y Ben me rodeó los hombros con un brazo y tiró de mí. Me pegó a su costado y apoyé la cabeza en su hombro.

—Me pregunto si mis padres han paseado por esta playa —comentó.

Deslicé mi brazo por la parte baja de su espalda, y posé la mano justo por encima de su cintura. Era todo músculo, aunque intenté no distraerme.

—Supongo que es posible —convine—. ¿Qué hacía tu madre en la isla ese verano?

—Trabajaba de camarera en uno de los restaurantes —me explicó—. Por entonces estudiaba en la Escuela de Diseño de Rhode Island, así que venir aquí fue su escapada de verano. Mis abuelos habrían preferido que fuera a Cape con ellos, pero no es de las que hacen lo que se espera de ella.

Parecía una mujer como yo, menos en lo de desnudarse y encadenarse a un faro, y en lo de no decirle a su hijo quién era su padre.

—¿Estás seguro de que te concibió durante el verano que pasó aquí? —pregunté.

—Concuerda con la cronología —explicó—. Yo nací en marzo de 1990, lo que la sitúa en pleno verano en Vineyard, que es cuando se quedó embarazada.

—¿Sabes en qué restaurante trabajaba? —pregunté.

—Sé que estaba en la isla, pero no sé el nombre. Dice que no se acuerda, algo que me cuesta creer. Sinceramente, me parece desesperante.

Fuimos hacia el agua. Las olas eran pequeñas en esa calita escondida. El mar nos lamió los dedos de los pies, aunque solo nos hizo cosquillas, antes de deslizarse por la arena hacia la bahía.

—Bueno, menos mal que me has metido en el bucle —dije, tratando de aligerar el ambiente—. Resulta que soy superfan de Agatha Christie.

Ben me miró sorprendido.

—Concretamente, de *Marple*, de Agatha Christie, protagonizada por Julia McKenzie —aclaré.

Sonrió.

—¿Y Hércules Poirot?

—No está mal, pero Miss Marple tiene muchas más capas que el inspector Poirot —alegué—. Sus casos son mucho más satisfactorios.

—¿Cómo lo sabes?

—Porque Miss Marple es una anciana sin pretensiones que observa el mundo que la rodea y deduce lo que ha ocurrido, mientras que Poirot es un investigador de verdad —expliqué—. Que ella no sea detective hace que su personaje sea mucho más multidimensional, mientras que con él es de esperar, porque es literalmente lo que hace.

—Nunca lo había visto así. Es indispensable que tengamos una maratón de películas para que pueda compararlos.

—¿No me vas a dejar ganar en esto? —pregunté.

—Soy bibliotecario. —Se señaló a sí mismo—. Necesito investigarlo.

Me reí, encantada de poder disfrutar de noches de películas con él.

—Necesitaremos recorrer la isla en plan detective.

—Ya he buscado en los archivos de la biblioteca y en periódicos antiguos, pero de momento no he tenido suerte —explicó—. Entonces no era artista, así que no se la menciona.

—Puedo hablar con Stuart, el dueño de la posada Tangled Vine, donde trabajamos el viernes —propuse—. Era amigo de mis padres y es posible que recuerde los lugares que estaban de moda antaño en Vineyard. También puedo consultarlo con mi familia. Tengo primos y una tía que tenían negocios aquí. Quizá se acuerden de algo. Le preguntaría a mi padre, pero no volverá hasta dentro de un par de semanas. También está el club portugués. Llevan generaciones en la isla.

Ben me abrazó con fuerza.

—Cuidado. Me estás dando esperanzas, Samantha.

Intenté ignorar el rubor de placer que sentí cuando me llamó por mi nombre completo. Nadie me llamaba así. Y eso lo convertía en algo exclusivamente suyo. Agradecí que estuviéramos envueltos en la oscuridad para que Ben no me viera sonrojarme. Hacía mucho tiempo que un chico no mostraba más que un interés pasajero por mí, y yo lo absorbía como una flor marchita bajo una lluvia suave.

Regresamos al lugar donde habíamos dejado los zapatos. Nos limpiamos los pies lo mejor que pudimos antes de volver a calzarnos. Todavía me quedó algo de arena entre los dedos, pero no me importó. Estaba demasiado concentrada en nuestra búsqueda.

Me pregunté qué pasaría si encontrábamos a su padre. ¿Y si ya estuviera en la isla? La idea me hizo imaginarlos reunidos por primera vez. Me vino a la cabeza un reencuentro padre-hijo muy a lo *Campo de sueños*, pero ¿sería eso lo que quería Ben?

Me tomó de la mano y volvimos andando por las estrechas calles hasta su coche.

—¿Qué le dirás a tu padre en el momento en que lo veas? —pregunté. Mi tono fue ligero, o eso intenté.

—Cuando era pequeño, lo quería en mi vida —dijo—. Soñaba despierto con que aparecía en la puerta, me abrazaba y me estrechaba entre sus brazos. Pensaba que sería la única persona en todo el mundo que me entendería y me querría solo por mí.

Se me hizo un nudo en la garganta al imaginármelo de niño, anhelando ese amor incondicional.

—Luego, de adolescente, me imaginaba persiguiéndolo y dándole un puñetazo en toda la boca —continuó—. Estaba muy enfadado.

—Lo entiendo perfectamente —me solidaricé. Como yo también fui una adolescente enfadada, me pareció lógico.

—A ver, quiero a mis abuelos, y me proporcionaron un hogar acogedor y mucho cariño, pero cuando todos los demás tienen padre y tu madre no se molesta en ser madre y ni siquiera sabes el nombre de tu padre… sí, estaba cabreado.

Giramos en Water Street. Le solté la mano para permitir que un par de adolescentes pasaran entre nosotros. Me encantó que después, cuando volvió a tomarme de la mano, envolviera mis dedos con los suyos en un cálido apretón.

—¿Y ahora? —insistí—. ¿Cómo te sientes ahora?

—Ya no estoy enfadado —alegó—. Y no me hago ilusiones de que quiera que forme parte de su existencia. Estoy casi seguro de que Moira nunca le ha hablado de mí, de lo contrario supongo que habría aparecido en mi vida en algún momento.

Permanecí en silencio mientras pensaba.

—Supongo que lo que quiero saber es si me parezco a él —explicó—. Sé que tengo algunos rasgos de mi madre, pero ¿de dónde ha salido el resto? ¿Tengo sus cejas? ¿Sus orejas? ¿Mi amor por los pepinillos, el beicon y los sándwiches de mantequilla de cacahuete viene de él?

—Creo que eso solo significa que eres raro —razoné. Estaba tratando de quitarle importancia porque, sinceramente, me estaba rompiendo el corazón.

Ben se rio, y me relajé un poco, aliviada. Nunca había tenido que enfrentarme a esas preguntas. A pesar del divorcio de mis padres, nunca había dudado de su amor por mí, ni una sola vez. Estaba claro que la dislexia había sido un reto para todos, pero mis padres me habían apoyado en la medida de sus posibilidades. Habían contratado a especialistas, tutores, logopedas e incluso a un terapeuta cuando la carga emocional fue demasiado pesada. Y tenía claro de dónde venía, que me parecía a mi padre, pero con la nariz afilada, las manos de dedos largos y la personalidad tenaz de mi madre, con quien charlaba todos los domingos por teléfono y, cuando vivía en Boston, comíamos juntas cada dos semanas. De repente, me entraron ganas de llamarla para darle las gracias por ser una madre tan cariñosa.

Llegamos al coche, y Ben me abrió la puerta. Me senté en el asiento del copiloto y recogí la tarta de queso del suelo. Luego cerró la puerta y rodeó el coche para ir del lado del conductor. Cuando tomó asiento, me miró con pesar.

—Espero que no haya sido una primera cita desastrosa —dijo—. No suelo compartir tanto de mí mismo.

Eso me hizo sentir especial. No supe qué decir, así que me incliné sobre el salpicadero y apreté la boca contra la suya, diciéndole con un beso lo que no podía expresar con palabras.

No se movió, me dejó tomar el control como yo lo había dejado antes. Me pareció embriagador. Moví la boca contra la suya. Le oí tragar saliva y le puse la mano en el hombro para acercarlo más y mantenerme firme mientras profundizaba el beso. Me gustaba la forma de sus labios y cómo se adaptaban a los míos.

Cuando abrí la boca, animándolo a hacer lo mismo, lo oí gruñir. Noté que los músculos de su hombro se tensaban bajo mis dedos, como si realmente intentara contenerse... y eso no podía ser. Deslicé la lengua en el interior su boca, buscando su sabor.

El control de Ben se rompió. ¡Ja! Me sujetó con las dos manos y me acercó a él todo lo que le permitieron los asientos. Me apretó la mano contra la espalda mientras con la otra me acunaba la cabeza, inclinándomela lo suficiente como para abrir el beso de par en par. El calor y el deseo empezaron a chisporrotear en mi interior, y me moví inquieta, tratando de acercarme aun más.

Sonó el penetrante bocinazo de un claxon y los dos pegamos un brinco. Ben no me soltó, pero miró por la ventanilla. Giré la cabeza y seguí la dirección de sus ojos. Estaba sonando la alarma de un coche, y le parpadeaban las luces. Estaba a tres coches de distancia, había un hombre de pie junto a él, presionando con desesperación el mando del vehículo en el llavero mientras su mujer hacía gestos, exasperada, a su lado.

—Salvados por la campana —comenté. Apoyé la frente en su hombro, intentando calmar mi acelerado corazón.

—Sí —aceptó. Se inclinó hacia mí y me dio un beso rápido. Luego me soltó y se volvió para arrancar el coche. Me desplomé contra el respaldo del asiento, él me miró y me guiñó un ojo.

Fue un guiño provocativo que me hizo sonrojar, pero también me aseguró que lo que estaba sintiendo, esta atracción loca y vertiginosa, no era unilateral. Él también la sentía.

Llegamos a mi casa veinte minutos más tarde. Estaba anocheciendo y la luz del porche estaba encendida. Pude ver luz en la habitación de Tyler. Me pregunté si tendría que avisarle de que habíamos llegado, si estaría demasiado concentrado con sus videojuegos y no se daría cuenta. Menudo dilema.

Salí del coche antes de que Ben llegara a mi puerta. Tomó mi mano libre, mientras yo llevaba la bolsa con la tarta de queso en la otra. Subimos hasta el porche, y pude sentir por primera vez la incomodidad de la primera cita.

¿Debía invitarlo a entrar? ¿Y si se pensaba que iba a pasar la noche conmigo? Eso era imposible. No iba a invitar a un hombre con mi hermano pequeño en casa. Sería demasiado raro, y estaba segura de que mi padre y Stephanie no lo aprobarían.

Aun así, no estaba preparada para que acabara la noche, y teníamos tarta de queso. Si Ben se iba, probablemente me comería yo todo el trozo como delicioso sustituto del sexo. Lo cual era una elección terrible, porque esa tarta no le haría ningún favor a mi culo, ya de por sí robusto, y la satisfacción sería temporal, terminaría cuando se acabara la tarta de queso, a diferencia de un buen orgasmo, que podría dejarme saciada hasta... Ay, ¿a quién quería engañar? Si ese hombre hacía el amor tan bien como besaba, nunca me cansaría de él.

—¿Puedo invitarte a un café? —pregunté—. Irá bien con el postre.

—Eso suena muy bien —aceptó—. Después de todo, tenemos que perseverar.

Levantó la otra mano. Era el libro que había llevado a la playa. Mi sonrisa fue tan grande que me llenó por dentro. Esperaba que se acordara, pero no quería ser insistente. Lo cierto era que ese hombre podría haberme leído la guía telefónica y yo me habría quedado igual de extasiada, pero retomar la lectura donde la habíamos dejado sería mucho mejor.

Le solté la mano y abrí la puerta. Entré, y él me siguió. Cerré la puerta a nuestra espalda. El estruendo de la música y unos golpes de alguien pisando con fuerza llegaron desde el piso superior. Tyler estaba practicando los pasos de baile. No era exactamente el ambiente romántico que esperaba.

—Podemos leer en el porche —sugirió Ben.

Asentí.

—Prepararé el café y lo llevaré.

—Te ayudaré.

No me ayudó. Al contrario, me distrajo. Era un hombre corpulento y ocupaba mucho espacio en la pequeña cocina, por lo que maniobrar a su alrededor era todo un reto.

No ayudó tampoco que sus manos parecieran estar en todas partes; como cuando me apartó el pelo del hombro al rodearme para tomar el café del armario que le indiqué, o cuando me puso la mano en la cadera para hacerme a un lado y poder abrir el cajón de los cubiertos en busca de tenedores para la tarta de queso y cucharillas para el café. O cuando se colocó justo detrás de mí para alcanzar el estante donde Stephanie guardaba la bandeja de madera. Entonces, sin darme cuenta (lo juro), me eché hacia atrás y quedé pegada a él desde el muslo hasta el pecho.

Dejó caer la bandeja al suelo. Ay, Dios...

15

Ninguno de los dos se movió para recoger la bandeja. La música y los pisotones del piso de arriba no habían cesado. Podía sentir el calor de Ben a mi espalda, y apreté la curva de mi *derrière* justo donde sabía que llamaría su atención. Sinceramente, me sentía un poco loca, como una gata en celo.

Ben soltó un siseo y posó sus grandes manos en mis caderas. Durante un delicioso segundo, me apretó contra él con fuerza y luego me apartó el pelo hacia un lado para posar los labios en la curva de mi cuello. Me tocó a mí sisear. Soltó una risita que retumbó en su pecho, contra mi espalda.

El pitido de la cafetera rompió el hechizo. Ben me soltó y yo me aparté a regañadientes para servir el café.

—¿Crees que hay algo en nosotros que hace saltar las alarmas? —preguntó.

Me reí y me volví hacia él. La mirada de sus ojos azul grisáceo era ardiente, y la risa se me congeló en la garganta.

—Estoy casi segura de que eres tú —dije. Esta vez sí me abaniqué.

—Y yo que iba a decir que eras tú —me contradijo mientras se daba aire con la mano copiando mi gesto, y yo volví a reírme. No recordaba la última vez que había sido tan cómodo estar con un hombre.

Incluso con mis amigos más íntimos, como Em, me sentía cohibida por la dislexia y las extrañas formas en que se manifestaba en mi vida, pero con Ben solo me sentía bien. Su aceptación era absoluta, sin juicios ni reservas. Me pregunté si su madre le había inculcado ese punto de vista, o tal vez era autodidacta por haber crecido con una artista. En cualquier caso, lo apreciaba muchísimo.

Puso la tarta de queso en un plato mientras yo preparaba el café. Me entregó el libro y recogió la bandeja. Luego lo guie hasta el porche. Decidimos sentarnos uno junto al otro en el sofá. Había una lámpara de lectura al lado, seguramente para que Stephanie leyera por la noche en el porche. Por suerte, el sonido de la música de Tyler había cesado.

Tomamos café y compartimos la tarta de queso. Ben me ofreció el último bocado y se lo permití. Muy amable por mi parte, lo sé.

Volvimos a acomodarnos en los mullidos cojines y Ben tomó el libro. Lo abrió y lo sujetó con una mano, levantando el otro brazo para invitarme a acurrucarme contra él. Me acomodé a su lado y los dos apoyamos los pies en la mesita, relajándonos en aquel espacio como si hubiera sido hecho para nosotros. Creo que nunca me había sentido tan feliz como en aquel momento.

—¿Preparada? —preguntó.

Asentí, impaciente por escuchar.

Su voz era profunda y resonante, pintando imágenes con las palabras que me invitaban a atravesar el portal del que hablaba, y me sentía feliz de ir a donde sus palabras me llevaran.

Las bromas entre el héroe y la heroína me hicieron reír, y la angustia de la lucha interior de la joven me conmovió. Sabía cómo se sentía; era una forastera que intentaba encontrar su camino en un mundo que podía ser frío y cruel. Pero el héroe la comprendía, estaba ahí para ella, a pesar de su propio dolor. Se me partió el corazón cuando vi que intentaba dejar atrás su pasado y encontrar algo con ella.

El cielo se volvió oscuro. Se encendieron las farolas. Los peatones pasaban por delante del porche de camino a casa después de cenar o de visitar a sus amigos. Ben seguía leyendo, solo se detenía de vez en cuando para mirarme después de una frase graciosa o una escena especialmente conmovedora.

Me quedé allí, contra su calor mientras la noche de verano se enfriaba. Notaba cómo su mano se paseaba por mi brazo en un movimiento tranquilizador que, en realidad, no me aliviaba sino que me hacía ser consciente de él. El áspero roce de sus dedos callosos sobre mi piel, su aroma masculino, el lento movimiento de su pecho al respirar, todo me hacía sentir que era exactamente donde debía estar.

La heroína de la historia se trasladó a París y, mientras Ben leía, llegué a ver las luces de la ciudad, sentí el aire fresco y me deleité con ese momento en el que ella y su acompañante decidieron celebrar lo que había sido una noche desastrosa para ella subiendo a lo alto de la Torre Eiffel. Nunca había estado en París, pero las palabras de la autora me llevaron allí.

Cuando la pareja bailó lentamente en lo alto de la torre, escuchando cantar a Édith Piaf, me apreté más contra Ben como si compartiera la historia con ellos. Bajó la voz al describir cómo la heroína tomaba la iniciativa para besar al hombre con el que estaba, aunque no fuera el hombre al que había ido a buscar a París.

Mi propio corazón martilleaba en mis oídos, y sentí el deseo de la heroína burbujeando dentro de mí como si fuera el mío; estaba siendo cortejada por la voz de Ben cuando se detenía en ciertas palabras, sacando a relucir los sentimientos de los personajes y encendiendo mi propio anhelo por el hombre sentado a mi lado.

Cuando terminó la escena, Ben hizo una pausa. Me miró y vi en su mirada el mismo calor que sabía que debía de haber en la mía.

—¡Ay, qué demonios...! —dijo.

Dejó el libro al lado, en el asiento, y me subió a su regazo. Ni siquiera tuve la oportunidad de acomodarme antes de que su boca cayera sobre la mía y me besara como si yo fuera todo lo que había deseado en su vida.

Y yo sabía exactamente cómo se sentía. Hundí las manos en su ondulado pelo oscuro y me maravillé de lo suave que era bajo mis dedos. En su cara bien afeitada ya comenzaba a asomar una barba incipiente, y el áspero roce con mi piel me aceleró el pulso. Desplazó los labios desde mi boca a ese sensible lugar detrás de mi oreja, y luego los llevó al lateral de mi cuello hasta detenerlos en la curva de mi hombro.

Se me escapó un gemido, y le oí ronronear en respuesta cuando bajó la boca hasta la piel expuesta por encima del escote de mi vestido. Arqueé la espalda, deseando más.

—Ejem...

No percibí el nuevo sonido. Nada podía penetrar en la neblina de lujuria en que me había sumido.

—Ejem...

Lo habría ignorado, pero Ben no lo hizo. En lugar de eso, separó la boca de mi piel. Me sentí febril bajo el aire fresco de la noche cuando él levantó la cabeza. Miró más allá de mí, hacia la puerta de la casa, y me volví al ver la expresión de su rostro. De pie, con los brazos cruzados sobre el pecho, Tyler parecía un padre reprendiendo a su hijo por saltarse el toque de queda.

—Ahora que tengo tu atención... —empezó. Noté la risa escondida en su voz—, voy a tener que preguntarte cuáles son tus intenciones con respecto mi hermana, Ben.

«¡Ay, Dios!».

Me bajé con rapidez del regazo de Ben, con la misma gracia que si tuviera una tortuga pegada a mi espalda.

—¡Tyler! —grazné—. ¿Qué haces aquí fuera? —Intenté sonar indignada, como si no hubiera sido a mí a quien habían pescado besándose en el porche.

—Proteger la virtud de mi hermana —repuso Tyler.

Eso me arrancó una carcajada. Mi virtud había desaparecido hacía tiempo.

—Solo estábamos leyendo —dije. Posiblemente era lo más ridículo que había dicho nunca, por varias razones.

—Ya lo he visto. —El tono de Tyler era tan seco como una tostada, y Ben resopló.

—Acéptalo, Samantha, nos ha descubierto —dijo Ben. Me puso la mano en la espalda en un gesto tranquilizador.

Lo miré para ver si estaba enfadado por la interrupción. Pero estaba sonriendo. *Sonreía*. De hecho, se volvió hacia Tyler, con aspecto debidamente avergonzado.

—Mis intenciones hacia tu hermana son honorables —avanzó. Levantó la mano libre en el aire como si estuviera haciendo una promesa—. Lo juro.

—Mira…, Tyler…, no puedes…, sencillamente no puedes… —balbuceé. De verdad, no tenía palabras.

—Os dejo a solas para que os deis las buenas noches —concedió Tyler. Me miró—. Tienes diez minutos, hermanita. No me hagas volver a salir.

«Hermanita». Todavía me chocaba oírlo llamarme así, y aprovechó mi sorpresa para volver a entrar y cerrar la puerta a su espalda.

Me quedé con la boca abierta mirando la casa. Cuando me volví hacia Ben, parpadeé como si no pudiera creer lo que acababa de ocurrir.

—¿Acaba de darme un ultimátum mi hermano pequeño? —pregunté.

—Sí —dijo.

Se levantó.

—Menos mal. —Me puso el pelo detrás de la oreja—. Porque sería muy fácil dejarse llevar por ti.

Y de repente volví a sentir el calor, que resplandeció entre nosotros como algo mágico, y me pregunté si Tyler realmente iba a medir el tiempo. ¿Hasta dónde podíamos llegar en diez minutos?

—Mejor no arriesgarse —dijo Ben como si pudiera leerme el pensamiento. Tiró de mí y me envolvió en un abrazo que no aplacó la lujuria desbocada de mi corazón—. ¿Nos vemos mañana?

—Sí —le susurré al oído—. Y trae el libro.

Sonrió.

—Esa es mi chica.

La idea de ser su chica me hacía vibrar por dentro. Me incliné hacia delante y lo besé, intentando detenerme sin conseguirlo.

—Ejem… —Esta vez el carraspeo procedía de la ventana abierta que daba al porche.

Interrumpí el beso y apoyé la frente en la clavícula de Ben. Tyler estaba a punto de acabar conmigo. Si estuviera viviendo sola, sin duda habría invitado a Ben a pasar la noche, pero no era así. Mientras lo acompañaba a su coche, intenté decirme a mí misma que eso era mejor. Nos lo estábamos tomando con calma. Si la relación se torcía al principio, sufriría menos.

Sí, claro. Y también podría asesinar a mi hermano pequeño.

La idea me tomó desprevenida. Tenía un hermano. Es decir, siempre había sabido que tenía un hermano, pero lo había considerado un molesto hermanastro al que doblaba la edad y nunca lo había dejado participar activamente en mi vida. Para mi sorpresa, estaba descubriendo que apreciaba su torpe intento de protegerme.

—Buenas noches, Samantha. —Ben me besó una vez más y luego se subió al coche y se marchó. Lo eché de menos antes de que llegara al final de la calle.

Me di la vuelta y volví a la casa. Cerré la puerta y apagué la luz del porche. Encontré a Tyler sentado a la mesa de la cocina comiendo el cuenco de helado más grande que había visto nunca, y lo había cubierto de nata montada y virutas de todos los colores del arcoíris.

—¿Cómo encaja eso en tu estrecho margen de alimentos aceptables? —pregunté.

—El helado es un grupo de alimentos en sí mismo —explicó. Me acercó el cuenco en un gesto tácito para compartirlo conmigo.

Saqué una cuchara del cajón y me senté a su lado. La hundí en el montón de delicias pegajosas y me la metí en la boca. Comimos en silencio hasta que el cuenco estuvo vacío. Entonces, Tyler recogió las cucharas y el recipiente, y los enjuagó en el fregadero.

—¿Estás enamorada de él? —preguntó. Se le quebró la voz y se movía torpemente, como si no le gustara preguntar, pero sintiera que tenía que hacerlo.

No tuve ni idea de qué decir.

16

—Es un poco pronto para saberlo. —Pensé en cómo me hacía sentir Ben cuando estaba conmigo—. Pero me gusta muchísimo —añadí.

Asintió, y luego se quedó mirando sus zapatos.

—¿Estás enfadada porque os he interrumpido?

Sentí que se me calentaba la cara. No tenía ni idea de hasta dónde podría haber llegado si Tyler no hubiera aparecido.

—Mmm, no... —dije—. Es decir, supongo que aprecio que estés preocupado por mí.

—¿En serio? —insistió.

—Sí. —Me tomó por sorpresa que estuviera hablando en serio—. Nadie había hecho eso antes por mí.

—Bueno, era tu primera cita. —Sonaba tan remilgado y desaprobador como una acompañante victoriana—. No hay necesidad de apresurar las cosas.

Pensé en la atracción que sentía por Ben cada vez que estaba cerca. No lo sentía tan apresurado como correcto, pero no podía explicárselo a un niño de catorce años. Pronto lo descubriría por sí mismo. Solo esperaba que no fuera durante mi guardia.

—Eres muy sabio, Tyler Gale.

—¿Te estás burlando de mí? —preguntó.

Estaba en sus ojos, exactamente como los míos. Lo reservado que era. Lo mucho que temía que yo le hiciera daño.

—No —repuse.

Me levanté de mi silla y crucé la cocina para ponerme a su lado. Luego lo abracé. Fue desconcertante que mi cabeza apenas le llegara al hombro. Se quedó inmóvil un segundo y luego me devolvió el abrazo.

—Eres un buen hermano —expliqué.

Sentí cómo se le elevaba el pecho bajo mi mejilla.

—Eres una buena hermana —dijo.

Di un paso atrás y me quedé boquiabierta. Y yo que pensaba que nos habíamos compenetrado.

—¿Solo buena?

—Bueno, serías increíble si me enseñaras a conducir —aprovechó la coyuntura.

—Tienes catorce años —protesté.

—Casi quince —argumentó—. ¿Y cuántos años tenías tú cuando robaste ese coche?

—¿Lo sabes? —jadeé.

—¿Estás de broma? —Se dio la vuelta y salió de la cocina. Apagué las luces mientras atravesábamos la casa hacia las escaleras—. Todo el mundo lo sabe. Fue la comidilla de Oak Bluffs durante años.

—Para que conste, tenía quince años —repuse.

—Así que todavía eras menor de edad —resumió.

—No te voy a enseñar a conducir —afirmé. Intenté que pareciera que era mi última palabra sobre el tema.

—Lavaré los platos el resto del mes —regateó.

—No.

—Sacaré la basura.

—Eso ya lo haces.

—De acuerdo, lavaré toda la ropa.

Me detuve frente a la puerta de mi habitación. Era mío.

—¿Ah, sí? ¿Incluso mis delicadas prendas íntimas que hay que lavar a mano?

Puso una mueca de dolor, como si le hubiera pedido que me sacara una garrapata del culo. Estaba claro que estaba luchando por lo que quería, pero yo estaba segura de que iba a ganar.

—De acuerdo —dijo—. Puedo usar las pinzas para ensalada o algo así.

Solté una carcajada.

—No vas a usar las pinzas para la ensalada con mi ropa interior.

Se detuvo en la puerta de su habitación, que estaba junto a la mía, y unió las manos en un gesto suplicante.

—¿Por favor, Sam? Seré tu mejor amigo.

—Ya tengo una amiga muy buena.

—Vamos, ¿por qué no? —preguntó.

—Por mil razones —expliqué.

—Dime alguna...

—Podemos empezar con que es peligroso, por no mencionar que podríamos destrozar el coche. Además, no tengo ni idea de cómo enseñar a alguien a conducir. Papá y Stephanie no lo han incluido en la lista de actividades a compartir, y si te pasara algo, nunca me lo perdonaría —enumeré.

—Son solo cinco razones —protestó.

Solté un suspiro. ¿Todos los adolescentes eran así de tenaces?

—Cinco razones enormes —aseguré.

—Llévame a practicar en un aparcamiento —propuso—. Si no sale bien, no te lo volveré a pedir.

—¿Por qué no te enseña papá? ¿O tu madre? —pregunté.

—Papá dice que ya tuvo bastante contigo. Mencionó algo sobre que te saltaste un semáforo en rojo y que su vida pasó ante sus ojos. Y mamá es demasiado nerviosa. Intentó llevarme una vez y empezó a hiperventilar. Eres mi única esperanza, Obi-Wan.

—Me lo pensaré.

Dio un saltito.

—Pensarlo no es un sí —le recordé.

—Pero tampoco es un no. Buenas noches, Sam. —Entró brincando a su dormitorio y cerró la puerta antes de que pudiera añadir otra palabra.

—Buenas noches —dije a través de la puerta cerrada.

Entré en mi cuarto, me quité los zapatos y colgué el vestido. Miré el reloj de la mesilla y vi que era casi medianoche. Caramba, Ben y yo debíamos de haber estado horas leyendo. Sentí un escalofrío.

Sabía que solo lo había escuchado leer a él, pero me hizo preguntarme si disfrutaría oyendo cómo recitaban otros libros. Mi madre ya había intentado que probara audiolibros, pero mi ocupado cerebro parecía resistirse y desviaba la atención, lo que me obligaba a retroceder e intentar averiguar dónde me había desconectado. Me costaba demasiado trabajo ser constante en la escucha y había perdido el interés. Pero quizá merecía la pena intentarlo de nuevo.

Me preparé para acostarme y estaba a punto de meterme en la cama cuando sonó el teléfono. Acepté la llamada, preguntándome quién me llamaría tan tarde, y me temí que fuera una emergencia. Quizá mi padre y Stephanie se habían olvidado del cambio de hora. Pero no, era el nombre de Ben el que parpadeaba en la pantalla cuando contesté.

—Hola —lo saludé.

—Hola —respondió—. Solo quería asegurarme de que no tenías demasiados problemas con tu vigilante.

—Bueno, no me ha castigado, si te refieres a eso.

—Bien. En realidad, solo era una excusa para poder llamarte.

El calor floreció en mi interior.

—¿Sí?

—No puedo dormir —explicó.

—Yo tampoco. —No era mentira, ya que aún no lo había intentado.

—Siempre leo hasta dormirme, pero no quería seguir leyendo sin ti —confesó.

—Eso sería una ofensa imperdonable.

—Yo también lo creo. —Podía oír el susurro de las páginas en el fondo—. ¿Por dónde íbamos?

—Se estaban besando en lo alto de la Torre Eiffel —le recordé.

—Es verdad. —Noté la sonrisa en su voz—. ¿Preparada?

Me acomodé contra las almohadas y conecté el altavoz del móvil.

—Sí.

Ben reanudó la historia justo donde la habíamos dejado. Y de repente, estaba de nuevo en París y todo era precioso.

Tyler y yo llegamos a la biblioteca muy temprano. Todo un logro, ya que me había quedado despierta hasta altas horas de la madrugada escuchando leer a Ben. Cuando los dos empezamos a bostezar, habíamos dada por terminada la noche, aunque con mucha reticencia.

Mientras Tyler trotaba hacia la clase de robótica, busqué a Em. Estaba de pie delante de un expositor de libros, ordenándolos en lo que supuse que era un intento de captar la atención de los lectores. Miré el cartel que había sobre la estantería. Ponía «LIBROS DE VIAJES». El tipo de letra era sorprendentemente fácil de leer y el cartel incluía imágenes de lugares famosos de todo el mundo. Lecturas perfectas para el verano.

—Bonito expositor. —Vi un libro con una foto de la Torre Eiffel y me acordé de la novela que Ben me estaba leyendo. Después de una relación turbulenta, nuestra heroína había abandonado París y se dirigía a Italia. Me moría de ganas de saber más.

—Gracias —repuso Em—. ¿Te gusta el cartel? —Lo señaló y yo asentí. Me miró con timidez—. He estado informándome sobre cómo facilitar la lectura a las personas con dislexia. Aconsejan usar fuentes sin serifa y más espaciado entre letras, así como caracteres más grandes.

No dije nada. No podía. De repente, se me había bloqueado la garganta y me ardían los ojos.

—¿Estás bien? —preguntó Em—. No te he ofendido, ¿verdad?

—No —repuse con voz temblorosa. Miré al techo—. Es que tengo algo en el ojo.

Entonces se dio cuenta de que estaba pasando por un momento emotivo. Se acercó al mostrador de información, volvió y me entregó un pañuelo de papel.

—Gracias. —Me sequé los ojos y me soné la nariz—. Y gracias también por esto. —Señalé el cartel—. Significa mucho para mí.

Parecía contenta. Llevaba el pelo recogido en un moño desordenado y se había puesto su chaqueta de punto favorita sobre un vestido amarillo claro. El vendaje del cuello había sido sustituido por una tirita adhesiva más pequeña.

—¿Has sabido algo? —pregunté.

Se le borró la sonrisa y se llevó la mano a la herida.

—Todavía no.

—Estoy segura de que todo irá bien —le aseguré.

Asintió con rapidez, con demasiada rapidez, y supe que estaba preocupada. Sacudió la cabeza y echó un vistazo a la habitación para ver quién estaba por allí. La zona de información estaba vacía; no era que estuviera buscando a Ben, aunque en el fondo sí era mi intención.

—Vamos a dejar ese tema —dijo—. ¿Cómo fue la cita? ¿Te recogió en la moto?

Me puse a reír. Hubiera sido algo digno de ver con ese vestido rojo. Habría tenido que ir de lado.

—No —dije—. Tiene coche.

—¿A dónde fuisteis? ¿Qué hicisteis? Vamos, cuéntamelo todo —pidió—. Tengo que vivir a través de ti ya que hace mucho tiempo que no tengo una cita.

—Es algo que tenemos que arreglar —comenté—. Eres demasiado impresionante para convertirte en un florero.

—¿Por qué no te quedas en la isla después del verano? —preguntó—. Eres perfecta para mi autoestima.

—Lo mismo digo. —Entonces le conté lo más destacado de la cita, sin compartir la información personal que Ben me había contado, ya que no creía que me correspondiera a mí. Se rio a carcajadas al escuchar cómo Tyler nos echó la bronca por enrollarnos en el porche.

—Me gusta ese chico —dijo.

—Y a mí —reconocí. Me sorprendió un poco lo en serio que lo decía—. Mira, entonces, escucha... —Hice una pausa. Estaba claro que Em era mi amiga y, después de ver su cartel, sabía que no me juzgaría, pero no me gustaba sentirme vulnerable—. Es que me preguntaba, ¿cómo hago para sacar audiolibros?

Inclinó la cabeza hacia un lado, pensativa. Con esas gafas demasiado grandes, parecía un pajarillo simpático e inquisitivo, y aun así, me sentí estúpida por preguntar.

—Es decir, lo sé, no es como leer de verdad —reconocí—, pero he descubierto hace poco que escuchar libros es genial.

—¿Por qué dices que no es como leer? —preguntó. Sus ojos verde pálido brillaron con algo que parecía indignación.

—Bueno, porque no estoy leyendo activamente, ya sabes, con los ojos fijos en las palabras y bloqueando todo lo demás.

—¿Y qué? —preguntó con ferocidad—. El sesenta y cinco por ciento de la población aprende visualmente, mientras que el treinta y cinco por ciento lo hace auditivamente. Tú eres parte de ese porcentaje.

No conocía esa estadística y me hizo sentir mejor de inmediato.

—Te voy a decir algo más. La gente que aprende las palabras leyéndolas no suele tener buena pronunciación —añadió.

Me eché a reír, seguro que era lo que pretendía.

—Es verdad —insistió—. No sabes cuántas veces me he avergonzado de pronunciar mal una palabra porque la había aprendido leyéndola. Los audiolibros evitan que pase eso, sigues metiéndote en la historia y toda esa basura.

—Basura, ¿eh?

Se encogió de hombros.

—Ya me entiendes. Cómo conectas con una historia es tu elección, ya sea leyendo, escuchando o viendo.

—De acuerdo —concedí—. Estoy convencida. Enséñame lo que hay.

Em me acompañó al catálogo informático. Se sentó y me guio a través del Sistema Automatizado de Material Compartido de las Bibliotecas de Cape o, como lo llaman los lugareños, el catálogo en línea CLAMS, para buscar audiolibros según mis preferencias. A continuación, utilizó mi carné de la biblioteca para descargar un libro del mismo autor que Ben me estaba leyendo.

Mientras me indicaba otros libros que podrían gustarme, eché un vistazo de reojo a toda la biblioteca en busca de Ben. No había ni rastro de él.

—Ben está reunido con los Amigos de la Biblioteca —me informó.

—Ah... —Sentí que se me calentaba la cara y ella sonrió—. ¿Quieres que le diga que lo estabas buscando?

—No, no es necesario —alegué—. Tengo que ir a la tienda y organizarlo todo para la hora feliz del viernes en la posada.

—¿Necesitas que te ayude esa noche? —preguntó. Se levantó de su asiento.

—No, pero gracias. Stuart me dijo que tendría disponible parte de su personal habitual. —Parecía decepcionada, así que seguí hablando con rapidez—. Pero me encantaría que vinieras a pasar el rato. Siempre es agradable ver una cara amiga, además, Finn Malone trabaja de camarero en la posada y sé que le encantaría ponerse al día.

Se animó de inmediato.

—De acuerdo, allí estaré.

Me di cuenta de que, mientras hablábamos, no se había vuelto a tocar el vendaje del cuello. Era como si se hubiera olvidado de él. Se me ocurrió que necesitaba concentrarse en otra cosa. Imaginé que el misterio sobre quién era el padre de Ben podría ser interesante para ella. Le preguntaría a él primero, por supuesto, pero esperaba que me permitiera incluir a Em. Podría ser lo que ella necesitaba para alejar su mente de sus preocupaciones.

—Excelente. ¿Nos vemos luego?

—Aquí estaré. —Sonaba resignada, como si su vida fuera una rutina establecida que no sufriera desviaciones. O tal vez estaba angustiada por los resultados de la biopsia y pensaba que estaba allí, pero no por mucho tiempo más. En cualquier caso, estaba preocupada por ella.

Le di un rápido abrazo.

—Gracias por tu ayuda.

—De nada. —Volvió a su pantalla y yo fui a las escaleras.

Acababa de salir de la biblioteca y me alejaba por el pasillo cuando oí a alguien gritar mi nombre. Pensé que era Tyler, pero me equivoqué.

Ben se acercaba hacia mí a grandes zancadas. Llevaba un papel enrollado en una mano y parecía lleno de determinación. ¡Oh, vaya!

—¿Qué vas a hacer esta tarde? —preguntó.

Arqueó las cejas ansioso. ¿No era halagador?

—Escuchar cómo mi hermano tortura al vecindario con música mientras practica esos agonizantes pasos de baile —repuse—. ¿Por qué? ¿Tienes una oferta mejor?

—Sí —dijo. Levantó los papeles—. Esta mañana he venido muy temprano y he revisado los archivos digitales. He preparado una lista con los restaurantes que estaban abiertos en la isla en 1989. Luego he comprobado cuáles seguían en funcionamiento, lo que hace la lista mucho más corta, pero aun así, voy a detenerme en cada uno para preguntar si tienen constancia de que mi madre trabajara de camarera allí. ¿Me acompañas?

—¡Sí! —grité. A mi detective interior le encantaba eso—. Sin embargo, voy a exigir una compensación por mi tiempo.

Levantó las cejas.

—De acuerdo... —Arrastró la palabra. Estudió mi cara como si tratara de averiguar lo que estaba pensando—. ¿Cuánto?

—Dos capítulos —regateé—. Y nada de dejarlos a la mitad.

—¿Dos? —se burló. Luego sonrió y me dio vueltas la cabeza—. Podrías haber conseguido tres.

—¡Agg! —protesté con fingida consternación—. Sabía que debía haber pedido más.

Un par de clientes se acercaban por el pasillo y Ben me tomó del brazo.

—Te acompaño hasta tu coche. Por favor, dime que has aparcado fuera de la vista del edificio.

—Estoy en la esquina más alejada —confirmé—. ¿Por qué?

—Porque tengo pensado besarte y necesito saber si voy a tener que arrastrarte detrás de la biblioteca o no —explicó.

Su voz se había convertido en ese gruñido ronco que hacía que mi corazón diera vueltas en mi pecho como si buscara un escape para llegar hasta él. Me reí, pero la intensidad de su mirada me indicó que lo decía en serio.

—Bueno... —Miré al todoterreno de mi familia—. Creo que si me acompañas al coche, todo irá bien.

Se colocó a mi lado y me puso la mano en la espalda como si tuviera que tocarme. No estaba acostumbrada a eso, a ser objeto de deseo de alguien con tanto descaro. Era algo embriagador, pero también aterrador.

Temía enamorarme demasiado rápido de un chico con el que probablemente no tendría futuro. No sabía a dónde iría cuando acabara el verano. Tal vez tuviera que mudarme a otra ciudad para trabajar en un restaurante, y sin duda no quería arrastrar un corazón roto conmigo. Había pensado que no sería más que una aventura de verano, pero me di cuenta de que mis sentimientos estaban empezando a hacerse más intensos. Eso no era bueno.

—¿En qué estás pensando? —me preguntó cuando nos detuvimos junto a mi coche—. Casi puedo oír los engranajes de tu cerebro.

—¿Sinceramente? —pregunté. Me apoyé en el coche y lo miré.

—Es preferible —dijo.

—Quiero que quede claro que esto —hice una pausa para señalarnos a los dos—, durará solo lo que se alargue el verano.

—Me mordí el labio. Me sentía estúpida diciéndolo en voz alta, pero tenía que dejar claro que esas semanas eran todo lo que podía ofrecerle. Intentaba protegerme a mí misma, obviamente, pero también a él.

Asintió con la cabeza.

—¿Hay alguna razón en particular para que esto haya surgido ahora?

—Tal vez.

Se inclinó hasta que su cara quedó a la altura de la mía y me miró a los ojos.

—¿Quieres compartirlo conmigo?

—No —admití. Eché la cabeza hacia atrás y me quedé mirando el hermoso cielo azul. ¿Por qué había sacado ese tema en ese momento concreto?

—¿Esto se debe a que el equilibrio en nuestra relación, perdón, de nuestra situación estival se ha desnivelado?

—¿Qué quieres decir? —pregunté.

—Eres mi amiga y me estás ayudando a encontrar a mi padre —me recordó—, pero en realidad yo no te estoy ayudando en nada, así que la balanza está desequilibrada.

«¿Amiga?». ¿De verdad? Intenté no insistir.

—A ver, en realidad no pienso en que la nuestra sea una relación transaccional —dije.

—No, solo corta. —Me sonrió para hacerme saber que estaba bromeando. Se inclinó hacia mí—. ¿Qué es lo que quieres?

«A ti». La respuesta en mi mente fue rápida y segura. Afortunadamente, no la dije en voz alta.

—Un trabajo —dije en su lugar.

—Mmm. —Se rascó la barbilla—. No soy el dueño de un restaurante, no puedo ayudar con eso. ¿Qué otros sueños tienes?

—Quiero escribir un libro de cocina —dije, e inmediatamente me tapé la boca con la mano—. Olvida que he dicho eso. No lo he dicho. Es una idea estúpida.

—¿Qué? ¡No! —gritó—. Es brillante.

—No sé si lo has deducido ya, pero escribir no es mi fuerte —expliqué—. Y tendría que apuntar las recetas desde cero yo sola, porque Vovó lo hacía todo de memoria. Nunca escribía nada. Quiero que el libro de cocina contenga todas las recetas que me enseñó mientras crecía, pero como he dicho, las guardaba todas en su cabeza y las pasó todas a la mía. —Me di un golpecito en la sien con el dedo—. Aunque aprecio tu entusiasmo.

—Samantha —me dijo. Su voz era un ronroneo ronco y sexi, y se enroscó en mi interior igual que sus manos, que me estrecharon contra él—. Puedo ser tu escriba y anotar tus recetas mientras cocinas. —Se inclinó y me besó, encontrándome con la boca abierta, lo que aprovechó al máximo. Cuando estuve completamente aturdida y desconcertada, se apartó de mí y me ofreció uno de esos guiños provocativos y muy sugerentes—. Seré tu secretario y tu pinche, si es necesario.

¡Oh, vaya!

17

Después de pasarme el día soñando con mi libro de cocina, a las cinco estaba de vuelta en el aparcamiento de la biblioteca para recoger a Tyler del curso de robótica. Mi hermano se sentó en el asiento del copiloto y lanzó la mochila junto a sus pies como si quisiera arrancarle la cabeza a alguien. Aquello se estaba convirtiendo en una costumbre, pero tal vez solo tenía hambre.

—¿Estás bien? —pregunté.

—Sí.

Era el «sí» más forzado que hubiera oído nunca. Me pregunté qué habría dicho mi padre en mi lugar. Cuando recordé mi adolescencia y mi mal humor, fui consciente de que mi padre no habría dicho prácticamente nada. Intenté hacer lo mismo a pesar de que no formaba parte de mi naturaleza ignorar a una persona que estaba sufriendo por algo.

Abandoné el aparcamiento y conduje por School Street, serpenteando por las estrechas calles hasta llegar a casa. Cuando aparqué el coche, Tyler tomó su mochila y entró. No hubo ni un gracias, ni un cómo te ha ido el día, ni nada.

Cuando la puerta se cerró a su espalda, estaba casi segura de que los adolescentes habían sido creados como una advertencia para cualquiera que contemplara la paternidad en el futuro. No eran años divertidos. Solo tenía que echar un vistazo a mi propia adolescencia para darme cuenta de la verdad.

Para que el niño se tranquilizara, hice pasta y tostadas de ajo. Luego, como soy así, asé *linguiça* y preparé una ensalada. No tenía que comérsela, pero estaba ahí por si se atrevía a salir de su zona de confort.

—¡Tyler! ¡La cena! —grité.

—Estoy aquí —dijo. Se había plantado justo detrás de mí.

—Ay...

Entró encorvado en la cocina y se hundió en una de las sillas del comedor. Miró la comida de la mesa y gruñó.

—¿Has hecho pasta normal?

Me encogí de hombros.

—Parecía que necesitabas comida reconfortante.

—Gracias. —No estuve segura de si lo decía en serio o si era solo que Stephanie le había enseñado buenos modales.

—De nada. —Servimos los platos y me di cuenta de que se había llevado parte de la salchicha y un poco de la ensalada. No era suficiente para mantener vivo a un hámster, pero aun así, consideré que era una victoria. Luego la bañó en salsa barbacoa; casi no pude contener un suspiro.

—¿Quieres decirme qué pasa? —pregunté.

Apuñaló uno de los *rigatoni* como si fuera el globo ocular de un enemigo. Luego dejó caer el tenedor y me miró.

—Es por ti.

—¿Por mí? —Me atraganté con un tomate cherri. Tosí—. ¿Qué he hecho ahora? ¿Esto es porque no te enseño a conducir?

—No —repuso—. Me acabo de enterar por Ryan que vas a dar una clase de cocina para adolescentes en la biblioteca.

—¿Y qué pasa? —pregunté.

—Que se han apuntado un montón de compañeros de robótica —explicó en tono dramático.

Mastiqué despacio, considerando por qué eso podía ser un problema, y no se me ocurrió nada.

—No entiendo por qué te importa.

—Porque eres mi hermana —anunció.

—Y esto es un problema, porque... espera, ya se me ocurrirá algo —dije. Fruncí el ceño concentrada—. Lo sé: le has dicho a todo el mundo que no tienes padres, que fuiste engendrado por una piña y no quieres que ahora aparezca yo y arruine la historia...

—Muy graciosa. —Se metió un bocado de pasta en la boca. Esperé, pero no dijo nada más.

—Mi amiga Em me pidió que diera una clase de cómo hacer tu propia comida rápida, para celebrar la mitad del programa de lectura de verano —expliqué—. No pensé que fuera a importarte. ¿Quieres que lo cancele?

—No. Sí. Tal vez.

—Vas a tener que elegir una respuesta —dije.

—Es que... —Dejó caer el tenedor y se pasó las manos por el pelo.

Se me revolvió el estómago y comprendí que solo había una razón por la que mi hermano, el cerebrito, no me quería cerca de sus amigos. Se avergonzaba de mí. De mi dislexia. De mi cerebro neurodivergente, que probablemente me convertía en un bicho raro a sus ojos de superdotado. No podía reprochárselo. Sin duda se movía en un círculo elevado de sabiondos y yo empañaría la reputación que había establecido.

—No digas nada más. Lo entiendo. Sé que no soy como tú y tu gente.

—Ya... —murmuró.

«¡Ay!».

Miré mi plato. No iba a llorar. Era un adolescente. Solo le importaba lo que pensaran sus compañeros. No iba a ser yo quien lo avergonzara. Esa tarea se la reservaba a mi padre, el de la perilla y los vaqueros ajustados.

—Apenas puedo mantener mi popularidad después del fiasco con Amber —explicó.

—De acuerdo —asentí. Tomé un sorbo de agua, esperando que eso aflojara el duro nudo que tenía en la garganta.

—Tener a la genial hermana Gale deslumbrando a todo el mundo con su genio culinario me dejará a mí con cero credibilidad —confesó—. Pareceré el sabelotodo que soy.

—Claro, entiendo... Espera. ¿Qué has dicho?

—Sí, eres como una leyenda en la isla —comentó—. ¿Tienes idea de lo que es seguir tus pasos?

—Pero si siempre me metía en líos —protesté. Mi papel en la familia siempre había sido el de la oveja negra, la niña problemática, la decepción, y aunque ya era mayor y había puesto años de por medio entre la adolescencia y la edad adulta, aún me estremecía ante algunas de mis hazañas más descerebradas.

—Lo que te hace supergenial. —Sacudió la cabeza como desconcertado. Ya éramos dos.

Volví a sentarme en la silla, asimilando el hecho de que la vergüenza que había supuesto que mi hermano sentía por mi dislexia y mi problemática juventud no existía. No se avergonzaba de mí. ¡No se avergonzaba de mí!

—Menudo desastre —convine.

—Dímelo a mí —aceptó.

—Entonces, ¿por eso no quieres que dé la clase? —pregunté.

—Sé que es una estupidez —explicó—. Pero Sophie ya habla de ti todo el tiempo, y no puedo competir contigo.

Bajé la mirada hacia mi plato, intentando ocultar mi sonrisa. Mi hermano pequeño pensaba que yo era genial. Alucinante. Eso no era lo que esperaba.

—Bueno, estoy casi segura de que no quiere salir conmigo. Te voy a decir algo. Me sentiría muy mal cancelando algo que ya ha organizado Em en este momento. Ella tiene muchos problemas y yo no quiero añadir uno más.

Suspiró.

—Lo sé. No debería habértelo dicho.

—Pero voy a necesitar un ayudante.

Levantó el tenedor, que estaba cargado de pasta.

—No puedo ni hacer palomitas de microondas sin quemarlas, literalmente.

—Eso está bien —alegué—. Son asquerosas.

—No me entiendes.

—No, no lo hago —confesé—. Eso solo te pasa porque no te he enseñado yo antes. Ya es hora de que empieces a aprender las recetas de Vovó. Te enseñaré y cocinaremos juntos y luego, cuando imparta el curso, podrás ayudarme. Así te convertirás en la estrella del *rock*.

Me miró fijamente desde el otro lado de la mesa.

—¿Harías eso por mí?

—Por supuesto.

—¿Podré llevar una chaquetilla de chef?

—Quizá pueda encontrar una que te sirva.

Sonrió, y vi un trozo de lechuga verde oscuro entre sus dientes. Le devolví la sonrisa. Esto de ser hermanos empezaba resultar inesperadamente asombroso.

—Y te enseñaré a conducir —añadí en un momento de absoluta magnanimidad descontrolada.

—¿Qué? —jadeó—. ¿En serio?

—Sí, pero habrá reglas. Y tendrás que hacer todo lo que yo diga —advertí.

—Lo haré. Te lo prometo.

Me sentía tan ansiosa que me pregunté si me estaría engañando. Pero luego me sonrió y me dio igual. Iba a enseñar a conducir a mi hermanito. Sería una experiencia de unión fraternal épica. ¿No era eso justo lo que mi padre había esperado? Además, solo sería conducir. ¿Qué podía salir mal?

—¡Hasta luego, Sam! —Tyler atravesó el salón corriendo de camino hacia la puerta.

—¡Alto! ¡Alto ahí! —Me saqué un auricular y detuve la novela. Estaba sentada en el sofá, escuchando la comedia romántica que Em me había descargado mientras esperaba a Ben—. ¿A dónde vas?

—He quedado con unos amigos de robótica. —Se detuvo junto a la puerta—. Puedo, ¿verdad? Mmm… Es decir…, me quedo en casa si quieres.

—No —dije. Era la primera vez que lo veía salir con chicos del curso. Sentí que era algo muy importante.

»¿Quién va a ir?

—¿Ahora te vas a poner maternal conmigo? —preguntó.

—He estado cocinando para ti y haciéndote de chófer, así que ya he estado haciendo de madre, gracias por darte cuenta —le recordé—. Necesito saber con quién estás en caso de que desaparezcas, así podré joderles la vida por dejar que le pase algo a mi hermanito.

Levantó un dedo.

—No soy un bebé.

—Eres mi hermanito.

Negó con la cabeza.

—Tampoco.

—De acuerdo, mi hermano pequeño —cambié.

—He quedado con Cameron, Sophie, Blake y Hector. —Se movía sobre los pies; me quedaba claro que estaba a punto de escapar. Así que, por supuesto, necesitaba torturarlo con más preguntas.

—¿Cameron es niño o niña? —pregunté.

—¿Y eso qué importa?

Moví la mano, indicándole que contestara.

—Chica —gruñó.

—De acuerdo —acepté—. Solo quería asegurarme de que Sophie no fuera superada en número ampliamente.

—¿Puedo irme ya?

—Estate en casa a las diez —advertí. Lo miré con la misma ceja levantada con la que me había contemplado él cuando salí con Ben.

—Por supuesto. —Salió rebotando por la puerta, dejando que se cerrara sola.

Se había quedado en casa todas las noches desde mi llegada, y me preocupaba que sus únicos amigos vivieran dentro de la consola de juegos. Era raro que saliera de casa aunque yo tampoco me quedara dentro.

Por un lado, me encantaba que hubiera hecho amigos, pero por otro, ¿y si le pasaba algo? Esa era otra emoción nueva para mí con respecto a mi hermano: preocupación. Me preocupaba mucho por él, y sentía una gran responsabilidad.

Me acomodé en la silla y rebobiné el libro. Los locutores eran un hombre y una mujer que se alternaban a medida que el libro cambiaba de punto de vista. Los dos eran buenos, realmente buenos, pero no tanto como Ben. Cerré los ojos, escuché y me dejé llevar por la historia. Estaba a un millón de kilómetros de distancia, en sentido figurado, en Phoenix, Arizona, donde transcurría el libro, cuando sentí una mano en la rodilla. Naturalmente, pegué un grito. Y no fue un pequeño aullido, sino un grito agudo, tipo «Inmovilizo a la persona que me toca, chillando como si me estuvieran agrediendo». Así que la persona saltó hacia atrás con las manos en alto.

18

Levanté los puños en posición de combate mientras se me caía el teléfono al suelo.

—Sam, soy yo —dijo Ben, cuyas manos seguían levantadas—. Solo yo.

—¡Oh, cielos! —jadeé, y me quité los auriculares—. Me has dado un susto de muerte.

Me llevé la mano al pecho para intentar calmar mi acelerado corazón. Me doblé en dos y el pelo me cayó alrededor de la cara. Estaba tan absorta en la historia que no le había oído entrar en casa.

—Lo siento mucho —dijo contrito—. En otras circunstancias, no habría entrado sin más, pero podía verte a través de la ventana y no respondías al timbre, así que me preocupé. Alucino con tus movimientos de defensa personal.

—¿Te estás riendo de mí? —pregunté a través de la cortina que formaba mi pelo.

—No. —Negó con la cabeza, pero en sus ojos brillaba una risa reprimida.

—No te atrevas a burlarte —le advertí—. Aún puedo darte una buena patada en el trasero y soy lo suficientemente astuta para hacerlo cuando no lo esperes.

—No me cabe la menor duda de que podrías darme una patada en el culo si te lo propusieras. —Sonaba como si intentara apaciguar a un salvaje. Teniendo en cuenta cómo había saltado del sofá en modo de ataque, no estaba totalmente equivocado.

Me puse de pie y me eché el pelo hacia atrás. Ben se agachó y buscó mi teléfono. Miró la pantalla.

—Estás escuchando otro libro.

—Sí —admití. Guardé los auriculares en su estuche con cierta vergüenza, lo que era ridículo. Ben no me juzgaría por escuchar un audiolibro. Pero no quería que pensara que lo hacía para impresionarlo o algo así.

—¿Qué tal? —preguntó.

—Me gusta más escucharte a ti —reconocí. Era la verdad—. ¿Sabes?, si alguna vez quieres dejar el glamuroso mundo de las bibliotecas, podrías leer libros para ganarte la vida.

—¿Quieres decir como actor de doblaje? —preguntó.

—Sí —dije.

Se rio, divertido por la idea.

—Serías todo un éxito —insistí.

—Guardaré la idea por si acaso... —aceptó—. ¿Te has recuperado ya del susto?

Asentí.

—Bien. —Levantó el trozo de papel con la lista. Llevaba vaqueros, botas moteras y una camiseta gris marengo que resaltaba sus músculos perfectamente definidos. En serio, ese hombre no se parecía nada a la idea preconcebida que tenía de un bibliotecario—. He pensado que podríamos empezar aquí, en Oak Bluffs. Dependiendo de lo que averigüemos, nos extenderemos a los otros pueblos de la zona.

—Buena idea —dije—. Supongo que los lugares de partida serán Giordano's y el Ritz Cafe en Circuit Avenue, ¿no?

Me miró sorprendido.

—¿Qué? —pregunté—. Todo el mundo sabe que llevan abiertos desde los años treinta y cuarenta, son un icono de la isla. Mi padre tocaba en un grupo en los ochenta y actuaban en el Ritz todos los fines de semana. Es una de sus batallitas.

—¿Tu padre es músico? —preguntó.

—Batería. En su época más salvaje, antes de convertirse en vendedor de seguros —expliqué.

Cuando lo dije en voz alta, me di cuenta de que la crisis de la mediana edad de mi padre podía deberse a que había soñado una vida muy diferente; ahora se encontraba con que sus hijos habían crecido y sentía que era su última oportunidad de ser el músico que una vez soñó. Mmm...

Nos pusimos en marcha de inmediato. Al andar por la zona más tranquila de Oak Bluffs, aprecié el aroma de las rosas de verano en el aire del atardecer, el sonido de los grillos, el murmullo de las conversaciones al pasar junto a los porches de las casas. A pesar de los turistas estivales que iban y venían viéndolo todo, Oak Bluffs mantenía su aire de pueblo pequeño, donde la gente que vivía allí todo el año y los residentes que volvían todos los veranos se conocían y se cuidaban. Eso era reconfortante. Sabía que si Tyler o yo nos veíamos obligados a enfrentarnos a algún problema, podíamos contar con un pequeño ejército de vecinos.

—¿En qué estás pensando? —preguntó Ben.

—Que he estado fuera de aquí demasiado tiempo —expuse.

Pareció entender el pesar en mi voz y me tendió el brazo. Me arrimé a su lado y me rodeó los hombros con un brazo. Caminamos así por la localidad hasta que llegamos a nuestro primer destino.

Como era de esperar, Giordano's estaba abarrotado y la cola de espera atravesaba la puerta. Ben pidió hablar con el encargado, y la camarera abrió los ojos de par en par como si temiera una queja.

—Quiero hacerle algunas preguntas sobre una antigua empleada —explicó.

La joven asintió, aliviada, y desapareció. Nos quedamos en la parte delantera del restaurante hasta que llegó una mujer. Se comportaba con autoridad y nos saludó con una sonrisa.

—Hola, soy Naomi, ¿en qué puedo ayudarle? —preguntó.

—Es una posibilidad remota, lo sé —empezó Ben—, pero me preguntaba si puede haber alguien que recuerde a una camarera que trabajó aquí en el verano del 89.

Metió la mano en el bolsillo y sacó una fotografía. Se la dio a Naomi, que probablemente era entonces un bebé o, como yo, aún no había nacido.

Miró la foto y luego a Ben.

—Puedo comprobar si los archivos de personal se remontan tan atrás en el tiempo. ¿Puede decirme un nombre?

—Moira Reynolds —dijo.

Abrió los ojos como platos.

—¿La artista?

Él asintió. Y ella negó con la cabeza.

—Si hubiera trabajado aquí, lo sabría. Es algo para presumir, para poner su retrato en la pared con luces parpadeantes alrededor, ¿entiende?

Ben asintió.

—Sí, lo sé. Pero entonces no era famosa, así que quizá nadie se dio cuenta.

—Es posible —repuso Naomi—. Deme su número, comprobaré los registros y preguntaré por ahí.

—Gracias, se lo agradezco mucho —dijo. Sacó una tarjeta de visita del bolsillo y se la dio.

—¿Puedo preguntarle por qué quiere saberlo? —preguntó.

Ben vaciló. Sospeché que no quería compartir detalles de su vida personal y que no sabía qué decir. Yo no tenía esos problemas.

—Somos bibliotecarios y estamos investigando sobre gente que pasó por Vineyard antes de que fueran famosos —expliqué—. Para los archivos de la biblioteca y todo eso.

—Ah... —Naomi miró a Ben y supe que estaba pensando lo mismo que antes había pensado yo. El hombre tampoco le parecía bibliotecario—. Es impresionante. —Le guiñó un ojo—. Estamos en contacto.

—Estupendo, se lo agradezco. —Me tomó del brazo y me llevó fuera—. Has sido rápida.

—Gracias. Creo que la búsqueda de tu padre debe justificarse sobre la base de la necesidad de saber, ¿no te parece?

—Sin duda —respondió—. Vineyard es pequeña y no necesito que Moira se entere de que estoy haciendo un reconocimiento sobre el terreno hasta que sea inevitable.

—¿No sabe que estás buscando a tu padre? —pregunté.

—No de una manera abierta —dijo—. Creo que cuenta con que centre mi búsqueda en viejos archivos de bibliotecas y demás, algo que ha sido un fracaso, ya que no tengo nada en lo que basarme.

Caminamos por Circuit Avenue, entre grupos de turistas y residentes, hacia el Ritz Cafe. Tendríamos suerte si podíamos entrar, ya que era el lugar de moda para escuchar música en directo en toda la isla y no solo en Oak Bluffs.

Como era de esperar, el Ritz estaba a reventar. Tocaba un grupo de *rock* y había mucha gente de pie. Ben y yo entramos y nos abrimos paso hasta la barra, donde un camarero tomó nota.

—No nos van a oír si preguntamos por tu madre —dije.

—¿Qué? —gritó Ben por encima de la música.

—Exacto —respondí.

Estábamos apiñados contra una pared. Ben me pasó el brazo por delante y se puso a mi espalda, dejando que me apoyara en él mientras tomábamos unas cervezas disfrutando del espectáculo. La cantante era una mujer; tenía el pelo corto y rizado y los labios rojos. Llevaba un vestido brillante y tacones altos, y se paseaba delante del resto del grupo con su voz, una combinación de *rock* y poesía hablada. Era imposible no mover la cabeza siguiendo su ritmo.

Terminamos las cervezas y, cuando la banda se tomó un descanso, Ben se inclinó sobre la barra y pidió hablar con el encargado. El camarero negó con la cabeza.

—No está aquí esta noche —le dijo—. Si quiere, puedo dejarle una nota para que lo llame.

Ben le entregó una tarjeta de visita. Dejamos las botellas vacías en la barra y salimos por la puerta. El aire de la noche era fresco después de estar entre la multitud.

—No veo que estemos teniendo mucho éxito —reconoció.

—Quizá tengamos más suerte durante el día, cuando no estén tan ocupados —propuse—. ¿Tienes algún día libre entre semana?

—Probablemente pueda conseguir alguno.

—Genial, podemos ir a los restaurantes más antiguos de Edgartown, como el Square Rigger y L'etoile —expuse—. Por supuesto, también están Coop de Ville y Net Result en Vineyard Haven. Tenemos muchos sitios que visitar. No te rindas todavía.

Caminamos hacia el gran jardín del pueblo, que era el primer punto de entrada a Oak Bluffs desde el ferri. El alto cenador estaba vacío, pero había niños corriendo por la hierba y varias personas disfrutando de cucuruchos de helado.

De nuevo, Ben me pasó el brazo por los hombros y tiró de mí para acercarme, luego me besó en la coronilla.

—Gracias.

—¿Por qué?

—Por la charla de ánimo —explicó—. La necesitaba.

Parecía desamparado, yo quería ayudarlo en lo que pudiera. No podía concebir la idea de no conocer a mi padre. A pesar del divorcio y de su crisis de mediana edad, mi padre era uno de mis mejores amigos. Me sentiría perdida sin él.

—No puedo llevarlo por ti, pero puedo llevarte a ti. —Esperé a ver si reconocía la cita.

—Samsagaz de *El retorno del rey*. —Ben parecía impresionado.

—Otra película mejor que el libro —apunté.

Jadeó y se tambaleó antes de apoyarse en mí con todo su peso.

—¡Herejía! Aunque tengo que decir que las películas de *El Señor de los Anillos* son muy muy buenas. —Se enderezó.

—Y para ser justos, no he leído los libros —reconocí—. Ni tampoco los he oído.

—Parece que te queda mucho que escuchar, Samsagaz —bromeó.

El apodo me hizo sonreír, pero la referencia a escuchar en lugar de leer me hizo sentir tonta, un poco estúpida. Sentí que se me revolvían las tripas. ¿Cuánto tiempo pasaría antes de que Ben también me considerara Sam la Simple?

En todas las relaciones que había tenido a lo largo de mi vida, en algún momento, el novio de turno se daba cuenta de que la carga de mi dislexia era demasiado pesada. Normalmente ocurría cuando el chico se sentía avergonzado de que me costara leer un menú, un meme que quería compartir o, en un caso, la lista de la compra (en mi defensa, ese chico en concreto tenía una letra horrible), y entonces volvía el *ghosting*.

Miré a Ben por el rabillo del ojo. ¿Debía decir algo o dejarlo pasar? No quería que nuestra velada se viera arruinada por mi inseguridad y, desde luego, tampoco quería llamar la atención sobre mis deficiencias, pero no quería fingir que no pasaba nada. Sentía que era importante que comprendiera hasta qué punto me había marcado la dislexia.

—Me gusta ese apodo. —Me tragué el nudo que tenía en la garganta—. Es mucho mejor que el que me pusieron en el instituto cuando todos descubrieron que me costaba leer.

Dejó de andar y se quedó muy quieto. Me di cuenta de que se preparaba como si esperara una gran ola.

—¿Qué apodo te pusieron? —preguntó con un tono muy suave.

—Sam la Simple —susurré. Eché la cabeza hacia atrás y miré al cielo—. Los niños pueden ser muy incisivos en su crueldad.

—Quizás algunos puedan —resopló—, pero no esos chicos.

Lo miré sorprendida.

—Eres una de las personas más complejas que he conocido —explicó—. Y lo digo en el buen sentido. Tienes una memoria prodigiosa, puedes resolver problemas de maneras que a mi pequeño cerebro ni siquiera se le ocurren, eres endiabladamente divertida y tan resiliente que me tienes sobrecogido. De verdad, el que te puso ese apodo era un imbécil, y si por casualidad tienes su nombre y su dirección, estaré encantado de ir a romper algunas narices en tu nombre.

Parpadeé. Noté un nudo en la garganta. ¿Era así como me veía? ¿De verdad?

«No. Solo está siendo amable contigo porque siente lástima por ti». Mi yo más crítico estaba ahí para abortar cualquier señal de positivismo.

—Eres muy amable —dije.

—No, no es cierto. Deberías verte como yo te veo. —Se giró para que estuviéramos frente a frente—. Eres una maga en la cocina precisamente porque tu cerebro funciona de forma completamente diferente. Intuyes cosas que el resto de nosotros no podemos ni imaginar porque eres extraordinaria.

No tenía palabras. Lo que decía significaba mucho para mí y simplemente no podía hablar. Me puse de puntillas, le rodeé el cuello con los brazos y lo abracé con fuerza. Era cálido, fuerte y bueno, y quería ser absorbida por él. Deslizó los brazos a mi alrededor, atrayéndome hacia él como si fuera un lugar especial.

Apoyé la cabeza en su hombro.

—Gracias.

—Solo expongo los hechos. —Apoyó la barbilla en mi cabeza.

Se me escapó una lágrima, que se fundió con la tela de su camisa. Era increíble verme a través de sus ojos. Me hacía sentir humilde. Hacía que quisiera devolverle el favor, pero la única manera de hacerlo era ayudándolo a encontrar a su padre. Sin embargo, no se lo dije, me eché hacia atrás para buscar su mirada.

—Me gustas —confesé.

Su sonrisa era adorable.

—Tú también me gustas.

—No, me gustas de verdad —insistí. Era lo más lejos que podía llegar sin confesar los sentimientos que bullían en mi interior.

—Tú también me gustas mucho.

Me recorrió una emoción que revisé al instante. Se trataba de un ligue de verano, nada más. Solo iba a estar allí un mes más y él era el director interino, no permanente. Además, pronto volvería a su trabajo académico.

—Hablando de escuchar, no habrás traído nuestro libro, ¿verdad? —pregunté.

—Claro que sí —repuso—. Nunca voy a ningún sitio sin algo para leer. Está en el baúl de la moto.

—¡Bien! —Sería tiempo de calidad en pareja.

—¿Preparada para volver a casa? —preguntó.

Miré la hora en el móvil. Eran las nueve y media.

—Se supone que Tyler debe estar en casa a las diez. Yo debería llegar antes.

—Entendido. —Subió por uno de los senderos que atravesaban la hierba junto al cenador.

—Quizá si le dijeras a tu madre que buscas activamente a tu padre, estaría más dispuesta a ayudarte —le propuse mientras avanzábamos.

Pareció poco convencido.

—Mi madre puede ser...

No terminó y me mordí la lengua para no adivinar cómo quería definirla, pero adjetivos como «difícil», «testaruda» y «mezquina» se arremolinaron en mi cerebro.

Por eso me sorprendió que dijera «obsesiva».

Esperé a que me lo explicara.

—No está en ninguna red social, no concede entrevistas, es una reclusa que protege ferozmente su intimidad. Ni siquiera cuando hace arte público, como el episodio en el faro, no habla con la prensa.

Interesante. En un mundo en el que todos parecían querer que su voz se oyera las veinticuatro horas del día (incluso cuando no tenían nada importante que decir y se enfadaban mucho si no conseguían los quince minutos de fama que les correspondían), era algo inesperado.

—Entonces, sospecho que va a alucinar cuando se entere de que en realidad estás preguntando a la gente por ella y con quién podría haber estado saliendo en 1989 —me aventuré.

—La subestimas —me advirtió—. Pero es un riesgo que estoy dispuesto a correr.

19

Al día siguiente había tres mensajes de voz y dos de texto en mi teléfono cuando lo saqué de la bandolera después de ir al supermercado. Todos eran de Em. La llamé de inmediato; sostuve el aparato con los dedos temblorosos mientras le pedía a Siri que marcara su número.

—Ya están los resultados de la biopsia —anunció.

—¿Y? —Descargué las bolsas sobre el mostrador.

—La·doctora Ernst quiere verme —añadió—. Quiere hablar conmigo en persona. Recibí su mensaje a través del portal del paciente en lugar de los resultados de las pruebas. ¿Qué hago, Sam?

Me dio un vuelco el corazón. Eso no tenía buena pinta. Parecía algo malo, realmente malo. Tan malo como si le quedaran meses de vida.

—Seguro que no es nada —me lancé—. Probablemente quiera hablar contigo en persona para que no haya malentendidos.

—Mmm… Podría decirme que todo está bien en un mensaje. ¿Por qué quiere hacerlo en persona? —insistió Em.

—Probablemente sea una cuestión de protocolo —aventuré—. Los resultados de las biopsias son complicados, ya sabes, están llenos de cuestiones científicas. Será minuciosa. —Me pregunté si parecería que sabía de lo que estaba hablando, porque estaba soltando más estupideces que un político.

—Tienes razón —aceptó ella. Suspiró aliviada—. Es probable que sea el procedimiento operativo estándar.

Las dos nos quedamos en silencio, rezando para que fuera cierto.

—¿Me acompañas? —preguntó Em.

—¿A qué hora es la cita? —inquirí al mismo tiempo.

—Mañana a las diez.

—Por supuesto que iré contigo —repuse.

Colgamos unos minutos después. Esperé un poco y luego le envié un divertido GIF de un enfermero de buen ver tomando la temperatura a un paciente. Cualquier cosa por animarla.

Cuando fui a recoger a Tyler al curso de robótica, me quedé junto al coche a esperarlo. El aparcamiento estaba casi vacío, así que pensé que era un buen momento para empezar a enseñarle a conducir.

Me miró extrañado.

—Toma —le dije lanzándole las llaves.

Abrió mucho los ojos, pero las apresó con la mano.

—¿Ahora? —preguntó.

—¿Por qué no? —La alegría pura que iluminaba su sonrisa me hizo reír—. Tranquilo, Speed Racer. Vamos a ir despacio.

Asintió y saltó al asiento del conductor. ¿Es que no iba a esperarme? Corrí hacia la parte delantera del coche y me acomodé en el asiento del copiloto.

—Muy bien, ¿qué haces primero?

—¡Que suene la música! —Hizo el signo del *rock and roll* con la mano y movió la cabeza.

Compuse una expresión seria y arqueé una ceja.

—No.

—Era una broma —aseguró—. Ajustar el asiento y los retrovisores, y abrocharme el cinturón.

Solté un suspiro. El chico estudiaba robótica y jugaba a videojuegos. Seguro que su coordinación mano-ojo y sus nociones básicas harían que esto fuera pan comido.

Arrancó el coche. Y volvió a arrancarlo. El coche le hizo saber que así no iban a congeniar.

—El motor ya está en marcha —advertí.

—No hace ruido. —Parecía sorprendido—. No me había dado cuenta antes.

—Mmm... —Apreté los labios para no decir nada.

Me pregunté si debería enviarles a mi padre y a Stephanie una foto de esa escena. No, se preocuparían, y me parecía una crueldad cuando estaban disfrutando de un viaje épico.

Esa misma mañana habíamos recibido una foto de ellos delante de las ruinas de la Acrópolis. Parecían felices y mi padre, por suerte, llevaba pantalones cortos y no los ceñidos vaqueros, aunque seguía luciendo la perilla. Me pregunté si Stephanie se las habría arreglado para deshacerse de los horribles pantalones en algún avión, barco o tren. Yo lo habría hecho, sin duda.

—Muy bien, he aparcado mirando hacia fuera, así que todo lo que tienes que hacer es ponerlo en marcha y salir con cuidado de la plaza de aparcamiento —indiqué.

Tyler miró en ambas direcciones cuatro veces. El lugar estaba despejado, solo quedaban coches del personal en la esquina más alejada, ya que esa era una de las tardes que la biblioteca estaba cerrada. Pisó el acelerador y salimos disparados por la explanada. Frenó en seco y supe que la presión del cinturón de seguridad me iba a dejar una marca en el pecho al evitar que me golpeara contra el salpicadero. Me dejé caer sobre el asiento y parpadeé. Vale, puede que *Mario Kart* no fuera el mejor instructor de conducción.

Me miró horrorizado.

—¿Estás bien?

—Estoy bien —aseguré—. ¿Y tú?

—También estoy bien —repuso, pero tenía los ojos muy abiertos, estaba pálido y sudaba.

—No pasa nada. Inténtalo de nuevo —le animé—. Solo vamos a dar una vuelta por el aparcamiento. No saldremos a la carretera porque no tienes edad suficiente para tener el permiso y la policía de Martha's Vineyard y yo tenemos una historia, así que mantendremos unos límites respetuosos.

—Buena idea —aceptó—. Debemos practicar mucho antes de salir a la carretera.

No había discusión posible.

Esa vez pisó el acelerador y giramos entre las plazas. Hizo rechinar la rueda y tuvo que corregir la curva, lo que también hizo en exceso. Dimos una vuelta a trompicones y luego otra. Después, le propuse que hiciera el mismo recorrido, pero en sentido contrario. Cuando frenó y aparcó el coche, los dos estábamos más que dispuestos a que yo tomara el mando.

—Ha sido un comienzo excelente —lo alabé—. Seguiremos haciendo esto hasta que te sientas cómodo.

Apagó el motor y se volvió hacia mí.

—Gracias, Sam. Ha sido un millón de veces mejor que cuando mamá intentó enseñarme lo básico.

—De nada —repuse. Salí del coche y vi a Ben al otro lado del aparcamiento. Estaba montándose en la moto. No se percató de nuestra presencia, y de repente me sentí ridículamente tímida. ¿Debía gritar su nombre y saludarlo? ¿Fingir que no lo había visto? Qué dilema…

Menuda estupidez. Había ido a recoger a mi hermano. Ben sabía que lo hacía todos los días. No era como si lo estuviera acosando o que él fuera a pensar que lo estaba vigilando. Aun así, me sentía rara.

La conversación que habíamos mantenido el día anterior perduraba en mi mente. Ben estaba decidido a ayudarme a escribir un libro de cocina. Pero ¿y si salía mal y lo decepcionaba? ¿Encontrar a su padre compensaría tal caso?

Guau, guau, guau… Tuve que reprimirme. ¿Por qué me importaba tanto decepcionarlo? Cuando le había dicho que lo nuestro sería algo a corto plazo, Ben lo había calificado de situación estival, y que ese término careciera de definición e hiciera que la colmena de abejas de mi cabeza estuviera ocupada sin parar de zumbar no significaba que tuviera que preocuparme de que no lo consiguiéramos a largo plazo. Ese era nuestro presente. No había necesidad de complicar las cosas.

Como si sintiera mi mirada clavada en él, Ben echó un vistazo por encima del hombro en dirección a nosotros. Curvó los labios inmediatamente al verme, y relajé los hombros aliviada. Me empapé de su imagen mientras cruzaba el aparcamiento con una ligera cazadora de cuero negro combinada con unos vaqueros y una camiseta. Por favor...

—Esperaba verte hoy —dijo a modo de saludo.

—¿Sí? —Para mi vergüenza, la voz me salió aguda y chillona. Inmediatamente fingí que tosía.

«Tranquila, Gale».

—Me preguntaba si estás libre el sábado para seguir haciendo de detective aficionado.

—Debería estarlo, pero lo sabré seguro mañana —repuse. Pensé en mi cita con Em y esperaba estar disponible para ir con Ben. Si Em recibía malas noticias, no pensaba perderla de vista. Al menos, hasta que tuviera un plan de acción. Por suerte, ya había preparado la hora feliz del viernes. Le estaba encontrando el ritmo a mi nuevo trabajo de chef.

—Genial. —Miró hacia el coche. Tyler estaba mirando algo en el móvil, así que Ben me dio primero un beso rápido y luego profundizó en mi boca.

Nuestra atracción mutua cobró vida y lo siguiente que supe fue que me había arrinconado contra el coche, me había encerrado la cara entre las manos y me estaba besando con una intensidad que hacía que mi mundo se redujera a un solo punto: él.

Olvidé dónde estábamos. Olvidé mi nombre. Lo único que sabía era que podría haberme pasado el resto de mi vida besando a ese hombre y nunca sería suficiente.

Sonó un claxon y Ben y yo nos separamos. Miré hacia el coche, donde Tyler se asomaba por la ventanilla del copiloto y nos sonreía.

—Ahora que tengo vuestra atención..., ejem. —Se aclaró la garganta—. Ben, ¿cenas con nosotros?

Ben me miró. Tenía el pelo revuelto (¿lo había despeinado yo?) y parecía tan aturdido y confuso como yo. Me alisé la camiseta de Blind Melon, uno de los grupos favoritos de mi padre, e intenté recomponerme.

—Voy a hacer uno de los platos de Vovó, gambas a la Mozambique —expliqué—. Uso salsa de pimienta, puede que no te guste.

—Le gustará —aseguró Tyler—. Me gusta incluso a mí y soy muy rarito para comer. —Un punto para él.

—Para que quede claro. —Ben levantó las dos manos en el aire—. ¿Mis opciones son una pizza congelada en mi casa o auténtica cocina portuguesa en la tuya? —La mano de su casa se levantó mientras dejaba caer la otra.

—Eso parece —asentí.

—Te echo una carrera hasta tu casa.

Me reí y señalé a Tyler.

—Conductor en prácticas.

—Te seguiré a una distancia respetuosa hasta tu casa. —Ben me sonrió, y sentí que se me encogían los dedos de los pies.

—De acuerdo —acepté—. Nos vemos allí.

El viaje de vuelta a casa fue rápido. Me pasé la mayor parte observando a Ben en la moto detrás de nosotros mientras intentaba no tener un accidente.

—Estás coladita por él, ¿verdad? —preguntó Tyler.

Giré la cabeza en su dirección.

—No… Quizá… Por completo. Míralo. Es guapo, divertido, inteligente y simpático.

—Sí, tiene el *pack* completo. —Tyler suspiró—. Es imposible que me caiga mal, y debería porque todas las chicas de robótica hablan de él. Me molesta.

—La parte positiva es que quedas relevado de sus deberes como pinche en la cena de esta noche —informé—. Ben puede ocupar tu lugar.

—¿Ves? ¿Cómo podría no gustarme el tipo que me libera de los trabajos forzados?

Aparqué en la entrada y Tyler salió del coche a toda prisa y subió los escalones. Lo alcancé mientras abría la puerta.

—No te olvides de llamarme para cenar —dijo, mirándome por encima del hombro.

—Ni se me ocurriría —protesté.

El sonido de una motocicleta atrajo mi atención hacia la calle. Ben apagó el motor, bajó de la moto y se quitó el casco antes de sacudirse el pelo oscuro.

—Hola, hermanita, ¿estás aquí conmigo? —Tyler agitó la mano delante de mi cara, rompiendo el hechizo. Moví la cabeza y me giré para encontrármelo riéndose de mí.

—Silencio. —Se rio más fuerte y subió corriendo a su habitación.

Esperé a Ben en la puerta, tomándome un momento para apreciar lo diferente que estaba resultando ese verano de mis expectativas, y en el buen sentido. ¿Cuándo había cambiado tanto?

Ben llevaba una mochila de cuero marrón, y esperaba que eso significara que traía el libro que me estaba leyendo.

—Adelante —lo invité.

Me siguió hasta la cocina y puso la mochila sobre la encimera mientras yo tomaba el delantal del gancho de la pared y me lo pasaba por encima de la cabeza. Me di la vuelta y vi a Ben con el móvil en alto haciéndome una foto.

Levanté las manos para detenerlo.

—¡Ay, no! Estoy hecha un desastre.

—De eso nada —argumentó—. Además, esta es la primera foto oficial para tu libro de recetas.

—¿Quieres trabajar en eso ahora? —pregunté. No estaba mentalmente preparada.

—¿Por qué no? —Sacó un portátil y me miró expectante—. Tú cocinas y yo tomo nota de todo. Podemos seguir a partir de ahí.

—Pero yo… Todo son conjeturas… No… —Se me entrecortó la voz. Eso era lo que yo quería, y, sin embargo, me atenazaba un miedo paralizador al fracaso al pensar en la idea de intentar escribir un libro de cocina.

Como si me entendiera, Ben dejó el móvil y me tomó las manos para darme un rápido y tranquilizador apretón.

—No pienses en el libro de cocina ahora. Céntrate en la cena y ya veremos adónde nos lleva.

—Solo la cena —asentí.

—Sí. —Tomó el delantal azul de Tyler del otro gancho y se lo pasó por la cabeza—. Dime qué haces mientras cocinas y yo haré el resto.

Me encontré con su mirada y me permití pensar: ¿y si pudiera conseguirlo?

—Está bien —dije animadamente—. Que empiece la fiesta.

—Ese es el espíritu. —Se puso a mi lado.

Me había dedicado de forma profesional a la cocina durante casi un tercio de mi vida. Confiaba en mis habilidades culinarias. Pero nunca había tenido una distracción como Ben. Querer saltar sobre tu pinche y meterle mano era un desafío con el que la mayoría de los chefs no tenían que lidiar.

Sacudí la cabeza para despejarme.

«Concéntrate, Gale».

Para empezar, usé un cazo mediano para cocer el arroz. Luego puse una olla más grande en el fuego a temperatura media. Ben abrió el portátil y empezó a escribir.

—¿Qué estás tecleando? —pregunté.

—Olla grande y fuego medio —explicó.

—Ah... —Me sentí un poco tonta mientras iba a la nevera y empezaba a sacar más ingredientes. Por suerte, para ahorrar tiempo, había hecho el trabajo de preparación antes de recoger a Tyler. Así que puse todo en la encimera junto a los fogones.

Luego abrí una barra de mantequilla y la eché en la sartén. Ben me observaba cuando busqué su mirada.

—Una barra de mantequilla.

Sonrió y empezó a teclear. Vale, quizá no fuera tan difícil. Moví más ingredientes mientras la mantequilla se derretía por completo y empezaba a chisporrotear.

—Media cebolla, cortada en dados, rehogar cinco minutos.

Ben siguió tecleando.

—Huele genial. —Levantó el móvil y me hizo otra foto junto a los fogones. Fruncí el ceño—. ¿Qué? Estás adorable.

Puse los ojos en blanco, aunque me sentí halagada, sin duda.

—Seis dientes de ajo picados, que se saltean también durante cinco minutos.

Preparé el arroz y añadí los granos al agua hirviendo. Luego busqué el ingrediente clave en un pequeño tarro de cristal.

—¿Qué es eso? —preguntó Ben.

—Salsa de pimienta —dije—. O como la llamaba Vovó, *pimenta moída*.

—¿Es casera?

—Sí. Se puede comprar una variante en la mayoría de los mercados portugueses, pero Vovó me enseñó a hacerla, así que siempre preparo la mía. —Abrí el tarro y llené una cuchara de los sabrosos pimientos triturados.

Me miró expectante.

—Una cucharada colmada de *pimenta moída*.

—También tendremos que incluir tu propia receta en el libro —comentó.

Lo miré con intensidad. Su confianza en mí y en ese proyecto me llenaba de confusión.

—¿Qué? —preguntó.

—Eres tú... —Le hice un gesto con las manos, indicando toda su persona—. Haces que todo parezca... posible. —Sentí un aleteo en el pecho que supuse que era la emoción de empezar a escribir mi libro de recetas, pero no sabía cómo abrazar ese sentimiento, así que se me salió por los ojos en forma de grandes lágrimas.

—Samsagaz, ¿estás llorando? —preguntó Ben. Dejó el portátil y rodeó la barra para abrazarme desde detrás.

—No, son las cebollas —mentí.

—Ah. —Me besó la parte superior de la cabeza—. ¿Quieres que lo solucionemos?

—Sí —respondí, pero no recogí la cuchara de madera que había dejado sobre la encimera. No quería separarme de sus brazos. Ben me rodeó con una mano para tomar la cuchara. La sostuvo sobre la olla hasta que puse la mano sobre la suya. Juntos mezclamos la *pimenta moída* con el ajo y la cebolla.

—Necesita una pizca de sal. —Olfateé.

Ben apoyó la mejilla en mi sien, y sentí que sonreía. Dejó la cuchara a un lado y tomó la sal para verter una pequeña cantidad en la palma de su mano. Utilicé los dedos para pellizcarla y echarla en los ingredientes que se cocinaban a fuego lento.

—Háblame de Vovó —me propuso.

No era una petición sencilla. Vovó había sido una fuerza tan positiva en mi vida que no había rincón de mi existencia en el que ella no habitara de un modo u otro. Me forcé a verla en mi mente y recordé el aroma del perfume que llevaba siempre, una suave fragancia floral que me trasladaba a un día lluvioso de primavera.

—Era bajita, robusta y con gafas. Guardaba un rosario de ágata roja en el bolsillo del delantal a cuadros. Iba a la peluquería todos los sábados y se marcaba grandes rizos en el pelo blanco para estar perfecta en la misa del domingo.

Me recosté contra Ben y sus brazos me rodearon con fuerza.

—Vovó tenía un gran corazón y era fácil hacerla reír. Nunca tenía una mala palabra ni una crítica que decir sobre su familia. Sus hijos y sus nietos eran su razón de ser. De adolescentes, no era posible que recibiéramos de ella un abrazo que no incluyera en nuestros bolsillos un billete de veinte dólares doblado en la mano.

Hice una pausa. Tenía un nudo en la garganta y tuve que tragar saliva antes de continuar.

—Hacía pan todos los días. —Mi voz se convirtió en un susurro—. Y creo que ella lo sabía —añadí.

Ben se quedó muy quieto.

—¿Que sabía qué?

—Que yo no podía leer. Creció en una casa donde sus padres solo hablaban portugués, así que el inglés era su segundo idioma y lo hablaba muy bien, pero creo que lo aprendió de niña observando. Se fijaba en la gente para llenar el vacío lingüístico. Teníamos eso en común, y creo que ella sabía que yo tenía dificultades para leer. Por eso, de todos sus nietos, me enseñó a mí las recetas familiares. Creo que se dio cuenta de que iba a necesitar una ocupación que pudiera manejar, y cocinar era lo que ella sabía hacer, así que me lo regaló.

Derramé más lágrimas y los brazos de Ben me rodearon con fuerza. Me relajé contra él mientras intentaba recomponerme. Al cabo de un rato, me giré en sus brazos.

—Nunca se lo había contado a nadie —confesé.

—Ella significaba mucho para ti.

—Lo era todo para mí —lo corregí—. Por eso escribir un libro con sus recetas es una responsabilidad enorme. No puedo equivocarme.

—No lo harás —prometió—. Eres brillante y decidida, y le harás justicia.

Busqué su mirada y me invadió una sensación de certeza. Entonces, me di cuenta de que confiaba plenamente en Bennett Reynolds. Era emocionante, reconfortante y aterrador a partes iguales.

—¿Por qué tardas tanto? Me muero de hambre. —Tyler irrumpió en la cocina. Nos miró con intensidad—. ¿En serio? Esto es una zona de preparación de alimentos —nos recordó y nos hizo señas con las manos—. Tú, allí. —Señaló a Ben para que volviera a su portátil—. Y tú, dime qué va ahora.

Ben me soltó, no sin antes plantarme un beso en los labios y susurrarme:

—Tú puedes.

Me encontré con su mirada y asentí. Quizá yo tuviera eso, pero él me tenía a mí. Sí que me tenía. Ese hombre no se hacía una idea de cuánto me tenía en realidad. De hecho, puede que nunca se librara de mí.

Mi mañana consistió en dejar a Tyler en la biblioteca, volver a casa para cambiarme y salir corriendo a recoger a Em para la cita con el médico. Había insistido en llevarla, temiendo que, si eran malas noticias, no estuviera luego en condiciones de ponerse al volante.

Mientras conducía por el barrio, me maravillé de lo llenos que estaban mis días. Cuando había aceptado volver a Vineyard para cuidar de Tyler, había supuesto que el verano se reduciría a jornadas de *paddle surf*, vóley-playa y tal vez algo de tenis con mi padre, porque le haría feliz. Y no había hecho nada de eso.

Em me esperaba delante de su casa cuando llegué. Sus ojos parecían muy grandes detrás de las gafas y estaba pálida. Seguro que no había dormido nada la noche anterior y casi con toda probabilidad tampoco había comido. Me acerqué a la acera y ella se subió.

—¿Llevas todo lo que necesitas? —pregunté. Ella abrió la bandolera y miró dentro. Podía ver el borde no de uno, sino de dos libros—. ¿Seguro que no quieres llevar otro libro más? —bromeé.

Sonrió.

—Así está bien, llevo una aplicación de lectura electrónica en el teléfono.

Me planteé decirle que estaba siendo sarcástica, pero lo pensé mejor. Yo misma llevaba varios libros en mi propia biblioteca de audiolibros, así que ya no estaba en posición de burlarme. Darme cuenta de que ya pertenecía al club de los amantes de los libros me hizo sonreír. Era algo que nunca había visto venir.

Llegamos a la consulta del médico con diez minutos de antelación. Em pasó por recepción y tomamos asiento en un rincón de la sala de espera. El televisor de la pared emitía el programa matinal de Boston y, además de nosotras dos, había otro par de pacientes en la sala. Nadie veía el programa, ya que todos estaban concentrados en sus teléfonos.

Em sacó un libro y yo me relajé en mi asiento para ver la televisión, ya que estaban emitiendo un apartado sobre cómo hacer tu propio guacamole. No conocía al chef local, pero incluso desde el otro lado de la sala de espera me di cuenta de que usaba demasiado cilantro.

Permanecimos sentadas en silencio esperando a que la llamaran. Miré a Em mientras criticaba mentalmente al chef. Ella parecía completamente absorta en su libro; tenía la mirada fija en la página y una postura relajada. Sin duda, leer era una experiencia inmersiva. Sentí una leve punzada de envidia, pero luego me encogí de hombros. El hecho de que yo pudiera escuchar un libro mientras fregaba los platos no significaba que no me metiera en la lectura. Solo me dejaba las manos libres.

El chef de la televisión estaba mezclando mucho el aguacate; no debería ser un puré. Los trozos deberían poder sacarse del guacamole con una patata frita. ¿Cómo era posible que ese tipo no lo supiera? Estaba empezando a enfadarme, cuando sentí la mano de Em en el brazo, llamando mi atención.

—¿Estás bien? —pregunté.

—Sí, pero la doctora Ernst me está esperando. —Em señaló a una mujer de uniforme junto a una puerta batiente parcialmente abierta.

—¿Quieres que vaya contigo?

—Si no te importa…

—En absoluto —repuse—. Estoy aquí para lo que necesites.

—Gracias, Sam. Eres una buena amiga —dijo.

Recogimos nuestras cosas y seguimos a la mujer uniformada por el pasillo hasta el despacho de la doctora. Em se sentó en la camilla. La larga tira de papel que la cubría se arrugó cuando ella se movió. Agarré una de las dos sillas de plástico duro. Me sentía como la madre de un niño en la consulta del pediatra. Probablemente porque Em parecía muy vulnerable allí sentada esperando que la informaran. ¿Y si eran malas noticias? ¿Y si eran las peores? ¿Qué le diría entonces?

Se abrió la puerta y entró la doctora Ernst. Llevaba una carpeta, que sospeché que era el historial de Em.

—Hola, Emily, ¿cómo está?

—Bien —aseguró Em—, a menos que venga a decirme lo contrario —añadió luego.

—Hola —me saludó la doctora Ernst mientras dejaba la carpeta sobre el escritorio—. Supongo que querrá tener aquí a su amiga mientras discutimos los resultados de la biopsia.

—Sí —indicó Em—. Por favor.

Le dediqué una sonrisa alentadora.

—De acuerdo. —La doctora Ernst se echó hacia atrás y miró a Em. Pensé que el corazón se me iba a salir del pecho por la ansiedad.

Esa no era la cara de una persona que va a comunicar buenas noticias—. Antes que nada, déjeme decirle que los resultados han sido negativos. El bulto era benigno. No tiene cáncer.

—¡Yupiii! —grité y me puse en pie de un salto. Las dos se volvieron para mirarme. La doctora Ernst con diversión y Em como si no pudiera comprender esa buena noticia.

—Mmm, lo siento. —Me hundí de nuevo en mi asiento y traté de mirar a mi alrededor. No sabía por qué no estábamos pegando brincos.

—¿La biopsia es precisa? —preguntó Em—. He leído en alguna parte que las que se realizan con agujas gruesas dan falsos negativos.

—Eso depende de si se tomó una muestra adecuada —repuso la doctora Ernst—. Y en su caso, así fue.

—Pero ¿cómo lo saben? —insistió Em.

La miré sorprendida. Parecía muy firme, pero ¿por qué? Había obtenido un buen resultado, el mejor, ¿por qué cuestionaba el resultado?

—Emily, ¿recuerda la conversación que tuvimos en la cita previa a la biopsia, cuando descubrió el bulto? —preguntó la doctora Ernst.

—Sí. —La mirada de Em se alejó de la doctora con una expresión que solo pude identificar como vergüenza.

—¿Y recuerda lo que le dije?

Em me miró como si no quisiera repetirlo delante de mí. Intenté darle ánimos. Pasara lo que pasara, estaba de su lado.

—Dijo que no había indicios de cáncer, que no creía necesaria una biopsia y que solo la hacía para que dejara de obsesionarme con los tumores y la muerte —recordó Em.

Sentí que se me levantaban las cejas por la sorpresa. Intenté disimularlo, pero dudaba de haberlo conseguido. Me empezaba a parecer que Em era hipocondríaca. No sabía qué decir ni dónde mirar. Me pregunté si Em se arrepentía de tenerme en la habitación. Probablemente sí.

—La biopsia ha demostrado que mi diagnóstico inicial era acertado —afirmó la doctora Ernst.

—Pero...

—No, no hay peros que valgan. No tiene cáncer. No se está muriendo.

Em apretó los labios en una línea tensa como si se estuviera obligando a no decir nada.

—Tengo un consejo para usted, y es que vaya a un terapeuta que le ayude a llegar a la raíz de lo que realmente le molesta —concluyó la doctora Ernst.

—Cree que estoy loca —concluyó Em. Parecía enfadada.

—No. —La doctora Ernst negó con la cabeza—. Creo que le preocupa algo y se manifiesta en problemas de salud somáticos. —Le entregó a Em una tarjeta de visita—. La doctora Davis puede ayudarla y siempre puede llamarme si me necesita.

—Gracias —dijo Em. No aparecía agradecida, sonaba deprimida.

La doctora Ernst se levantó y salió de la habitación. Cuando la puerta se cerró tras ella, no supe qué decir. La visita no había discurrido como esperaba. Tras una pausa muy incómoda, me volví hacia Em.

—¿Nos vamos? —dije.

—Sí, por favor.

Ninguna de las dos habló hasta que estuvimos a medio camino de la casa de Em. Puede que fuera el viaje más silencioso que habíamos compartido. Me devané los sesos pensando alguna frase adecuada, un sentimiento reconfortante, algo, lo que fuera que la hiciera sentir mejor. Reflexioné sobre lo que me gustaría que alguien me dijera si realmente creyera que estoy enferma, pero los resultados de las pruebas dijeran lo contrario. Apoyo. Querría que me apoyaran al cien por cien, que me cubrieran las espaldas, que no me dejaran vacilar. Vale, podría intentarlo.

—Puedes pedir una segunda opinión —sugerí.

Em estaba mirando por la ventanilla, contemplando el mar mientras avanzábamos por Beach Road. La vista era clara, y en el horizonte aparecía una fina línea donde el azul oscuro del agua se encontraba con el más pálido del cielo. Un choque de azules. Volví a darme cuenta de lo mucho que lo había echado de menos.

—Gracias, pero no. No creo que pida nada más —afirmó—. Ya he sentido suficiente vergüenza.

—No, no es así. —Seguro que no lo parecía, pero la vergüenza y yo éramos viejos amigos. Se superaba. Se lo habría dicho, pero no necesitaba filtrar sus sentimientos a través de mi experiencia. Noté que se sentía mal consigo misma, y no podía dejar que se quedara así, igual que ella no podía dejar que yo pensara que escuchar un libro era menos válido que leerlo.

—Nunca es malo examinar lo que consideras un problema de salud.

—Sin embargo, no era nada, ¿verdad? —preguntó Em—. Básicamente les obligué a extraer tejido de un bulto de grasa del cuello porque creía que me estaba muriendo. ¿Quién hace eso? Una loca.

—¡Y dale! —protesté—. No estás loca, no digas eso. La doctora Ernst ha explicado específicamente que algo te preocupa. Eso es como tener algo físico, estás mal contigo misma, y por eso te recomendó que fueras a otro doctor. ¿Lo entiendes? Sigue siendo un problema de salud.

—Mmm —murmuró. Pero enderezó la espalda, pareciendo menos derrotada.

—¿Alguna idea de por qué podría ser? —pregunté.

—No —refirió ella—. Mi vida está… bien. Pero la verdad es que me he vuelto un poco hipocondríaca. Si alguien estornuda cerca de mí, creo que me ha contagiado la gripe. Si me duele la cabeza, es un tumor cerebral. Si me duele el estómago, pienso que se me ha roto el apéndice. Paso todo el tiempo libre en páginas web de medicina. Entre tú y yo, creo que quiero morir. Todas las enfermedades acaban en muerte.

Solté una carcajada y la reprimí con rapidez.

—¿Cuándo ha empezado esto? Porque nunca has sido así.

—Antes no tenía tiempo —meditó—. Mientras crecíamos, siempre estábamos ocupadas, pero desde que volví de la universidad, mi vida se ha vuelto muy muy monótona. Ya no voy a ninguna parte ni hago otra cosa que trabajar y estar en casa, día tras día, semana tras semana.

Sus palabras encendieron la bombilla de mi cerebro. Eso tenía sentido. Supe exactamente lo que le pasaba. Me volví hacia ella.

—¡Eso es!

—¿Qué pasa? —Em parecía confusa.

—Ya sé por qué estás convencida de que tienes cáncer o un tumor y de que te estás muriendo. Acabas de confesarlo.

—¿En serio? —preguntó ella—. ¿Qué he dicho?

—Sencillamente, te aburres; como dice la expresión, te aburres como una ostra.

Em me miró con intensidad. Parpadeó boquiabierta. Parecía que acababa de darle un bofetón.

—No, no es así —protestó—. Me encanta mi trabajo y… y…

Su voz se apagó cuando me detuve ante una señal de Stop. Me volví para mirarla y enarqué una ceja.

—Olvidas que te conozco desde que éramos niñas. Sé que te encanta tu carrera, pero esta no es la vida que siempre has soñado. ¿No te acuerdas? No entraba en tus planes vivir en la isla de forma permanente, siempre has querido ver mundo —le recordé—. Querías trabajar en un archivo, o con colecciones especiales, preferiblemente en un país extranjero, si no recuerdo mal.

—La gente cambia. —Em se encogió de hombros.

—No tanto —repliqué. El coche que iba detrás de mí tocó el claxon, le hice un gesto con la mano y reanudé la marcha—. No me malinterpretes, me encanta tenerte en la isla conmigo, pero ¿por qué estás aquí?

—Ya sabes por qué —dijo.

—Explícamelo.

—Mi padre nos dejó por esa mujer y mi madre no podía quedarse sola. Ya lo sabes.

—¿No podía estar sola o no quería? —incidí—. Hay una gran diferencia.

Em no contestó. No tenía por qué hacerlo. Yo conocía a la señora Allen lo suficiente como para saber que se aferraba a Em con tenacidad. El señor Allen había dejado a su mujer justo cuando Em se había graduado en la universidad. Em había regresado para ayudar a su madre a aclimatarse a la vida como mujer divorciada, pero no se había vuelto a marchar. Yo creía que había descubierto que le gustaba vivir en la isla, en la misma habitación de su infancia, pero si estaba cayendo en una hipocondría total, estaba claro que no era feliz.

—No lo sé —dijo Em—. Es mucho más fácil hacer lo que ella quiere. Así no monta un drama ni me echa la culpa de nada.

—¿Y qué pasa con lo que tú quieres? —pregunté.

Em miró por la ventana. Me pregunté cuánto tiempo hacía que nadie se interesaba por lo que quería.

—Tengo veintiocho años. Y salvo los cuatro años que estuve en la universidad, no he vivido nunca fuera de la isla. ¿Sabes?, pensaba que ya habría hecho algo a estas alturas.

Se me escapó una carcajada y ella sonrió. Aparqué delante de su casa y se bajó.

—¿Quieres ir a pasear por la playa o algo así? —pregunté—. Podemos seguir barajando ideas sobre lo que te preocupa, porque a pesar de mi avanzado título en Psicología, estoy segura de que hay más cosas a tener en cuenta.

Em se rio.

—Me ha dado mucho en qué pensar, doctora Gale, al recordarme lo que quiero hacer con mi vida.

Sonreí. Se reía de mis bromas. Lo tomé como una buena señal.

—Creo que necesito pensar un poco a solas, y voy a ver si consigo una cita con la doctora Davis —anunció Em—. Antes de que mi madre vuelva de viaje.

—Me parece una idea excelente. Llámame si quieres hablar —me ofrecí.

—Lo haré. Gracias, Sam, gracias por… todo.

—Para eso están las amigas.

Cerró la puerta del coche y subió al porche.

Bajé la ventanilla cuando estaba en medio de la escalera.

—Y mantente alejada de las páginas web de medicina —grité.

Asintió y me mostró los dos pulgares hacia arriba antes de desaparecer en la casa.

20

Ben me envió un mensaje poco después de llegar a casa. En realidad, «mensaje» a secas implicaría que era uno solo de cuatro palabras. Y no lo era. Era un texto muy largo seguido de varios más cortos que incluían enlaces a páginas web, libros y artículos. Un rápido vistazo me indicó que todos contenían de una manera u otra instrucciones para escribir un libro de cocina. Eran muchas referencias y me sentí demasiado abrumada para leerlos todos.

Hablando claro. Detestaba recibir mensajes a menos que fueran muy cortos o en forma de GIF. Prefería llamar a una persona y hablar directamente en lugar de responderle con unas palabras escritas porque, francamente, mi ortografía es atroz. La gente se burla de mí por ello, e incluso yo misma lo hago, pero no estaba preparada para que el bibliotecario cañón, al que tenía muchas ganas de ver desnudo, se riera también.

Como sabía que estaba en el trabajo y que probablemente no podría responder a mi llamada, hice lo que suelo hacer cuando me siento agobiada: nada. Todo lo que me envió se quedó en mi teléfono, ignorado. Normalmente, habría abierto la aplicación que los lee y le habría respondido con uno con voz, pero me había dejado tantos que me sentía impotente.

La noche pasada, cuando le abrí mi corazón y le hablé de Vovó y de por qué era tan especial, de que creía que había reconocido mi cerebro neurodivergente y había hecho lo que había podido para ayudarme, sentí como si él y yo tuviéramos una conexión de almas como la que había compartido con ella. Había pensado que me entendía a un nivel elemental, pero sus textos se burlaban de mí, como un recordatorio de lo incompatibles que éramos.

Podría haberlos leído todos, evidentemente, y le podría haber ordenado al móvil que reprodujera en voz alta todo aquello con su horrible voz robótica, pero esa no era la cuestión. La cosa era que me había engañado a mí misma al creer que él me veía, que realmente me veía, cuando esa cadena de mensajes demostraba que no era así. Para nada.

Decidí pasar el resto de la mañana trabajando en el menú de la hora feliz de esa noche. Para mí, la preparación es siempre una parte fundamental cuando se trata de un trabajo importante. Necesitaba cronometrar lo que me llevaba cada parte y memorizar el flujo. Había cambiado el menú de la semana anterior intentando ser más eficiente. Aunque a los clientes les habían encantado los *peixinhos da horta*, había tenido que volver a la cocina y usar la freidora. Así que para esa semana opté por cerdo desmenuzado en *vinha-d'alhos* y, si lo preparaba con antelación, podía mantenerlo a la temperatura adecuada en un calientaplatos durante todo el evento.

Intenté concentrarme en la tarea que tenía entre manos. Sin embargo, durante ese tiempo, mis ojos se desviaron una y otra vez hacia el teléfono y a lo que allí me esperaba. Ese día, tenía que recoger a Tyler más tarde. Tal vez, si veía a Ben, podría explicárselo. Bueno, ¿explicarle qué? ¿Que me sentía avergonzada? ¿Que sus mensajes me hacían sentir deficiente? ¿Que era evidente que un amante de los libros como él nunca podría contentarse con una chica a la que repelían las palabras como yo, ni siquiera a corto plazo? Pues no quería. Eran los días felices de nuestra situación veraniega, y no me gustaba pensar que me considerara incapaz incluso de enviarle unas palabras.

Sentí que se me llenaban los ojos de lágrimas y me las enjugué con el dorso de la mano. Ojalá fueran provocadas por el pimiento que estaba cortando, pero no era así. Era por esa voz interior que siempre me llamaba estúpida e inútil. Me recordé a mí misma que lo mío con Ben no era más que una aventura. Entonces, ¿por qué me importaba tanto? Porque estaba a punto de enamorarme de él, así que tal vez fuera el momento de dar por muerta la relación, ponerle fin y ahorrarme el inminente desengaño.

Negué con la cabeza. No. Ben me gustaba (no, era algo más que gustarme), y quería estar con él todo el tiempo que pudiera. Cuando llegara el día en que nos separáramos al final del verano, cuando él volviera a su biblioteca universitaria y yo, con suerte, encontrara un nuevo empleo remunerado, sería el final natural.

Por el momento, disfrutaría mientras estábamos juntos y esperaría que al final pudiéramos seguir siendo amigos, porque no podía considerar un futuro entre un hombre cuyo lugar feliz era una biblioteca farragosa y una mujer a la que le costaba leer, por mucho que me gustara escucharlo. Acabaría cansándose del proyecto del libro de cocina y de la lectura que compartíamos, y yo quería que nos separáramos antes de representar una carga para él, porque siempre acababan viéndome así.

Ben me llamó a mediodía. Respondí enseguida. Habiendo decidido de nuevo disfrutar de él mientras durara nuestro tiempo juntos, estaba ansiosa por oír su voz.

—Hola —dije.

—Hola. —Sonaba tenso.

—¿Qué te pasa? —pregunté.

—¿Va todo bien? —Se aclaró la garganta—. Es decir, no me has contestado, así que no hago más que preguntármelo.

Sentí que el pánico me oprimía el interior de la piel como si fuera a escapárseme por los poros en forma de gotas de sudor. ¿Qué debía decir? ¿Decirle la verdad? ¡Agg! No, no, no. No quería que Ben supiera que llevaba toda la mañana luchando contra mi demonio interior de la autoestima. ¿Por qué no le había enviado un emoji con el pulgar hacia arriba? Sinceramente, tenía que reconocer que, al igual que Em con su ataque de hipocondría, a veces me complicaba la vida más de lo necesario.

—Es que… yo… Es solo que… —tartamudeé. En serio, era casi como si intentara parecer tonta.

—¿Sabes?, si no quieres que nos veamos mañana por la noche, no pasa nada —comentó. Su tono era amable.

—No, no es eso —protesté—. Es solo que...

—Cuéntame, Samsagaz —dijo.

Me reí. Me sentía cualquier cosa menos sagaz, y la ironía del apodo me pareció divertida de un modo triste. Abrí la boca para recordarle mis problemas con la lectura, pero no pude. No podía volver a mencionarlo. Ya había influido demasiado en el tiempo que pasábamos juntos.

—En realidad, estoy hasta el codo de pimientos picados —expliqué—. ¿Existe alguna posibilidad de que hablemos más tarde, cuando recoja a Tyler en la biblioteca?

—Claro. Estaré por aquí... —Sonaba cauteloso.

—De acuerdo, entonces, te veré más tarde. —Parecía como si lo estuviera ignorando. Eso era lo peor de todo. Sabía que la culpa era de mi orgullo y que necesitaba recordarle mi dislexia, pero no podía hacerlo.

—De acuerdo. —Me pareció desconcertado, como si estuviera pensando, «¿Qué demonios acaba de pasar?», como se dicen los hombres a sí mismos cuando las mujeres los confunden.

Puse fin a la llamada y volví al trabajo. Seguí cortando los pimientos rojos, con las palmas de las manos cubiertas con unos guantes de plástico mientras levantaba la tabla de cortar y los echaba en la olla grande del fogón. Seguí añadiendo ingredientes, removiendo hasta que el adobo hirvió a fuego lento, hasta que sonó el timbre de la puerta.

—¡Un segundo! —grité. Me pregunté si sería Em. Tal vez había puesto en orden sus sentimientos y quería hablar. Sería una buena distracción ante mi propia angustia sentimental. Me quité los guantes, los tiré a la basura, tapé la olla y puse el temporizador en marcha.

La cocina parecía haber sido devastada por un pequeño tifón, pero me obligué a ignorarlo por el momento y me apresuré a abrir la puerta.

—Lo siento, estaba... —Se me atascaron las palabras en la garganta. De pie junto a la puerta, con una camisa y unos chinos color caqui, estaba Ben, sosteniendo un gran ramo de coreopsis y brillantes margaritas amarillas, algunas de las cuales aún tenían las raíces. Me pregunté de qué jardín las habría robado, y la idea de que hiciera algo así por mí me provocaba ganas de reír y llorar a partes iguales, así que, naturalmente, me puse a parpadear.

—Soy un maldito idiota —dijo—. ¿Me perdonas?

Miré de las flores a él y de nuevo a las flores.

—¿Eh?

—He sido un imbécil insensible enviándote un mensaje escrito, y ni siquiera era un solo mensaje. Fueron como diez con enlaces y demás. La cadena era prácticamente lo suficientemente larga como para ser el *Ciclo épico*. —Negó con la cabeza—. ¿Me perdonas, Samsagaz?

Menudo hombre. ¿Alguna vez dejaría de sorprenderme? Me había equivocado con él. Tal vez lo había olvidado por un momento, pero allí mismo, entonces, me hacía sentir vista y comprendida por primera vez en mi vida, y eso lo significaba todo. No pude contenerme. Le quité las flores con una mano y me lancé sobre él.

—Sí, te perdono.

Retrocedió un paso ante el repentino ataque, pero se recuperó cuando le rodeé el cuello con los brazos y la cintura con las piernas. Planté mi boca sobre la suya mientras me acariciaba las nalgas con una mano y me rodeaba la espalda con un brazo, sujetándome contra él para que pudiera besarlo con todo el desesperado anhelo de mi corazón.

Su boca cedió bajo la mía y separó los labios para dejarme entrar. Profundicé el beso, tratando de demostrarle lo mucho que había llegado a quererlo sin tener que pronunciar las palabras. Bajé los labios por su garganta y le mordí con suavidad en la curva del hombro.

Oí cómo cerraba la puerta de una patada antes de adentrarse en la habitación.

—Te he echado de menos. —Su voz era un gruñido ronco y feroz, y sentí su eco en mis huesos.

—Yo también te he echado de menos —repuse.

Atravesó el salón y, cuando se sentó en el sofá, mis piernas quedaron a ambos lados de sus muslos, de modo que estaba a horcajadas sobre él, lo cual era muy excitante. Me eché hacia atrás y dejé caer las flores en el vaso de agua que había dejado sobre la mesita. Tendría que bastar por ahora.

Cuando me volví hacia él, tenía una expresión de dolor. Me senté sobre las rodillas y le quité mi peso de encima.

—Lo siento, ¿te estoy aplastando? —pregunté.

—Eh..., no. —Se llevó la mano a la espalda y sacó algo del bolsillo trasero.

—¡Ya veo! —Me reí—. Has traído nuestro libro.

—Se me ocurrió que si estabas muy enfadada conmigo, empezaría a leer y conseguiría que me perdonaras negándome a seguir cuando llegara lo bueno —explicó.

—¡Ay! —jadeé—. ¡Qué horror!

—Un hombre hace lo que tiene que hacer —se justificó. Abrió el libro—. De hecho, ¿por dónde íbamos?

Empecé a alejarme de él, ansiosa por escucharlo.

—No, no te muevas —me dijo. Me miró entre sus espesas pestañas oscuras. ¡Qué calor!—. Me gustas donde estás.

Sentí que el calor que empezaba a hervir lentamente en mi interior se apoderaba de mí. Me pasó una mano por el abdomen para sujetarme, y empezó a leer.

Era la escena de amor, el gran momento en el que el héroe y la heroína se entregan por fin a la lujuria que ha estado acumulando durante la mayor parte del libro. Si me lo hubieran preguntado antes, habría dicho que me mortificaría escuchar leer a un hombre cómo otro lame, le chupa las tetas o desliza su pene dentro de una mujer. Pero no. Me pareció increíblemente excitante.

Posiblemente era porque estaba distraída con su pulgar, ya que había deslizado la mano por debajo de la cinturilla de mis pantalones cortos, buscando el centro sensible entre mis piernas. Me acarició allí trazando círculos implacables, lo que hizo que se me cortara la respiración y que mis caderas se arquearan para apretarme contra la fricción, deseando más. Sin embargo, no me dio más.

En lugar de eso, Ben siguió leyendo con su voz sensual. Exageraba cada palabra, saboreando la descripción del estremecedor orgasmo de la mujer mientras el hombre objeto de su deseo la penetraba repetidamente. Su voz me hacía oír un zumbido en el cerebro y todo mi cuerpo empezaba a palpitar. Me sentía acalorada y sabía que iba a necesitar un cubo de hielo y un ventilador para no convertirme en cenizas si seguía así. Y continuó.

Abrió los botones de mis pantalones cortos, con lo que obtuvo un acceso total mientras seguía leyendo. Describía a la heroína reclamando su parte. Mientras ella le hacía el amor a su hombre, Ben deslizó tortuosamente un dedo dentro de mí sin dejar de frotar con el pulgar aquel punto de presión deliciosamente sensible. Yo me sentía casi incoherente, presa de una lujuria ciega, y luego, cuando deslizó un segundo dedo dentro de mí, casi me desmayé. Su voz era ronca y sexi, y se inclinó hacia delante para susurrarme al oído las palabras de la historia.

Mi orgasmo fue tan fuerte y súbito que le quité el libro de las manos y lo lancé a un lado mientras me arqueaba contra esos dedos juguetones que estaban desatando magia en mi interior. Sus ojos brillaban de satisfacción, lo cual era ridículo porque yo no había hecho nada por él.

Cuando por fin cesaron mis espasmos y pude respirar como una persona normal y no como alguien que acababa de correr diez kilómetros, me desplomé contra él. Me abrazó y me recorrió la espalda con las manos, tratando de calmarme, pero no funcionó. Quería más.

—¿Cuánto tiempo vas a estar aquí? —pregunté mientras le besaba la barbilla y detrás de la oreja, y le recorría el cuello con los labios.

—El resto de la hora del almuerzo —murmuró. Miró el reloj—. Unos quince minutos.

—Perfecto. Es lo que tardará en estar listo el adobo.

—¿Es un eufemismo? —preguntó.

Me reí.

—Puede ser nuestra palabra clave para el sexo. Te miraré y te diré: «¿Quieres adobo?».

—¡Qué sugerente! —Se rio. Luego se puso serio—. En realidad, huele fenomenal.

—Lo siento, ¿te estás olvidando del sexo conmigo por la comida? —pregunté.

Su mirada era tierna cuando me miró.

—Samantha, no voy a apresurarme la primera vez que estemos juntos tratando de ganarle al temporizador del horno.

—¡Oooh! —Mi decepción hizo que se alargara como una palabra de tres sílabas.

Me besó. Fue un beso lento, profundo y minucioso, y estaba segura de haberlo convencido de que cambiaría de opinión cuando finalizó el beso. Su pecho se agitaba un poco y me halagaba pensar que al menos se lo estaba poniendo difícil. Se echó hacia atrás y volvió a abrocharme los pantaloncitos.

—Vendré a recogerte mañana por la noche. —Me levantó y me puso de pie—. Estaba pensando en nuestra conversación del otro día en el aparcamiento —añadió mientras yo aún tenía la cabeza confusa.

—¿Qué conversación? —Mi memoria a corto plazo no funcionaba en ese momento. Y la culpa era suya.

—Cuando declaraste que lo nuestro era algo temporal porque tomaremos caminos separados al final de la temporada, y yo me referí a ello como «situación estival» —me recordó.

—Ah, sí. ¿Qué pasa con eso?

—Sabes que estaba de broma, ¿verdad? —preguntó. Me puso una de sus enormes manos en la nuca y me atrajo hacia él—. Siento que necesito aclararte que no se trata de algo temporal para mí.

—¿No? —No me había dado cuenta de que lo decía en broma, porque en aquel momento yo había hablado muy en serio al calificarlo de aventura.

—No. —Deslizó la mano hasta la parte baja de mi espalda, abrazándome. Fue cautivador.

—Bueno, eso nos lleva a la cuestión, ¿qué soy yo para ti? —indagué. El corazón se me aceleró y respiré entrecortadamente mientras sentía un ridículo aleteo en el pecho. Supuse que era esperanza.

—Más que una amiga —dijo—. Pero el término «novia» tampoco es correcto. Es como muy de instituto. No hay nada adolescente en lo que siento por ti.

El brillo de sus ojos era puro porno. ¡Dios mío!

Me aclaré la garganta e intenté que mis sinapsis se pusieran en marcha en medio de la niebla de la lujuria.

—¿Una amiga especial? —lo presioné.

—Mmm, no.

—¿Tu acompañante?

—Bah…

Puse los ojos en blanco.

—Bueno, es demasiado pronto para ser tu media naranja o tu pareja.

—¿En serio? ¿Existe un requisito temporal para estas cosas?

Tragué saliva. Sentía que la conversación se me escapaba.

—Pero eres el director interino —le recordé—. Pronto te irás de Vineyard.

—Tal vez —repuso—. No pienso hacer planes hasta que sepa quién es mi padre y lo encuentre.

—Ajá… Pero suponía que…

Esperó. Como no añadí nada más, enarcó una ceja.

—¿Qué suponías? —insistió.

—Que tomaríamos caminos separados dentro de unas semanas debido al trabajo, a la vida y… —Se me entrecortó la voz.

—Si me estás preguntando si quiero que esto termine al final del verano —expuso—, la respuesta es no. Acabo de encontrarte, Samsagaz, y siento que eres mi… persona.

Y así de pronto, todo lo que había creído que era cierto (que se trataba de una aventura, que era algo temporal, que seguiríamos caminos separados en cuestión de semanas) se esfumó.

Ben se inclinó y me besó. No sabía qué pensar respecto a que estaríamos juntos más de unos meses. La mayoría de mis relaciones apenas duraban unas semanas. No tenía ningún marco de referencia para algo más largo. Pero cuando su boca reclamó la mía, descubrí que no me importaba. Podía contar conmigo mientras él estuviera incluido en el lote.

Bip. Bip. Bip.

Nos separamos y echamos un vistazo a la habitación. ¿Era un teléfono, una alarma de incendios, o qué? Entonces el olor se filtró en mi cerebro.

—¡El adobo! —grité. Lo solté y corrí a la cocina. Agarré un protector y levanté la tapa de la olla. Una columna de oloroso vapor se elevó en el aire. Tomé una cuchara grande y empecé a remover. No se había quemado. ¡Menos mal!

Ben se había quedado de pie junto a la puerta, mirándome como si yo le fascinara de una forma imposible de definir. No mentiré, me sentí bien al darle a la voz crítica de mi cabeza algo sobre lo que reflexionar.

Halagada por ser el objeto de su atención, retiré la olla del fuego y crucé la habitación. Me apreté contra él. Entendió la indirecta al momento y bajó la cabeza para que pudiera besarlo con toda la sensualidad de mi corazón. Estaba a punto de trepar por él como si fuera mi propio árbol de judías cuando el temporizador de la cocina volvió a sonar, haciéndome pegar un respingo.

—¡Agg! —gruñí—. Estaba segura de haber apagado la alarma.

Ben se reía.

—¿Qué pasa? —le pregunté. Apreté el botón del horno y me volví hacia él.

—Ya estamos encendiendo alarmas —comentó. Se encogió de hombros como si no le sorprendiera que nuestra química fuera tan potente como para causar estragos a nuestro alrededor. Sumamente encantador.

—Tengo que volver al trabajo. Hasta mañana, Samsagaz. —Me dio un beso rápido y se fue.

—¡Adiós! —grité a su espalda.

Mi cerebro entró en hipervelocidad tan pronto como la puerta se cerró detrás de él. «Te ve como "su persona". Cree que esto durará más allá del verano. Vas a decepcionarlo. Se cansará de tu discapacidad. Te dejará. Será peor cuanto más tiempo estéis juntos».

—Por el amor de Dios, cállate —le dije a la voz de mi cabeza.

Luego mojé un poco de *bolo lêvedo* recién hecho en el adobo y me lo zampé, porque la buena comida lo mejora todo.

21

Nadie tenía constancia de que Moira Reynolds hubiera trabajado para ellos durante el verano de 1989. Ben y yo pasamos dos semanas buscando en todos los restaurantes de la isla que habían estado abiertos en aquella época, pero no tuvimos suerte. Habíamos involucrado a Em en la búsqueda, pero incluso con el apoyo de sus grandes dotes de investigación, nos encontrábamos en un callejón sin salida. Sencillamente no hallábamos el rastro que pudiera haber dejado Moira Reynolds en la isla ese verano. Era como si hubiera conseguido hacer desaparecer su pasado. ¿Cómo puede una persona conseguir tal cosa?

El tercer viernes que me encargué de la hora feliz en la posada, le pregunte por Moira a Stuart Mayhew, el dueño, pero me dijo que él no había llegado a la isla hasta 1991 y que no la había conocido. A pesar de ese contratiempo, esa hora feliz fue todo un éxito y Stuart estaba muy contento. Tanto Ben como Em estaban presentes para animarme, cosa que agradecí.

Sabía que Ben se estaba tomando fatal la ausencia de pistas e intentaba no demostrarlo. Habíamos visto juntos viejas series de misterio británicas, intentando mejorar nuestras dotes detectivescas, y también trabajábamos en mi libro de cocina. Ben se sentaba en un taburete en la cocina, y escribía las recetas en el portátil mientras yo cocinaba. Cuando iba a echar una pizca de esto o una pizca de aquello, me hacía parar y medir los ingredientes. Tyler se unía a nosotros con frecuencia, y yo sabía que a Vovó le alegraría mucho de saber que el niño al que no tuvo la oportunidad de ver crecer estaba aprendiendo las recetas de la familia.

El curso de robótica iba bien, y me di cuenta de que las conversaciones de Tyler parecían empezar y terminar con el nombre Sophie. Habían pasado tres semanas y media desde que se fueran mi padre y Stephanie, y esperaba sinceramente que regresaran antes de que ese asunto se pusiera serio (es decir, antes de que tuviera que hablar con él) entre los dos adolescentes.

Cuando no estaba buscando a su padre, Ben se volcaba en su trabajo como director de la biblioteca, y Ryan y él llevaron a los participantes del curso de robótica a una excursión en la que utilizaron los drones para cartografiar la isla. Fue de lo único que habló Tyler durante los dos días siguientes.

La cuarta semana del verano, Em y yo, con la ayuda de Tyler, organizamos el curso de cocina para adolescentes, *Teen Chef*, que fue todo un éxito. Tyler y yo lucíamos chaquetillas de chef a juego y él casi fue el pinche perfecto, anticipándose a todo lo que yo necesitaba antes de que supiera que lo necesitaba. También encandiló a las chicas del público con su ingenio y su sonrisa deslumbrante. No podía estar más orgullosa de él.

Al final de la tarde, cuando los chicos preparaban su propia comida bajo nuestra supervisión, pusimos la música a todo volumen hasta que vi aparecer a Ben en la puerta de la sala de conferencias, con un aspecto muy parecido al del director de la biblioteca que era. Con una camisa blanca, unos pantalones grises y la corbata floja, tenía un aire de profesor sexi al que era difícil resistirse.

Dejé a Tyler supervisando al grupo y me reuní con Ben en la puerta.

—¿Estamos haciendo demasiado ruido?

—No, estamos a punto de cerrar —explicó—. Y quizá el ruido anime a los que normalmente se quedarían hasta el último segundo a marcharse antes.

—Encantada de ayudar —dije.

—Parece que tu influencia se ha extendido a algo más que la comida —comentó. Señaló la multitud que había detrás de mí con la barbilla, y me giré para ver a Tyler dirigiendo unos pasos de baile.

Sophie y Cameron se habían puesto cada una a un lado y les estaba enseñando a bailar *shuffle* como yo le había enseñado a él: flamenco, pirámide, flamenco, pirámide. Luego lo repitió más rápido y su forma de moverse era muy fluida. Uní las manos delante de mí; estaba tan impresionada como las chicas.

—¡Sam! —Tyler me vio mirando y me hizo señas para que me acercara.

—Vuelvo enseguida —me disculpé con Ben.

—Por supuesto —se rio. Se apoyó en la puerta para estar cómodo mientras observaba.

—¿Puedes enseñarles el paso en «T»? —preguntó Tyler—. A mí todavía no me sale bien.

—Claro.

Me moví lentamente. Tyler se unió a mí. Luego lo hicimos más rápido, y pude oír a los demás chicos hablando mientras nos miraban. Parecía que lo aprobaban. Cambiamos el ritmo, intentando hacernos fallar con diferentes pasos de baile. Cuando terminó la canción, estábamos agotados.

Tyler me tendió el puño y yo lo golpeé con los nudillos. Luego me golpeó la palma abierta con la suya y después el dorso. Enganchó su pulgar con el mío y levantó nuestras manos en el aire. Se rio al ver mi cara de confusión.

—Necesitamos nuestro propio apretón de manos Gale —explicó.

—¿Y se te ha ocurrido eso? —pregunté—. Tenemos que trabajar en ello.

—Tyler, has estado increíble. —Sophie Porter, la chica que había conocido en mi primera hora feliz porque estaba allí con sus padres y que era, sin duda, el objeto del afecto de Tyler, se acercó a él dando saltitos.

Él la miró con un brillo en los ojos que me recordó a nuestro padre.

—¿He estado lo suficientemente asombroso como para que tengas una cita conmigo?

Respiré hondo. ¡Acababa de invitar a salir a una chica! Delante de mí. ¡Delante de todos! ¡Aggg! ¿Y si ella decía que no? Ese chico se estaba tirando del avión sin paracaídas. Estaba asombrada y horrorizada a partes iguales.

Sophie adquirió un bonito tono rosa.

—Sí, me gustaría —aceptó.

Solté un suspiro enorme que no sabía que estaba conteniendo. Sophie se separó de Tyler y se acercó a darles la noticia a sus amigas, mientras él se colocaba a mi lado con cierto aire fanfarrón.

—Qué valor has tenido al invitarla a salir delante de todos —comenté en voz baja.

—Soy un Gale —se justificó y se encogió de hombros como si nada. Luego me sonrió—. Creo que mis movimientos de baile la han acabado de convencer. Gracias, hermanita —añadió.

Se me salía el corazón del pecho. Nunca me cansaría de oírle llamarme hermana, ni el día de mi muerte.

—De nada, hermano —repuse.

Se volvió para mirarme, y le noté en los ojos que sentía lo mismo que yo. Por fin, habíamos encontrado la pieza que faltaba en nuestras vidas. Lo abracé con fuerza y, tras una leve vacilación, me devolvió el abrazo. Delante de sus amigos y todo.

Lo solté y le señalé el cubo de la basura.

—Bien, pinche, empieza a limpiar. Este lugar está hecho un desastre.

—¡Abusona! —se quejó, pero su tono quedó suavizado por su sonrisa.

Vi que se acercaba a sus amigos y todos empezaron a limpiar. Yo salí a tomar el aire fresco de la noche. Necesitaba un minuto para procesar aquello.

Ben se unió a mí unos momentos después.

—¿Estás bien, Samsagaz?

—Sí —dije, pero me temblaba la voz—. Es que... No sabía..., por primera vez en mi vida siento que tengo un vínculo fraterno con Tyler, y es genial. ¿Por qué no he vuelto aquí antes? ¿Por qué me he perdido tantos años?

Ben me pasó el brazo por los hombros y me atrajo hacia él.

—Ya estás aquí.

—Pero he perdido mucho tiempo. —Me cayó una lágrima por la mejilla hasta la comisura de los labios. Sabía a arrepentimiento—. Y nunca podré recuperarlo.

—No, no puedes. —Su voz era grave, cargada de su propio dolor.

—Lo siento. —Me giré en sus brazos y encerré su cara entre mis manos. Su barba me arañó suavemente la piel—. Aquí estoy yo, lloriqueando porque estoy conectando con mi hermano cuando lo tengo aquí para hacerlo.

—No pasa nada —me aseguró. Giró un poco la cabeza y me besó con suavidad la palma de la mano. Sentí un cosquilleo en la piel donde posó sus labios. Levantó la cabeza y me abrazó—. Tyler y tú me hacéis albergar la esperanza de que cuando encuentre a mi padre, también tendremos ese tipo de conexión especial.

Le rodeé la espalda con los brazos y lo estreché con fuerza. Deseaba con todas mis fuerzas que encontrara a su padre, que tuviera una respuesta a todas sus preguntas, sí, incluso a por qué le gustaban los sándwiches de mantequilla de cacahuete, beicon y pepinillos. ¡Qué asco!

La verdad es que ese hombre me importaba tanto que habría hecho cualquier cosa por ayudarlo en su búsqueda. Por desgracia, solo se me ocurrían perogrulladas huecas que eran tan poco apetitosas como la salsa de tomate de frasco.

—Lo encontraremos —aseguré—. Encontraremos a tu padre. No te rindas todavía.

Su mirada estaba llena de dudas, pero no dijo nada. Se veían las estrellas detrás de su cabeza, y pensé que era el encuadre perfecto para ese hermoso hombre.

Se inclinó y me besó, y todo se desvaneció. Los remordimientos, la tristeza, la ansiedad; no había lugar para ninguna emoción cuando los labios de Ben estaban sobre los míos. Me acerqué a él y hundí los dedos en su pelo. Separé los labios y el beso se hizo más profundo. Una oleada de deseo ronroneaba en mi interior y pensé que si no conseguía estar pronto con este hombre, estar realmente con él, moriría de un caso agudo de lujuria.

—Ben… ¡Oh, lo siento!

Nos separamos, intercambiando una mirada de frustración mutua antes de darnos la vuelta para volver al edificio. Em estaba en la puerta. Miraba el suelo con intensidad, como si mantuviera una profunda conversación con sus zapatos.

—Lo siento —volvió a decir—. Pero uno de los miembros de la junta de la biblioteca está aquí, preguntando por ti. Le habría dicho que te habías ido ya, pero vio tu moto en la puerta.

—No pasa nada —dijo Ben. Se pasó una mano por el pelo y se alisó la corbata—. Gracias por cubrirme las espaldas. —Se volvió hacia mí—. ¿Qué te parece si pasamos la noche en mi casa? —preguntó en voz baja.

—Claro —acepté—. Podemos planear el próximo movimiento en la búsqueda de tu padre y tal vez leer algo o trabajar en el libro de cocina.

—No es exactamente lo que tenía en mente cuando he sugerido mi casa —me corrigió. Su mirada era penetrante y sentí que me recorría un escalofrío.

—Ah, de acuerdo —asentí—. Tyler va a salir con sus amigos después del curso. Estoy libre durante unas horas.

—Excelente. Lleva la chaqueta de chef —sugirió. Movió las cejas y, con un guiño, se marchó para reunirse con el miembro de la junta.

Solté un enorme suspiro mientras me acercaba a Em, que seguía en la puerta.

—Estás perdida —me aseguró—. No suspiraste así ni siquiera por Timmy Montowese.

—¿En serio? —pregunté—. Me resulta chocante porque Timmy ha sido el patrón por el que he juzgado a todos los demás hombres.

Em se rio, lo que era mi intención. Parecía más joven cuando reía. Supuse que estaría menos agobiada por la vida.

—¿Qué tal? —dije un momento después.

Se volvió para mirarme. Se subió las gafas a la nariz, y abrió mucho los ojos detrás de los cristales.

—Estoy mejor.

—¿Mejor en todo? —insistí. Me parecía que todo iba demasiado rápido.

—No —aceptó—. Pero la doctora Davis ha podido hacerme un hueco en su agenda, y en nuestra primera sesión me dio muy buenas vibraciones. Creo que puede ayudarme a resolver la situación.

—Es estupendo, Em —aseguré. Le eché un vistazo al cuello; donde había estado el vendaje, ahora solo había un pequeño pliegue rosado de piel nueva.

—He solicitado un trabajo en Irlanda y, si lo consigo, me iré de la isla —afirmó. Luego se volvió hacia mí como si le sorprendiera haber dicho tal cosa—. Por favor, no se lo comentes a nadie.

—Por supuesto que no —respondí.

—Tengo que pensar cómo comunicárselo a mi madre —alegó—. Supongo que será difícil.

—Estoy aquí para lo que necesites —me ofrecí—. Tanto si es practicar lo que quieres decirle como plantarme en la ventana de tu habitación en mitad de la noche con un coche volador y llevarte a donde quieras.

Em se rio.

—Como en *Harry Potter y la cámara secreta*.

—La película era mejor que el libro —afirmé solo para molestarla.

Me lanzó una mirada aviesa que decía claramente que no iba a morder el anzuelo. Sonreí. Los bibliotecarios eran tan previsibles...

—¿Cuándo te irás? —pregunté.

—Antes tengo que conseguir el trabajo. Así que toca esperar. Bueno, por eso y porque la doctora Davis me ha dicho que tengo que trabajar un poco en mí misma antes de precipitarme a lo desconocido.

—Me parece razonable —comenté—. ¿Quieres que te prometa darte una patada en el trasero si pierdes impulso?

—No tienes que parecer tan impaciente —me recriminó remilgada. Luego asintió—. Sí, por favor.

—Seré amable —prometí.

Se rio y volvimos a entrar.

Le di a Tyler algo de dinero para que pudiera ir al pueblo con sus amigos, porque al parecer no habían comido suficientes tacos, sándwiches de pollo y gofres, patatas fritas con queso y batidos y se iban en busca de más comida. Cuando se alejaron, le ofreció la mano a Sophie y, al ver que ella la aceptaba, sentí que se me derretía un poco el corazón. Luego tuve un destello de miedo. ¿Y si Sophie le rompía el corazón? ¿Cómo se recuperaría? No tenía ni idea, así que le envié una súplica silenciosa al universo para que si mi hermano salía herido, no fuera bajo mi vigilancia.

Cuando terminé de recogerlo todo, tomé rumbo a casa de Ben. No me quité la chaqueta de chef, como me había pedido, pero me sentí un poco ridícula cuando llamé a su puerta.

Ben vivía en una adorable casita de dos dormitorios, escondida en una calle sin salida cerca de la biblioteca. Estaba apartada de la carretera por un bosque de robles frondosos. Un rosal trepador con rosas del tamaño de mi puño subía por un lado del porche y bajaba por el otro, creando un arco mágico sobre la edificación.

Ya había venido con anterioridad, pero por lo general entrábamos a por algo, y nos íbamos, porque estábamos buscando a su padre y no me gustaba dejar a Tyler solo. Pero esa noche, al menos por un rato, no estaba de guardia y tampoco estábamos investigando.

Ben me abrió la puerta y, antes de que pudiera saludarlo, me empujó dentro y me rodeó con sus brazos como si no me hubiera visto desde hacía una semana en lugar de en media hora.

—Llevas la chaquetilla —constató.

—Claro, no me importa.

Se rio.

—La verdad es que no quería que tardaras más por tener que cambiarte de ropa.

—Y yo que pensaba que era el uniforme lo que te ponía cachondo —comenté.

—No es que no me parezca sexi —insistió.

—Por favor, si parezco la mascota de la Pillsbury Company, el Poppin' Fresh —bromeé—. Lo que no es algo malo en una cocina profesional donde es mejor ser neutral en cuanto al género, pero no es exactamente como quiero acudir a una cita.

—Caliente, ¿eh?

—Abrasadora. —Me desabroché el botón superior de la chaqueta de chef. Ben clavó los ojos en mis dedos mientras me abría lentamente un botón tras otro.

Me vino a la cabeza la melodía de *Bow, chicka, wow, wow* y me pavoneé al pasar junto a él para entrar en el salón. Me desabotonaba la chaqueta con la suficiente rapidez como para bajarla hasta la mitad de la espalda y dejar al descubierto un hombro. Me revolví el pelo, puse morritos y lo repasé entre las pestañas con lo que esperaba que fuera una mirada provocativa.

La única respuesta de Ben fue un gruñido ronco que pareció surgir de lo más profundo de su garganta mientras se recostaba contra la puerta cerrada y me observaba. Nunca me había desnudado para un hombre, y siempre había pensado que me sentiría torpe o inhibida, pero no, porque era Ben. Ben, que me aceptaba tal y como era, que no se preocupaba por mis problemas de lectura o mis déficits de atención. Me había asegurado que era su «persona» y yo me di cuenta, mientras me desnudaba delante de él, de que él también era mi «persona».

Me bajé la chaqueta por el otro hombro. Debajo llevaba una camiseta de tirantes blanca con espalda deportiva y los pantalones negros que usaba siempre que cocinaba. Me pasé la chaquetilla por encima de la cabeza y la arrojé al aire para que cayera justo encima del sofá de cuero marrón.

Me deshice de las zapatillas deportivas y me quedé descalza. Miré a Ben a los ojos con intensidad mientras me desabotonaba los pantalones. Estaba a punto de bajarme la cremallera cuando él se impulsó desde la puerta y cruzó la habitación hacia mí.

Su mirada era feroz, y me aceleró el corazón. Me apresó las manos con las suyas y tiró de mí.

—Tranquila —dijo—. Tenemos tiempo, mucho tiempo.

Encerró mi cara entre sus manos y acercó su boca a la mía. No supe si fueron las semanas de deseo acumulado o si simplemente era así de bueno, pero cuando sus labios se encontraron con los míos y me lamió el inferior, sentí que una llama de deseo se encendía en mi interior. Le rodeé los hombros con los brazos y él bajó las manos por mis costados hasta sujetarme por la cintura. Me levantó en volandas sin romper el beso y lo rodeé con las piernas.

Se dio la vuelta y me llevó hasta las escaleras. Mi amor por la comida no contribuía a que fuera ligera, pero cargó conmigo sin esfuerzo hasta su dormitorio. Cerró la puerta de una patada y yo bajé las piernas de su cintura y me deslicé por delante de él hasta quedarme de pie. Entonces, me quité la camiseta de tirantes de un tirón.

Parecía como si Ben fuera una cerilla y yo acabara de encenderla; podía sentir el calor de su mirada en mi piel. Lo apresé por la camisa y no opuso resistencia.

Lo único mejor que ver a Ben con aspecto profesional era verlo sin camiseta. Cargar con tantos libros había conseguido un cuerpo muy definido, y le recorrí los pectorales y los abdominales con los dedos. Se estremeció. ¡Divino!

Me tomó la mano y me acercó hasta que estuvimos piel con piel. Entonces, me saqueó la boca con la lengua y sentí una oleada de deseo que me consumía por completo. Lo deseaba. Absolutamente. Y no solo esta noche, sino también… Deseché ese pensamiento. No quería pensar en el futuro. Solo estar allí, en ese momento, plenamente presente, y saborear cada segundo con él.

Puse las manos en la cinturilla de mis pantalones, y me los bajé por las piernas hasta que formaron un charco en el suelo. Por lo general, prefería quitarme la ropa de forma disimulada cuando ya estaba en la cama y bajo las sábanas, pero con Ben, sencillamente, no me importaba.

Se puso de pie y flexionó los dedos como si tuviera ganas de tocarme. Luego bajó un poco la cabeza y me miró entre sus espesas pestañas negras. Nunca me había sentido más sexi ni más deseada en mi vida.

Cuando me acerqué a él, me puso las manos en la cintura desnuda y acercó su boca a la mía en un beso lento y pasional que me hizo zumbar los oídos. Le agarré los pantalones y me ayudó a bajárselos, quitándose los zapatos para dejarlos caer al suelo junto a los míos.

Habría continuado, pero él tiró del lazo que me sujetaba la trenza y hundió los dedos de las dos manos entre las ondas hasta que cayeron sobre mis hombros.

—He querido hacer esto todos los días desde que nos conocimos —gruñó.

Bajó la cabeza y deslizó su boca en la mía, me lamió el labio inferior antes de besarme la oreja y la garganta.

Arqueé el cuello, dándole pleno acceso, y él bajó hasta la parte superior de mis pechos, enmarcados por el sujetador. Sentí que movía los dedos a mi espalda, y mi sujetador desapareció. Con un murmullo de aprobación, bajó la boca y succionó suavemente un pezón y luego el otro.

La sangre corría espesa y caliente por mis venas, y podía oír los latidos de mi corazón en los oídos. Volví a poner los dedos en sus calzoncillos y conseguí bajárselos, empujándolos con más fuerza a la altura de sus caderas. Él me devolvió el favor, y nos quedamos desnudos el uno frente al otro, con todos nuestros defectos, aunque a ninguno de los dos parecía importarle. Era un hombre perfecto y, a juzgar por la forma en que me miraba (una embriagadora mezcla de adoración y ternura), sabía que él sentía lo mismo.

Era increíble y liberador estar con alguien así. No le ocultaba nada. Lo deseaba. Quería sentir sus manos en mi piel. Su peso encima de mí. Tenerlo dentro de mí.

—¿Estás segura? —me preguntó. Incluso en ese momento, con su impresionante erección participando en la conversación, me estaba dando prioridad a mí y a mis sentimientos. ¡Dios mío, lo amaba!

Podría habérselo dicho en ese mismo momento, pero no quería asustarlo.

—Al cien por cien —me limité a decir.

Lo tomé de la mano y tiré de él hacia el dormitorio. Estaba perfecto y ordenado hasta que aparté la colcha de color blanco roto y me tendí sobre el colchón, tirando de él conmigo. Me pareció muy excitante estar en la cama donde él dormía. Me lo imaginé allí mismo, leyéndome por teléfono por la noche, y me pregunté si se ponía pijama para dormir o me leía cuando estaba desnudo. ¿Por qué esa idea me hacía entornar los ojos?

Me arrodillé y él se unió a mí. No pude resistirme a pasarle las manos por la piel cálida, por los músculos tensos de su cuello y sus hombros. Cerró los ojos como si mis manos de chef, callosas y llenas de cicatrices, fueran un bálsamo para su piel. Me incliné hacia delante y le acaricié la clavícula con la boca. Me pasó los dedos por el pelo mientras me miraba con tanto afecto que sentí que mi corazón florecía.

—Cuando me lees por teléfono por la noche —dije, haciendo una pausa para deslizar los labios por su garganta y por encima de su barbilla hasta su boca—. ¿Estás desnudo?

Eso le arrancó una carcajada. Sentí la bocanada de su aliento contra mi boca. Se inclinó hacia mí y me besó.

—¿Tienes una fantasía con eso? Porque no quiero arruinarla admitiendo que duermo con pijama de cuerpo entero.

Me dio la risa. Me lo imaginé con un pijama de conejo rosa, y el hecho de que incluso así me pareciera sexi me hizo saber que estaba perdida.

—Es solo curiosidad —señalé.

—Ah, creo que tendrás que quedarte a pasar la noche en una de nuestras citas para averiguarlo —susurró.

Deslizó las manos por mis rodillas, luego se desvió por el interior de mis muslos y me rodeó las caderas hasta llegar al trasero. Me levantó, me puso boca arriba y se colocó encima de mí. Intenté sujetarlo y tirar de él hacia abajo. Sentía como si hubiera estado esperando una eternidad para tenerlo justo donde quería, pero se me adelantó.

Descendió por mi cuerpo, me besó una rodilla y luego la otra. Movió la boca, cálida y húmeda, por el interior de mi pierna, saltando por encima de mi palpitante centro, para llevarla a la otra pierna y besarme la otra rodilla.

Solté un gemido de protesta, y una sonrisa curvaba sus labios cuando me estudió con los párpados entrecerrados. Menuda mirada... Estuve segura de que recordaría esa mirada y cómo me hacía sentir hasta que exhalara mi último suspiro. Deseada. Querida. Amada.

Se acomodó entre mis piernas y, cuando su boca se posó en el sensible nudo de nervios que ansiaba su contacto, pensé que iba a salir volando por los aires. Ben no me lo permitió. Fue implacable, me excitó al máximo y luego me hizo retroceder. Era la tortura más dulce que jamás hubiera conocido y no estaba segura de si quería maldecirlo o darle las gracias. Tal vez ambas cosas a la vez.

Cuando no pude evitar arquear la espalda y clavar los talones en el colchón, enredé los dedos en su pelo y sentí un hormigueo desde la cabeza hasta los pies, por fin, y solo entonces, cedió. Con la lengua y los dedos, me empujó hacia el precipicio, hacia una tormenta de luz que recorrió cada terminación nerviosa de mi cuerpo.

No podía moverme. Cada vez que respiraba, me estremecía. Había tenido muchos orgasmos, pero nunca uno así.

Ben me besó el vientre, se fijó en mis pechos y subió por mi garganta hasta acurrucarse en la curva de mis hombros. Haciendo acopio de mi memoria muscular, obligué a mis brazos a moverse y ascendí con las manos por sus bíceps hasta sus hombros. Sus ojos azules y grises se cruzaron con los míos y me di cuenta de que estaba muy satisfecho de sí mismo, como debía ser. Pero, por supuesto, no podía permitirlo.

Me incliné y lo obligué a ponerse boca arriba. No me lo impidió. Quería hacerle lo que él me había hecho a mí. Quería saborear cada centímetro de su cuerpo y recorrí su piel con los labios hasta llegar a su erección. Le hice ansiarlo. Cuando me lo llevé a la boca, estaba cubierto de sudor y le temblaban las manos.

—Samantha —dijo mi nombre entre jadeos y supe que estaba a punto. Pero no iba a permitir que fuera a mi manera. Me apartó con suavidad de él y se estiró hacia la mesilla de noche en busca de un condón. Lo ayudé a deslizarlo por su miembro y luego se colocó entre mis piernas. Su mirada se clavó en la mía mientras se deslizaba dentro de mí, y eso fue todo.

Me pasó la mano por debajo de las caderas y me levantó hacia él. Me apoyé en el colchón y respondí a sus embestidas arqueándome. Gruñó y yo gemí; así de bien me sentía. Estaba a punto de alcanzar la liberación, pero esperé hasta que la sentí. Se tensó de pies a cabeza, y se hinchó en mi interior, y entonces me dejé llevar. El orgasmo se desplegó dentro de mí en una gloriosa explosión de colores brillantes. Nunca había sentido nada parecido y sabía, muy dentro de mí, que era porque estaba enamorada de él.

Las palabras estaban ahí. Cuando me estrechó entre sus brazos y me besó, pensé que se me escaparían en un susurro, pero no fue así. En lugar de eso, le devolví el beso, preguntándome si mis labios me estarían delatando. Si lo estaba besando de forma diferente ahora que sabía que mi corazón le pertenecía por completo.

Se bajó de la cama y se deshizo del preservativo. Pensé que debía irme; podría ser lo mejor, así no precipitaría las cosas entre nosotros haciendo una declaración prematura de sentimientos. No tuve la oportunidad de huir. Estaba de vuelta en la cama antes de que pudiera recuperar la cordura, que se había esparcido como pétalos de rosa por las sábanas. Antes de que pudiera decir una palabra, me estrechó entre sus brazos y nos tapó. Luego, para mi deleite, sacó el libro y empezó a leerme.

Apoyé la cabeza en su pecho, sintiendo el latido de su corazón bajo mi mejilla mientras lo escuchaba, y supe que nunca me había sentido tan conectada a nadie como a ese hombre.

22

A pesar de mi feliz estado en pareja, no pude evitar darme cuenta de que Tyler y Sophie se habían vuelto inseparables. Pensaba que estar todo el día juntos en el curso de robótica sería suficiente para ellos, pero no. Sophie se pasaba todas las tardes en nuestra casa o Tyler en la suya. Y yo no estaba preparada para ese festival de amor adolescente.

Ben y yo estábamos sentados en el porche una tarde, viendo *Los crímenes del alfabeto* en el portátil mientras comentábamos el caso, cuando llegó Tyler a casa de una cita con Sophie. Lo vimos subir prácticamente flotando los escalones de la entrada con los labios muy hinchados, así que o le habían atacado las abejas o había estado besando a una chica.

—Hola, Tyler —saludé—. ¿Te has divertido?

No contestó, sino que se paseó con una mirada soñadora. Ya en la puerta, se volvió para mirarme como si acabara de darse cuenta de que le había hablado.

—Sí, un helado suena genial. —La puerta se cerró detrás de él.

Ben detuvo la película.

—Guau… —dijo.

—Lo sé. Lleva así toda la semana —acepté. Me mordí el labio cuando me di cuenta de algo horrible. Me giré y miré a Ben con los ojos muy abiertos.

Me miró preocupado.

—¿Qué pasa?

—¡Oh, Dios! Creo que me tocará mantener la charla sobre S-E-X-O con él —le expliqué—. Para que quede claro, prefiero saltar del puente de *Tiburón* con un gran ejemplar blanco merodeando en el agua, gracias.

—Sí, sin duda yo también elegiría el tiburón —convino.

—Así no ayudas —repliqué—. Me pregunto si podría hacerlo con emojis, comida o cualquier otra cosa que no sean palabras reales.

Se rio.

—De cualquier forma, eso le hará odiar la berenjena para siempre.

Me pasé una mano por la cara.

—No puedo con esto. Recuerdo lo que pasó cuando tenía cinco años y estaba obsesionado con Spiderman. Si te sentabas en una silla y estabas allí demasiado tiempo, te ataba los cordones a las patas y fingía que te había disparado con telarañas. Se lo hizo incluso al cura de la parroquia, el padre Roberts, que se cayó de bruces cuando se levantó. Ese fue un momento inolvidable para la familia Gale. ¿Dónde ha ido a parar ese niño? Lo echo de menos.

—Tal vez no debas comentarle nada —meditó Ben—. Es decir, solo tiene catorce años.

—Casi quince —le corregí. Había estado acurrucada contra él mientras veíamos la película, pero en ese momento me incliné hacia atrás para poder verle la cara—. ¿Cuántos años tenías tú? —le pregunté.

—¿La primera vez? —se aseguró.

Asentí.

—Diecisiete —confesó—. Y antes de que me preguntes nada más, déjame decirte que fue horrible. No tenía ni idea de lo que estaba haciendo y a pesar de los gloriosos dos minutos de sexo real que disfruté antes de correrme, al final me sentí barato y asqueroso.

—¿Por qué te sentiste así?

—No la quería —añadió. Señaló la casa con el pulgar—. No como debería.

—Eso solo reafirma mi necesidad de hablar con él. ¡Maldición!

—¿Y tú? —preguntó.

—Tenía dieciocho años —expliqué—. Estaba locamente enamorada de él y fue todo lo encantador que puede ser una primera vez. Pero luego se fue a la universidad y cuando volvió unas semanas después, había encontrado a una chica más atractiva con la que estar y me dejó. —Intenté que mi tono fuera ligero, pero se filtró sin querer una pizca de dolor que reveló la herida sin cicatrizar.

—Eso demuestra que tener una educación universitaria no significa que no seas imbécil o idiota —reflexionó Ben con su voz autoritaria de director de biblioteca. Me resultó sexi y eso me hizo sentir mejor.

Lo besé, pero antes de que la cosa se calentara como solía ocurrir entre nosotros, me aparté.

—Será mejor que vaya a hablar con él.

Asintió con la cabeza.

—Llámame si necesitas refuerzos.

Era extraño tener a una persona en la que apoyarme después de estar tanto tiempo sola. Lo acompañé hasta la moto, que estaba aparcada delante de la casa. Me acercó a él y, cuando me besó, tuve que reprimirme para no pedirle que me llevara con él.

Se subió a la moto, y me miró cuando estaba a horcajadas sobre el asiento. ¿Había algo más sexi que un hombre encima de una moto? No, estaba segura de que no. Di un paso atrás para dejarle espacio. Recogió el casco y se lo puso. Luego la puso en marcha

—Que te quede claro —dijo por encima del ruido del motor—. A diferencia de mi primera vez, lo que siento por ti hace imposible que piense en otra cosa que en lo genial que estoy después de pasar una noche contigo.

Me guiñó un ojo y luego aceleró mientras se alejaba calle abajo. ¿Sus palabras significaban lo que yo estaba pensando? El corazón me latió con fuerza en el pecho y sentí que una sonrisa me curvaba los labios. Ben Reynolds albergaba sentimientos por mí. Cuando me volví hacia la casa y subí trotando los escalones, estaba segura de que mostraba la misma mirada aturdida que Tyler.

Mi hermano no tan pequeño estaba sentado a la mesa de la cocina con un monstruoso bol de helado delante. Tomé una cuchara y me uní a él.

—Entonces... —empecé.

Tyler empujó el bol para que quedara entre los dos. Helado de nata con virutas de chocolate. Perfecto. Me miró, esperando a que dijera algo más. Tomé una cucharada para centrarme y solo me animé a hablar después de tragar.

—Sophie y tú...

Tyler se sonrojó.

—¿Qué pasa con nosotros?

—Como tu tutora temporal, creo que debo preguntarte si vais muy en serio...

—No. No. De eso nada...

—¿Qué?

—No vamos a tener la conversación. —Nos señaló a ambos con su cuchara goteante, dejando salpicaduras de helado en la mesa. Agarré una servilleta del soporte y las limpié.

—¿Qué conversación?

—La del sexo —dijo.

Lo miré boquiabierta, con cara de inocencia.

—¿Qué te hace pensar que quiero hablar de eso?

—Solo porque Ben y tú...

—Silencio —ordené. Sentí que se me calentaba la cara.

—¡Ja! —se burló—. No es tan divertido ahora, ¿verdad?

—Nunca es divertido —le corregí. Tomé más helado, sin importarme si me congelaba el cerebro—. Solo quiero saber que tienes cuidado. —Hice una pausa, sintiendo un dolor en la cabeza que no tenía nada que ver con el helado—. ¿Necesitas que te compre condones o algo así?

—¡Ay! —dejó escapar un grito horrorizado—. ¡Si apenas la he besado!

—Oh, bueno, eso está bien —comenté satisfecha—. Es que estáis tanto tiempo juntos que me preocupaba que las cosas estuvieran yendo demasiado deprisa.

—Me siento muy incómodo ahora mismo —protestó. Se metió un poco más de helado en la boca como si pudiera poner fin a la conversación si vaciaba el bol.

—De acuerdo. Solo tenemos que hablar de una cosa y luego dejaré de torturarte, lo prometo.

Cerró los ojos, sin duda esperando ser abducido por extraterrestres antes de que yo continuara.

—Sé que tratan los aspectos básicos del sexo... —Hizo un ruido estrangulado que preferí ignorar—. Sé que os instruyen en clase de Salud, pero ¿os hablan también del consentimiento?

Parecía estar sintiendo dolor físico y emitió un gemido. En ese momento tenía la cara tan roja como un faro, y si se encaramara a East Chop, podría iluminar a los barcos sin problemas.

—Cuando estéis..., ya sabes..., tienes que escucharla —le indiqué—. En pocas palabras: no significa no, y no importa cuándo lo diga o si dice que sí y luego cambia de opinión. No significa no. No me importa si tienes que darte con la cabeza en la puerta para reprimirte. ¿Entendido?

—¡Ya está! ¿Puedo irme ya? —preguntó—. Siento una repentina necesidad de meterme en un fuerte de mantas con todos mis peluches.

—Vete —le concedí magnánima. Prácticamente salió corriendo de la cocina—. ¡Pero nada de tomarla con ellos si dicen que no! —grité.

—¡Aggg! —gritó mientras subía las escaleras.

Parecía que había ido bien.

Para compensar la vergüenza pasada, llevé a Tyler a la que era nuestra cafetería favorita para desayunar en Vineyard, un lugar de mala muerte llamado The Grape. Era conocido por su café y sus pastelitos, siendo mi favorito el rollo de canela y pasas. Se trataba de un dulce de hojaldre con mucha mantequilla, cargado de pasas y vetas de canela. Podría comerme cuatro de una sentada sin sentir ni pizca de arrepentimiento.

Mientras estaba en la cola para hacer el pedido, Tyler se quedó mirando la pared de fotos del pequeño comedor. The Grape existía desde siempre y allí se organizaban actuaciones musicales en directo, recitales de poesía y diversas actividades para recaudar fondos, desde salvar la selva tropical hasta ayudar a refugiados. Era de propiedad familiar y estaba regentado por los Camara, por lo que solo contrataban a gente con su apellido. Esa era una de las razones por las que Ben y yo lo habíamos tachado de la lista de lugares donde podría haber trabajado su madre.

Pagué la bolsa de pastelitos y me reuní con Tyler junto a la pared. Estaba mirando una foto en particular con el ceño fruncido.

—Oye, Sam, ¿has visto esa imagen antes?

Señaló la foto. Era vieja y estaba algo descolorida. Había una fecha de neón rojo en la esquina inferior derecha, pero no podía leer los números, ya que estaban escritos con una tipografía cuadrada y me resultaba imposible descifrarlos. En vez de eso, miré a las personas que aparecían en la foto.

De pie, a la derecha, había un hombre moreno, lleno de rastas (algo que nunca queda bien), que sostenía un par de baquetas y sonreía. «¡Nuestro padre!». A la izquierda, de perfil, había otro músico con una guitarra en la mano. Era alto y larguirucho, llevaba una camiseta con el logotipo de Los Ramones y tenía el pelo castaño, largo y ondulado, que le llegaba justo por encima de los hombros. Entre los dos hombres había una joven. El guitarrista y ella se miraban con tanto anhelo que me sentí como si me estuviera entrometiendo en un momento privado.

No se trataba de mi madre, y tampoco era ninguna persona que hubiera conocido en la isla cuando era niña. La miré con más atención y me di cuenta de que tenía los ojos de color azul grisáceo, la nariz recta y los labios carnosos, rasgos que me resultaban familiares. Solté un grito ahogado. Tenía que ser Moira Reynolds.

—¿Y bien? —preguntó Tyler—. Es papá, ¿no?

—Creo que puede ser él —evité confirmarlo. No tenía ni idea de lo que significaba la imagen. Puse el dedo en la esquina—. ¿Qué fecha pone ahí?

—Mil novecientos ochenta y nueve —dijo Tyler—. Hombre, es una foto muy antigua. No puedo creer que papá llevara rastas. ¿Quién lo iba a imaginar? Es decir, sabía que había sido batería en un grupo hace tiempo, pero esto es simplemente alucinante.

Forcé una carcajada y miré el reloj.

—Será mejor que nos vayamos o llegarás tarde o, como diría la gente normal, a tiempo al curso.

—De acuerdo —dijo—. Pero tengo que hacer una foto de esa imagen por si es papá. Mamá se morirá cuando lo vea con ese peinado.

Sacó el móvil e hizo una foto. Yo estaba demasiado aturdida para hacer nada. ¿Mi padre conocía a Moira Reynolds? Rebusqué en mi memoria intentando recordar si mi padre me la había mencionado alguna vez. Me parecía que no.

«¿Qué significaba eso?».

—¿Puedes hacerme un favor, Tyler?

—Claro —aceptó sin dudarlo. Eso de ser hermanos era realmente la bomba.

—Mándame esa foto por mensaje, por favor, pero no se la enseñes a nadie más —pedí. Tyler me miró con aire interrogante—. Ahora mismo no puedo explicarte por qué, pero prométeme que no se lo comentarás a nadie en robótica, ¿vale? Es importante.

—De acuerdo —aceptó. Sin titubeos ni aspavientos, un simple «sí». Adoraba a ese chico.

Dejé a Tyler y me apresuré a entrar en el edificio, buscando a Em. Ella me tranquilizaría. No vi a Ben, gracias a Dios, porque no sabía si podría evitar soltarle lo que habíamos descubierto.

Al no encontrar a Em en su lugar habitual en el mostrador de información, escudriñé la biblioteca. Había varios bibliotecarios diseminados por el edificio, pero no conocía a ninguno excepto a la señora Bascomb, y no me apetecía hablar con ella. Me asomé a la zona de adolescentes y saludé a Ryan Fielding, el profesor del curso de robótica. Era joven, acababa de salir de la universidad, lucía una espesa cabellera oscura, gafas de montura negra, barbilla puntiaguda y un vestuario que consistía en un colorido carrusel de camisetas de series de dibujos animados. Ese día le había tocado a Bob Esponja.

—Ryan, ¿has visto a Em?

Echó un vistazo al lugar donde Em solía estar sentada por las mañanas.

—Creo que trabaja de tarde, así que probablemente libre por la mañana. ¿Quieres que compruebe su horario?

—No hace falta, gracias. —Saludé a Tyler y salí corriendo del edificio. Envié un mensaje de voz a Em. Mis palabras debieron de transmitir cierto enfado por mi parte, porque ella estaba en el porche de su casa cuando llegué.

Aparqué y me apresuré a subir los escalones de la entrada. Me entregó una taza de café como haría cualquier buena amiga. Me hizo señas para que me sentara en una de las mecedoras de mimbre y ella ocupó la otra.

—¿Qué ha pasado? —me preguntó después de que hubiera bebido un sorbo—. Tu mensaje me ha dejado completamente alucinada. ¿Qué quieres decir con que tu padre llevaba rastas y podrías haber encontrado al padre de Ben? ¿Cómo? ¿Dónde?

—¿Tú también estás alucinada? —grité—. Mi padre conocía a la madre de Ben. ¿Cómo es posible que yo no lo supiera? —Me mecí de un lado a otro, tratando de tranquilizarme. Pero no funcionó.

—Cuando dices que «conocía» a la madre de Ben, ¿en qué sentido te refieres? —preguntó. Atravesó el espacio que nos separaba y puso la mano en el brazo de mi silla para que me detuviera.

—No lo sé. —Paré la mecedora y me giré para mirarla—. Están en una foto juntos con otro chico. —Le pasé mi teléfono—. Mira.

Em miró la pantalla, donde tenía la foto. La estudió en silencio durante un momento. Luego soltó un suspiro como si no pudiera creer lo que estaba a punto de decir.

—No creerás que tu padre y Moira... —Se le apagó la voz.

—¡No! —Me tapé las orejas con las manos—. No lo digas. Ni siquiera lo pienses.

Em se echó a reír.

—Sin duda estás alucinando.

—Un poco —acepté.

—Respira, Sam. Solo estaba tomándote el pelo. Lo siento. —Me devolvió el teléfono—. Prácticamente se siente el chisporroteo entre Moira y el guitarrista. Tu padre parece unos años más joven que ellos. Dudo mucho que sea el padre de Ben.

—¡Ay, lo has dicho! —grité—. ¿Qué hago, Em?

Me miró y se puso seria.

—Tienes que decírselo a Ben.

23

—¡Oh, no! —Negué con la cabeza—. Eso es cruzar una línea.

—¿Qué línea? —preguntó Em—. Le dijiste que lo ayudarías a encontrar a su padre y esta es la mejor pista que hemos encontrado en todo el verano.

—Solo que mi padre también está en la foto —le recordé—. Y eso es muy... incómodo.

Ella negó con la cabeza.

—¿Por qué le das tanta importancia? ¿Recuerdas cuando te pidió ayuda? Dijo que era porque tu familia llevaba generaciones en la isla y conocía a todo el mundo. Tiene mucho sentido que tu padre esté en la foto y que conociera al suyo.

Sorbí mi café. Estaba caliente y amargo y sabía a espanto, o tal vez solo era yo.

—¿Qué pasa, Sam? —preguntó—. Siento como si te callaras algo.

—Se suponía que Ben solo iba a ser una aventura de verano —expliqué. Empecé a mecerme, pero despacio, como si me ayudara a meditar.

—¿Y?

—Mis sentimientos han cambiado —admití—. Pensaba que no teníamos suficiente en común, que lo nuestro no podría durar a largo plazo, pero a los dos nos encantan las series de misterio, le he estado enseñando a hacer *paddle surf*, leemos juntos (vale, él lee y yo escucho) y ahora me está ayudando con el libro de cocina...

—Claro, claro —me interrumpió—. Lo que ha cambiado tus sentimientos por él son todas esas actividades que hacéis juntos, pero no la forma en que te mira como si fueras todo lo que siempre ha querido en una mujer. —El sarcasmo era lo bastante espeso como para untarlo con un cuchillo.

Se me calentó la cara y sentí que tenía que protestar aunque mi corazón gritaba: «¡Sí!, ¡Sí!, ¡Sí!».

Me aclaré la garganta.

—Estoy segura de que no me mira de esa manera.

—Oh, claro que sí —me aseguró Em—. Es muy empalagoso y solo comparable a la forma en que lo miras tú. —Suavizó su voz como si me estuviera dando malas noticias—. Sam, estás enamorada de él.

—No, no, no, no. —Negué vigorosamente con la cabeza como si sacudirme el cerebro fuera a añadir peso a mi negación—. No estoy preparada para eso.

—Demasiado tarde —me aseguró—. Y es mejor que lo aceptes, tendrás tiempo de sobra para tenerlo asimilado cuando vayas a Chilmark.

Fruncí el ceño.

—¿A Chilmark?

—¿No es ahí donde va hoy Ben? —Tomaba tranquilamente su café, como si no acabara de sugerir un curso de acción escandaloso.

—Sí, va a visitar a su madre esta tarde. ¿Qué estás pensando? —Me miró con intensidad—. ¡No! No puedo contarle esto ahora —grité—. Necesito tiempo.

—Sam, odio señalar lo obvio pero ya ha transcurrido más de la mitad del verano. Si Ben quiere averiguar quién es su padre, no puede perder ni un segundo —dijo Em—. Tienes que ir a su casa y enseñarle esa foto.

—También puedo enviársela por SMS —sugerí.

—¿Vas a explicarle que has encontrado una foto en la que sale tu padre con su madre y otro hombre por un mensaje?

—¿Es demasiado forzado? —pregunté.

—Un poco —dijo ella.

Dejé el café en la mesita que había entre nosotras y me froté el cuero cabelludo con los dedos. Sentía que me estaba volviendo loca. ¿Qué querría que hiciera Ben si la situación fuera al revés? Ay, eso era más fácil. Querría que me enseñara la foto. Asentí.

—De acuerdo —acepté—. Me voy.

—«El camino más difícil suele ser el correcto». —aseguró Em—. La protagonista de mi autora favorita, Siobhan Riordan, siempre lo dice en su serie.

—Es la autora de fantasía juvenil que te encantaba cuando íbamos al instituto, ¿verdad?

Em asintió.

—Una mujer sabia. —Tomé mi taza y me bebí el café que quedaba de golpe. Estaba caliente, incluso hirviendo, pero me puso las pilas. Me levanté—. Estoy haciendo lo correcto, ¿verdad?

—Por supuesto —me animó—. Llámame cuando termines.

—No lo dudes. —Me puse de pie. Em dejó su café y se levantó también para darme un abrazo rápido—. Tú puedes.

Bajé los escalones hasta el coche forzando una sonrisa. Arranqué el motor y salí a la carretera. Me planteé llamar a Ben, pero no quería explicarle lo de la foto por teléfono; solo sería un poco menos confuso que un mensaje. Llegué a su casa en cuestión de minutos y, al ver allí su moto, me sentí medio aliviada y medio aterrada.

No tenía ni idea de lo que iba a decirle. Apagué el coche y saqué el móvil. Miré la foto. Quizá no fuera su madre. La idea me llenó de alivio y enseguida me sentí fatal, porque si era su madre, era la primera pista real que teníamos para encontrar a su padre, y eso era lo que yo quería de verdad.

Salí del coche y me acerqué a la casa. Las rosas rosadas seguían floreciendo, atrayendo a las abejas, y su zumbido somnoliento era el ruido de fondo de mi corazón, que había decidido que ese era un buen momento para empezar a latir con fuerza. Me ponía nerviosa enseñarle la foto a Ben por varias razones. Estaba en medio de los escalones que subían al porche cuando la puerta se abrió y él me sonrió, lo que hizo que mi corazón latiera aún más rápido, aunque *a priori* pareciera imposible.

—Buenos días, Samsagaz —me saludó—. Qué inesperado comienzo de mi día. Pasa.

Me quedé de pie en los escalones, mirándolo con intensidad. Sin duda era un buen espécimen masculino, con ese pelo oscuro y ondulado, los hombros anchos y los ojos azul grisáceo de espesas pestañas. No quería darle esperanzas y no quería decepcionarlo, pero Em tenía razón, tenía que enseñarle la foto. Mis sentimientos contradictorios debieron de reflejarse en mi cara, porque frunció el ceño y me abrazó.

—¿Qué te pasa? ¿Estás bien? ¿Le ha pasado algo a Tyler? ¿Qué puedo hacer?

Me incliné hacia él y aspiré durante un instante su aroma inconfundible. Juraría que era una mezcla de libros viejos, café y detergente. Luego di un paso atrás y le entregué mi teléfono, con la fotografía en la pantalla.

—Creo que he encontrado algo —dije bajito.

Sostuvo el aparato con una de sus manos enormes y echó un vistazo. Abrió los ojos de par en par y volvió a mirarme.

—¿De dónde has sacado una foto de mi madre? —preguntó.

Bueno, eso lo respondía todo.

Chilmark estaba justo en la esquina opuesta de la isla a Oak Bluffs. Era un trayecto de unos veinticinco minutos, y eso suponiendo que no nos encontráramos con tráfico por culpa de los turistas. Tuvimos suerte y atravesamos la isla por Barnes Road, pasando por delante del aeropuerto. Sí, el lugar donde se suponía que JFK Jr. iba a aterrizar con su avión. Yo era una niña cuando ocurrió aquella tragedia, pero aun así recordaba aquel día de julio y de qué manera se había sentido en toda la isla la onda expansiva de otra tragedia de los Kennedy. Si era sincera, mi madre aún no lo había superado.

La infancia de mi abuela en Martha's Vineyard había sido muy diferente a la mía. La isla no era un refugio para ricos como ahora. De hecho, había sido una comunidad pobre hasta después de la Segunda Guerra Mundial, cuando la habían descubierto los habitantes de Nueva Inglaterra, igual que a Nantucket y a Cape Cod, como destinos de vacaciones veraniegas. Sin embargo, no había atraído la atención mundial hasta 1969, cuando ocurrió el escándalo de Chappaquiddick. Según mi abuela, había sido entonces cuando todo cambió.

Mientras yo crecía, Vineyard había sido un destino popular para presidentes, actores y otros famosos. Parte de su encanto radicaba en que los vecinos del lugar nunca se habían preocupado por los famosos. Que yo supiera, seguíamos tratándolos igual, y así nos comportábamos con todo el mundo, como si los viéramos como meros veraneantes. Entiendo que sea un destino atractivo, pero para mí era el lugar donde la familia de mi padre se había labrado su trozo de América. Las raíces de los Gale eran profundas en la isla, y volví a arrepentirme de haberme alejado del lugar que tanto amaba.

Giramos a la derecha por la carretera de Edgartown a West Tisbury. El tráfico se hizo más lento en West Tisbury, y empecé a tener dudas sobre nuestro objetivo.

—Quizá deberías hablar con tu madre tú solo —le propuse a Ben. Ocupaba el asiento del copiloto, todavía un poco conmocionado. Cuando había visto la fecha en la esquina de la foto, estuvo seguro de que el guitarrista era su padre.

—Cuéntame otra vez cómo la has encontrado —dijo—. Estaba un poco confuso cuando me la has enseñado.

Le expliqué que Tyler la había visto en la pared del Grape y había reconocido a mi padre, y luego me había fijado en su madre y había notado el parecido con él. Ben asintió.

—Es la mejor pista de todo el verano —comentó—. No puedo creer que estuviera en la pared de una panadería.

—Con la fecha estampada, nada menos —añadí.

Continuamos hasta Chilmark. Estaba en la esquina suroeste de la isla, cerca de Aquinnah. Era uno de los pueblos más pequeños de Martha's Vineyard, con una población de mil doscientos habitantes, más o menos. Ben me guio por una carretera estrecha, que llevaba al camino de entrada de una serie de edificaciones con tejados grises. Las casitas estaban encaramadas en lo alto de un acantilado con vistas a la laguna de Chilmark y al Atlántico. Me gustaría haber llevado mi tabla de *paddle surf*.

Había un monovolumen delante del segundo edificio y aparqué a su lado. Salimos del coche. Entre las casitas reinaba el silencio y me pregunté si habría alguien por allí. Me dejé llevar por la esperanza antes de recordar que Moira debía de estar allí, ya que esperaba la visita de su hijo.

Ben me tomó de la mano y nos acercamos a la construcción de dos plantas con tejados de madera, remates blancos y un porche envolvente. Había una veleta en forma de sirena sobre una cúpula en lo alto del tejado, y me pareció que esa ninfa marina de pechos desnudos me recomendaba que volviera por donde había venido y no regresara.

—No me has dicho que traíais una invitada —gritó una voz desde una de las casitas más pequeñas.

Nos detuvimos y giramos en dirección a la voz. En la puerta abierta de lo que parecía un estudio estaba Moira Reynolds.

Llevaba el pelo castaño con vetas plateadas recogido en un moño desordenado. Vestía un mono vaquero azul desgastado con una camiseta blanca debajo y en los pies lucía unas botas de trabajo negras con cordones como las que usaba Ben para montar en moto.

No sonreía. No había ni pizca de aire acogedor en sus rasgos desmaquillados. Su semblante era severo, algo que se acusaba aun más por las leves arrugas que surcaban sus ojos y su boca. Tenía una ceja levantada en señal inquisitiva o desafiante, no estaba segura de cuál, pero sospechaba que, fuera la que fuere, yo no era bienvenida.

—Hola, Moira —la saludó Ben. No se abrazaron, ni siquiera sonrieron al verse—. Espero que una persona más no suponga un problema para el almuerzo.

—Por supuesto que no, aunque siempre se agradece que avises. —Levantó la barbilla mientras me estudiaba. Sus ojos azul grisáceo eran como los de Ben, pero sin su calidez. Cuando su mirada me recorrió, me dejó helada. Tensó los labios—. ¿Cómo estás, Samantha Gale?

Oírla decir mi nombre me dejó paralizada. ¿Le había hablado Ben de mí? Mi ridículo corazón aleteó en mi pecho con algo parecido a la esperanza. Intenté reprimirlo mentalmente. ¿Y qué más daba si lo había hecho? No significaba nada. Lo miré de reojo. A juzgar por la sorpresa que se reflejaba en su cara, no le había hablado de mí. Bueno, de acuerdo.

—Lo siento, ¿nos conocemos?

—No, pero te pareces a Tony —comentó—. Ese ADN Gale es inconfundible.

Asentí; era cierto.

—Entonces, ¿conoce a mi padre? —pregunté, pensando que esto nos daría pie para mencionar la foto.

No contestó, sino que me estudió y frunció el ceño. Sentí que estaba teniendo un debate interno.

—Acabo de hacer té. ¿Queréis un poco?

Hizo un gesto con la mano, indicándonos que la siguiéramos.

Moira entró en el estudio. El espacio de trabajo era de planta diáfana. Se trataba de una habitación enorme, repleta de estanterías llenas de planchas de metal de distintos tamaños, maquinaria de aspecto industrial y herramientas para las que ni siquiera tenía nombre.

En el centro del espacio había una gran obra de arte, y me puse a estudiarla. El cobre había sido moldeado en lo que parecía una espiral de fuego y en el interior se había formado la voluptuosa silueta de una mujer, también de cobre, pero con una llamativa pátina azul turquesa. Dado lo que Ben me había contado antes sobre el arte evocador de su madre, me pregunté si sería la representación que Moira hacía del orgasmo femenino. No lo creía. A pesar de las curvas de la mujer, no desprendía vibración sexual.

La gran mesa de trabajo era de madera y contenía otras piezas. En cualquier otro momento habría sentido curiosidad por su trabajo, pero al contemplar los musculosos bíceps de Moira, decidí que esas preguntas podían esperar.

Nos condujo a través del edificio hasta un patio de piedra exterior. La vista era impresionante. Una exuberante colina descendía hacia una hilera de árboles que bordeaban la laguna. Un poco más allá se podía ver la estrecha línea de arena que separaba la laguna del mar.

Era exactamente el tipo de lugar donde uno esperaría encontrar el estudio de una artista de renombre. Nos indicó que nos sentáramos en las sillas acolchadas que rodeaban la mesa rectangular de cristal. En el centro había un cenicero de cristal con lo que parecía ser un porro.

—Poneos cómodos. Voy a por el té.

Desapareció de nuevo en el estudio. Me senté y Ben ocupó la silla junto a la mía. Yo no podía dejar de mover la pierna arriba y abajo. Oía el canto de los pájaros, sentía el cálido sol en la cara, pero eso no ayudaba a calmar mis nervios. Tenía la sensación de que se avecinaba un enfrentamiento y no me gustaban nada. De hecho, hacía todo lo posible por evitarlos.

La brisa arrastraba consigo el olor salobre del océano, respiré hondo y contuve la respiración, para luego soltar el aire lentamente. No podía decir que estuviera ya calmada, pero algo me tranquilizó. El impulso de huir seguía ahí, justo bajo mi piel, y por un segundo me pregunté si podría llegar hasta el coche. Antes de que pudiera hacer nada, Ben me puso la mano en la rodilla.

—Samsagaz, relájate, todo irá bien —aseguró. Su voz ronca llegó a esa cuerda justo en mi vientre, haciéndome temblar en el buen sentido—. ¿De acuerdo?

Me giré para mirarlo y él se inclinó y me besó. Esperaba una caricia rápida y tierna. No fue así. Encerró mi cara entre sus manos y me besó con una intensidad que me hizo respirar de forma agitada y olvidar mi nombre.

La puerta se abrió de golpe, rompiendo el hechizo. Ben se apartó de mí cuando Moira salió del estudio con una bandeja que contenía una tetera y tres tazas de porcelana. Ben se levantó de su silla y alargó la mano para ayudarla; ella se lo permitió mientras nos lanzaba una mirada especulativa. Pues muy bien…

—Por suerte, había hecho mucho antes de que llegarais. Me estáis ahorrando un exceso de teína, así que habéis aparecido en el momento oportuno —comentó. Su sonrisa era forzada y no le llegaba a los ojos.

Sospeché que se trataba de algo que se había dicho a sí misma en el estudio y no los sentimientos que le provocaba realmente la aparición de una extraña en su puerta. Sin duda, Moira era una presencia formidable y agradecí el té que me tendió Ben, pues tenía la garganta seca y me notaba llena de ansiedad.

Una vez que todos estuvimos sentados con el té, Moira clavó en mí esos ojos azul grisáceo tan familiares. No dijo nada, solo me miraba como un búho. Fue desconcertante. Esperé a que Ben dijera algo, que mencionara la foto, pero no lo hizo. Mi yo extrovertido, la parte de mí que encandilaba a todo el mundo para distraerlos de mi neurodivergencia, tomó el timón.

—Es un lugar encantador.

Moira no dijo nada. Solo dio un sorbo al té. Ben había dejado su taza sobre la mesa y no bebía. La tensión entre ellos era casi un cuarto invitado, y estuve a punto de ofrecerme a servirle un poco de té.

—Imagino que este entorno debe inspirar su increíble trabajo —comenté.

Era una afirmación de hecho, no una adulación, lo juro. Sin embargo, ella no abrió la boca, se limitó a mirar más allá, al océano. Ben la había calificado de reservada y me pareció un eufemismo espectacular. De repente, mi necesidad de que Ben dijera algo se enfrentó a mi deseo de largarme de allí. Decidí darle un empujón.

—Quizá se esté preguntando cómo nos hicimos amigos Ben y yo, y por qué me ha traído aquí… —Empecé, pero ella me interrumpió.

—Yo diría que eres más que una amiga para mi hijo —resumió. Su expresión era impasible. Y no supe qué pensaba al respecto.

—Moira. —El tono de Ben era de advertencia.

Noté la cara caliente. Entonces, ¿le había hablado de mí? ¿Qué le había dicho? ¿Cómo debía responder? Moira no me daba nada con lo que elucubrar, pero Ben entró en la arena como un gladiador.

—Martha's Vineyard es un lugar pequeño —constató él—. Imagino que te habrás enterado de que Sam y yo hemos empezado a salir juntos porque te lo ha dicho alguien en el supermercado de Chilmark.

Moira arqueó las cejas, pero no dijo nada, así que interpreté que Ben había acertado. Casi me estremecí de alivio. Me desagradaba la idea de que hablara de mí con su madre porque, francamente, me estaba pareciendo aterradora.

Me había dicho que su infancia no había sido convencional, pero no me había dado cuenta de que no había estado llena de arcoíris y cachorros hasta que la conocí. Miré a Ben. El sol hacía brillar su pelo oscuro hasta los hombros. La barba bien recortada enmarcaba sus labios carnosos y acentuaba sus pómulos, pero fueron sus ojos los que me atrajeron, envolviéndome como una caracola marina en una marea entrante.

Parecía exhausto, y no por falta de sueño, sino por un profundo cansancio. Esa batalla con su madre sobre la identidad de su padre le estaba pasando factura. Me dolía verlo así y también me enfurecía.

—Entonces, ¿estáis saliendo? —preguntó Moira.

Esta vez no esperé a que Ben contestara.

—Ben y yo todavía no hemos decidido lo que somos, es cosa nuestra. —Eso era cierto. No habíamos hablado todavía de nada, solo sabíamos que el otro era su persona. Miré a Ben y vi admiración en sus ojos. Imaginaba que muy pocas personas podían enfrentarse a su madre. Me senté más derecha—. Considero a Ben una parte importante de mi vida, por eso he estado intentando ayudarle a encontrar a su padre.

Me volví hacia Moira. Tenía los labios apretados y sus ojos azul grisáceo daban miedo. No brillaban como el sol sobre las olas, como los de Ben.

—¿Por qué has hecho tal cosa? —preguntó. No parecía enfadada, solo perpleja.

—Porque yo se lo pedí —intervino Ben. No añadió que era porque ella se había negado a decírselo.

—Lo que es importante para Ben es importante para mí —expliqué. Miré a Ben y asentí. Me tendió la mano y puse el teléfono en su palma.

La levantó para que su madre pudiera verla.

—El hombre de esta foto, el guitarrista, ¿es mi padre?

El mundo se paralizó. Los pájaros dejaron de cantar, la brisa se detuvo, incluso las olas de la playa cesaron mientras esperábamos su respuesta.

Ella le quitó el aparato de la mano y estudió la foto. Su rostro mostró cierta ternura y se le dibujó una pequeña sonrisa en la comisura de sus labios. Tuve la sensación de que su termostato interior subía un par de grados, aunque no se acercara a ningún tipo de calor real, solo como si quitara la escarcha.

—Me acuerdo de esto. —Moira me miró—. Tu padre era un batería maravilloso. Tenía más entusiasmo que talento, pero a veces eso es más importante.

Me pasó el teléfono y esperé a que me hablara del guitarrista, aunque no lo hizo. Le entregué el iPhone a Ben, intuyendo que querría enviarse la foto.

—Mi hermano, Tyler, encontró esta foto clavada en la pared con otros recuerdos de The Grape, la panadería del pueblo —le explique a Moira—. Es de 1989.

—¿En serio? —Sorbió su té.

Ben miró a su madre y luego de nuevo la pantalla. Se frotó el pecho con los nudillos de la mano libre, como si intentara tranquilizarse.

—¿Quién es el guitarrista? —la presionó Ben.

—Todo el mundo adoraba a tu padre —ignoró a Ben.

Estudié su rostro. Tenía una mirada soñadora, como si reviviera un momento para ella precioso.

—Tony Gale era como el hermano pequeño de todos —continuó.

—¿Y el otro hombre? —insistió Ben. Su voz era feroz—. ¿Quién es el guitarrista?

Moira lo miró con intensidad y luego se levantó, empujando su silla hacia atrás. Se volvió hacia mí.

—¿Has visto la pieza en la que estoy trabajando? —Estaba claro que debía seguirla—. Ven, te la enseñaré.

Miré a Ben. Tenía los ojos entrecerrados y la mandíbula apretada, y recordé la conversación que habíamos tenido en la que había fingido comportarse como haría su madre. Su ejemplo había sido más acertado de lo que creía. Se limitaba a ignorar nuestras preguntas. ¡Qué locura!

Tal vez, si la acosábamos entre los dos, lograríamos abatirla. Me puse detrás de Moira cuando entró en el estudio. Señaló la pieza que parecía una gran llama de cobre con la mujer dentro. Se detuvo frente a ella, estudiándola.

—Todavía no está completa. Necesita algo más —dijo, y se volvió hacia mí—. ¿Qué te parece?

¡Ay, mierda! ¿Era una prueba? ¿Era así como determinaría si respondería a nuestras preguntas o no? No tenía ni idea de qué decir. Nunca había tenido una gran pasión por el mundo artístico. Algunas cosas me gustaban y otras no. El arte moderno me desconcertaba y el que se veía en los centros comerciales me daba náuseas.

—Es impresionante. —Sandeces, intentando apaciguar el ego de la otra persona.

—¿Por qué? —preguntó.

—Porque es enorme. —Me quedé mirando la pieza. No me equivocaba, pero intuía que no era eso lo que ella buscaba. Así que estábamos jodidos.

—Aquí está la explicación artística. —Moira tomó un trozo de papel de una mesa cercana y me lo dio—. Léelo en voz alta.

—¿Eh...? —Miré el papel. Por supuesto, no estaba escrito en un tipo de letra para disléxicos.

—Lo leeré yo —dijo Ben.

—No —dijo Moira. Me miró con intensidad—. Ella.

Tenía los nervios tan tensos que pensé que se me romperían. Pensé en echarme un farol. Podía fingir que no llevaba las gafas o que tenía algo en el ojo, pero no lo hice. En lugar de eso, le devolví el papel.

—No puedo. Necesito tiempo para estudiar lo que pone.

Parpadeó. Sospechaba que la fama había creado alrededor de Moira Reynolds una burbuja de seguridad en la que rara vez oía la palabra «no». No tenía ni idea de cómo tomarse mi negativa.

—¿Por qué? —preguntó ella.

—Leer no es lo mío —repuse.

Me miró boquiabierta.

—¿No sabes leer?

Me encogí de hombros. No tenía por qué explicarle que tenía dislexia a una mujer que se negaba a responder a las preguntas básicas de su propio hijo. Mi vida no era suya para juzgarla.

Se echó a reír.

—Maravilloso. —Se volvió hacia Ben—. Has tenido la nariz dentro de un libro desde que eras un niño pequeño y te lías con ella, una mujer que no sabe leer.

—Moira, para —ordenó Ben. Su voz era aguda, como una sirena para que no diera un paso más.

Ella lo ignoró y se rio con más fuerza. Sentí que mi vieja amiga, la vergüenza, me pasaba el brazo por los hombros y me apretaba en una especie de abrazo que me hacía sentir barata, sucia e insignificante. Ni siquiera podía mirar a Ben.

—Cuéntame —dijo Moira—. ¿Cómo os entretenéis? ¿Viendo *realities*? ¿O te gusta seguir la vida de los famosos?

Sabía que debía aclararle que lo de no leer no era una preferencia personal, pero en ese momento me estaba pareciendo tan desagradable que no podía ni hablar.

—Moira, ¡basta! —intervino Ben. Se interpuso entre ella y yo como si su presencia física pudiera protegerme de sus palabras. Miré a Moira por encima de su hombro. Ella nos contemplaba con los puños cerrados y la mandíbula tensa.

—No pasa nada, Ben —musité.

—Claro que pasa —dijo—. No sabes nada de Samantha. ¿Cómo te atreves a burlarte de ella? Resulta que tiene dislexia.

—¿Cuál es la diferencia entre si es ignorante por las circunstancias o por elección? —se burló Moira.

¡*Ay!* Eso dolía.

Vi que Ben se ponía rígido. La furia irradiaba de él en oleadas y le tomé la mano. No creía que fuera a hacer nada, pero quería darle un ancla por si la necesitaba.

—Hay una gran diferencia —explicó él—. Es algo parecido a la diferencia entre ser una persona amable, generosa y cariñosa o ser una persona mezquina, tacaña y odiosa.

Moira echó la cabeza hacia atrás como si la hubiera abofeteado.

—¡Fuera! —siseó ella con los dientes apretados.

—Vámonos, Ben. Aquí estamos perdiendo el tiempo. —Me di la vuelta para irme, arrastrando conmigo casi noventa kilos de macho furioso.

Ya en la puerta, me detuve. Recordé que Ben me había dicho que mi neurodiversidad me permitía ver cosas que otros no veían, así que eché un último vistazo a su obra

—No necesito leer la explicación artística para entender el concepto de tu obra. Si quieres te diré exactamente lo que representa.

—¿Sí? —Moira alzó las cejas con desdén.

—Es una colección sobrevalorada de chatarra, improvisada con una forma provocativa por una mujer que no puede formar un vínculo emocional con otro ser humano. —Señalé la escultura con el brazo—. Esto representa a una mujer tan cerrada al mundo que no puede ni siquiera reconocer el dolor personal que siente y está siendo consumida por él. —El rostro de Moira seguía impasible—. ¿Qué tal lo he hecho? —pregunté. No esperé a oír su respuesta.

24

Cuando la puerta se cerró a nuestra espalda, medio esperaba que Moira apareciera de nuevo, pero no fue así. Ben parecía tan entumecido, que me pregunté si lo habría ofendido al insultar a su madre. Sabía que su relación era tensa, pero seguía siendo su madre y existían límites. Podía burlarme de la crisis de mediana edad de mi padre, pero no permitiría que cualquier persona ajena a la familia hiciera lo mismo.

—Lo siento —me disculpé. Cruzamos el camino de entrada y nos detuvimos junto a mi coche—. No debería haber criticado su escultura.

—¿Estás de broma? —preguntó Ben—. Ha sido increíble. Nadie se había enfrentado a Moira Reynolds desde hace mucho tiempo. Has estado espectacular.

Bueno, entonces todo iba bien. Subimos al coche y llevé a Ben de vuelta a su casa. Estuvo callado la mayor parte del trayecto. Lo miré un par de veces y lo vi acercar y alejar la foto, estudiando al guitarrista hasta que el tipo se convirtió en píxeles. Me pregunté qué estaría pensando y qué haría ahora, pero no se lo pregunté. Sospechaba que necesitaba un tiempo para pensar.

Aparqué en la entrada y los dos salimos del coche. Sacó mi teléfono del bolsillo y me lo entregó.

—Me he enviado la foto.

—Perfecto. Ya veo que tu madre no será de ayuda, pero le enviaré la foto a mi padre. Quizá recuerde quién es el guitarrista.

Los ojos de Ben se iluminaron de esperanza.

—Me parezco a él... —Su voz era vacilante, como si estuviera probando esas palabras.

—Yo también lo creo —confirmé.

La mirada de Ben se encontró con la mía y sus ojos brillaron de emoción.

—Voy a encontrarlo, Samsagaz.

—Me parece que tienes muchas posibilidades —convine. Cedí a mis sentimientos, le rodeé el cuello con los brazos y lo abracé con fuerza—. Me alegro mucho por ti, Ben.

Me levantó hasta que me colgaron los pies en el aire y me besó. Fue un beso muy intenso, y yo respiraba agitadamente al final.

—Nunca habría llegado tan lejos sin vosotros —dijo—. Nunca podré agradecéroslo lo suficiente.

—No es necesario. Formamos un buen equipo, Bennett Reynolds.

—Sí. —Me besó de nuevo—. Nosotros... —otro beso— lo somos. —Me besó una tercera vez, durante más tiempo. Cuando nos separamos, ni siquiera estaba segura de cuál era mi nombre.

—Voy a subirme al ferri para ir a Cape a ver a mis abuelos. Quiero saber si reconocen a este hombre. Es una posibilidad remota, pero tengo que intentarlo.

—Gran idea. Y si sé algo de mi padre, te lo haré saber.

Ben sonrió y fue como si me golpearan en el pecho con un arcoíris. Nunca lo había visto tan feliz, y debía reconocer que un Ben feliz era un Ben incluso más guapo.

—Te llamaré. —Volvió a besarme, inmovilizándome contra el lateral del coche y saqueándome la boca mientras me aferraba las caderas con las manos para mantenerme quieta hasta que me convertí en un palpitante charco caliente de necesidad. Cuando rompió el beso, su mirada buscó la mía—. Eres una mujer increíble. ¿Qué he hecho para merecerte?

Noté un nudo en la garganta. Nadie me había considerado nunca una bendición, y me entraron ganas de llorar. En lugar de eso, solté un chiste.

—Algún pecado, sin duda, tienes muchos libros atrasados en la biblioteca o algo así.

Se rio con una profunda carcajada y volvió a besarme. Cuando me soltó para que recobrara el sentido, vi cómo pasaba la pierna por encima de la moto y se ponía el casco. Salió disparado por el camino hacia la carretera con un rugido del potente motor. Lo observé hasta que desapareció de mi vista, sintiendo que todo el amor de mi pobre corazón lo seguía en su viaje.

Faltaban unas horas para recoger a Tyler, así que me dirigí a casa. Desde allí enviaría la foto a mi padre. Conduje muy despacio por Oak Bluffs para evitar a los turistas, y cuando llegué, me encontré un monovolumen aparcado delante. Giré en el corto camino de entrada y estacioné.

Subí los escalones para encontrarme con una persona sentada en el porche. Di un respingo y me llevé la mano al corazón. Moira se puso de pie mientras me observaba con una mirada inescrutable.

—No tienes ni idea de lo que has hecho —anunció moviendo la cabeza.

Tampoco tenía ni idea de lo que quería decir, pero un mal presentimiento me recorrió la espalda como un escalofrío. Esperaba que no fuera más que el don a lo dramático de Moira. Pasé junto a ella para ir a la puerta. Dada su incapacidad para ayudar a su propio hijo a encontrar a su padre, no tenía ningún interés en escuchar lo que tuviera que decir.

Casi lo logro. Casi. Había abierto y tenía la mano en el pomo cuando Moira me detuvo.

—Lamenté el divorcio de tus padres.

¿Por qué sacaría ese tema? Me giré para mirarla. Tenía una expresión triunfal.

—Tu padre se quedó conmigo en Cape mientras estaban separados —explicó—. ¿Lo sabías?

«¿¡Qué!?».

Quise protestar, discutir con ella, pero estaba demasiado sorprendida y solo pude mirarla.

—Hablaba de ti a menudo —continuó—. Cuando se quedó conmigo fue una época preciosa, dos adultos que se reencontraban después de muchos años separados. Ah, bueno... Que tengas un buen día, Samantha.

Antes de que pudiera decir una palabra, se dio la vuelta, bajó los escalones y se sentó detrás del volante del monovolumen. Di un paso adelante, dispuesta a ir tras ella, pero me detuve. Eso es lo que quería que hiciera. Intentaba provocarme y no iba a caer en la trampa.

Vi cómo se alejaba su vehículo, cerré la puerta de casa y fui directamente a la biblioteca en busca de Em. Necesitaba su perspicacia y sabiduría, su humor y su tacto. Necesitaba que se sentara encima de mí para evitar que volviera a casa de Moira y la obligara a hablar amenazándola con una llave inglesa si era necesario.

Encontré a Em en la sala de trabajo del personal. Me senté en la silla junto a su escritorio y le conté todo lo que había pasado. Cuando llegué al final de mi historia de aflicción, estaba a punto de colapsar por falta de oxígeno

—Has tomado una buena decisión al venir aquí —comentó—. Pelearte con la madre de tu novio no es un buen plan.

—Pero ella...

—Lo sé.

—Y ella...

—No puedes ganar así, Sam. Posee toda la información y la mantiene a buen recaudo. —Em me dio una palmadita en el brazo.

—¿Qué hago? —pregunté—. Se plantó en mi casa e insinuó que tenía algún tipo de relación con mi padre. ¿No debería haberla desafiado por eso?

—Primero tienes que hablar con tu padre —dijo Em. Tecleó, miró algo en la pantalla del ordenador y dejó el libro que tenía en la mano sobre el carrito que había a su lado. Luego tomó el siguiente libro.

—Lo intenté de camino aquí —expliqué—. Pero están en la parte del crucero y la cobertura es terrible. Así que le he dejado un mensaje en el buzón de voz; quién sabe cuándo lo recibirá.

—Quizá tengas suerte y lo escuche hoy o el día que toquen tierra. Mientras tanto, tienes que alejarte de esa narcisista tóxica. —La miré sorprendida—. He vivido muchos años con mi madre y sé reconocer a una —me explicó.

Me recliné en el respaldo. No sabía qué decir. Em siguió registrando los libros. Mi cerebro daba vueltas a todas las posibilidades, escudriñando todos los resultados que podía imaginar.

—Tengo que decírselo a Ben —comenté.

—¿El qué? —preguntó Em.

—Si lo que dijo Moira es cierto, que mi padre estuvo con ella cuando mis padres se separaron, es algo que habría ocurrido después de que Ben se fuera a vivir con sus abuelos, y puede que él no lo sepa. Pero ¿y si lo sabe y simplemente no lo recuerda? ¿Y si mi padre y él se encuentran y Ben le suelta algo tipo: «Oye, me acuerdo de ti. Te vi salir de la habitación de mi madre cubierto con su bata»?

Em se echó a reír.

—Lo siento —resopló—. De verdad que lo siento, pero imaginarme a tu padre con una bata de mujer es demasiado. —Estaba claro que no lo había visto con los vaqueros ajustados.

Hundí la cara entre las manos.

—Em, ¿qué voy a hacer? No puedo ocultarle esto a Ben. Se va a enterar.

—¿Y qué pasaría? —preguntó—. ¿Qué es lo peor que puede pasar?

—Lo peor sería que nuestros padres sean exnovios. —Puse cara de haber mordido un arándano verde—. Eso sería lo peor. Es decir, ¿cómo podría salir con Ben sabiendo que mi padre y su madre...? ¡Aggg!

—Fue hace mucho tiempo —dijo Em—. Y tienes que darle a Ben algo de crédito.

—Tal vez, pero ¿y yo? No sé si estoy preparada para que mi padre y Ben se conozcan sabiendo lo que sé —expliqué—. Sería muy raro.

—Hay que reconocer que es raro —aceptó—. Pero no sería el fin del mundo. Es decir, no es como si tu padre fuera también el su...

—No lo digas —grité. Me tapé las orejas con las manos. Ella se rio y sacudió la cabeza.

—Tengo un descanso dentro de una hora. ¿Me acompañas para que podamos hablar con más detalle?

—Ojalá pudiera —me lamenté—. Pero tengo que recoger a Tyler y hacerle la comida. —Me levanté y me incliné para abrazar a Em, que me devolvió el apretón.

—Todo va a salir bien —aseguró—. Tu padre volverá pronto y podrás preguntarle si lo que ha dicho Moira es verdad. Podría ser que solo estuviera jugando contigo. Está claro que tiene muchos problemas.

—Tienes razón. Es solo que no sé cómo enfrentarme a Ben. Quiero decir, ¿qué se supone que debo decir? «Oye, creo que nuestros padres podrían haberse enrollado y ¿qué tal van los Red Sox?». Es una pesadilla.

—¡Sam! —Em pronunció mi nombre de esa forma cortante que tiene la gente cuando quiere toda tu atención. Busqué su mirada y ella continuó—: Estás al borde de un ataque de pánico, y lo digo como amiga tuya y como persona que tiene una relación íntima con el pánico.

—Tienes razón —acepté—. A Moira no la impresioné demasiado y probablemente esto sea su mezquina venganza.

—Exacto —coincidió Em—. No tienes nada de qué preocuparte. Solo tienes que averiguar cómo compartir esta nueva información con Ben. Todo irá bien. Ya lo verás.

A pesar de la confianza que Em tenía en mí, mi versión de la situación consistió en evitar a Ben durante los días siguientes. En mi defensa debería decir que había aceptado varios encargos de *catering* para Stuart en la posada, uno de los cuales era una cena de ensayo de una boda de alto nivel, así que no tuve mucho tiempo libre.

Por suerte, apenas tenía un momento para pensar en nada, salvo algún que otro debate interno sobre mi padre y su amistad con Moira. Lo cierto era que no podía imaginarme que hubiera pasado nada entre ellos, pero sus palabras me molestaban como una picadura de insecto que no debería rascarme y, sin embargo, lo hacía, consiguiendo que me picara como el fuego. Pensé en llamar a mi madre, pero no quería arrastrarla al pasado, sobre todo si no lo sabía. Además, Em tenía razón, ¿por qué iba a creerme nada de lo que Moira dijera cuando su modus operandi era meterse con la gente? ¡Aggg!

Intenté llamar a mi padre de nuevo, pero esta vez en lugar de saltar el buzón de voz no hubo respuesta. La llamada se cortó. Maldita fuera la cobertura.

Así que mientras esperaba noticias de mi padre, me atrincheré en mi espacio seguro, la cocina. Stuart quedó impresionado con mi ética de trabajo e hizo algunos comentarios sobre la posibilidad de contratarme de forma permanente. Mi cuenta bancaria estaba más saneada por el trabajo y yo me sentía mejor conmigo misma.

Me había sentido fatal por haber sido rechazada en el Comstock, pero la voz crítica de mi cabeza se había calmado desde que había vuelto a trabajar y tenía más vida personal. Solo que ahora era la voz de la madre de Ben la que se repetía en mi cabeza. «¿Has tenido la nariz dentro de un libro desde que eras un niño pequeño y te lías con ella, una mujer que no sabe leer?».

Oía la pregunta de forma continua, y eso avivaba las llamas de mi inseguridad. Sabía que la mejor manera de enfrentarme a ello era hablar con Ben, pero, la verdad, estaba nerviosa. Era ridículo y lo sabía.

Pasaron dos días sin que tuviera más contacto con Ben que unos mensajes de voz. Sus abuelos no sabían quién era el guitarrista. Había preguntado por toda la isla, pero nadie había reconocido al hombre misterioso de la foto. Por mi parte, no le contestaba el teléfono y dejaba que todas sus llamadas fueran a mi buzón de voz. Conocía su agenda lo suficientemente bien como para devolverle la llamada cuando no podía responder.

Por fin, llegó la noche de la cena de ensayo de la boda en el patio de la posada Tangled Vine. Fue un acontecimiento increíble. Todos los platos que serví cumplieron mis expectativas y los clientes fueron muy generosos con sus cumplidos y elogios. Se trató de una pequeña reunión con las dos familias y sus invitados más cercanos. Observé desde la cocina que el novio miraba a la novia con tanto amor y afecto que sentí un pellizco en el corazón. ¿Podríamos Ben y yo estar así algún día?

«No si no le dices lo que pasa», me reprendió la voz de mi cabeza. No me gustaba reconocer cuando tenía razón. Debía hablar con Ben lo antes posible. Decidí que lo llamaría al llegar a casa y le contaría todo lo que sabía. ¿Qué había escrito la autora favorita de Em? «El camino más difícil suele ser el correcto». Que así fuera.

Al final de la noche, terminé de meter las cosas en el coche y pulsé el botón del mando para cerrar la puerta trasera. Cuando oí que se cerraba, me acerqué a la puerta del conductor.

—Hola, Samsagaz. —Y ahí estaba apoyado Ben, como si lo hubiera conjurado con todo el anhelo de mi pobre corazón.

25

—Hola, Ben —saludé en voz alta y tensa. Debió notar algo de estrés en mi tono porque su sonrisa desapareció. Frunció el ceño algo confuso.

Se alejó del coche y se acercó a mí. Me puse rígida. No porque no quisiera que me tocara, sino todo lo contrario. Temía que si lo hacía, me aferraría a él y nunca lo soltaría.

Se detuvo, leyendo con precisión mi lenguaje corporal, y se afianzó sobre los talones. Me recorrió con la mirada, como si se diera cuenta de los cambios que se habían producido en mí en un par de días.

—¿He hecho algo? —preguntó.

—No —aseguré inmediatamente. Quizás había sido demasiado enfática en mi negativa, porque alzó las cejas como si no me creyera.

—Me has estado evitando —afirmó.

No lo negué porque no quería mentir. En lugar de eso, me quedé mirando al suelo, intentando ordenar mis pensamientos. Me había tomado desprevenida; no estaba preparada para verlo ni para contarle de qué me había enterado.

Malinterpretó mi mirada, ¿por qué no iba a hacerlo?

—Mira, si no quieres verme más, puedes decírmelo —afirmó de inmediato—. Sé que querías que fuera una relación a corto plazo y no soy tan frágil.

La forma en que lo soltó, con ferocidad y a la defensiva, dejó claro lo que realmente sentía. Entonces me di cuenta de que, al igual que yo tenía miedo de ser rechazada, él también lo tenía. No era de extrañar, dado el iceberg que tenía por madre. Qué más daba, eso no era lo que importaba. Sabía que había sido muy egoísta al no ser directa con él.

—No es eso —afirmé—. Mira, tengo que contarte algo, pero estaba intentando ordenar mis pensamientos antes de sacar el tema. —Además, tenía muchas ganas de saber de mi padre, pero no quería entrar en ese asunto.

Se acercó, sin tocarme, pero lo suficiente para que pudiera oler el aroma que lo caracterizaba: libros viejos, cuero y un toque a café. Quería envolverme en él como en una manta. Diablos, quería abrazarlo y llevarlo para siempre conmigo. Pero no lo hice.

Levanté la mirada hacia él, esperando que pudiera ver en mi expresión lo que yo sentía, sobre todo anhelo, pero también sentimientos. Estábamos justo fuera de la zona iluminada por los focos de la posada, pero lo que vio le hizo relajarse un poco.

—¿Cuándo? —preguntó.

—Mañana por la noche, después del trabajo, ven a cenar a casa —lo invité—. Prepararé algo increíble. Podemos hablar entonces.

Asintió.

—De acuerdo.

Dio un paso atrás y sentí como si el corazón se me encogiera en el pecho, como si se hundiera en mi interior, con cada centímetro de espacio que ponía entre nosotros.

—Samsagaz, tal vez no sea el momento, pero siento que debo decirte... —empezó, pero lo interrumpí.

—Dejemos eso para mañana —pedí. No quería declaraciones de sentimientos hasta que aclaráramos lo que había ente su madre y mi padre y lo que sentíamos al respecto y el uno por el otro.

Pareció herido. Me sentí fatal, pero sabía que era lo mejor. Cuando le dijera que lo amaba, y lo haría, no quería que nada raro ensombreciera el momento.

—De acuerdo. —Se metió la mano en el bolsillo y sacó una pequeña grabadora digital. Me la tendió.

—¿Qué es esto? —pregunté. La acepté de mala gana, como si no supiera qué hacer con ella, lo que era del todo exacto.

—No sabía qué esperar esta noche —explicó—. Estaba preparado para lo peor. Así que me he grabado leyendo el resto del libro para ti, porque sé que querrás saber cómo acaba. Está todo en la grabadora. Solo tienes que pulsar *Play*.

—¡Oh, Ben! —Me tembló la voz y los ojos se me llenaron de lágrimas. La consideración de su gesto fue mi perdición, me desarmó por completo.

—Buenas noches, Samsagaz —dijo. Se dio la vuelta y se encaminó a su moto, que estaba aparcada justo detrás de mi coche. Con un movimiento fluido, se subió y se encajó el casco. Con un movimiento de muñeca, puso el motor en marcha y desapareció.

—Tyler, ¿puedes poner la mesa? —pregunté. Estaba en la cocina dando los últimos toques a la cena. Había optado por elaborar unos platos típicos de las Azores que Vovó me había enseñado. Así que había filetes de atún y espárragos con pastel de judías rojas de postre.

—Pero he quedado con Sophie —protestó.

—No antes de la cena —advertí.

—¿Qué? ¿Por qué? —preguntó. Se había detenido en la puerta de la cocina, con cara de disgusto.

Le eché un vistazo. Estaba a punto de calentar el aceite para los filetes de atún y no tenía tiempo para discutir.

—Porque soy tu hermana y te necesito —expliqué.

Abrió los ojos de par en par. No me extrañaba. Nunca había utilizado la carta de ser su hermana.

—¿Qué ha pasado? —preguntó—. Pensaba que Ben iba a venir a cenar.

—Va a venir —constaté.

—¿Os habéis peleado?

—No, pero tengo que decirle algo y te necesito como amortiguador —expliqué—. No te voy a poner en un aprieto raro, pero si estás presente, quizá se relaje un poco antes de que le suelte la bomba.

—Dios mío, ¿estás embarazada? —Me miró boquiabierto.

—¡No! —grité—. ¿Por qué has pensado eso?

Se encogió de hombros.

—Tal vez sea por esa charla estelar que me diste sobre educación sexual.

Lo fulminé con la mirada y él sonrió.

—Pero en serio, sería un tío fabuloso, por decir algo —bromeó.

—Cállate —dije—. Es algo relacionado con la búsqueda de su padre.

Tyler sabía lo mínimo sobre el objetivo de Ben, lo justo para que su expresión se tornara seria.

—¡Ay! —exclamó—. Vale, hermanita, le mandaré un mensaje a Sophie diciendo que no puedo quedar hasta más tarde.

—Gracias. No sabes cómo aprecio tu gesto.

Lo miré mientras enviaba varios mensajes de texto a su chica con una mano, sin perder la sonrisa, que era ridículamente adorable, y ponía la mesa con la otra. Se me ocurrió que si todo se torcía con Ben, al menos aún me quedaba Tyler. Ese pensamiento resultaba extraño, pero reconfortante.

Todo estaba listo. Cuando llegara, pasaría los filetes con rapidez por la sartén y, si Ben llegaba a tiempo, tendrían un sabor estupendo. Estaba sirviendo el agua en los vasos cuando oí unos pasos en el porche y la puerta se abrió de golpe. Tomé como una buena señal que Ben se sintiera lo suficientemente cómodo como para entrar.

—¿Hola? ¿Niños?

Tyler y yo nos quedamos paralizados. Era la voz de mi padre. Al unísono, cruzamos el salón y lo encontramos allí, con Stephanie.

—¡Mamá! ¡Papá! —gritó Tyler, que cruzó la habitación y los abrazó a los dos. Cuando los soltó, ocupé su lugar.

—¡Hola! Tenéis un aspecto increíble. —Los dos lucían un brillo postvacacional imposible de negar.

—Gracias —dijo Stephanie. Me besó las dos mejillas como había hecho mi padre—. Aunque el *jetlag* me está haciendo sentir como una momia recién exhumada.

—Por cierto, ¡vimos las momias! —intervino mi padre.

—¿Me has traído una? —preguntó Tyler.

Mi padre se rio y volvió a abrazarlo. Alborotó el pelo de Tyler.

—¿No has crecido más mientras no estábamos? —preguntó.

—Es por las verduras que Sam me hace comer.

—¿Has conseguido que coma verduras? —preguntó Stephanie—. Creo que estoy en *shock*.

Me reí. Entonces me di cuenta de lo mucho que los había echado de menos.

—Las hermanas mayores que sobornan a sus hermanos pequeños con clases de conducir llegan a conseguir cosas increíbles —me burlé.

—¿Clases de conducir? —Mi padre se atragantó y empezó a toser.

—Solo en aparcamientos vacíos —aseguré.

—Dejemos ese tema aparcado hasta que haya dormido al menos seis horas seguidas —propuso Stephanie.

Tyler salió al porche para recoger las maletas en un alarde de amabilidad. Sospechaba que era una táctica de distracción adolescente para que no pensaran en la idea de que él estuviera detrás de un volante.

—No os esperábamos hasta dentro de unos días —recordé—. No os habrá pasado nada para tener que acortar el viaje, ¿verdad?

—No, solo os echábamos de menos —explicó mi padre—. Europa es...

—... increíble —completó Stephanie—. Pero añorábamos nuestra casa, así que nos fuimos de Atenas un par de días antes.

Intercambiaron una mirada tímida y volví a abrazarlos. Me alegraba de tenerlos allí, aunque me había gustado mucho conocer mejor a Tyler y pasar tiempo a solas con él.

—Papá, te he dejado un par de mensajes en el buzón de voz y te envié algunos mensajes, pero no me has respondido —recordé de pronto—. ¿Los has recibido?

Mi padre negó con la cabeza.

—En Roma me las arreglé para que se me cayera el teléfono y le pasara una Scooter por encima. ¿Era algo importante? ¿Va todo bien aquí? Supuse que llamarías a Steph si había algún problema.

—Por supuesto que no ha pasado nada —me apresuré a decir. Resistí el impulso de cubrirme la cara con la palma de la mano. ¿Por qué no le había mandado también un mensaje a Stephanie? ¡Aggg...!—. Todo ha ido bien por aquí. Solo mantenía el contacto.

—¿Ey?, mirad a quién me he encontrado fuera —dijo Tyler. Empujó la puerta y Ben entró detrás de él.

—Ben, hola —lo saludé. Con el alboroto de la llegada de mis padres, me había olvidado de la cena—. Pasa.

Vi que Stephanie y mi padre intercambiaban otra mirada. Sus hijos les estaban dando mucho de qué hablar más tarde. Me apresuré a cruzar la habitación y apresé la mano de Ben entre las mías. Él me lanzó una mirada interrogativa mientras nos abríamos paso entre el equipaje que Tyler había apilado al pie de las escaleras. Sonreí.

—Mis padres han vuelto antes de su viaje —le expliqué—. A mi padre se le rompió el teléfono, por eso no he sabido nada de él.

Arqueó las cejas.

—Entonces, ¿voy a conocer a tu padre?

—¿Te parece bien?

—Me parece genial —repuso—. Tal vez él pueda identificar al guitarrista.

—Es exactamente lo que estaba pensando yo —me reí. No mencioné lo que su madre me había dicho; que mi padre se había ido a vivir con ella. Ya me ocuparía de eso más tarde, cuando estuviéramos solos mi padre y yo.

Me di cuenta de que todo aquello podía estallarme en la cara y no tenía ni idea de cómo cambiar el rumbo. No había más salida que atravesar la tormenta.

—Stephanie, papá, os presento a mi... —Hice una pausa para mirar a Ben. No iba a decirles que era mi persona, todavía no. Era demasiada información para asimilar de golpe. Me aclaré la garganta—. Mi amigo Ben Reynolds.

Ben me miró a la cara, pero yo seguí concentrada en mi padre. Él miró a Ben y luego a mí de nuevo, luego le tendió la mano con una sonrisa de bienvenida.

—Encantado de conocerte, Ben. Llámame Tony.

—De acuerdo. —Ben sonrió mientras se estrechaban las manos.

—Un placer, Ben —intervino Stephanie.

—Lo mismo digo.

Observé la expresión de mi padre. ¿Había reconocido a Ben? ¿Había identificado su apellido? ¿Tendría que explicárselo todo? Mi padre le preguntó a Ben qué le había traído a Vineyard, y Ben le habló de su experiencia como director de la biblioteca. A Stephanie le llamó la atención porque era una ávida lectora y los bibliotecarios eran sus personas favoritas.

No noté ningún reconocimiento en la cara de mi padre ni tampoco en la de Ben. Por fin, no pude soportarlo más.

—Papá, Ben es hijo de Moira Reynolds.

Mi padre parpadeó varias veces. Se volvió hacia Ben.

—No me digas. —Le dio una palmada en el hombro—. Y ahora que lo dices, te pareces a ella —añadió.

—Me lo dicen mucho —comentó Ben. Parecía nervioso cuando me miró. Sabía que quería saber si creía que era un buen momento para enseñarle la foto a mi padre. Asentí y saqué el teléfono.

—Papá, Tyler y yo encontramos esta foto en The Grape. Este eres tú y esta Moira Reynolds, ¿verdad? —pregunté.

Abrí la foto en mi teléfono y se la enseñé. Se quedó estudiándola un momento y luego se echó a reír.

—Cariño, no la mires siquiera —le dijo a Stephanie. Sentí un latido de pánico. ¿Por qué no quería que viera a Moira?—. Llevo rastas. Voy a tener que ocuparme de que se quemen todas las copias de esta foto.

Me relajé. Así que no había ningún temita con Moira. Genial.

Stephanie miró la foto por encima de su hombro.

—Oh, Tony, estás… —Se echó a reír.

—Eso mismo —aceptó él.

—Entonces, ¿conoces a la madre de Ben? —pregunté. La voz me salió tensa y respiré hondo, tratando de aflojar el nudo que notaba en la garganta. No lo conseguí. Tyler me miraba con el ceño fruncido por encima del hombro de nuestro padre e hice una mueca. Sabía que estaba comportándome como una especie de psicópata con ese asunto.

—Claro que sí. —Giró el teléfono para que Ben pudiera verla—. Así era tu madre en su día.

—Ya, he visto la foto —expuso Ben. Su voz era tensa—. Mil novecientos ochenta y nueve, ¿verdad?

Mi padre volvió a mirar la foto.

—En efecto. Estuve año pico con las rastas.

—Por casualidad no recordarás el nombre del guitarrista de la foto, ¿verdad? —pregunté.

—Claro que sí. Steve Lennon, guitarra solista de nuestro grupo, los Procrastinators.

—¿Mi madre y él estaban...? —La voz de Ben se entrecortó. Parecía muy incómodo. Dado que yo iba a preguntarle a mi padre lo mismo sobre Moira y él, lo entendí.

—¿Si tu madre y él qué? —preguntó mi padre—. ¿Si eran pareja?

—Eso es. —Ben asintió.

—Yo diría que sí —repuso mi padre—. Es decir, tu madre era tan genial que todos los chicos del grupo estaban locos por ella, pero Moira solo tenía ojos para Steve.

—Es él. —Ben se volvió hacia mí—. Sé que lo es. Ahora que tengo su nombre, tengo que ir a enfrentarme a ella.

—¿Enfrentarte? —preguntó mi padre. Arqueó las cejas y se tiró de la perilla. Me pregunté si sería una nueva costumbre. A pesar de la perilla, llevaba su ropa habitual: pantalones cortos y anchos y un polo. Ni rastro de los vaqueros ajustados. Quizá el viaje había calmado su crisis de mediana edad.

—Ve —le dije a Ben—. Ya hablaremos más tarde.

—Muy bien. —Acompañé a Ben hasta la puerta. Se inclinó hacia mí y me besó con rapidez. Sus ojos brillaban de emoción cuando ahuecó la mano sobre mi cara—. Todavía tenemos que hablar de nosotros, Samsagaz. Tengo que decirte muchas cosas. —Su voz era un murmullo, para que llegara solo a mis oídos.

Apreté su mano contra mi mejilla.

—Yo también —dije bajito—. ¿Nos vemos luego?

Asintió. Se volvió hacia mi padre y Stephanie.

—Encantado de conoceros, pero tengo que irme —explicó.

—Encantada de conocerte a ti también, Ben. Vuelve cuando quieras —lo invitó Stephanie.

Mi padre nos miraba con curiosidad, pero sonrió.

—Hasta pronto —se despidió.

Acompañé a Ben al porche. Prácticamente vibraba de emoción.

—No corras —le pedí. Luego hice una mueca—. ¡Agg!, llevo cuidando de Tyler demasiado tiempo. Parezco tu madre.

—No, solo eres una mujer que se preocupa por su hombre.

—¿Mi hombre? —pregunté. Mi corazón empezó a latir al triple de velocidad.

—Yo —añadió—. Por si no había quedado claro.

Me reí. Me abrazó una vez más e intenté bloquear la ominosa sensación de que era una despedida, pero se me retorcían las tripas de ansiedad mientras lo veía subir a su moto. Tenía un mal presentimiento sobre la conversación que iba a mantener con su madre. Intenté decirme a mí misma que era porque Moira era mala, aunque siendo sincera, era más que eso.

¿Y si Ben se enteraba de que su padre estaba en Australia o algo así? ¿Se iría sin más? No lo culparía si lo hiciera. Pero ¿dónde encajaba yo? ¿Dónde encajábamos nosotros en ese escenario? Intenté dejar a un lado esa sensación de fatalidad. Ya me preocuparía de eso si ocurría. Tal vez el tipo estaba viviendo en Falmouth y se sentiría feliz de saber de Ben. Sí, eso podría pasar también. ¿Por qué temer lo peor y no esperar lo mejor?

«Porque siempre te pasa lo peor».

«No es verdad», discutí con la voz de mi cabeza. Como prueba, había conocido a Ben y era lo mejor que me había pasado nunca.

Observé cómo se desvanecía la luz trasera de la moto y esperé que, por una vez, Moira fuera sincera con su hijo y le dijera la verdad. Volví al salón y encontré a Tyler subiendo el equipaje.

—Bueno, todo esto está siendo muy inesperado y me siento ansiosa por conocer los detalles, pero también necesito un largo y caliente baño —alegó Stephanie mientras subía las escaleras. Hizo una pausa y miró a mi padre de reojo—. ¿Puedes enterarte de todo y me pones al corriente después?

—Entendido —dijo mi padre. Se volvió hacia mí—. Me parece que tenemos que hablar.

No se imaginaba hasta qué punto.

26

—¿Sería un completo idiota si te rogara que terminaras de hacer la cena? —preguntó Tyler desde la entrada de la cocina—. Incluso me comeré lo verde.

—¿A qué te refieres con lo verde? —preguntó mi padre—. ¿A las verduras? Si odias las verduras.

—No están tan mal —aceptó Tyler.

Mi padre arqueó una ceja y me miró.

—¿Qué clase de brujería has usado?

Sonreí y luego miré a Tyler.

—¿Puedes ir haciendo la ensalada? —pregunté—. Papá y yo iremos enseguida.

—Claro. —Tyler desapareció.

Mi padre se quedó boquiabierto.

—Tengo muchas preguntas.

—Yo también —repuse.

Inclinó la cabeza hacia un lado.

—¿Qué pasa?

—Papá, he tenido una conversación bastante incómoda con Moira. Me dijo que cuando mamá y tú os separasteis, te fuiste a vivir con ella a Cape —expuse—. ¿Es eso cierto?

Mi padre se tomó un segundo para procesar la pregunta y luego asintió.

—Sí, así fue —confirmó—. La situación no era buena entre tu madre y yo, y Moira era una vieja amiga. Necesitaba un lugar a donde ir, así que cuando me invitó a Cape, no me lo pensé.

Respiré hondo. Me sentía como si me hubieran disparado. ¿Cómo era posible que mi padre hubiera tenido una relación con Moira Reynolds y yo no lo supiera?

—Papá, ¿te enrollaste con ella? —Me sentía como si estuviera teniendo un *flashback* de mis años de adolescencia, cuando parecía que todo lo que mi padre y yo hacíamos era gritarnos el uno al otro. Aun así, seguí adelante—. ¿Tuviste una relación íntima con la madre de Ben?

—Guau... —dijo Tyler—. Eso no lo he visto venir.

Mi padre y yo giramos la cabeza en dirección a la cocina al unísono. Tyler estaba allí, sosteniendo un pepino y un pelador.

—He venido a preguntarte si lo querías completamente pelado o solo rayado —explicó—. Pero esto es mucho más interesante.

—Puedo explicarlo —alegó mi padre.

—Pélalo del todo, Tyler. —Le hice un gesto para que volviera a la cocina.

—¡Oh, no! —Sacudió la cabeza—. Si papá está soltando tela sobre la fam, quiero oírlo.

Mi padre me miró.

—¿De qué está hablando?

—«Tela» es el argot para los cotilleos y «fam» es familia —expliqué.

Mi padre parpadeó y negó con la cabeza.

—No pasa nada. Puede oír lo que tengo que decir.

—Genial, ¿puede Sam cocinar mientras hablamos? —preguntó Tyler—. Me voy a morir si no como pronto, y no es una hipérbole. Incluso devoraré los espárragos.

Me di la vuelta y contemplé su desgarbado cuerpo adolescente. El chico necesitaba alimento y yo podía dárselo.

—Te voy a obligar a que lo hagas. Vamos.

Fue fácil rematar la cena a medio preparar, y en cuestión de momentos, Tyler, mi padre y yo estábamos disfrutando de unos filetes de atún y espárragos, mientras yo mantenía un plato caliente para Stephanie. Tenía la sensación de que íbamos a necesitar el omega-3 del pescado para sobrellevar la conversación familiar que estaba a punto de tener lugar.

—Volviendo a Moira… —Miré a mi padre—. Empieza a explicarte.

—¿Entonces también estabas teniendo una crisis de mediana edad? —interrumpió Tyler. Le lancé una mirada tranquilizadora y él se encogió de hombros mientras se llenaba el plato.

—¿Crisis de mediana edad? —preguntó mi padre—. No estoy teniendo…

—¿Cómo que no? —insistió Tyler—. El deportivo destartalado, la perilla y volver a tocar la batería en el garaje.

—No te olvides de los vaqueros ajustados —añadí.

—Por favor, olvídate de los vaqueros ajustados —pidió Tyler—. Te lo suplicamos.

Resoplé con una carcajada y mi padre nos miró a los dos.

—Me gustan esos vaqueros —protestó mi padre.

—Hablaremos de ellos más tarde, volviendo a Moira —insistí.

—Fue una casualidad —dijo—. Tu madre y yo estábamos a punto de separarnos y yo me fui a pasar a Cape un fin de semana para despejarme. Me encontré con Moira en una cafetería y me quedé con ella todo el fin de semana, en lugar de gastar dinero en un hotel. Dormí tres noches en su sofá y luego volví a casa, hice las maletas y me mudé con Vovó hasta que encontré un apartamento.

—Entonces, ¿no os enrollasteis? —pregunté.

—¿Por «enrollarse» quieres decir…?

—Sí, a eso me refiero.

—No. —Mi padre negó con la cabeza—. No estábamos… No es… Para que quede claro, éramos y somos solo amigos. ¿Por qué es tan importante para ti?

—Porque estoy saliendo con Ben, y pensar que mi padre estuvo involucrado con su madre en el pasado sería demasiado raro.

—No es tan raro —comentó.

—Oh, sí, lo es —aseguró Tyler. Se bebió la mitad del vaso de leche, que le dejó un bigote blanco en el labio superior—. Creo que lo que Sam realmente quiere saber es si fue ese fin de semana con Moira lo que acabó con tu matrimonio con su madre.

—Sí, eso. Me gustaría tenerlo claro.

—No —dijo mi padre—. Nuestro matrimonio había terminado hacía tiempo cuando me fui. Aunque quería a tu madre, Sam, y aún la quiero como amiga, no podía vivir con ella.

—Lo sé —afirmé. Mi madre, Lisa, era una personalidad tipo A y mi padre era sin duda una B. Si era sincera, no tenía ni idea de cómo llegaron a casarse.

—Me alegro de oírlo —dijo Tyler—. ¿Sabes?, a menudo me he preocupado de que mamá y yo fuéramos una familia sustituta.

Tanto mi padre como yo nos quedamos paralizados. Tyler, ajeno a la reacción de asombro que suscitaron sus palabras, se metió más espárragos en la boca. Mi orgullo por haber conseguido que comiera verduras se vio truncado por el malestar estomacal que me produjo la preocupación de haber contribuido de alguna manera a que se sintiera un segundón. ¿Había sido mi yo adolescente, con toda mi rabia rebelde, el causante de que Tyler pensara eso?

Mi padre me miró a la cara e interpretó correctamente la expresión de asombro que notaba en mis facciones. Posó su mano grande y fuerte en mi antebrazo y me dio una palmada paternal.

—No, no pienses eso. La culpa de que tu hermano se sienta como un segundo plato es mía y solo mía.

Se volvió hacia Tyler.

—Amigo, no sé qué decirte. Tú, tu madre y Samantha lo sois todo para mí. Supongo que no gestioné muy bien la culpa que me provocó el final de mi primer matrimonio y lo lamento profundamente. Os quiero mucho a todos. Me destroza pensar que te consideras un sustituto.

Se quedó mirando el plato. Pude ver que tenía lágrimas en los ojos. Esa vez me acerqué y le puse la mano en el antebrazo al mismo tiempo que Tyler. Ambos le dimos un suave apretón.

—No te preocupes por eso —intervino Tyler—. En los últimos tiempos he llegado a apreciar que nunca es demasiado tarde para establecer un fuerte vínculo familiar. ¿Verdad, hermanita?

—Estoy totalmente de acuerdo, hermano —asentí. Me tendió la mano e intercambiamos el complicado apretón que habíamos estado preparando. Me equivoqué y me eché a reír. Luego me incliné hacia delante y lo abracé. Tyler no lo sabía, pero había reclamado una parcela de mi corazón. Pensé que era hora de decírselo.

—Te quiero.

—Yo también te quiero —respondió.

Se oyó un ruido extraño al otro lado de la mesa, solté a Tyler y miré a mi padre. Estaba sollozando. No eran sollozos de pega tipo carraspear y seguir adelante, no, eran sollozos grandes, llenos de emociones, que le hacían ahogarse en sus sentimientos. Tyler y yo nos levantamos de la silla y lo abrazamos.

—¿Estás bien, papá? —pregunté.

—¿Esto es por el *jetlag*? —preguntó Tyler—. Porque salvo cuando falleció Vovó, creo que nunca te había visto llorar.

—Estoy bien y no, no es el *jetlag* —hipó mi padre. Tomó la servilleta, se secó los ojos y se sonó la nariz—. Es por vosotros dos, ahora sois amigos. —Se le quebró la voz al pronunciar las palabras.

Tyler y yo sonreímos.

—Somos más que eso —le corregí—. Somos hermanos.

—Sí —convino Tyler—. Y espera a vernos bailar.

—¿Qué? —preguntó mi padre.

—Es una larga historia —dije—. Papá, no quiero entrometerme en tu vida personal... De acuerdo, eso es mentira. La verdad es que necesito saber más sobre lo que viviste el verano de 1989.

Tyler y yo volvimos a sentarnos.

—¿Tiene que ver con esa foto? —preguntó.

—Sí.

Estudió mi cara.

—¿Tiene esto que ver con tu amigo Ben?

Asentí.

—Bien. 1989. El mejor verano de todos. Los Procrastinators teníamos bolos por toda la isla, conciertos de *rock* todas las noches, ya fuera aquí o en Cape. —Se volvió hacia Tyler—. Mi consejo profesional: si alguna vez te dedicas a la música, elige siempre la guitarra. A las mujeres les encanta, además es mucho más fácil de transportar que una batería.

—Tomo nota —se rio Tyler. Luego señaló con el tenedor el atún que le quedaba a mi padre—. ¿Te vas a comer eso?

—Es pescado, ¿estás comiendo pescado voluntariamente? —preguntó mi padre. Tyler asintió—. Todo tuyo.

Mientras mi hermano pasaba el filete de atún a su propio plato, mi padre me miró.

—Esto es un milagro, has obrado un milagro aquí —aseguró.

Sonreí. Agradecí el halago, pero estaba concentrada en la búsqueda. Saqué el teléfono y volví a abrir la foto. La giré para que mi padre pudiera verla y di un golpecito en la pantalla.

—Papá, este tipo, Steve Lennon, ¿cuál es su historia?

—Para empezar —explicó mi padre—. Era el músico más increíble con el que he tocado nunca. Podía imitar a Stevie Ray Vaughan como nadie. Y tenía un pelo increíble. Además, era un tipo genial. Tranquilo, pero muy divertido cuando quería.

Fruncí el ceño.

—¿Qué quieres decir con «era»? ¿Se mudó? ¿Dejó la música?

—No. —Su rostro se volvió sombrío y noté una profunda tristeza en sus ojos—. Murió. Hace diez años, Steve murió en un accidente de moto.

27

Toda la sangre me bajó de la cabeza a los pies. Me sentí mareada y apoyé la frente en la mano. No, no, no. Eso era malo, muy malo.

—¿Estás bien, Sam? —preguntó mi padre.

—Papá, esto es muy importante —lo presioné—. Ben nació en la primavera de 1990.

—Así que es unos años mayor que tú. —Parecía estar procesando la diferencia de edad.

—Esa no es la parte importante, papá —le recriminé—. Ben no sabe quién es su padre. Moira no se lo quiere decir y no hay ningún nombre en su certificado de nacimiento.

—Ay... —Mi padre se puso serio—. Ya veo.

—Moira se quedó embarazada de Ben en el verano de 1989. Tú formabas parte de su vida —expliqué—. ¿Crees que Steve Lennon es el padre de Ben? ¿Moira salió con alguien más?

Mi padre se pasó una mano por los ojos mientras reflexionaba al respecto.

—Según recuerdo, Moira y Steve fueron inseparables ese verano. Si se quedó embarazada, apostaría la casa a que fue de Steve.

¡Oh no, pobre Ben! Aunque la angustia no era mía, sentí el dolor y la desesperación que se avecinaban para Ben. No iba a tener la oportunidad de conocer a su padre, de abrazarlo, de preguntarle si también a él le gustaban los bocadillos de mantequilla de cacahuete, beicon y pepinillos.

No fui consciente de que las lágrimas corrían por mis mejillas hasta que mi padre me tomó la mano entre las suyas.

—Oye, ¿estás bien?

Negué con la cabeza. Luego lo abracé con fuerza por el cuello.

—Por si no te lo he dicho a menudo, te quiero, papá.

—Gracias. —Me devolvió el abrazo y me dio unas palmaditas en la espalda—. ¿Qué te pasa? ¿Por qué estás tan alterada?

—Está enamorada de Ben —intervino Tyler—. Le lee libros obscenos cuando se sientan juntos en el porche.

—¡Tyler! —Solté a mi padre y le tiré la servilleta—. ¿Cómo sabes eso?

—Sophie y yo no podemos evitar escucharte desde dentro de la casa. —Arqueó las cejas.

—¿Sophie? —preguntó mi padre. Giró lentamente la cabeza hacia Tyler y levantó una ceja, inquisitivo.

—Tyler tiene novia. —Miré a mi hermano, que estaba rojo de vergüenza—. La venganza es muy satisfactoria —añadí.

Tyler me sacó la lengua y yo me reí.

—Papá, ¿me prestas el coche? Tengo que ir a ver a Ben —expliqué.

—Claro —dijo—. Estoy a punto de irme a la cama. No sé siquiera qué hora cree mi cuerpo que es.

—Gracias. —Me levanté del asiento y le besé la mejilla—. ¡Y gracias por lavar los platos, Tyler!

—¿Qué? —gritó—. ¡Yo tengo una cita!

—Con respecto a esa cita —anunció mi padre—. Creo que tenemos que hablar.

—Ay, Dios, otra vez no… —murmuró Tyler.

Los dejé solos, tomé las llaves y salí por la puerta. Me planteé conducir hasta casa de Moira, pero lo pensé mejor. Quién sabía cuánto tiempo hablarían, si es que hablaban. Así que conduje hasta la casa de Ben. A juzgar por la ausencia de la moto, él no estaba en casa. Me pregunté cómo le iría con su madre y sentí que mi ansiedad se incrementaba. ¿Sabría lo del fallecimiento de Steve y se lo habría dicho?

Salí del coche y subí al porche de la parte delantera de la casa. Había una butaca acolchada junto la ventana y me senté. Desde allí se podía oler la embriagadora fragancia de las rosas que se arqueaban sobre el porche. Pensé en llamarlo..., pero no. No era el momento. Era algo entre Moira y él.

En lugar de eso, metí la mano en la bandolera, saqué la grabadora digital que me había regalado y le di al *Play*. Su voz profunda retomó el libro justo donde lo habíamos dejado y permití que me reconfortara mientras me introducía en la trama. Echaba de menos tenerlo a mi lado, añoraba su calor y su fuerza. Acerqué las rodillas al pecho y me acurruqué en la esquina del asiento. Cerré los ojos y me metí de lleno en la historia.

Había escuchado dos capítulos antes de que el sonido del motor de una motocicleta irrumpiera en la narración. Detuve la grabadora en el momento en que Ben entraba por la calle y aparcaba junto a mi coche. Volví a guardar la grabadora en el bolso.

Su lenguaje corporal no me transmitía nada. Vi cómo apagaba el motor y bajaba la pata de cabra. Sus movimientos eran suaves y experimentados, los de una persona que ha hecho algo tantas veces que lo lleva a cabo sin pensar. Pasó la pierna por encima del asiento, se quitó el casco y lo dejó en la parte trasera de la moto.

Se quedó quieto un momento, contemplando su motocicleta. Tenía los hombros caídos y la cabeza gacha. Entonces supe que ella se lo había dicho. Lo sabía.

—Ben. —Su nombre salió de mi boca con un suspiro. Se giró para mirarme y luego se dirigió a grandes zancadas hacia el porche, hacia mí. La expresión de su cara, la pena en sus ojos, era una expresión de devastación tan pura, que la sentí hasta el fondo de mi alma.

Me levanté de mi asiento y crucé el porche, encontrándome con él en lo alto de los escalones. Le rodeé el cuello con los brazos, intentando aliviar su dolor.

Ben se puso rígido. Me tomó por la cintura e intentó apartarme, pero yo me aferré a él.

—Samantha, no puedo... Es que no...

—Shh... —dije—. Déjame abrazarte, solo un momento.

Bajó las manos, rindiéndose, y yo lo estreché con fuerza, pasándole las manos por el pelo y por los hombros. Mientras intentábamos averiguar quién era su padre, le había oído hablar cientos de veces sobre cómo sería su encuentro. Tenía que estar destrozado.

Cuando empezó a temblar, supe que se estaba rompiendo y que era mi trabajo mantenerlo entero. Me abrazó y enterró la cara en la curva de mi cuello. Le pasé las manos por la espalda, intentando calmar su dolor. Noté que me ardían los ojos cuando oí un sollozo apagado y sentí sus lágrimas calientes contra mi piel.

—En todos los años que soñé con encontrarlo, nunca me planteé que pudiera haberse... ido. —Su voz se quebró por la emoción.

Le besé el pelo y lo abracé con más fuerza.

—Lo siento. Lo siento mucho.

Me puso de pie y me acarició la cara.

—Te necesito —dijo.

—Estoy aquí. Para ti, para lo que sea, estoy aquí.

Asintió con la cabeza. Me apresó la mano y entrelazó nuestros dedos. Cuando abrió la puerta, entramos, pero no hablamos. No había nada que pudiera decirle para aliviar su sufrimiento.

En lugar de eso, lo besé una y otra vez. Me pasó la camiseta por la cabeza y yo hice lo mismo con la suya. El resto de la ropa siguió rápidamente el mismo camino. Nos quedamos pegados, piel con piel, pero no era suficiente.

Lo tomé de la mano y lo llevé al dormitorio. Aparté las sábanas y tiré de él hacia el colchón. Él dudó, pero yo no. Sentí que se formaba un abismo entre nosotros, como si su carga fuera demasiado pesada y me liberara de compartirla. Lo rechacé. Quería que la distancia entre nosotros desapareciera. Quería recuperar a mi Ben, al hombre amable y cariñoso que me hacía sentir bien conmigo misma porque me aceptaba exactamente como era.

Separé las piernas y lo atraje encima de mí. Apenas me tomé el tiempo necesario para usar protección y lo introduje dentro de mí. Necesitaba mirarlo a los ojos y saber que era mío. Cuando sentí que me penetraba profundamente, pensé que podría traerlo de vuelta y borrar aquella expresión de dolor de su rostro. Pero Ben no me miró.

Me hacía el amor como si intentara escapar de sus sentimientos, pero yo no le permití que me abandonara. Encerré su cara entre mis manos cuando supe que me acercaba al clímax y lo miré con intensidad a los ojos. Quería decirle lo que sentía, que lo amaba, que no lo abandonaría, que era bienvenido a buscar en mí cualquier consuelo que necesitara, pero las palabras se atascaron en mi garganta, bloqueadas en algún lugar de mi pecho por un corazón que temía romperse.

Así que lo besé. Le dije que no pasaría nada y, cuando sentí que alcanzaba el orgasmo, lo seguí, con la esperanza de poder retenerlo conmigo de algún modo. Nos quedamos sudorosos y jadeantes. El corazón me latía con fuerza en el pecho.

En lugar del habitual acurrucamiento postcoital, se quedó mirando al techo. Parecía perdido. Me rompió el corazón. Lo empujé de la cama a la ducha y nos lavé a los dos. Él se quedó de pie con la cabeza inclinada, dejando que el agua le quitara el jabón de la piel. Cuando el agua caliente empezó a enfriarse, cerré el grifo y lo saqué de allí. Lo sequé con una toalla y me di unas palmaditas en la piel húmeda.

—Gracias. —Me besó y apretó su frente contra la mía—. Siento ser un desastre.

—No te disculpes. Vamos —lo animé—. Vamos a descansar un poco.

Volvimos a la cama y lo envolví con mi cuerpo, esperando poder ser un salvavidas para él mientras la pena de que nunca conocería a su padre lo arrastraba a un abismo de arrepentimiento y tristeza que lo tragaba entero.

—Ella sabía que había muerto —me explicó—. Lo ha sabido durante años.

Era de madrugada. El sueño se había mostrado esquivo y finalmente nos dimos por vencidos. Preparamos una cafetera grande, servimos dos tazas portátiles y fuimos a la playa. Hacía frío a esas horas, todavía no había amanecido y la niebla era espesa. Pero no nos importaba.

Había algunos surfistas y algunas personas paseando a sus perros. El sol naciente intentaba atravesar la espesa bruma, sin suerte.

Ben se sentó en la manta y yo me acurruqué a su lado, sobre todo por el calor, pero también porque me parecía importante mantener el contacto físico con él. Yo era su apoyo.

El día tenía un aire sombrío y triste, lo cual, suponía, era lo apropiado. Aunque su padre había fallecido hacía diez años, Ben acababa de enterarse y no solo lloraba la muerte del hombre, sino también la de la relación que nunca iba a tener con él.

Sentí que su cuerpo se tensaba bajo mi mejilla y supe que estaba procesando el dolor. Levanté la cabeza para mirarlo.

—¿Por qué crees que no te lo dijo? —pregunté por encima del sonido de las olas.

Se encogió de hombros.

—Difícil saberlo. Moira no piensa más allá de sus propias necesidades y deseos.

—Pero ella sabía que lo estabas buscando. —Esto era lo que no podía entender ni perdonar. Había permitido que Ben buscara a su padre sabiendo perfectamente que Steve había fallecido y que su hijo quedaría destrozado al final. Y aun así, no le había dicho nada.

—Me dijo que era el único hombre al que había amado. Y también que nunca le habló de mí porque no quería impedirle perseguir su sueño de ser una estrella del *rock*. Murió sin saber que tenía un hijo.

Observamos las olas en silencio. Su ritmo constante era hipnótico dada mi falta de sueño.

—¿Tenía otra familia? —pregunté.

—Moira dice que no. Era hijo único y sus padres fallecieron poco después de su muerte. Así que no tengo a nadie que me cuente cómo era, nadie que comparta fotos conmigo, nadie que pueda decirme... —Hizo una pausa, con la voz ronca—. Nadie que pueda decirme si yo le habría gustado.

Su voz se volvió áspera por el dolor. No tenía palabras de consuelo para él, así que le rodeé la cintura con el brazo, haciéndole saber que estaba allí y que no me iría. Durante el resto del día y la noche siguiente, no le quité la mano de encima en ningún momento. Nos encontrábamos en una especie de burbuja de dolor, de luto por una persona que no conocíamos y por una relación paternofilial que nunca existiría.

Cuando nos metimos en la cama la segunda noche, estuve esperando a que Ben se durmiera para salir sigilosamente del dormitorio y llamar a mi padre. Había pasado antes por casa de Ben a recoger el coche, pero nosotros estábamos en la playa.

Cerré la puerta de la casa con suavidad a mi espalda antes de pulsar el nombre de mi padre en los contactos.

—Sam, ¿cómo estás? —preguntó—. ¿Cómo está Ben? Stephanie quiere saber si puede llevaros algo de comida.

De forma inexplicable, oír la voz de mi padre, con esa preocupación paternal brotando por el teléfono, hizo que me picara la nariz y se me humedecieran los ojos. Me di cuenta de lo afortunada que era de tenerlo, a pesar de su crisis de mediana edad.

—Ay, es la mejor, pero puede quedarse tranquila, aunque la oferta es muy apreciada. Ben no come nada —expliqué—. Está en *shock*, creo.

—Tyler nos ha dicho que Ben se ha pasado el verano buscando a su padre. No quiero ni imaginar lo destrozado que debe estar —comentó mi padre—. ¿Puedo hacer algo?

—En realidad, me alegro de que me preguntes eso —confesé—. ¿Tienes algo, fotos, notas, cintas de vídeo, lo que sea…, de tu antiguo grupo los Procrastinators?

—¿Quieres que busque cualquier cosa que tenga que ver con Steve? —preguntó.

—Exactamente.

—Me pongo a ello. Voy a hacer una inmersión profunda en el ático —alegó.

—Gracias, papá. Siento haber tardado tanto en llamarte.

—Eres mi hija. Nunca es tarde para llamarme —dijo con cariño.

Se me hizo un nudo en la garganta.

—Gracias. Te quiero, papá.

—Yo también te quiero.

Terminé la llamada y me metí en la cama junto a Ben, que roncaba suavemente. Dado que la noche anterior solo había dormido un par de horas, sabía que tenía que estar agotado. Me acurruqué a su alrededor, deseando poder aliviar su tristeza. El calor de su cuerpo me relajó y me dormí a los pocos minutos.

A la mañana siguiente, cuando me desperté, estaba sola. Con los ojos aún cerrados, estiré la mano a través de las sábanas, buscando a Ben. Su lado de la cama estaba frío. Me incorporé inmediatamente, apartando las sábanas. Eché un vistazo a la puerta abierta del cuarto de baño. La luz estaba apagada y la habitación vacía.

No se oía ningún ruido en la casa. Tomé una de las camisas de franela de Ben, me la puse por encima de la camiseta de tirantes y la ropa interior y me acerqué a la cocina. La cafetera estaba encendida y la jarra medio llena.

Miré hacia el porche, pero Ben no estaba allí. Fue entonces cuando me di cuenta de que la moto había desaparecido. Me apresuré a sacar el teléfono del bolso.

Había un mensaje en el buzón de voz. Antes de abrirlo supe que era de Ben. Me temblaron los dedos cuando pulsé *Play*.

Hola, Samsagaz. Siento decírtelo por teléfono, pero no quería despertarte. Tengo que irme un tiempo. Tengo que resolver algunas cosas. Quédate todo el tiempo que quieras en la casa. Bueno…, supongo que… Estaré en contacto. Cuídate.

El mensaje terminó. Lo reproduje una y otra vez. ¿Se iba? ¿Durante un tiempo? ¿Qué significaba eso? Pulsé el botón de rellamada, pero después de sonar una y otra vez, me saltó el buzón de voz. ¡Maldición!

¿Por qué me alejaba de él? ¿No sabía que yo estaba allí y era su apoyo? ¿Que estaría allí todo el tiempo que necesitara? ¿Que lo amaba?

«¿Cómo lo va a saber si eres demasiado gallina para decírselo?», me reprendió la voz de mi cabeza. Suspiré y volví a meter el teléfono en el bolso.

Fui a la cocina y me serví café. El calor y la amargura eran el puñetazo en la cara que necesitaba. Me duché, ordené la casa y me fui andando a casa. Estaba solo a unos kilómetros y así tendría tiempo para pensar.

¿Dónde habría ido Ben? ¿A casa de Moira? ¿A casa de sus abuelos? ¿Al trabajo?

Saqué el teléfono y llamé a Em. Contestó al segundo timbrazo.

—Sam, ¿va todo bien? —preguntó—. Ben ha pedido de repente unos días por asuntos propios, y todo el mundo se pregunta qué le ha pasado. ¿Está bien?

—No, no lo está —afirmé. Le conté lo que habíamos averiguado sobre su padre y Em exhaló un suspiro.

—Moira está consiguiendo que mi madre parezca una santa —concluyó—. Y eso es decir mucho.

—Ya. Oye, Ben ha desaparecido mientras yo dormía esta mañana, así que no he tenido oportunidad de hablar con él. —Odiaba admitirlo porque me hacía sentir como si me hubieran abandonado, lo cual era muy probable, pero tenía que seguir hablando—. Si sabes algo de él, ¿me avisarás?

—Por supuesto —repuso al instante—. Pero estoy segura de que tú serás la persona a la que acuda en primer lugar.

Y por eso Em era mi mejor amiga. Siempre decía lo que yo necesitaba oír cuando dudaba de mí misma.

—Gracias. ¿Hablamos más tarde? —pregunté.

—Por supuesto.

Caminé por el barrio en dirección a casa. Había salido el sol y la temperatura estaba subiendo. Pasé por delante del camping de Martha's Vineyard, que era en esencia una ciudad verde en el centro de las famosas casitas de pan de jengibre, y también por el enorme tabernáculo de acero al aire libre con sus vidrieras de colores en la fachada.

Me detuve en la entrada. No era de las que rezaban, lo que supuse que significaba que si elevaba una plegaria, tal vez la pondrían a la cabeza de la fila. Pensé en Ben. Imaginé su dolor y simplemente pedí fuerza para él, para que pudiera superar esos días oscuros. Si algún lugar podía ser un conducto hacia lo divino, era el tabernáculo.

Seguí caminando hasta mi casa. Cuando llegué, Stephanie estaba sentada en el porche, leyendo. Levantó la mirada, con una expresión de preocupación en los ojos, que ocultó con rapidez detrás de una sonrisa de bienvenida.

—Sam, ¿estás bien? —preguntó. Dejó a un lado el libro. Tenía un dibujo de un griego o un romano de la antigüedad en la portada, así que supuse que estaba tomando notas para el próximo año escolar—. ¿Puedo traerte algo? ¿Cómo está Ben?

—Yo estoy bien —aseguré. Me senté a su lado—. No sé cómo está Ben. Se ha ido esta mañana antes de que me despertara.

—¿Se ha marchado? —repitió—. ¿No sabes a dónde?

Negué con la cabeza.

—No decía nada al respecto en el mensaje.

—Hombres... —Sacudió la cabeza como si todo aquello le pareciera confuso. Estuve de acuerdo con ella.

—¿Te refieres a la crisis de mediana edad de papá? —Bajé la voz—. ¿Estáis bien? —susurré.

—Estamos bien... o lo estaremos —repuso, restándole importancia. Se quedó mirando la entrada donde estaba el coche de mi padre—. En cuanto deje los vaqueros ajustados. Puedo aceptar lo del coche, y la perilla me resulta algo sexi, pero esos vaqueros tienen que desaparecer.

Me reí.

—Tienes todo mi apoyo en ese objetivo.

Esbozó una sonrisa que derretía el corazón.

—¿Lo quieres? —preguntó.

28

La pregunta me tomó desprevenida, lo cual era ridículo, porque se trataba de Stephanie. Nunca se le escapaba nada. Claro que se había dado cuenta de cómo me sentía. Asentí y una lágrima resbaló por mi mejilla.

—Sí, ahora lo sé.

—¡Oh, cariño! —Se inclinó sobre el brazo de la silla y me rodeó con los brazos. Me hundí en su suavidad, que desprendía un aroma maternal a limón y detergente.

Stephanie nunca había tenido la oportunidad de comportarse como mi madre. Me había pasado los primeros años de su matrimonio siseándole y escupiéndole; siempre me había tratado como a un gato callejero al que alimentaba de vez en cuando, pero del que no estaba segura si era salvaje o no. No podía echarle la culpa de nada. Cuando maduré un poco y me comporté de forma decente con ella, ya era adulta y vivía sola.

Era la primera vez que recordaba haberla necesitado, haberla necesitado de verdad, y estaba muy agradecida de que estuviera aquí.

Me apartó el pelo de la cara y me besó la cabeza.

—Todo va a salir bien, Sam. Sería idiota si renunciara a ti, y no me ha parecido idiota.

—Solo lo has visto un minuto —le recordé.

—Aun así, un hombre con esa formidable inteligencia, Tyler nos lo ha contado todo sobre él, no va a dejar escapar a una presa como tú. No vale la pena, si no lo hace —explicó.

—Gracias —susurré—. ¿Te he dicho alguna vez que eres la mejor madrastra del mundo?

Se rio.

—Sí, muchas veces.

—Bueno, tengo razón.

—Gracias. —Me soltó y me enderecé en el asiento echando de menos su calor.

—¿Dónde está papá?

—Lleva en el ático toda la mañana —comentó—. Le has dado mucho trabajo.

—Así es —acepté—. Será mejor que vaya a ver si puedo ayudarlo. Si esto hace que empiece a llevar pantalones de paracaidista y una cazadora de un club, pido disculpas por adelantado.

—No hace falta —le restó importancia—, incluso eso sería mejor que los vaqueros ajustados.

Me reí y me puse de pie. Entré en la casa con la esperanza de que mi padre hubiera encontrado algo, cualquier cosa que pudiera ayudar a Ben a hacerse una idea de cómo había sido su padre.

La mosquitera se cerró a mi espalda y vi a mi padre sentado en la mesa de la cocina con una caja de cartón enorme delante de él. En la mano sostenía un antiguo reproductor de casetes y unos auriculares viejos. Tenía los ojos cerrados mientras escuchaba algo, cuyo sonido metálico apenas podía distinguir.

—Hola, papá —lo saludé. Como no me había oído, me acerqué y le di un golpecito en el brazo.

—¡Ay! —Se sobresaltó. Cuando se dio cuenta de que era yo, se quitó los auriculares mientras tanteaba el reproductor de casetes—. Sam, no te vas a creer lo que he encontrado. Cintas de las sesiones.

Lo miré de reojo.

—No tengo ni idea de lo que quieres decir.

—Cuando fundamos los Procrastinators aquel verano, teníamos aspiraciones a lo grande, soñábamos con que nos firmaran un contrato, con ser estrellas del *rock*, con recorrer todo el mundo… como haces tú.

—Como haces *tú* —le corregí—. ¿Y?

—Así que tengo horas y horas de cintas de conversaciones, grabaciones de canciones, chistes estúpidos y un par de peleas a puñetazos.

—Puro *rock and roll*. —Hice el gesto universal con la mano. Mi padre sonrió.

»Dime, ¿qué pasó? ¿Por qué no llegasteis a lo más alto? —pregunté.

—Yo tenía que volver a la universidad; Mikey, el bajista, se había alistado en el ejército y se embarcaba ya; y Doug, el vocalista, tenía problemas con la bebida y al final del verano su familia organizó todo para que lo enviaran a rehabilitación. Steve fue el único que siguió siendo músico.

—¿En serio? —pregunté. Me senté en la silla junto a la suya.

—Sí, he investigado un poco y he descubierto que llegó a ser músico de estudio en Nashville y que también daba clases de guitarra —explicó—. Nunca llegó a lo más alto, pero trabajaba en la industria y era muy respetado.

—Creo que Ben se alegrará de oír eso —medité.

—¿Quieres escucharnos? —preguntó mi padre.

—Claro. —Me pregunté si sería capaz de distinguir la voz de Steve. Me pregunté si su voz se parecería a la de Ben.

Mi padre me pasó los auriculares. Me los puse, y pulsó el *Play*. Dejó el reproductor de casetes en la mesa y yo miré cómo giraban las ruedecitas por la ventana transparente. Hubo un *riff* de batería y luego alguien dijo: «Hombre, eso ha sido genial».

Luego sonó un solo de guitarra y hubo algo más de charla. Después se enzarzaron en un debate sobre quién podría ir a verlos si los contrataban en el Ritz Cafe, alguna discusión sobre quién era el mejor músico del grupo, alguien eructó y luego hablaron muy en serio de convertirse en un grupo a nivel nacional.

Todos parecían muy jóvenes y llenos de sueños. Alguien exigió que tocaran lo que iba a ser su éxito, *Lazy Susan*. Entonces se oyó el chasquido de las baquetas mientras el batería (¡mi padre!)

los contaba. Escuché la canción y no fue tan terrible. De hecho, a pesar de la distorsión y el ambiente a banda de garaje, era muy pegadiza.

Extendí la mano y apagué el reproductor.

—Erais geniales.

La cara de mi padre se puso un poco roja de vergüenza.

—Éramos idiotas, pero nos divertíamos mucho. Tengo muchos más casetes. Steve está en todos, no solo tocando, además participa en la conversación.

Metió la mano en la caja y sacó varios paquetes de fotos antiguas.

—Y también tengo fotos. Steve está en todas y hay varias de él con Moira. Puedes ver lo mucho que se querían.

—Papá, esto es genial —suspiré—. Puedo hacer copias.

—No, las haré yo —propuso—. Hace años que no le echo un vistazo a nada de esto. Ben puede quedarse con los originales. Espero que le sirvan de consuelo.

—¿Le ayudarás a distinguir qué voz es la de su padre?

—Por supuesto, podemos escuchar las cintas juntos si él quiere y yo puedo rellenar los huecos.

—Creo que lo apreciará.

Mi padre giró y puso la mano sobre la mía.

—¿Va todo bien? Pareces triste.

—Solo estoy cansada —expliqué—. Han sido un par de días muy intensos.

—Ya lo creo —aceptó.

—¿Stephanie y tú os habéis recuperado ya del viaje? —pregunté.

—Prácticamente por completo —repuso—. Aunque me ha pedido que frene un poco mi crisis de mediana edad.

—Es por los vaqueros —confesé—. Deshazte de ellos.

—¿En serio? Pero pensaba que me quedaban…

—No. —Negué con la cabeza.

—Hecho —suspiró.

No supe nada de Ben durante varios días. Todas las mañanas me despertaba y miraba el teléfono, pero no había mensajes. Me preguntaba dónde estaría y cómo le iría. Pensé en llamarlo, pero quería darle el espacio que necesitaba. No fue fácil porque mi instinto me decía que debía estar con él.

Un día, Em me llamó a media mañana mientras yo estaba sentada en el porche, viendo vídeos de cocina. Tenía que planificar la próxima hora feliz, algo que afortunadamente me daba algo más en lo que pensar.

—Hola, Em.

—Él está aquí.

Puse en pausa el *streaming* en la tableta.

—¿Ben está en la biblioteca? ¿Ahora mismo?

—Sí —dijo—. Pero Sam...

—¿Pero qué?

—Está delegando todo su trabajo y recogiendo su escritorio —informó.

—¿Qué? —grité—. ¿Ha dimitido?

—No lo sé —susurró—. No nos han dicho nada oficialmente, pero eso parece.

—Voy enseguida. —Puse fin a la llamada y entré en la casa para recoger la caja de recuerdos del grupo. Mi padre había terminado de ordenar y copiar lo que quería. Me había dicho que podía darle el resto a Ben. Agarré las llaves del coche de la encimera y salí por la puerta.

Tyler estaba en el curso y Stephanie y mi padre habían salido a dar un paseo en bicicleta. No podía decirle a nadie a donde iba, así que envié un mensaje de voz a mi padre para avisarle de que me llevaba el coche.

El trayecto hasta la biblioteca era corto y lo había hecho tantas veces ese verano que creía que probablemente podría hacerlo con los ojos vendados. Aparqué y enseguida me arrepentí de no haberme arreglado el pelo ni maquillado, pero no sabía cuánto tiempo iba a quedarse Ben y era imprescindible que tuviera estos recuerdos de su padre.

Recorrí el pasillo con la caja en brazos. Em me esperaba junto a la puerta.

—Su despacho está en una zona privada —explicó—. Te acompañaré hasta allí.

—Gracias —dije con la voz tensa. No lo había visto desde que nos habíamos quedado dormidos hacía unas noches. No tenía ni idea de cómo reaccionaría al verme.

Em se detuvo junto a una puerta entreabierta y golpeó el marco tres veces.

—Adelante —invitó Ben.

—Buena suerte —me deseó Em. Me dio un apretón en el brazo y respiré con calma.

Empujé la puerta con la caja y sentí que los nervios de mi vientre aumentaban de tamaño y fuerza hasta que pensé que podría despegar. Por desgracia, no fue así.

—Hola —saludé—. ¿Haciendo algo de limpieza?

Lo primero que noté fue lo agotado que parecía. Tenía los ojos hundidos y en la barbilla lucía una barba más espesa de lo habitual. Llevaba la ropa arrugada y el pelo revuelto, como si se hubiera pasado varias veces los dedos.

—Samantha… —Abrió los ojos de par en par. Parecía sorprendido de verme. Así que no era el momento de decirle «Déjalo todo y abrázame». Él se quedó detrás de su escritorio, manteniendo las distancias—. Iba a llamarte.

—¿De verdad? —pregunté. El dolor punzante en mi pecho fue una sorpresa y me di cuenta de que era porque no le creía.

Bajó la cabeza.

—Lo siento. No estoy en mi mejor momento. Pensaba que era mejor que estuviera solo porque…

Esperé. No terminó la frase. Dejé caer la caja de cintas y fotos sobre su escritorio. Sentía que mi temperamento se calentaba.

—¿Por qué? ¿Porque te vas? —pregunté—. ¿Acaso no pensabas despedirte? ¿A dónde tienes pensado ir?

Mi voz se elevaba con cada palabra, me di la vuelta y cerré la puerta de una patada para que nadie nos oyera.

—No lo sé, Samsagaz. —Su voz era suave, y el apodo que siempre me hacía sonreír lo sentí en ese momento como un puñetazo en las tripas, porque no me sentía nada sagaz, sino idiota.

—No me llames así —le espeté.

—Mira… —Su voz era tensa—. No puedo enfrentarme a esto ahora. —Señaló entre nosotros—. Tengo demasiadas cosas que resolver.

Me estaba alejando, apartándome. No debería haberme dolido tanto. No llevábamos tanto tiempo saliendo, pero creía que los dos últimos días que habíamos pasado juntos procesando la muerte de su padre habían significado algo. Evidentemente, estaba equivocada.

—Esto es para ti. —Empujé la caja por el escritorio. Abrió la boca para protestar. ¿En serio?

»Antes de que digas una estupidez —empecé a hablar, pero luego hice una pausa para tomar aire. Sus ojos se abrieron de par en par ante la dureza de mi tono, como si me importara—. Son cosas que mi padre ha encontrado en el desván de sus días con el grupo los Procrastinators, del que formaba parte junto con tu padre. Me ha dicho que podías quedártelas y que si querías ayuda para identificar la voz de tu padre en las cintas, estaría encantado de echarte una mano. Sé que no es como encontrar a tu padre, pero al menos podrás oír su voz y su risa, conocerlo un poco.

Ben se quedó contemplando la caja y luego me miró con gratitud en los ojos.

—Samantha, no sé cómo…

—No me des las gracias a mí —señalé—. Dáselas a mi padre. —Como me dolía hasta mirarlo, me di vuelta hacia la puerta—. Me parece bastante irónico que me dejes fuera de la misma manera que tu madre te ha dejado fuera siempre —añadí por encima del hombro—. Creía que querías algo más que eso. —Negué con la cabeza—. Espero que encuentres lo que sea que estés buscando, Ben.

Cerré la puerta con un suave chasquido. Luego corrí hacia la salida antes de que se desbordaran las lágrimas que retenía en los ojos. Ben se iba. Probablemente no lo volvería a ver. Me aseguré a mí misma que no me importaba. Si me dejaba atrás con tanta facilidad, no era el hombre que yo creía que era y todo lo que había pasado entre nosotros era justo lo que yo había previsto desde el principio. Una aventura de verano. Nada del otro mundo. ¿No?

Pasé una semana sin noticias de Ben. A Em la nombraron directora interina en su ausencia, algo que no la hacía muy feliz. Su madre había vuelto de viaje y habían tenido una pelea terrible cuando Em le dijo que se iba a marchar de casa. Así que en ese momento estaba haciendo un trabajo por el que no le pagaban y su madre convertía su vida en un infierno con ataques de llanto y haciéndola sentir culpable cada vez que estaba en casa.

Mientras tomábamos unos margaritas enormes, que nos sirvió nuestro amigo Finn, debatimos seriamente los pros y los contras de subirnos a un avión rumbo a Australia y ver si realmente podíamos huir de nuestros problemas. Lástima que ninguna de las dos tuviera dinero suficiente para ello.

La última hora feliz en la posada fue un gran éxito. Mi familia vino a probar mis últimas creaciones, y Tyler y yo asombramos a sus padres con algunos de los pasos de baile, que realizamos ya con bastante habilidad.

Al final de la velada, mi padre hizo que el DJ pusiera *Only You Can Love Me This Way*, de Keith Urban y sacó a Stephanie a la pista de baile como había hecho el día de su boda mientras Tyler y yo intercambiábamos una mirada.

—¡Mira, los vaqueros ajustados han desaparecido! —notó él. Me eché a reír y nos unimos a ellos en la pista.

Estaba pensando en ponerme a limpiar cuando llegó Stuart, el dueño.

—Has convertido este local en el lugar de referencia para la hora feliz de los viernes en la isla, Sam. Bien hecho —dijo tras echar un vistazo a la abarrotada terraza.

—Gracias. Ha sido divertido.

—Me gustaría contratarte permanentemente como chef de eventos, Sam.

—¿Qué? —Lo miré boquiabierta.

—Horas felices, bodas, todo eso, ¿qué me dices? —preguntó.

—Significa que viviría en la isla de forma permanente. —Eso suponía un gran cambio en mi vida.

—Puede ser aquí o tengo otra posada en Savannah, Georgia, si lo prefieres. Tienes demasiado talento para que no intente quedarme contigo.

—¿Puedo pensármelo? —pregunté. Quería terminar el libro de recetas que había empezado.

—Por supuesto, y para endulzar el asunto, puedes organizar tu horario en la cocina en torno al trabajo en el libro —propuso—. Y necesito que quede claro que aunque digas que no ahora, si alguna vez cambias de opinión, tienes trabajo conmigo.

Después de toda la incertidumbre económica con la que había tenido que luchar y de echarme la culpa por haber sido ignorada, eso era un bálsamo para mi alma.

—Gracias, Stuart. Significa mucho para mí —dije en lugar de llorar por el alivio.

—Eres una chef con mucho talento, Samantha Gale —afirmó—. No dejes que nadie te diga lo contrario.

—No lo haré —aseguré. Esperé a que la voz de mi cabeza refutara sus palabras, pero lo único que oí fue un dichoso silencio.

Me di cuenta de que mi voz crítica interior se había vuelto más y más silenciosa durante el verano, y me di cuenta de por qué. Por Ben. Él me había ayudado a verme a mí misma a través de una lente diferente, y la voz que normalmente me cortaba en pedazos había sido reemplazada por su voz en mi cabeza. Una que me decía que yo era especial. En ese momento, lo eché de menos con una intensidad que casi me hizo caer de rodillas.

Stuart se acercó a mi padre y a Stephanie para saludarlos. Los hombres habían retomado el contacto y Stephanie estaba decidida a encontrar una buena mujer con la que Stuart pudiera salir. Le deseé suerte. Yo no creía que Stuart hubiera dejado suficiente espacio en su corazón para nadie más que su difunta esposa, y lo entendía, pero Stephanie era muy persistente.

Dos semanas más tarde, terminó el curso de robótica de Tyler y seguíamos sin noticias de Ben. Los alumnos habían presentado sus diseños en una conferencia en Boston, y Tyler y su equipo habían conseguido su sueño: ser aceptados en el instituto de élite STEM financiado por Severin Robotics. Tyler se mostraba encantado y yo estaba segura de que también ayudaba que Sophie formara parte del grupo.

Había dilatado la decisión sobre mi futuro todo lo que había podido mientras esperaba noticias de Ben, pero se me había acabado el tiempo. Cuando Stuart volvió a preguntarme si había tomado una decisión con respecto a trabajar para él, le dije que sí y elegí el trabajo de Savannah. No podía imaginarme estar en Vineyard sin Ben. Habíamos recorrido la isla de un extremo a otro buscando cualquier rastro de su padre y ya no podía ir a ningún lugar sin echarlo de menos.

Hice mi triste maleta y mi familia me llevó al ferri para regresar a Woods Hole, allí me subiría a un autobús con destino a Boston, donde me quedaría con mi madre una semana antes de ir a Savannah. Em había pedido vacaciones y pensaba reunirse conmigo dentro de unas semanas. A las dos nos hacía mucha ilusión.

Abracé a Stephanie. Ella me retuvo un poco más de lo habitual.

—Gracias por estar aquí este verano. ¿Es demasiado pronto para pedirte que vuelvas el próximo? —preguntó.

—No. Vendré aquí al menos durante las vacaciones. Tengo que comprobar cómo progresa la habilidad de Tyler en la conducción.

Mi padre suspiró.

—Supongo que eso significa que tengo que seguir enseñándole en tu lugar.

—No te preocupes, papá —me reí—. Le he enseñado todo lo que sé.

—Eso es lo que temo. —Abrió los brazos y me abracé a él. Nos quedamos así unos segundos, grabando el momento en la memoria. Mi padre me besó en las dos mejillas—. Te echaré de menos, Sam.

—Savannah no está tan lejos —afirmé—. Y volveré de visita, y por supuesto, en las vacaciones.

Asintió.

Me volví hacia Tyler. Intercambiamos nuestro complicado apretón de manos.

—Como Dorothy le dijo al Espantapájaros: «A ti te echaré de menos más que a ninguno».

A Tyler se le aguaron los ojos y asintió. Luego se aclaró la garganta.

—Iré a Savannah en las vacaciones de otoño, así que búscate un buen sitio para vivir que tenga sofá plegable —me advirtió.

—Trato hecho. —Luego le abracé. A pesar de mi angustia por Ben, había ganado un hermano increíble ese verano y estaba muy agradecida.

La gente se agolpaba a nuestro alrededor para llegar al ferri. Me tenía que ir. Mientras miraba a mi gente con el pueblo de Oak Bluffs a sus espaldas, sentí que el corazón me daba un vuelco. Los quería mucho a todos. Me dolía abandonarlos, pero no podía quedarme.

Me enjugué las lágrimas de la cara.

—Será mejor que me vaya. —Forcé una sonrisa—. Te mandaré un mensaje cuando llegue a casa de mamá.

Mi padre me abrazó una vez más. Los tres se quedaron despidiéndose mientras yo subía por la pasarela para embarcar. Enseñé el billete y accedí al barco. Me dolía el corazón, pero sabía que había tomado la mejor decisión para mí. Georgia sería un nuevo comienzo, y después de ese verano de locos, sin duda lo necesitaba.

Me acerqué a la barandilla de la cubierta inferior, desde donde podía ver a mi familia. Los saludé y todos me devolvieron el gesto. Saqué el teléfono y les hice una foto rápida. Quería recordarlos así.

El ferri emitió un fuerte sonido para avisarnos de que nos íbamos. Por unos segundos, me planteé bajar del barco para quedarme en la isla y revolcarme en los recuerdos de Ben. Una estupidez, lo sé. Desde la pelea en su despacho, no había dado señales de vida, lo que me decía más claramente que las palabras que había superado lo que fuera que tuviéramos.

«No, no es así. Te quiere tanto como tú a él».

Esperé que la voz de mi cabeza me llamara estúpida, pero no lo hizo. Por primera vez en mi vida, la voz sonó amable. Intenté ignorarla.

«Y mereces que te quieran así porque eres digna de ello».

Vale, ahora el crítico de mi interior estaba yendo demasiado lejos. Se me llenaron los ojos de lágrimas y parpadeé. Sabía que la voz estaba repitiendo aquello que Ben me había dicho cuando estábamos juntos. Echaba muchísimo de menos el sonido de su voz. Saqué la grabadora digital que me había dado y me puse los auriculares. Miré hacia Oak Bluffs. Quería que su voz me hablara mientras abandonaba el lugar que iba a llenar mi corazón durante mucho tiempo.

—¡Samantha! —gritó una voz. La voz de un hombre. ¡La voz de Ben! Miré la grabadora. Todavía no le había dado al *Play*.

Eché un vistazo a la cubierta donde me encontraba y luego a la superior. No lo vi.

—¡Samsagaz! —volvió a gritar. Me giré y lo vi corriendo por la pasarela.

Los motores estaban ya encendidos, el agua se agitaba y todos los coches estaban cargados. ¡Estábamos partiendo! ¿Acaso se había vuelto loco?

—¡Ben, no! —grité.

Esquivé al resto de la gente de la cubierta y me metí en el interior, donde estaba la salida a la pasarela. Allí había un empleado que le hacía señas a Ben para que se fuera. A Ben no le importó.

Me vio y, con una mirada decidida en sus ojos entre azules y grises, dio un salto.

29

—¡Ay! —chillé. Me tapé la boca con las manos.

El empleado del transbordador, un hombre musculoso de mediana edad, sujetó a Ben por el brazo cuando iba a resbalar hacia atrás y lo metió dentro, dando un portazo.

—¿Estás loco? —le gritó a Ben—. ¿En qué demonios estabas pensando, hombre?

Ben no le prestaba atención. Su mirada estaba fija en mí.

—Te quiero —dijo jadeando.

—Mierda —soltó el tipo mirándonos—. Ya veo de qué va esto.

Se alejó hasta donde había algunos pasajeros, que disfrutaban del drama que se desarrollaba ante ellos.

—Te quiero —volvió a decir Ben. Su mirada no se apartaba de mi rostro.

—Ben, yo... —gemí ¿Sería demasiado tarde? ¿Había zarpado ese barco? Quería reír y llorar al mismo tiempo. No sabía qué decir.

—Y tú también me quieres —continuó—. Sé que me quieres.

Abrí la boca para hablar, pero las palabras no salían. Estaba petrificada. Ben era uno entre un millón. Lo sabía. Y como tal, su capacidad para herirme era superior. ¿Cómo sabía que no me abandonaría otra vez?

—No creo que pueda pasar por esto otra vez. —Hice un gesto entre nosotros.

Sentí que la pequeña multitud que me observaba se desinflaba. Esperaban un «Felices para siempre» en plan cuento, pero era mi corazón el que estaba en juego y no iba a sacrificarlo por nadie, ni siquiera por Ben.

—Escucha, sé que he metido la pata —confesó—. Te he dejado fuera cuando debería haberte incluido, pero no lo sabía. No sabía que una relación podía ser así.

—¿Así cómo? —pregunté. Lo miré con intensidad. Decía lo que yo quería oír con desesperación, pero tenía demasiado miedo para creerle.

—Esos dos días en los que no me perdiste de vista después de enterarme de lo de mi padre... Nunca había vivido algo así —confesó. Apretó los labios. Me di cuenta de que luchaba por no derrumbarse. Su voz era ronca cuando continuó—: Nunca había tenido a nadie que se metiera en la trinchera conmigo.

Se me hizo un nudo en la garganta. Sabía que a lo largo de su vida no le había dado el tipo de apoyo que me había dado la mía, y me alegraba de haberle mostrado otro camino, pero ¿podría soportar que volviera a apartarme? No lo creía.

—Lo siento, Ben —insistí—. No puedo.

—¿No puedes? —preguntó—. ¿O no quieres?

—¿Importa? —inquirí—. Hemos tenido una aventura veraniega increíble, pero ya se ha acabado. He aceptado un trabajo en Savannah. Me voy.

Oí un suspiro a mi espalda y miré por encima del hombro para ver el grupo de gente que nos observaba. Una mujer se llevaba las manos al pecho. Parecía querer derribarme y ocupar mi lugar. Tenía que salir de allí.

—Lo siento —le dije a Ben. Me di la vuelta y volví a la cubierta donde había estado antes de que él hiciera su dramática entrada. El viento me revolvía el pelo, pero me daba igual.

—Samantha. —Ben apareció en la barandilla a mi lado. Extendió la mano, me quitó un auricular y se lo puso en la oreja. Me quitó la pequeña grabadora de la mano y le dio al *Play*.

El sonido de sus palabras me llenaba un oído. Me sonrió como si eso demostrara algo.

—Solo quería saber cómo acaba la historia —mentí.

Se quitó el auricular y apagó la grabadora. Me sacó el otro auricular de la oreja.

—Puedo contarte cómo acaba la historia.

—Será mejor que sea la versión abreviada —advertí—. El ferri atracará en Woods Hole dentro de cuarenta y cinco minutos.

Ben miró el agua azul. El sol brillaba sobre su pelo oscuro, resaltando las hebras cobrizas. Sentí en el pecho el familiar estremecimiento que se producía cada vez que lo miraba.

—De acuerdo. La historia termina así. —Se apoyó en la barandilla y yo lo imité. Si iba a contarme cómo nuestra heroína encontraba su «Felices para siempre», era todo oídos—. Nuestra protagonista se ha enamorado profundamente, pero tiene miedo de lo vulnerable que se siente —narró. Asentí. Sabía que había una razón por la que me caía tan bien—. El héroe lo ha jodido todo —continuó. Arqueé una ceja en señal de pregunta—. En el buen sentido —explicó—. Pero después de darse cuenta de que ha metido la pata, declara sus sentimientos a la heroína en medio de un viñedo, en la Toscana.

—¿En serio? —pregunté. Era la parte a la que acababa de llegar.

—No, espera —dijo Ben—. Él no ha hecho eso.

—¿No? —pregunté. Había estado tan segura.

—No. —Me miró y me sostuvo la mirada—. Le declaró sus sentimientos después de saltar a bordo del ferri desde Martha's Vineyard porque se dio cuenta, cuando se enteró de que ella se iba de la isla, de que había sido un imbécil egocéntrico y de que no podía soportar la idea de vivir cada día sin ella.

—El libro no tiene lugar en Martha's Vineyard —le recordé.

Me tendió la mano y la acepté.

—¿De verdad?

Me tragué el nudo que tenía en la garganta.

—Me has demostrado lo que es una verdadera relación —explicó—. Quiero eso, Samsagaz. Lo quiero contigo. A pesar de mi reciente locura, el pueblo me ha ofrecido un puesto permanente como director de la biblioteca. Estoy pensando en aceptarlo, pero solo si tú también te quedas aquí. Quédate conmigo en Vineyard, Sam. Construyamos una vida juntos aquí.

Lo miré con intensidad. Me vinieron a la cabeza un montón de imágenes de nosotros dos: comiendo pastelitos en The Grape, practicando *paddle surf* en el mar, escuchando a grupos alternativos en el Ritz Cafe, celebrando La Gran Iluminación, acurrucados juntos en el porche por la noche viendo programas de misterio o mientras él me leía... Era todo lo que siempre había deseado.

Entonces me di cuenta de que en las últimas semanas ya habíamos construido los cimientos de esa vida. Habíamos tenido que ponernos a prueba el uno al otro, habíamos tenido que superar algunos malentendidos y traumas muy reales y, por supuesto, los dos habíamos cometido errores, pero estábamos allí, juntos, apoyándonos el uno al otro. Eso significaba algo.

Fue en ese momento cuando lo sentí. El miedo a que Ben acabara aburriéndose de mí o terminara avergonzándose de mi cerebro neurodivergente y me abandonara se desvaneció. Al igual que el libro de Ben que arrojé accidentalmente al océano el día que nos conocimos, toda mi ansiedad desapareció como si la hubiera lanzado al mar. Era libre. Sentí que se me caía una lágrima por la mejilla.

—Te quiero —dije. Su rostro se iluminó, sus ojos brillaron y una sonrisa curvó sus labios—. Pero no puedo comprometerme..., todavía no.

Le cambió la expresión. Metí la mano en el bolso y saqué el teléfono. Ben me dio la espalda y se quedó mirando el océano. Parecía derrotado.

Pulsé el nombre que buscaba en mis contactos. Contestó al primer timbrazo.

—Hola, Sam.

—Hola, Stuart —saludé—. Oye, ¿puedo cambiar de opinión?

Ben se enderezó a mi lado. Arqueó una ceja y me observó con tanta atención que me alteró las ondas cerebrales. Desvié la mirada.

—¿No vas a aceptar el trabajo? —preguntó Stuart.

—Se trata más bien de que me ha surgido algo y me preguntaba si podría aceptar el trabajo en Vineyard —expliqué. Volví a mirar a Ben, que me miraba con una expresión de extrema exasperación, como si no supiera si besarme o ahogarme en el océano, lo que era bastante gracioso.

—Por supuesto —confirmó Stuart—. Todavía no he cubierto el puesto aquí, y sé que tu padre estará tan encantado de que te quedes como yo.

—Genial, gracias. Pasaré a verte mañana.

—Lo estoy deseando.

Puse fin a la llamada. Acababa de colgar el teléfono cuando Ben me acarició la cara y me besó. Oí una ovación desde el interior del ferri. Después de todo, el público había tenido su «Fueron felices para siempre».

—Dilo otra vez —exigió Ben. Me abrazó y mis labios quedaron junto a su oreja.

—Te quiero —murmuré. Suspiró y un escalofrío recorrió su poderoso cuerpo.

—Yo también te quiero. —Me besó, un beso largo y persistente tipo «¡Oh, cómo te he echado de menos!».

—Si Stuart no te hubiera dicho que podías quedarte en la posada, ¿de verdad habrías puesto fin a lo nuestro por tu carrera? —me preguntó mirándome cuando se echó atrás.

—Creo que la pregunta más importante es: si me hubiera ido a Savannah, ¿me habrías esperado? —le devolví.

—No. —Lo dijo sin dudarlo. Sin pensárselo. Me dio un vuelco el corazón. ¿Había cometido el mayor error de mi vida al elegir a un hombre que ni siquiera me esperaría?—. Te habría seguido —explicó. Me besó y luego me miró fijamente a los ojos con una profundidad de amor y afecto que nunca había recibido de un hombre—. Te seguiría a cualquier parte, Samsagaz. Eres mi corazón.

—Y tú eres el mío —respondí.

Recetas

Cóctel Atardecer Líquido

50 ml de limonada
30 ml de vodka de vainilla
25 ml de *limoncello*
50 ml de agua carbonatada
hielo picado
1 cáscara de limón rizada o una rodaja de limón, para
adornar

Poner varios cubitos de hielo en un vaso con hielo. Verter la
limonada, añadir el vodka y el *limoncello*. Terminar con el agua
carbonatada y los adornos de su elección.

Para la versión sin alcohol, omitir el vodka y el *limoncello*, y
utilizar la misma cantidad de sirope con sabor a vainilla.

Pimenta Moída
(Salsa de pimienta portuguesa)

½ kg de pimientos de Fresno
2 cucharadas de sal marina
60 ml de vinagre blanco
110 ml de agua

Cortar los pimientos por la mitad y retirar los tallos y la mayor parte de las semillas. Triturar los pimientos en un procesador de alimentos hasta que queden picados. Añadir la sal. Pasar a un cazo y cocer a fuego medio durante cinco minutos, o hasta que los pimientos se ablanden. Retirar del fuego y añadir el vinagre y el agua. Dejar que la salsa se enfríe a temperatura ambiente. Pasarla a un tarro de cristal con cierre hermético y guardarla en el frigorífico. La salsa de pimientos se conservará entre tres y cuatro meses.

Bolos Lêvedos
(Pastelitos dulces)

60 ml de agua tibia
1 paquete de levadura seca activa
una pizca de azúcar
4 huevos a temperatura ambiente
150 g de azúcar
½ cucharadita de sal
450 ml de leche caliente
1 kg de harina
45 g de mantequilla derretida

Verter el agua templada en un bol pequeño y añadir la levadura con la pizca de azúcar. Reservar.

En una batidora de pie, mezclar los huevos, la taza de azúcar, la sal y la leche tibia. Añadir la harina, la levadura rehidratada y la mantequilla hasta que estén totalmente incorporadas. El resultado es una masa húmeda y estará pegajosa. Amasar la masa durante cinco minutos. Dejarla fermentar hasta que doble su tamaño. Tardará entre hora y media y dos horas.

Precalentar el horno a 165 °C. Espolvorear la encimera con harina y amasar la masa durante otros tres minutos. Una vez amasada, formar discos de unos cinco centímetros de diámetro. Colocarlos en una bandeja cubierta con papel para hornear. Cubrirlos con un paño y dejarlos levar de hora y media a dos horas. En una sartén grande, cocinar los bolos a fuego medio-bajo durante unos minutos hasta que estén ligeramente dorados por ambos lados. Volver a colocarlos en la bandeja y hornearlos de diez a doce minutos.

Torresmos
(Cerdo adobado de las Azores)

2 kg de costillas de cerdo
4 cucharadas de *pimenta moída*
5 dientes de ajo machacados
1 taza de vino tinto
1½ cucharadas de pimentón dulce
una pizca de sal
1 taza de aceite vegetal
½ cucharadita de pimienta blanca molida
½ cucharadita de pimienta negra molida

Cortar las costillas en trozos grandes y reservar. En una bolsa de plástico grande, mezclar la *pimenta moída* con el ajo, el vino, el pimentón y la sal. Añadir la carne, cerrar la bolsa y mezclar bien. Meter la bolsa en el frigorífico durante 3 horas (mínimo) o toda la noche (aun mejor). Para empezar a cocinar, ponga la carne y el adobo en una sartén grande y profunda al fuego, añadir el aceite y cocinar a fuego fuerte durante diez minutos. Tapar, bajar el fuego y cocer durante dos horas y cuarenta y cinco minutos. La carne debe estar muy tierna y desprenderse del hueso. Remover de vez en cuando. Ajustar la sal al gusto y espolvorear la carne con pimienta blanca y negra. Tapar y cocinar otros cinco minutos. Retirar la sartén del fuego y dejarla reposar diez minutos. Escurrir la grasa de la carne y servirla.

Agradecimientos

Es sencillo, este libro no existiría sin la generosidad de los demás. Son tantos los que han compartido conmigo su creatividad, sabiduría e historias personales que voy a esforzarme por darles las gracias a todos y, espero, no pasar por alto a nadie.

Christina Hogrebe, mi agente, me dijo: «Tengo un gran título para ti» y, efectivamente, así fue. Gracias por regalarme *La lectura del verano* y dejarme escribir con él como punto de partida.

Kate Seaver, mi editora, tiene el raro talento de ser capaz de leer mis primeros borradores y saber justo en qué punto necesito ampliar o reducir mi trabajo. Hay muchas escenas en las que Kate me ha pedido más y la historia es infinitamente mejor gracias a su aportación. Me siento increíblemente afortunada de contar con una editora tan perspicaz, que me ayuda a alcanzar mi máximo potencial.

Un agradecimiento especial al equipo de diseño de Berkley, en concreto a Kristin del Rosario y Katy Riegel, por aceptar la idea de imprimir *La lectura del verano* en un tipo de letra apto para disléxicos y diseñar el interior teniendo en cuenta también esa accesibilidad. No puedo apreciar más su entusiasmo y su talento.

Muchas gracias al equipo de Berkley: Amanda Maurer, Jessica Mangicaro, Chelsea Pascoe, Kim-Salina I y Stacy Edwards. No puede haber un grupo de personas que me apoye más. De verdad, ¡sois los mejores!

A mis lectoras cero, Kat Carter y Chris Speros, muchas gracias por vuestro apoyo y por compartir vuestras historias neurodivergentes conmigo. Vuestras experiencias vitales y vuestro conocimiento personal de la dislexia han aportado mucho al personaje de Sam, solo se ha hecho realidad con vuestras aportaciones, y os estoy muy agradecida.

Eterna gratitud a mi familia portuguesa: Maria Fontes, Natalia Fontes, Laura Monteiro y Melissa McIntyre. Gracias por compartir conmigo vuestra herencia y vuestras habilidades culinarias. Siempre apreciaré el tiempo que pasamos juntos en la cocina: «*Mais sal*». Me siento bendecida por llamaros familia.

Muchas gracias a mi equipo de investigación sobre el terreno: Susan McKinlay y Austin McKinlay. ¿Cuántos kilómetros recorrimos en Vineyard? Gracias a los dos por uno de los mejores días de mi vida, ¡creo que tenemos que volver!

Como siempre, mucho amor y agradecimiento a mis hombres: Chris Hansen Orf, Wyatt Orf y Beckett Orf. Os quiero hasta el infinito y más allá. Gracias por escucharme cuando no paro de hablar del trabajo en curso. Vuestra paciencia y fortaleza no tienen parangón.

Por último, quiero dar las gracias a los escritores y lectores que me hacen compañía en los largos días que paso sola en mi oficina: mi ayudante, Christie Conlee, o, como yo la llamo, mi unicornio mágico; mi grupo de compañeras, Kate Carlisle y Paige Shelton, que me dejan dominar la conversación y nunca me dicen que me calle —de verdad, vuestra paciencia me desconcierta—; mis compañeras de blog, las *Jungle Red Writers*, todas poseen mucho talento, y son sabias y generosas con él; y mis lectores. Siempre aparecéis, compráis los libros, me animáis y me hacéis reír. Lo he dicho antes, pero es la pura verdad: tengo los mejores lectores del mundo y os adoro.

La lectura del verano

JENN McKINLAY

GUÍA DE LECTURA

Preguntas para debatir

1. Un amante de la lectura y una no lectora, respectivamente, Bennett Reynolds y Samantha Gale, son polos opuestos. Dicen que los polos opuestos se atraen. ¿Crees que es cierto?

2. Sam cree que ver la versión cinematográfica es mejor que leer el libro, pero Ben pertenece a la escuela de «el libro siempre es mejor opción». ¿Qué opinas de esa cuestión? ¿Hay alguna película que sea mejor que el libro? (La autora que hay en mí insiste en que eso no es posible, pero dad vuestras opiniones).

3. La mejor amiga de Sam, Emily Allen, es bibliotecaria e insiste en que escuchar un libro es lo mismo que leerlo. A Sam le preocupa que sea una experiencia menos inmersiva que la lectura. ¿Qué opinas de leer un libro frente a escucharlo?

4. La educación poco convencional de Ben forjó su amor por los libros, ya que le proporcionaban una vía de escape ante la imprevisibilidad de su vida cotidiana. ¿Eres también un gran lector? Si es así, ¿qué te llevó a serlo?

5. La comida es la forma en que Sam expresa su creatividad, pero también es la forma en que su abuela Vovó le demostraba su amor. Ha dado a Sam una relación con la comida que es una expresión de amor, pero también un medio de ingresos. ¿Cuál es tu relación con la comida? ¿Y la de tu familia? ¿Hay recetas que hayan pasado de generación en generación? ¿Hay platos que signifiquen amor para ti?

6. Emily, la mejor amiga de Sam, cita a su autora favorita, Siobhan Riordan (otro personaje de ficción), que escribió en su apreciada serie para jóvenes adultos que «El camino más difícil suele ser el correcto». ¿Crees que esto es cierto? ¿Crees que lo más difícil suele ser lo correcto?

7. Sam pasa el verano conociendo a su hermanastro, Tyler, catorce años más joven que ella. Su relación florece a medida que aceptan su vínculo fraternal. ¿Qué características comparten? ¿En qué se diferencian? ¿Por qué crees que se hicieron amigos?

8. ¿Qué tiene que aprender Sam sobre sí misma para aceptar que es digna de amor? ¿Qué tiene que aprender Ben? ¿Crees que están hechos el uno para el otro?

9. Si Sam y Ben tuvieran una segunda parte, ¿qué crees que pasaría? ¿Cómo ves su vida juntos?

Sobre la autora

Jenn McKinlay es la galardonada autora de varias de las series románticas y de misterio más vendidas según las listas del *The New York Times*, *USA Today* y *Publishers Weekly*. Su obra ha sido traducida a varios idiomas en países de todo el mundo. Vive en la soleada Arizona, en una casa atestada de niños, mascotas y las guitarras de su marido.

¿TE GUSTÓ ESTE LIBRO?

escríbenos y
cuéntanos tu opinión en

 /Sellotitania  /@Titania_ed

/titania.ed

#SíSoyRomántica